D0826542

LA VÉRITABLE HISTOIRE
DE LADY L.

DU MÊME AUTEUR

Sept mers et treize rivières, Belfond, 2004 ;
    10/18, 2006
Café Paraíso, Belfond, 2007 ; 10/18, 2009
En cuisine, Belfond, 2010 ; 10/18, 2012

MONICA ALI

LA VÉRITABLE HISTOIRE DE LADY L.

Traduit de l'anglais
par Florence Bertrand

belfond
12, avenue d'Italie
75013 Paris

Titre original :
UNTOLD STORY
publié par Doubleday, une marque de Transworld
Publishers, Londres.

Si vous souhaitez recevoir notre catalogue
et être tenu au courant de nos publications,
vous pouvez consulter notre site internet :
www.belfond.fr
ou envoyer vos nom et adresse,
en citant ce livre,
aux Éditions Belfond,
12, avenue d'Italie, 75013 Paris.
Et, pour le Canada,
à Interforum Canada, Inc.,
1055, bd René-Lévesque-Est,
Bureau 1100,
Montréal, Québec, H2L 4S5.

ISBN : 978-2-7144-5227-6
© Monica Ali 2011. Tous droits réservés.
© Belfond 2013 pour la traduction française.

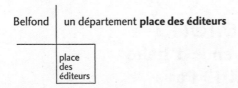

Belfond | un département **place des éditeurs**

place
des
éditeurs

Pour M.M.S

1

CERTAINES HISTOIRES SONT IMPOSSIBLES À RACONTER. Ou alors seulement comme un conte de fées.

Il était une fois trois amies qui avaient organisé une petite fête pour une quatrième, laquelle n'était pas encore arrivée quand on acheva la première bouteille de pinot grigio. Suivez-moi à travers le jardin de ce pavillon coquet, dans cette rue d'un quartier résidentiel aux maisons largement espacées ; passons à côté du vélo d'enfant et de la batte de base-ball abandonnés avec élégance sur le satin vert de la pelouse ; approchons-nous de la douce lueur émanant de la fenêtre de la cuisine et jetons un coup d'œil à l'intérieur. Trois femmes, une brune, une blonde et une troisième rousse – toutes dans la fleur de l'âge, ces années précaires où l'on s'efforce de tenir la maturité à distance. Elles sont là, assises à table, inconscientes de leur irréalité, indifférentes à l'histoire, inspirant et expirant en toute naïveté.

— Mais où est Lydia ?

C'est Amber la blonde qui pose la question. Un joli petit bout de femme. Traits délicats, robe à col Claudine, French manucure.

— Où peut-elle être, enfin ? reprend-elle.

— On l'attend pour commencer les sandwiches, je suppose ? lance Suzie.

Suzie, c'est la brune. Elle n'a pas eu le temps de se changer avant de sortir. Une tache de la sauce bolognaise qu'elle a préparée en hâte pour le dîner des enfants et de la baby-sitter s'étale sur son tee-shirt.

— C'est des chips allégées ? Laisse tomber, je n'y touche pas.

Elle repousse le bol.

— Vous croyez que je devrais la rappeler ? insiste Amber. J'ai déjà laissé trois messages.

Elle a fermé sa boutique de prêt-à-porter avec une heure d'avance pour être sûre que tout serait prêt à temps.

La rousse, Tevis, sort de sa poche un petit cristal en forme de phallus qu'elle pose sur la table.

— Ce matin, j'ai eu une prémonition, annonce-t-elle.

— Et tu en as parlé à un médecin ? rétorque Suzie.

Suzie est assise comme un homme, cheville droite sur genou gauche. Elle porte son pantalon kaki, son préféré, et son tee-shirt taché. Elle adresse un clin d'œil à Amber.

— Moquez-vous tant que vous voulez, répond Tevis.

Elle non plus ne s'est pas changée, elle est venue directement du bureau. Dans son tailleur-pantalon, les cheveux rassemblés en un chignon serré, une moue sur les lèvres, elle paraît presque guindée – absolument l'inverse de l'impression qu'elle aimerait donner.

— On ne se moque pas, proteste Amber. C'était au sujet de Lydia ?

— Pas spécifiquement, dit Tevis en entourant la pierre de ses mains sans la toucher.

C'est typique de sa part, cette manière de répondre sans vraiment répondre.

— Tu trimbales ça sur toi ? demande Suzie dont les cheveux aubergine foncé, un soupçon mauves, possèdent l'éclat typique d'une teinture récente.

Elle attrape une carotte dans le réfrigérateur et l'épluche directement sur la table déjà mise, avec le joli service décoré de roses rouges et roses peintes à la main, des soucoupes et des tasses en porcelaine fine, aux poignées si minuscules qu'elles vous obligent à replier le petit doigt, exactement comme pour un vrai thé à l'anglaise.

— Ne vous en faites pas, je nettoierai.

— Tu as intérêt, répond Amber, mais elle se penche et ramasse elle-même les épluchures.

Lydia peut arriver à tout instant, et il faut que tout soit parfait. Elle se sent coupable d'avoir expédié Serena et Tyler chez des copains alors qu'ils voulaient rester et souhaiter un bon anniversaire à Lydia. Celle-ci n'aurait-elle pas préféré voir les enfants plutôt qu'une table impeccablement dressée ?

Amber ramène ses cheveux derrière ses oreilles et tire sur un fil qui pend à sa manche.

— Je t'en prie, dis-moi que ce n'était pas à son sujet, lance-t-elle.

— Cool, ma poule ! s'écrie Suzie. Elle doit sûrement travailler tard. Tu sais combien elle adore ces chiens.

— Pourquoi ne répond-elle pas au téléphone ? demande Amber.

— Je ne lui ai pas fait de paquet cadeau. Vous croyez que ça l'embêtera ? s'inquiète Suzie en arrachant le bout de sa carotte avec ses dents de devant – ses dents sont fortes et blanches, mais irrégulières : remarquables.

— Je n'essaie pas de vous inquiéter, affirme Tevis.

Elle remet le cristal dans la poche de sa veste sur mesure. Car Tevis travaille dans l'immobilier, où l'élégance est un must. Agent immobilier, ce n'est pas ce qu'elle est. C'est ce qu'elle fait. Comme elle l'a maintes fois souligné. Mais cette ville est pleine de sceptiques, de gens qui préfèrent gober toutes ces salades au sujet de l'investissement dans la pierre et acheter des appareils électroménagers plutôt que de purifier leurs chakras.

— Blague à part, répond Suzie, tu ne nous inquiètes pas.

Suzie adore Tevis. Celle-ci n'a pas d'enfants, avec elle on peut donc avoir d'autres sujets de conversation. Suzie pour sa part en a quatre, et il semblerait que les enfants, les siens et ceux des autres, soient devenus omniprésents. Où qu'elle aille, il faut parler d'eux, et ensuite, il est l'heure de rentrer à la maison et de préparer les sacs de sport pour le lendemain. Le fait que Tevis soit sans enfant suscite à son égard un peu de pitié mêlée d'un peu de jalousie. Sans doute éprouve-t-elle les mêmes sentiments envers vous. Elle est tantôt songeuse, tantôt grave, ou un étrange amalgame des deux. Et c'est amusant de la taquiner.

— Vous vous souvenez de ce qui s'est passé la dernière fois ? demande Tevis.

— Quelle dernière fois ? La dernière fois que tu as eu une prémonition ? C'est au sujet de Lydia, oui ou non ?

Amber est certaine de connaître Lydia mieux que les autres. Elle a été la première à se lier d'amitié avec elle, il y aura bientôt trois ans.

— Je ne sais pas, avoue Tevis. C'est juste un mauvais pressentiment. Ça m'est venu ce matin, en sortant de la douche.

— Moi aussi, j'ai eu un mauvais pressentiment dans la douche ce matin, intervient Suzie. J'ai eu l'impression que j'allais engloutir une boîte entière de Pop-tarts pour le petit déjeuner.

— Elle est en retard de combien, maintenant ? Oh, mon Dieu, une heure et demie.

Amber pose un regard mélancolique sur les fourchettes à dessert déployées en éventail près du centre de la table. Elles étaient presque noires quand elle les a dénichées dans le magasin d'antiquités de Fairfax Street, mais elle les a superbement décapées.

— Et vous savez quoi ? lance Suzie. Je l'ai fait : toute la fichue boîte.

— L'air est toujours comme ça avant un orage, constate Tevis en retirant sa veste.

— Quoi ! s'écrie Suzie. C'est une soirée magnifique. Tu n'es plus à Chicago.

— Je disais ça comme ça.

Tevis foudroie Suzie du regard.

— Allez, Tevis, n'essaie pas de nous donner la frousse, intervient Amber.

Les sandwiches au concombre commencent à se racornir.

C'est un peu idiot, elle le sait, de prendre le thé à l'anglaise à sept heures du soir. Ou plutôt huit heures et demie, maintenant.

— Ouais, raconte-nous ça, ma fille, la dernière fois que tu as eu une prémonition…

Suzie, qui a commencé sa phrase avec son débit habituel de mitraillette, s'interrompt brusquement.

— Tu vois, tu t'en souviens, observe Tevis avant de se tourner vers Amber. S'il te plaît, tâche de ne pas t'inquiéter. Mais la dernière fois que j'ai eu une prémonition, c'est le jour où le petit garçon de Jolinda est sorti en courant dans la rue et a été renversé par le car scolaire.

— Et tu as vu ça ? Tu l'as vu avant que ça se produise ? demande Amber.

Tevis hésite un instant, puis secoue scrupuleusement la tête.

— Non. C'était pour ainsi dire une prémonition vague.

— Et c'était – quand – il y a deux ans ? Combien en as-tu eu depuis ?

De plus en plus soucieuse, Amber jette un coup d'œil au Dundee cake, qui trône sur un présentoir en verre au milieu de la table. Il est couleur de boue et pèse une tonne. Lydia a mentionné un jour que c'était un de ses préférés quand elle était petite, et Amber a trouvé une recette sur Internet.

— Aucune, répond Tevis, jusqu'à aujourd'hui.

— Tu n'as jamais de mauvais pressentiment le matin ? s'étonne Suzie. Moi, ma vieille, j'en ai quoi ? tous les jours.

Amber se lève et se met à laver les trois verres sales. Elle a besoin de s'occuper et c'est la seule chose qui lui est venue à l'esprit – hormis, bien sûr, rappeler Lydia. Mais quand cette dernière va franchir le seuil, avec ce balancement des hanches, ce gloussement dans la voix, Amber ne veut pas se sentir trop ridicule.

— Et puis flûte, je rappelle, dit-elle en s'essuyant les mains.

— Il n'y a aucune raison pour que ça concerne Lydia, assure Tevis.

Pourtant, plus elle le répète, plus elle est persuadée que si. Deux jours plus tôt seulement, Lydia est venue la voir et lui a demandé de lui lire le tarot. Elle avait pourtant toujours refusé auparavant. Au moment où Tevis disposait les cartes sur la table en mosaïque, Rufus a remué la queue et en a fait valser deux par terre. Lydia les a ramassées en disant : « Laissons tomber », et elle les a remises dans le talon. Tevis a eu beau expliquer que cela n'aurait pas d'importance, que tirer les cartes une seconde fois n'affecterait en rien leur pouvoir, Lydia s'est montrée inflexible. « Je sais, a-t-elle dit, mais j'ai changé d'avis. Rufus a décidé pour moi. Il est plein de sagesse, tu sais. » Elle a ri, d'un rire cristallin comme toujours, mais qui contenait aussi une autre note. Lydia est intuitive, elle sait des choses, les sent, et elle a eu peur des cartes.

— Absolument aucune raison, insiste Tevis.

14

— Ce n'est sûrement rien du tout, renchérit Suzie.

Cela ressemble à des paroles de réconfort, et l'idée qu'elles en ont besoin les met toutes les trois mal à l'aise.

Amber abandonne son portable dans une assiette. Une fois de plus, c'est la boîte vocale de Lydia qui s'est déclenchée, et à quoi bon enregistrer un message supplémentaire ?

— Peut-être qu'elle a emmené Rufus faire une longue balade, qu'elle a perdu la notion du temps et oublié son téléphone.

L'explication d'Amber sonne faux, et elle le sait.

— Elle a pu se tromper de jour, suggère Suzie sans conviction.

— Suzie, c'est son anniversaire. Comment aurait-elle pu se tromper de jour ? De toute façon, elle a téléphoné ce matin et elle a dit qu'elle serait là à sept heures. Il n'y a pas de malentendu, elle est seulement… en retard.

Certes, Lydia semblait distraite. Mais elle l'est souvent, ces temps-ci.

— Qu'est-ce que… ? s'écrie Suzie.

— Je te l'avais dit, répond Tevis. C'est la grêle.

— Qu'est-ce que… ? répète Suzie, et le reste de sa phrase se perd dans le vacarme.

— Venez ! crie Amber en se ruant vers la porte d'entrée. Si elle arrive maintenant, nous n'entendrons jamais la sonnette.

Debout sur la terrasse en bois, elles regardent la grêle qui claque et rebondit sur le toit de Mme Gillot, dérape le long du capot de la Highlander d'Amber, plonge dans le seau en aluminium près du garage et en rejaillit en tambourinant. Le ciel a piteusement viré au violet sale, et la grêle tombe sans retenue, saute, heurte, roule avec une inconvenance fascinante. Elle tombe et tombe. Les grêlons ne sont pas gros, seulement denses, et ils se déversent tels des grains de riz tout blancs d'une couture déchirée au-dessus de leurs têtes.

— Oh, mon Dieu ! crie Amber.

— Regardez-moi ça ! s'exclame Suzie en retour.

Tevis descend les marches et se plante sur la pelouse, les bras écartés, la tête renversée vers le ciel.

— Elle fait une prière ? lance Suzie – et Amber, malgré la tension, ou à cause d'elle, éclate de rire.

Elle rit toujours quand une voiture arrive ; les phares semblent balayer la grêle, la soulever en un épais nuage blanc au-dessus du goudron noir de l'allée, et la projeter vers la maison. Tevis laisse retomber ses bras et s'élance à sa rencontre, son chemisier d'agent immobilier en soie crème plaqué contre son dos maigre. Les autres s'élancent à leur tour. Ce doit être Lydia, bien que le véhicule ne soit qu'une forme sombre à travers les lumières.

Lorsque Esther descend du siège conducteur, un cadeau serré contre sa poitrine, elles l'entourent gauchement, cherchant en vain à dissimuler leur déception.

De retour dans la cuisine, Amber met une assiette supplémentaire sur la table. Esther s'époussette les épaules, dénoue son chignon, secoue ses longs cheveux gris pour en faire tomber quelques grêlons.

— Vous aviez oublié que je venais, hein ? demande-t-elle, d'un ton mi-taquin, mi-sentencieux.

— Non ! proteste Amber. Enfin, si.

— Voilà le sort des femmes, répond Esther. Passé un certain âge, on nous oublie.

Elle ne paraît pas le moins du monde s'en émouvoir.

Amber, à travers un voile de gêne et d'anxiété, éprouve soudain un pincement d'angoisse face à l'avenir ; elle redoute, en fait, que pour elle cela n'ait déjà commencé, et qu'elle ne reste divorcée jusqu'à la fin de ses jours. Elle s'efforce de revenir au présent.

— À vrai dire, nous sommes toutes un peu inquiètes au sujet de Lydia. Elle a travaillé tard ? Elle ne répond pas au téléphone.

— Lydia a pris une journée de congé. Vous voulez dire qu'elle n'est toujours pas arrivée ?

Personne ne souffle mot, tandis que le regard d'Esther passe de l'une à l'autre.

— Nous devrions aller voir chez elle, dit Suzie.

— Attends que la grêle ait cessé, suggère Tevis.

— On ne peut quand même pas rester ici sans rien faire, proteste Amber.

Elles s'assoient et se regardent, attendant que quelqu'un prenne les choses en main.

2

Un mois plus tôt, mars 2007

Pour une ville de huit mille habitants, Kensington est plutôt bien équipée : une quincaillerie, deux épiceries, un fleuriste, une boulangerie, un drugstore offrant une sélection de livres plus vaste que la moyenne, un magasin d'antiquités, une agence immobilière, une entreprise de pompes funèbres. Quand un décès survient à Abrams, Havering, Bloomfield ou Gains, ou dans n'importe quelle autre des bourgades-pas-vraiment-villes éparpillées à travers le comté, personne ne songe à s'adresser à un établissement de pompes funèbres de la grande ville. On appelle J. C. Dryden et Fils, une société fondée en 1882, quatre ans tout juste après Kensington elle-même. Si, comme cela arrive parfois, la demande est trop forte pour qu'on puisse organiser des obsèques dans un délai convenable, M. Dryden prend personnellement contact avec les personnes endeuillées afin de les aiguiller vers d'autres possibilités. Kensington est par conséquent un endroit où il fait bon mourir à défaut d'y faire bon vivre, même si le prix de l'immobilier y est indéniablement assez élevé. Deux des magasins de Kensington sont situés dans Fairfax Street, mais la plupart se trouvent le long d'Albert Street, ou dans Victoria Street,

18

une rue adjacente. À partir d'Albert Street, l'aggloméra-
tion se déploie en éventail vers le nord ; au sud, elle
s'étend jusqu'à cinq miles de l'Interstate, pratique pour
ceux qui travaillent à la grande ville ; à l'est, elle est bor-
dée par une rivière à l'air assoiffé, et, à l'ouest, par les
gazons saturés d'arroseurs du terrain de golf, lequel finit
par céder la place à une forêt de pins, de liquidambars et
de mélèzes d'Amérique.

Lydia passa devant le golf pour se rendre au centre-
ville. Le mercredi, elle travaillait jusqu'à midi au refuge
canin, une vaste enfilade de cours et de chenils située
juste à la sortie de Kensington. On y recueillait des
chiens, parfois envoyés par « le pays des ténèbres » :
c'était ainsi qu'Esther parlait du comté. Parce qu'il ne
possédait aucun autre refuge canin. Quatre jours par
semaine, jusqu'à six heures du soir, Lydia passait des
commandes, nettoyait des niches, dressait et soignait les
chiens, trimbalait des sacs de quinze kilos d'aliments
déshydratés et mangeait la salade de riz au poulet
qu'Esther apportait dans un Tupperware. Le mercredi
midi, c'était un peu différent. Lydia allait réveiller Rufus
endormi dans le bureau, les oreilles sur les yeux, en le
touchant doucement du bout de sa basket. Il s'étirait,
levait le postérieur, agitait les pattes de devant et
secouait la tête, l'air de se demander où allait le monde ;
après quoi, il la précédait en trottinant et sautait sur le
plateau de la Sport Trac bleue maculée de poussière.

D'ordinaire, elle l'installait sur le siège passager, mais
ce jour-là elle le laissa faire le trajet en plein air, les
oreilles au vent, si bien que lorsqu'elle demanda : « Tu
crois que je devrais arrêter de sortir avec Carson ? » elle
n'eut aucune réponse, pas même un museau perplexe se
levant vers elle et l'encourageant à continuer. Elle haussa
les épaules en direction du siège vide et alluma la radio.

Après avoir remonté Fairfax et longé les terrains de sport, de jeux, l'école primaire et les chambres d'hôtes, elle s'engagea dans Albert Street, se gara devant la boulangerie. Munie de deux sandwiches au pastrami grillés et de deux Swiss panini, elle se dirigea ensuite à pied vers la boutique d'Amber, Rufus sur ses talons, si près qu'elle manquait constamment de lui marcher dessus.

Amber ne fermait pas à l'heure du déjeuner, et, le mercredi, son employée suivait des cours à l'école de coiffure en ville. Lydia avait donc pris l'habitude d'apporter des sandwiches.

— Salut, lança Amber, levant les yeux de son magazine.

Elle contourna le comptoir, ajustant sa jupe et ses cheveux, effleurant sa lèvre du doigt pour s'assurer que son rouge n'avait pas débordé.

La première leçon que Lydia avait apprise, la première parmi beaucoup d'autres, lorsqu'elle avait endossé ses fonctions, celles qu'on lui avait imposées et qui allaient être les siennes durant l'essentiel de sa vie d'adulte, avait été de ne jamais retoucher quoi que ce soit à sa garde-robe ou à son maquillage. Oui, on lui avait enseigné cela spécifiquement, à l'inverse de beaucoup d'autres choses. C'était une leçon qu'elle aurait pu transmettre à Amber. Amber qui était incapable de passer devant une glace sans s'y examiner, qui se servait d'une vitrine faute de glace, qui redoutait qu'on la regarde, et, surtout, qu'on ne la regarde pas. On surestimait l'importance du maintien, avait décidé Lydia. Seuls s'en souciaient les escrocs et les imbéciles.

— Tu es superbe, commenta-t-elle. C'est une nouvelle jupe ?

Après avoir acquiescé d'un signe de tête, Amber insista pour avoir son avis détaillé, car la fameuse jupe faisait partie d'une gamme qu'elle envisageait de vendre au magasin. Lydia portait presque tout le temps un jean et un tee-shirt ; pourtant, Amber semblait persuadée qu'elle en connaissait un rayon sur les vêtements et la mode – ce qui n'était pas du tout l'impression qu'elle tenait à donner.

Elles étaient assises sur le canapé des évanouissements, un siège en faux style ancien placé devant la fenêtre. Amber avait prétendu l'avoir acheté à l'intention des maris pris de vertige à la vue des prix figurant sur les étiquettes. « Bien qu'il n'y ait rien ici qui dépasse les 400 dollars », avait-elle ajouté avec un soupçon de mélancolie.

— Il faut absolument que je te montre ces photos, dit brusquement Amber.

Elle récupéra le magazine à scandale sur le comptoir.

— Celle-ci a été prise la semaine dernière. Et celle-là, dans les années 1990. Elle a l'air vraiment changée, non ?

— Comme nous toutes, non ? répondit Lydia en y jetant à peine un coup d'œil.

— Ses narines sont inégales, déclara Amber, c'est un signe qui ne trompe pas.

Lydia prit une autre bouchée de panini pour ne pas avoir à répondre.

Amber se mit à lire tout haut.

— « *Il est possible qu'elle se soit fait faire un lifting sous l'œil, et, à en juger par son aspect, le chirurgien a employé une nouvelle technique consistant à passer sous le globe oculaire – ce qui réduit le risque de cicatrice et produit d'excellents résultats.* »

Lydia fit la moue.

— Pourquoi lis-tu ces trucs-là ? demanda-t-elle, désignant de son sandwich la pile de revues posée sur la petite table.

— Je sais, je sais. C'est ridicule, admit Amber. Elle a eu des injections de Botox aussi, c'est sûr.

— Et alors ? fit Lydia. Toutes les actrices de son âge font ça.

Amber ramena ses cheveux derrière ses oreilles. L'année précédente, elle avait eu une frange. Maintenant elle la laissait pousser et ses cheveux lui tombaient sans cesse dans les yeux, de sorte que ce geste était une nécessité constante ; mais il était aussi entré dans son répertoire d'ajustements personnels et avait pris des airs d'excuse. Elle rit.

— Je ne sais pas pourquoi je lis ces bêtises. En même temps, tout le monde le fait. Il y a une prof d'université qui vient ici et elle passe plus de temps à feuilleter les magazines qu'à regarder les vêtements. Je suppose qu'elle a honte de les acheter, mais qu'est-ce qu'elle lit chez le coiffeur, d'après toi ? Sûrement pas un de ses bouquins de prof.

Lydia tendit à Rufus un petit morceau de pastrami.

— Eh bien, nous, on pense que c'est idiot, hein, mon grand ?

Rufus lui lécha les doigts en signe d'assentiment.

— Oh, mon Dieu ! s'écria Amber.

Lydia adorait entendre Amber dire : « Oh, mon Dieu ! » avec son accent américain. Cela lui rappelait qu'elle-même était restée terriblement anglaise après bientôt dix ans aux États-Unis, et que cette qualité au moins demeurait, alors que tout le reste la concernant semblait non pas caché, mais effacé.

Bientôt dix ans. Elle était arrivée en 1997 – pas seulement une décennie, mais bien un millénaire plus tôt.

— Oh, mon Dieu, j'avais oublié… J'ai des robes de soirée dans la réserve que je veux vraiment te faire essayer. Elles vont être fabuleuses. J'ai hâte de voir ça.

Amber courut à la réserve, et par la porte ouverte Lydia la vit cueillir des housses en plastique sur le portant rotatif et les empiler sur son bras.

Lorsqu'elle était arrivée à Kensington, c'était Tevis qui lui avait vendu la maison, mais c'était avec Amber qu'elle était devenue amie d'abord. Elles avaient partagé une table à la boulangerie – il n'y en avait que quatre, partager était donc inévitable. Autour d'un cappuccino pour Amber et d'un Earl Grey pour Lydia, elles avaient perçu une sorte d'acceptation mutuelle, et Lydia, qui depuis sept ans n'avait eu que de vagues connaissances, avait été soulagée de s'abandonner à cette évidence. Elle avait fait très attention au début, bien sûr, mais après quelques conversations où elles avaient évoqué leur passé, elle s'était rendu compte que sa prudence était inutile. Elle en était même venue à regretter de s'être tenue à distance de tout le monde pendant aussi long-temps.

Ce premier après-midi, Amber avait raconté à Lydia qu'elle avait épousé son premier amour, qu'il l'avait trompée avec sa meilleure amie, qu'elle leur avait par-donné à tous les deux parce que c'était « arrivé comme ça » : ils étaient avocats dans la même société tandis qu'elle, mère de famille, restait à la maison et avait l'air un peu négligée la plupart du temps. En se regardant dans la glace, elle s'était sentie coupable pour toute cette histoire. Elle avait donc fait des efforts pour prendre soin d'elle, évidemment, et son mari et elle étaient sortis « en amoureux » ; ils avaient parlé et mis à plat tout un tas de griefs, comme le fait qu'il n'aimait pas son pâté à la viande et qu'il n'avait jamais trouvé le courage de le lui dire. Et ç'avait été tout beau tout rose pendant quelque temps, jusqu'au jour où elle avait eu vent d'une autre liaison, avec la serveuse du restaurant où ils « sortaient en amoureux » justement, mais il avait affirmé que c'était « seulement physique » et elle avait pardonné une fois de plus. Elle avait pleuré quand même, n'importe qui en aurait fait autant, et c'était Donna qui l'avait réconfortée. Donna, sa meilleure amie – qui couchait toujours avec son mari, ce que tout le monde savait sauf Amber. Et lorsqu'elle les avait surpris sur le fait, pendant quelques secondes avant qu'ils ne la voient, Amber avait lutté contre l'envie de ressortir sur la pointe des pieds et de faire semblant de n'avoir rien vu. À l'âge de trente-neuf ans, mère de deux enfants et sans profession, il semblait plus raisonnable de considérer la scène comme une hallucination que d'affronter l'épouvantable vérité.

— Je comprends pourquoi vous êtes venue vous installer aussi loin du Maine, a dit Lydia.

— Je ne sais pas. Pour m'éloigner de lui ?

— Parce que vous aviez peur de lui pardonner une fois de plus.

Lydia avait effleuré la main d'Amber.

— Oh, mon Dieu, c'est si vrai ! C'était un tel salaud. Et pourtant…

Elle avait haussé les épaules, l'air de s'excuser.

— … il m'aurait convaincue. Pas par des paroles, plutôt par sa façon de marcher, sa manière de porter les jeans. Je suis tellement idiote ! Pourquoi suis-je restée si longtemps ? Au fond ? Juste parce que j'aimais sa démarche et j'aimais son odeur.

Amber sortit de la réserve, et Lydia s'écarta pour qu'elle puisse étendre les robes sur le canapé, une tâche qui fut accomplie avec plus de soin qu'aucun employé de J. C. Dryden n'en avait jamais mis à préparer un corps.

— Dix robes de soirée en trois tailles, 650 dollars pièce au prix de gros. Dis-moi que je n'ai pas complètement perdu la tête.

Lydia essuya ses doigts sur l'arrière de son jean avant de déballer la première offrande. Dressing, la boutique, tournait confortablement grâce aux « classiques » :

robes portefeuilles, jupes droites et petits cardigans brodés de perles qu'affectionnaient année après année les femmes de Kensington. Elles complétaient ces tenues, lors de la saison des bals de fin d'année, par de petites tenues aguichantes en fuchsia, rose ou blanc qui allaient chercher dans les 300 dollars. Enfin, des robes longues, plus formelles et plus durables, offraient un solide maintien de la poitrine et un tout aussi solide rapport qualité-prix aux mères de Kensington qui investissaient pour leurs noces d'argent en espérant, avec l'aide de Dieu, être tranquilles jusqu'à celles de diamant. Les bonnes dames de la ville ne manquaient pas de moyens, mais étaient assez avisées pour savoir que l'argent ne poussait pas sur les liquidambars, et que, d'ailleurs, rares étaient les occasions de porter des tenues de soirée.

— Waouh ! commenta Lydia. Superbe.

Elle n'osa pas demander à Amber si ces robes pouvaient être retournées. À quoi bon démoraliser son amie ? Elle prit son temps pour inspecter les broderies, faisant courir un doigt autour du col finement travaillé.

Lorsqu'elles s'étaient rencontrées et qu'Amber lui avait raconté sa vie, Lydia avait trouvé cela aussi naturel et prévisible que du thé versé d'une théière. Elle n'était pas tout à fait en mesure de lui rendre la pareille, mais avait néanmoins évoqué son installation aux États-Unis avec son mari quand elle avait une trentaine d'années, l'excitation qu'elle avait ressentie en quittant l'Angleterre si étouffante, le fait que tout ici lui avait paru à la fois étrange et familier, et que le mariage s'était soldé par un échec. Elle était experte en l'art de raconter cette histoire et, quand elle le faisait, elle n'avait même plus l'impression de mentir. Pas de noms, de dates ni d'endroits, mieux valait rester vague, seulement incorporer de petits détails – la nouveauté, pour une Anglaise, d'avoir un drapeau flottant au-dessus de chez soi, la joie de dénicher un pot de Marmite[1] dans une épicerie, l'acquisition de mots et d'expressions qu'elle n'aurait jamais imaginé utiliser.

Au cours des semaines et des mois qui avaient suivi, il y avait eu des questions. Car, entre leurs rencontres, son récit se réduisait à un tas de petits fils épars qu'Amber lui tendait pour qu'elle les assemble. Lydia avait donc raconté. Des choses qui n'étaient pas vraies. Qu'elle n'avait pas d'enfants – c'était le pire, nier leur existence ne devenait pas plus facile avec le temps. Au contraire, c'était chaque fois un peu plus difficile, comme si chaque mensonge renforçait la réalité. Mais elle lui avait aussi confié des choses bien réelles – par exemple, que son mari avait été cruel. Amber s'était contentée de ces offrandes. Et, à cet exercice, Lydia était une professionnelle : elle avait consacré une bonne partie de sa vie d'adulte à le pratiquer – offrant à des inconnus qui ne savaient rien d'elle des moments qu'ils croyaient innocents et intimes, et qu'ils chériraient précieusement. Elle n'avait reçu aucune formation mais il était apparu qu'elle possédait un don. Amber, Tevis et Suzie n'étaient plus des inconnues, et elles en savaient aussi long que Lydia pouvait le leur permettre, mais au début elle leur avait surtout donné l'impression de s'être confiée à elles, si bien que c'étaient elles qui avaient fourni une bonne partie du scénario – supposant que son mari était violent, qu'il jouissait d'une certaine influence et qu'elle ne voulait pas être retrouvée.

Amber lui tint la porte de la cabine.

— S'il te plaît. Essaie-la. Je veux la voir.

---

1. Marque d'une pâte à tartiner à l'extrait de levure très populaire en Grande-Bretagne. *(N.d.l.T.)*

— Pourquoi ne la mets-tu pas ? demanda Lydia. Ce vert te va très bien. Tu devrais en prendre une pour toi.

— Oh, je les ai déjà toutes essayées. Je suis tellement courte sur pattes, elles ne donnent rien sur moi.

— Ne dis pas de sottises. Cesse de te dévaloriser comme ça.

— Arrête de gagner du temps et amène les fesses.

Amber la poussa à l'intérieur.

La robe, un tube vert pâle à broderies argentées, traversé en diagonale par un motif délicat de fleurs en relief, rappelait à Lydia une création de Valentino, sauf que, bien sûr, le travail n'était pas aussi soigné.

— Sors de là ! ordonna Amber.

Il n'y avait pas de glace dans la cabine, car d'après Amber, les clientes de Kensington, trop impulsives, risquaient de porter sur leur tenue un jugement malavisé avant même de lui avoir donné une chance : quelques épingles dans l'ourlet, un autre chemisier, un foulard autour du cou pouvaient faire toute la différence.

Lydia sortit à la manière d'un mannequin dans un défilé de mode, main sur la hanche, visage fermé, tournant la tête de gauche et de droite. Amber siffla et applaudit, puis la prit par les épaules et la fit pivoter pour qu'elle soit face à la glace.

— Superbe, murmura Amber. Absolument superbe.

Lydia prit une inspiration. Dix ans qu'elle n'avait pas porté de robe longue. Quelque chose brûlait dans son estomac, quelque chose à quoi elle se refusait obstinément à prêter attention, se concentrant à la place sur la longueur de ses inspirations et de ses expirations.

— Elle te va comme un gant, déclara Amber. Qu'en dis-tu ?

— Pas tout à fait, répondit Lydia. Je la reprendrais d'un soupçon sur la hanche.

— Tu sais quoi ? Elle est pour toi. C'est un cadeau. J'étais sûre que ces robes seraient magnifiques sur toi, tu as la silhouette pour, mais je ne savais pas à quel point, et encore moins que je réussirais à te convaincre d'en essayer une. Je croyais qu'il faudrait sans doute une opération chirurgicale pour te faire ôter ce jean.

— Et quand voudrais-tu que je la mette, au juste ? demanda Lydia en s'examinant de profil. Pas très pratique pour récurer les chenils. Tu me vois débarquer comme ça à un des dîners de Suzie ?

Elle avait à peine terminé qu'elle regretta ses paroles. Elle venait de mettre le doigt sur la raison pour laquelle Amber avait eu tort d'investir aussi lourdement.

Son amie la regarda sans rien dire, le visage figé, toute à sa joie précédente, comme si son cerveau ne lui avait pas encore transmis les mauvaises nouvelles.

— Oh ! dit-elle enfin, tu n'as qu'à demander à Carson de t'emmener dans un endroit chic.

— C'est une idée, répondit Lydia, se reprenant. Oui, c'est ce que je vais faire. Je peux essayer les autres aussi ?

— Bien sûr, déclara Amber, d'une voix qui avait perdu son enthousiasme. Choisis celle qui te va le mieux. Je te l'offre.

L'après-midi passa tranquillement, Lydia enfilant les tenues les unes après les autres. Une cliente arriva et s'ensuivit une longue discussion sur les robes ; puis deux femmes essayèrent celle en taffetas bleu marine avant de promettre de revenir le lendemain. À ce stade, Amber avait recouvré tout son optimisme et, à cinq heures, après avoir tout rangé, elles s'assirent pour boire un café latte.

— Comment va Serena ? demanda Lydia. Et Tyler ? Il fait des progrès au violon ?

— Oh, je n'arrête pas de le harceler pour qu'il s'exerce, mais je gaspille ma salive. Serena va auditionner pour un rôle dans la pièce de l'école – Dorothée dans *Le Magicien d'Oz.*

— Croisons les doigts, commenta Lydia.

Si ça ne marche pas...

— Je parie que ça va marcher.

— Elle prend des cours de claquettes, de chant, de danse classique – mais elles font toutes ça, tu sais, il y a tellement de concurrence !

— Attends de voir. Inutile de se faire du souci avant qu'il soit temps.

Lydia désigna le présentoir où elles avaient accroché les nouvelles acquisitions.

— Tu vas en garder une pour toi ?

Amber replaça ses cheveux.

— Oh, je ne sais pas. Il va peut-être m'en rester pas mal.

Elles échangèrent un regard et éclatèrent de rire.

— Je veux dire, reprit Amber avant de se remettre à rire, à moins que la robe du soir ne devienne la tenue à la mode pour emmener les enfants à l'école.

— On ne sait jamais, observa Lydia. On a vu plus étrange.

Elle but une gorgée de café et s'étrangla.

— Pas par ici, dit Amber en lui tapotant le dos. Quand j'étais au collège, ajouta-t-elle, j'étais une vraie rêveuse. Toujours la tête dans les nuages. J'étais mignonne sans plus, mes notes n'avaient rien d'extraordinaire, j'avais des copains, mais je n'étais pas Miss Populaire, je ne faisais partie d'aucune bande.

Elle marqua une longue pause, perdue dans ses vieux souvenirs.

— Pourtant, j'avais l'impression de porter un grand secret. Un secret que je ne dirais à personne mais que tous finiraient par comprendre un beau jour. Car, au fond, j'étais tellement remarquable que lorsque j'entrerais dans la vraie vie, dans le vrai monde, je deviendrais forcément une star. Je ne pensais même pas que j'aurais besoin de faire des efforts. Ça allait juste *arriver*, c'était obligé, j'en étais sûre. Du coup, je ne faisais jamais vraiment attention à ce qui se passait autour de moi, j'attendais juste que ma vie commence. Alors, je porterais ces robes fabuleuses. Bien sûr, au début, les gens seraient un peu surpris, et puis ils diraient : « Oui, Amber, bien sûr, on aurait dû deviner. » Tout serait parfait. Les robes, les maisons, les voitures, le Prince Charmant qui me demanderait en mariage.

Elle rit et frotta le dos de Lydia, qui pourtant ne toussait plus.

— Quelle idiote ! Je n'ai peut-être pas changé.

Lydia lui prit la main.

— Écoute, tu n'es pas une idiote. Toutes les filles rêvent de ça.

Amber sourit. Son sourire avait quelque chose de touchant. Il révélait sa gencive supérieure et lui donnait l'air vulnérable.

— Je parie que tu étais plus raisonnable.

— Oh, moi ! J'étais nulle à l'école, répondit Lydia. Complètement bouchée.

Lorsque Amber partit en courant pour arriver au drugstore avant la fermeture, Lydia attendit deux secondes avant de tendre la main vers la pile de magazines. Elle prit les trois plus récents et les posa sur ses genoux. D'abord, elle se concentra sur ses pensées : elle ne céderait pas à l'émotion, ni dans un sens ni dans l'autre. Si elle trouvait ce qu'elle cherchait, elle arracherait la page et la glisserait dans son sac pour l'examiner à la maison. Dans le cas contraire, ce ne serait pas un drame, elle réessaierait la semaine suivante, voilà tout. Elle feuilleta les pages du premier et l'écarta rapidement. Répéta l'opération avec le deuxième, puis le troisième. C'était un drame. Comment aurait-il pu en être autrement ?

Son portable émit un signal, et un message de Carson s'afficha à l'écran. « *Je viens te chercher à sept heures. D'accord ?* » Elle lui renvoya un message disant : « *Oui* », au moment où Amber revint. Cette dernière avait croisé son nouveau voisin et il l'avait invitée à déjeuner la semaine suivante.

— C'est un rendez-vous galant ? demanda Lydia.

Amber tira sur son carré blond et lissa les coutures de sa jupe.

— Je suppose. Non. Je n'en suis pas sûre. Peut-être qu'il essaie juste d'être sympa.

— Tu vas y aller ?

— Un déjeuner n'est sans doute pas un rendez-vous. Et puis, c'est un voisin. Je devrais y aller.

— Et s'il veut sortir avec toi ?

Amber fit la moue.

— Si c'est ça, il n'a aucune chance, il est trop petit pour moi.

— Tu mesures à peine un mètre soixante.

— Je n'ai pas besoin de quelqu'un de grand, mais d'assez grand, enfin, tu vois. Pour que l'écart soit suffisant. Que je puisse mettre des talons sans que ce soit un souci ; et que, si on s'embrasse, l'angle soit le bon.

— Ah ! Eh bien, Carson ne fait que quelques centimètres de plus que moi. Tu crois que je devrais me débarrasser de lui ?

— Non ! s'écria Amber. Ne m'écoute pas. Je t'ai déjà dit que j'étais idiote.

Lydia se leva, délogeant Rufus par la même occasion. Elle ramassa son sac, son téléphone, et embrassa Amber en lui promettant de l'appeler le lendemain pour analyser plus à fond cette invitation à déjeuner. D'ici là, Amber aurait peut-être glané d'autres informations. Lydia prit aussi la robe verte, celle qu'elle avait essayée en premier. Elle la réglerait plus tard en espèces à l'employée d'Amber, pour leur éviter à toutes deux la gêne de se disputer maintenant.

Il était six heures moins le quart quand Lydia arriva chez elle, et l'air était un peu frais, mais elle avait désespérément besoin de se baigner. La piscine n'était pas chauffée et elle fit sa première longueur sous l'eau afin de s'engourdir le cerveau. Elle nagea le crawl durant une demi-heure à un rythme régulier, sans rien sentir d'autre que ses bras en extension, son dos étiré, les muscles fléchis de ses cuisses et la gratitude qui l'envahissait toujours pour cette sensation de délivrance. Lorsqu'elle eut terminé, elle resta un moment du côté où elle avait pied, face à la maison. C'était la première qu'elle avait achetée aux États-Unis. La première qu'elle avait achetée, point. Elle avait possédé un appartement à Londres avant son mariage, mais on le lui avait offert.

Ce pavillon, doté d'un étage, possédait un toit en pente douce et de longs avant-toits. Avec ses piliers carrés à l'avant et à l'arrière, il semblait solidement planté dans la terre. Elle avait peint elle-même les bardeaux en gris colombe tendre, refusant l'aide de quiconque. Un foyer modeste mais pimpant, niché dans un quartier résidentiel au nord de la ville, sur près d'un demi-hectare de terrain bordé de tilleuls et d'érables majestueux qui la rendaient invisible de la route et des propriétés voisines. Elle avait dit : « Je la prends » avant même que Tevis lui ait fait visiter l'étage.

Une fois sortie de l'eau, elle s'enveloppa de sa serviette et entra. Dans la cuisine, elle marqua un bref arrêt devant son ordinateur portable ouvert, sachant qu'il lui suffirait de surfer sur Internet pour y trouver ce qu'elle avait cherché dans les magazines. Seulement, si elle commençait, elle ne pourrait pas s'arrêter. Elle devait respecter les engagements qu'elle avait pris avec elle-même.

Dans sa chambre, elle ôta son maillot de bain, puis prit une douche, se sécha les cheveux et sortit un jean propre du placard. C'est alors qu'elle remarqua la robe du soir jetée en travers du lit.

Elle l'enfila. Ensuite, assise près de Rufus qui s'était creusé un nid dans la couette, elle se remaquilla à l'aide d'un miroir de poche et remonta ses cheveux pour en faire un chignon lâche.

Debout devant la glace en pied, elle frissonna. Malgré les cheveux bruns, malgré le scalpel du chirurgien, malgré les rides apportées par les années et par un bronzage permanent, elle voyait en face d'elle un fantôme qui avait longtemps été relégué dans le passé. Lentement, elle se retourna et regarda par-dessus son épaule. La robe était échancrée presque jusqu'à la taille. La chair s'affaissait, pas beaucoup, juste un soupçon, entre les omoplates. Comme ce serait horrible sur une photo, où aucun défaut n'était pardonné, où l'on était toujours jugée sur son point faible !

Après avoir accroché la robe dans le placard et enfilé une tenue plus adéquate – un jean et un chemisier d'un blanc éclatant, Lydia redescendit préparer la pâtée de Rufus.

— J'ai quelque chose à te demander, dit-elle en tenant la gamelle en l'air alors qu'il se dressait sur ses pattes arrière et appuyait celles de devant sur sa jambe. Est-ce que je devrais rompre avec Carson ? Il pose trop de questions. Ça devient pénible.

Haletant d'impatience, Rufus gratta le jean avec sa patte.

— Oui, tu vas manger. Mais réponds-moi d'abord. Aboie une fois pour oui et deux pour non.

Rufus aboya trois fois.

— Oh, ça ne sert à rien, soupira-t-elle en déposant sa gamelle sur le sol avant de lui donner une caresse. Tu es un bêta d'épagneul. Et moi, je parle à un chien.

3

GRABOWSKI S'ÉTAIT ARRÊTÉ DANS UNE CAFÉTÉRIA juste en bordure de la nationale pour acheter un coca et un hot dog quand son téléphone sonna de nouveau. Cette fois il prit l'appel.

— Écoute, grogna-t-il, comment veux-tu que je bosse correctement si tu es sur mon dos toute la journée ?

— Salut, vieux, répondit Gareth. Moi aussi, je t'aime.

— Qu'est-ce que tu veux ?

— Je t'ai laissé, quoi ? un million de messages. Et tu ne me rappelles jamais. Je voulais juste savoir comment avance le bouquin. Tu as tout le calme et la tranquillité qu'il te faut à – où es-tu, déjà ? – Pétaouchnok, Illinois ?

— Trou-du-Cul, Arizona. J'en suis parti il y a une semaine.

— C'était pas assez calme à Trou-du-Cul ? T'es où maintenant ?

— Sur la route.

— Retourne à Pétaouchnok ou à Trou-du-Cul ou je ne sais où, enferme-toi à clé dans ta chambre et ne fais rien d'autre, ne respire même pas, avant que le bouquin soit fini. S'il te plaît.

Grabowski vida son coca et lâcha un rot.

— J'peux pas. Cette ville me donne la chiasse. Faut que je trouve autre chose.

— Alors, ne bois pas d'eau du robinet, conseilla Gareth. Achète de l'eau en bouteille. Tu n'es pas là pour glander et faire du tourisme, ni pour tourner ça en *road trip*.

— Je ne vais pas retourner là-bas. Ça me fout les boules.

Gareth soupira.

— Écoute, laisse-moi te donner un conseil d'agent : rentre à Londres et bouge-toi les fesses pour ce bouquin. Oublie les grands espaces, le désert, la contemplation et tout le blabla artistique. Finis-le, point.

— Ouais, fit Grabowski, facile. Comme si c'était fait.

Il fit signe à la serveuse de lui apporter un autre coca. L'Arizona lui avait fait l'effet d'un cataplasme au cerveau. Il était complètement vidé. Maintenant, il roulait au hasard, à la recherche de l'endroit idéal, s'arrêtant parfois pour prendre des photos. Dans sa tête, les mots lui venaient avec une facilité déconcertante, mais il les perdait dès qu'il s'asseyait devant un clavier au lieu d'un volant. Non, les grands espaces ou le désert ne lui convenaient pas ; il voulait une petite ville ordinaire, un endroit dépourvu de distractions. Seulement, il y en avait tant qu'il ne parvenait pas à choisir et continuait à rouler.

— Personne ne prétend que c'est facile, vieux, dit Gareth d'un ton enjôleur. Mais réfléchis. Il faut que ce bouquin sorte pour le dixième anniversaire. Le onzième, ça le fera pas, le onzième n'a aucun intérêt au niveau marketing.

Sur la banquette voisine, une mère regardait par la fenêtre pendant que son bambin s'enfilait une boîte de sucrettes.

Gareth poursuivait son monologue.

— Ne te fais pas tout un fromage de l'écriture – tu sais ce qu'ils veulent. Quelques anecdotes, le récit de la première fois que tu l'as vue, quelques ficelles du métier, les vieilles histoires que tu débites au pub. Pour être franc, personne n'en a rien à foutre du texte. Ce que tout le monde veut, c'est les photos – des images-jamais-vues-jusque-là de la princesse de Galles, prises par l'homme qui la connaissait le mieux.

Grabowski renifla. Il secoua le présentoir à cure-dents pour en sortir un qu'il cassa en deux.

— Bon, d'accord, concéda Gareth, pas exactement cette phrase-là. L'attaché de presse torchera ça style : « Des images-jamais-vues-jusqu'ici de la princesse de Galles, tirées des archives personnelles du photographe qui a pris la première photo d'elle avant ses fiançailles et qui a documenté sa vie et son œuvre. » Un peu long.

Deux adolescents, un garçon et une fille, s'engouffrèrent dans la porte à tambour et se glissèrent ensemble sur une banquette en vinyle rouge pour s'y tenir étroitement serrés. Au comptoir, un routier sortit six billets de un dollar et tenta de les glisser dans le chemisier de la serveuse.

— Faut que j'y aille.

— Tu as quelque chose à m'envoyer ? demanda Gareth. Envoie-moi ce que tu as, n'importe.

— Je t'enverrai une carte postale.

— La date butoir est dans un mois. Ne me laisse pas tomber. Ne te laisse pas tomber. Tu as besoin du fric, souviens-toi. Les divorces coûtent cher.

— Merci de me le rappeler.

— Tu vas où ? Tu rentres ? Il te fallait du repos, c'est bien que tu aies pris des vacances ; maintenant, remets-toi au boulot.

— Quoi ? répondit Grabowski. Je t'entends pas... Gareth, j'ai plus de réseau.

Grabowski déplia la carte routière et l'étala sur le capot de la Pontiac, qui vibrait au passage des camions rugissant sur la nationale. Il l'étudia, suivant du doigt les lignes entre les villes en attendant qu'une image se révèle à lui, comme dans un de ces dessins où il faut relier les points. Une Harley basse, customisée, entra dans le parking, conduite par un motard genre gros dur qui arborait gilet en jean et bras couverts de tatouages. Grabowski attrapa son appareil photo sur le siège passager et prit quelques clichés à la suite. Mais le motard se mit à poser, gâchant toute la scène.

Grabowski reporta son attention sur la carte. Abrams, puis Havering, Gains, Bloomfield... Il n'y avait aucun moyen de choisir. Kensington, Littlefield... Il revint en arrière. Kensington. Un sourire aux lèvres, il replia sa carte, rangea son appareil et monta dans la voiture.

4

1er janvier 1998

ON PAIE UN SUPPLÉMENT pour jouir d'une vue sur la mer, mais aujourd'hui je me demande pourquoi. Ces vagues à l'air pincé qui se frottent aux galets, ce vide gris et mesquin au-delà. Des lames déferlantes, des flots en furie peuvent vous remonter le moral. Rien n'est pire que cette morne indifférence.

2 janvier 1998

Patricia est venue pour le réveillon du jour de l'an. J'avais essayé de la persuader de rester à Londres avec John et les enfants, mais elle ne s'est pas laissé décourager. J'ai débouché une bouteille de champagne et nous avons regardé l'obscurité, assis sur le balcon et enveloppés de couvertures. Elle a dit : « Brighton est charmant, n'est-ce pas ? L'air marin doit te faire du bien. » J'ai dit : « Pour l'amour du ciel, Pat... » Alors, elle s'est mise à pleurer. Je me suis excusé, bien entendu.

Elle veut que je retourne à Londres et que je m'installe chez elle. Apparemment, John est favorable à ce projet, ma nièce et mon neveu aussi. J'ai prétexté le travail, affirmé que nous autres historiens, nous autres écrivains, avions besoin de notre splendide isolement, d'être seuls avec nos pensées. Cela a paru la réconforter.

Je n'accomplis pas grand-chose.

4 janvier 1998

Hier, j'ai travaillé toute la journée sans grand résultat. Deux cents mots sur le traité Clayton-Bulwer et une révision rapide des paragraphes concernant la controverse des indemnités réclamées à la Belgique. J'ai l'esprit ailleurs.

5 janvier 1998

Illusions d'un conflit : histoire de la diplomatie anglo-américaine, par le Dr Lawrence Arthur Seymour Standing. Comment cela sonne-t-il ? Suffisamment ampoulé ?

Mon *magnum opus*. Mon legs. L'unique enfant que j'aie conçu.

Neuf ans de gestation, et il sera sans doute mort-né. Si tant est même qu'accouchement il y ait. Tom est venu en décembre et m'a invité à déjeuner. Je l'ai informé que le manuscrit comptait sept cents pages jusqu'ici. Il n'a pas cillé. « Ce sera fantastique, a-t-il dit. Nous organiserons une soirée au Carlton, non, au Reform. Ou peut-être au Garrick, comme vous voudrez. » Le salaud. Il espère que je mourrai avant d'avoir terminé pour ne pas être tenu d'honorer le contrat.

6 janvier 1998

J'ai travaillé sur ma « bio », comme Tom persiste à l'appeler.

Né dans le Norfolk en 1944, Lawrence Standing a fréquenté l'école de Marlborough et Trinity College, Oxford, où il a obtenu une licence d'histoire avec mention. Après ses études, il est entré au ministère des Affaires étrangères et a occupé de nombreux postes à l'étranger, notamment en Turquie, au Brésil, en Allemagne et au Japon. (Devrais-je ajouter un peu de piment à tout cela en évoquant ma brève incursion dans le domaine de l'espionnage ?) En 1980, il a quitté les Affaires étrangères pour exercer les fonctions de secrétaire particulier auprès de la princesse de Galles, un poste qu'il a conservé jusqu'en 1986. Il est demeuré le conseiller officieux de la princesse jusqu'à la mort prématurée de celle-ci en 1997. En 1987, Lawrence est retourné au milieu académique, a obtenu un doctorat en histoire anglo-américaine et a enseigné à University College, à Londres. Grand amateur de sport, il a été membre titulaire de l'équipe de cricket de l'université d'Oxford, et a couru presque quotidiennement jusqu'en mars 1997, date à laquelle il a appris qu'il souffrait d'une tumeur au cerveau incurable. Il est mort en 1998. Il est mort en 1999. (Choisir la mention appropriée.)

8 janvier 1998

Une autre journée perdue. Bricolé la « bio ». Autant écrire sa propre nécrologie.

12 janvier 1998

Suis allé à mon rendez-vous avec le Dr Patel bien que je n'en voie pas vraiment l'utilité. Elle a déclaré : « L'apathie est un symptôme courant des tumeurs des lobes frontaux. Avez-vous des accès d'agressivité, d'irritation, de perte d'inhibitions ? » J'ai répondu : « Occupe-toi de tes fesses, salope. »

Je n'ai rien fait de tel, évidemment. Je ne suis pas certain que le Dr Patel apprécie la plaisanterie.

41

Je lui ai fait un rapport complet sur mes maux de tête, nausées, l'impression de flou dans mon œil gauche. Je lui ai dit que j'ai perdu l'odorat. Elle a pris des notes.

13 janvier 1998

Il n'y a qu'une seule chose sur laquelle j'aie envie d'écrire...
Qu'y a-t-il d'autre d'important ?
Qu'ai-je fait dans ma vie qui ait de l'importance, hormis cela ?

14 janvier 1998

Qu'est-ce qui me retient ? Si je le couche par écrit (et qu'ainsi je m'en débarrasse), peut-être serai-je à nouveau capable de me concentrer. Vas-y, Lawrence, imbécile !

16 janvier 1998

J'irai la voir en mars, une dernière fois, avant d'être trop faible pour voyager. Tout est arrangé. Je prendrai l'avion pour Washington afin de « poursuivre mes recherches » et, de là, je partirai en voiture, ou j'engagerai un chauffeur si nécessaire. Je l'ai prévenue : « Je vous jure que, si je n'arrive pas ce jour-là, cela ne peut signifier qu'une seule chose. – Oh, Lawrence », a-t-elle répondu. Elle m'a tenu la main. C'est ce qu'elle sait faire de mieux. Tenir la main des mourants – cela ne fait pas d'elle une sainte, mais cela a fait d'elle un ange dans ce monde.
Est-ce la tumeur qui me plonge dans l'apathie ? Je l'ignore. Je sais que je me suis senti vivant en écrivant ce paragraphe à l'instant.
Vas-y, Lawrence, vas-y. Ce n'est pas une trahison.

17 janvier 1988

Cynthia vient faire le ménage. Elle ne toucherait jamais à mes papiers. Elle a l'habitude. Quant à mes amis, je les vois seulement lors de déjeuners au restaurant, ou, très rarement ces jours-ci, quand je suis invité à dîner chez l'un d'eux. Ils m'interrogent sur le livre, avec un fichu tact, une délicatesse murmurée si débordante de sollicitude qu'on croirait que c'est le livre qui est en train de me tuer. Gail m'a rendu visite une fois. J'ai peine à croire qu'à un certain moment nous avons failli nous fiancer. Qui d'autre vient ? Seulement Patricia, qui, il faut l'avouer, pourrait être tentée de lire mon journal, si elle le trouvait qui traînait. Histoire de voir si c'est vrai ce qu'on dit, ce que certains disent, que je ne suis jamais « sorti du placard ». Elle a sans doute entendu aussi l'autre rumeur, en vogue fut un temps : qu'à l'époque où je travaillais au palais de Kensington j'avais eu une liaison avec mon employeur. Quoi qu'il en soit, Patricia ne se risquerait jamais à évoquer l'une ou l'autre possibilité, même pour rire.

Elle jetterait peut-être un coup d'œil au journal, mais de là à lire sept cent cinquante pages de manuscrit pendant que je suis dans mon bain ou aux toilettes, et à tomber par hasard sur ce passage ? Aucun danger.

T'es-tu convaincu à présent ? T'es-tu donné la permission ? Qu'attends-tu donc ?

18 janvier 1998

Entre six mois et un an, d'après le Dr Patel, voilà le délai qui m'est imparti. Bien que, comme elle dit toujours, il soit impossible de faire des prévisions exactes, et que, comme je dis toujours, je le comprenne tout à fait. C'est en plus des dix mois que j'ai déjà eus, donc une donne assez généreuse dans le monde des tumeurs cérébrales. Seuls trente pour cent d'entre nous s'en tirent avec plus d'un an. Quatorze pour cent en ont cinq entiers. Certains sacrés chanceux, le club des dix pour cent, jouissent de dix longues années. Ma tumeur est d'une classe supérieure. J'ai lancé au Dr Patel : « Une classe supérieure, ça veut dire une tumeur de meilleure qualité, non ? » Cela ne l'a pas fait rire.

Qu'arrivera-t-il à ce manuscrit, de toute façon, après ma mort ? Même si, par quelque tour catastrophique des événements, ces pages devaient rester là, c'est pure vanité de ma part que de redouter d'être lu. Tom, ce bon vieux Tom, ce serpent jovial, a déjà composé son discours de regrets ; et il sera absolument désolé de ne pouvoir publier ce qui n'est, hélas, qu'un manuscrit *partiel*.

Patricia le rangera dans un carton et le mettra au grenier. Ou peut-être ira-t-elle voir Tom, et le laissera-t-elle tomber avec fracas sur son bureau ? Peut-être le jettera-t-elle ? Non, elle n'en fera rien.

Mais ces pages n'existeront plus à ce moment-là. Je ferai en sorte de m'en assurer.

19 janvier 1998

Je l'encourageais à écrire. L'écriture peut être une forme de thérapie, mais c'était une des rares qu'elle n'était pas prête à tenter. Elle avait sa propre méthode pour faire imprimer son histoire, plus spectaculaire que celle que je préconisais. C'est une fille qui prend des risques. Je me souviens qu'un jour quelqu'un lui a demandé si elle jouait. « Pas aux cartes », a-t-elle répondu.

Elle écrivait beaucoup de lettres de remerciements. À peine rentrée d'une soirée, elle s'asseyait à son bureau du palais de Kensington, plaçait devant elle une carte où figuraient tous les mots qu'elle avait du mal à épeler et rédigeait une de ses charmantes missives. Les gens s'étonnaient toujours qu'elle en trouve le temps. « Lawrence, disait-elle, que s'imaginent-ils que j'aie à faire, seule dans toutes ces pièces vides ? »

20 janvier 1998

La dernière fois que je l'ai vue, c'était en novembre. Quand je l'avais laissée en septembre, elle était dans tous ses états, la peur et le chagrin la rendaient hystérique. Je n'avais réussi à la calmer un peu qu'en la suppliant de me pardonner pour ce que j'avais fait, pour ce que je l'avais aidée à faire. Elle était restée immobile sans parler jusqu'à ce que les larmes aient séché sur son visage. « Non, avait-elle dit, Je ne pouvais pas continuer. Nous le savions tous les deux. » Et il est vrai que j'avais craint pour sa santé mentale durant ces derniers mois, après qu'elle eut perdu l'« amour de sa vie ». Sa conduite était devenue imprévisible au point de déchaîner les tabloïds, et trop souvent, lors de nos conversations, elle semblait flotter, comme à demi absente. Maintes fois, au fil des années, elle avait émergé des ténèbres (après la trahison de son mari, sa boulimie, les scandales à répétition) pour éblouir le monde entier. Plus profonde la nuit, plus brillant son éclat, mais c'est un équilibre impossible à conserver indéfiniment. Cette fois, je l'avais vue vaciller, au bord de l'abîme.

Et maintenant ? lui avais-je demandé. Pouvez-vous continuer ? Et bien qu'un instant plus tôt elle eût sangloté jusqu'à être secouée de haut-le-cœur, suffoquant sous le poids de l'impossible, elle m'avait adressé ce sourire bien à elle, à la fois purement sensuel et complètement chaste, et avait dit : « Oh, ayez un peu foi en moi, je vous en prie. »

Pourtant, lorsque je suis revenu la voir, ce fameux mois de novembre, elle était d'humeur sombre. Ces deux mois passés dans un faubourg brésilien ordinaire, à peaufiner son bronzage et à vulgariser son accent, lui avaient peut-être déjà donné un aperçu trop net de la « normalité » qu'elle avait pourtant cru désirer.

Cette remarque est injuste.

Elle n'est pas la première personne sur cette planète à tout quitter pour repartir de zéro, comme on dit. Elle n'est pas la première mère à abandonner ses enfants. Ces choses-là arrivent, même si elles nous choquent quand nous en entendons parler.

Cependant, sa situation était extrême. Qu'il semble froid de la décrire ainsi ! Si seulement je pouvais évoquer sa vie, l'évoquer, elle, avec passion et poésie au lieu de cette écriture laborieuse ! Si j'en étais capable, j'écrirais non pas de la prose, mais une aria.

Donc, oui, sa situation était extrême ; et sa dépression, son abattement, naturels et inévitables. Nous en avions parlé auparavant comme d'une étape qu'elle aurait à franchir. Cependant, étant donné la fragilité de son état mental, elle n'avait peut-être pas complètement saisi la portée de son geste, le renoncement définitif à ses fils. Non, elle ne pouvait continuer. Mais je ne doutais pas, je n'en doute toujours pas, qu'elle survivrait à leur perte. C'est une survivante. La femme la plus forte que j'aie jamais connue.

Néanmoins, la découverte de la « vraie vie » a dû être pour elle une sorte de choc. Elle l'avait toujours désirée, tout du moins le croyait-elle. Elle rêvait de monter dans un bus à impériale comme d'autres rêvent de se promener dans un carrosse tiré par des chevaux. Lorsque nous préparions notre « petit plan » (c'est ainsi qu'elle en parlait ; elle est souvent drôle bien que l'on soupçonne rarement les princesses d'avoir le sens de l'humour), elle me rappelait toutes les fois où elle était sortie dans Londres « sans se faire prendre ». Elles n'étaient pas si nombreuses, nous pouvions les compter, parce qu'en général un photographe, ou plusieurs, repérait sa « couverture ». Cette « couverture » était uniquement basée sur le fait que la princesse de Galles n'aurait pas pu flâner devant un kiosque à journaux, vêtue d'un jean et d'un pull. D'autres fois, elle enfilait une perruque et des lunettes noires, voire un uniforme de policière, comme au tout début, à l'époque où elle faisait les quatre cents coups avec sa belle-sœur, et plus tard, au comble du désespoir, pour téléphoner d'une cabine publique à un individu quelconque, indigne objet de son amour. Le déguisement, elle le savait, pouvait fonctionner.

En revanche, la routine des courses, de la cuisine, du ménage et de la lessive, même si elle avait gardé en dépit des années une légère tendance à jouer les Cendrillon, l'ennuyait manifestement à mourir. Quand je l'ai revue, fin novembre, elle n'avait pas engagé de femme de ménage. Elle se débrouillait toute seule depuis plus de deux mois. Un point d'honneur sur lequel elle finira un jour par céder.

Elle porte une perruque et se teint les cheveux aussi ; elle n'est pas du genre à faire les choses à moitié. Jamais elle n'a été aussi hâlée. Ses yeux sont marron foncé et elle se plaint que les lentilles sont difficiles à mettre et à enlever.

Peu après sa « disparition », quand nous nous sommes rendus dans une clinique de Belo Horizonte (la ville où elle se cachait) pour son opération des lèvres, c'est tout juste si elle a osé respirer durant le trajet. Elle avait passé les deux semaines précédentes terrée chez elle, rideaux tirés, rationnant la nourriture que j'avais apportée. « Oh, mon Dieu, a-t-elle répété sur le chemin. Oh, mon Dieu ! »

« Puis-je me permettre quelques observations, madame ? ai-je demandé. Premièrement, vous serez sortie de la clinique dans quarante minutes et vous pouvez garder vos lunettes de soleil si vous êtes plus à l'aise ainsi. Deuxièmement, personne ne vous cherche. On ne vous traque plus, c'est fini, c'est du passé. »

Elle s'est ressaisie alors et a réquisitionné le rétroviseur arrière comme pour s'assurer qu'elle était bien désormais une beauté brune aux yeux sombres. Elle a dit : « Allez-vous s'il vous plaît cesser de m'appeler "madame" ? »

Depuis cette intervention, ses lèvres sont plus charnues, et je crois qu'une fois l'hématome résorbé, quand il est apparu qu'elle n'allait pas faire la moue en permanence, elle a été satisfaite du résultat. « Elles sont plutôt sexy, n'est-ce pas, Lawrence ? » Même en proie à l'angoisse, elle est capable de flirter.

Plus tard, elle a tenu à se faire refaire le nez à Rio, bien que je fusse d'avis qu'elle n'en avait pas besoin. Mais après tout elle avait été la femme la plus photographiée au monde, comment ne pas craindre d'être reconnue ? Trois semaines plus tard, quand arriva le moment de la laisser en Caroline du Nord (j'avais pris au préalable toutes les dispositions nécessaires concernant la maison, naturellement), il était clair que l'opération avait été effectuée avec art. Et aussi qu'elle avait eu absolument raison d'y tenir. L'ajout d'un nouveau nez à une nouvelle bouche créait une différence non pas mineure, mais exponentielle, car les proportions mêmes de son visage en semblaient altérées, et l'étaient peut-être.

21 janvier 1998

Dieu sait comment elle remplit ses journées à présent. J'essaie de l'imaginer, en vain. Elle avait si souvent rêvé d'une vie « normale », mais toujours avec un homme, celui qui l'emmènerait loin de tout le reste ! Un rêve qui ne se serait jamais réalisé, et elle-même s'en est rendu compte à la fin.

Je lui ai donné des livres : *La Foire aux vanités*, *Orgueil et Préjugé*, *Madame Bovary*, *Crime et Châtiment*. « C'est extrêmement gentil à vous, Lawrence, a-t-elle commenté, de faire semblant de croire que je suis assez intelligente pour ces choses-là. »

Que fait-elle donc en ce moment ? À quoi ressemblent ses matinées ? Peut-être s'est-elle mise à jardiner. Peut-être a-t-elle pris une carte de bibliothèque.

J'ai beaucoup de mal à me la représenter en train de vivre sa vie au milieu des autres, et j'ignore si c'est parce que je la porte trop aux nues ou au contraire parce que je la traite avec trop de condescendance. Quand elle n'avait pas d'engagements publics, elle restait souvent seule, assise sur un canapé, adossée à un coussin brodé devant la télévision.

Elle adorait les feuilletons télévisés, mais jamais aucun drame n'a pu rivaliser avec celui de sa vie. Pour difficile qu'ait été son existence (une fois de plus, quelle formule aride !), celle-ci doit lui manquer ; et, la dernière fois que je l'ai vue, sa toute nouvelle tranquillité semblait presque éveiller en elle un certain ressentiment. Quand, par exemple, je l'ai emmenée à l'hôpital pour sa rhinoplastie, elle n'a manifesté aucune nervosité, et cela bien que la brochure l'eût avertie qu'elle serait « sous surveillance constante » durant son séjour. Ce jour-là, elle était boudeuse, presque mutique, et lorsque je lui ai demandé si elle était inquiète, elle a rétorqué : « Pourquoi le serais-je ? Je ne suis qu'une patiente parmi des dizaines d'autres. »

C'était très vrai. Rio est sans doute la capitale mondiale de la chirurgie plastique. Acheter un nouveau nez est aussi simple que de commander une robe neuve sur un catalogue : on peut opter pour le style de son choix à partir d'une série de photos.

J'ai pâli, malgré tout, en arrivant à l'accueil, où sa photo ornait la couverture de bon nombre de magazines. Cependant, elle avait une longueur d'avance sur moi. Elle en a pris un et m'a dit de le garder. Lors de la « consultation » avec le chirurgien, une causerie préopératoire où elle était déjà en tenue d'hôpital, assise sur un brancard, j'avais le magazine retourné sur les genoux et je le sentais qui me brûlait la chair. Elle ne portait pas de maquillage, et seules quelques mèches brunes sortaient de sous son bonnet en plastique. Après les politesses d'usage, le chirurgien, un type suave, un gigolo en blouse blanche, s'est mis à examiner son profil. Deux mois avaient passé depuis sa supposée noyade. Son portrait faisait encore la une des journaux. Si ordinaire qu'elle parût avec sa chemise et son bonnet, y avait-il une infime possibilité pour qu'il la reconnaisse ? Je retenais mon souffle.

« Chéri, m'a-t-elle dit, passe-moi la revue. Est-ce qu'elle n'était pas superbe ? Je voudrais que vous me fassiez ressembler davantage à elle. C'est possible ? »

Le chirurgien a à peine jeté un coup d'œil au magazine. « Quelle tragédie ! Une si belle femme ! s'est-il écrié. Maintenant, ce que je vous propose, si vous me permettez, c'est d'affiner un peu ici et là, et d'amener les narines jusque-là. Je crois que vous adorerez le résultat. »

Elle a acquiescé dans un murmure et il a commencé à faire des marques au stylo sur son visage. J'étais assis à côté d'elle, dans le rôle du mari, je suppose. Le chirurgien devait voir cette scène chaque semaine. Un homme qui emmène son épouse en voyage au Brésil pour un ravalement de façade suivi de deux semaines de récupération sur la plage, et un retour à la maison « la mine remarquablement reposée ».

Néanmoins, j'étais nerveux, je dois l'avouer, plus que je ne l'avais été depuis l'annonce officielle de son décès. Lorsque je suis revenu la voir le lendemain matin, j'ai dû rester cinq bonnes minutes debout sur les marches de l'hôpital, agrippé à une rambarde tandis que mes jambes menaçaient de me lâcher. À ma grande honte, je me souviens que, tremblant à la perspective d'être découvert, j'avais peur pour moi autant que pour elle, et que je songeais peut-être avant tout à mon inévitable disgrâce.

L'espace d'un instant, j'aurais voulu être terrassé sur-le-champ. Un soudain caillot de sang dans le cerveau qui aurait damé le pion à la tumeur ; ne plus sentir la corde du bourreau se resserrer et se relâcher autour de mon cou, ne plus le servir, ne plus la servir, ne plus servir rien ni personne. Et puis je me suis ressaisi, j'ai recouru au droit qu'acquiert tout Anglais à sa naissance, ce fameux flegme auquel on fait appel comme à la garde royale pour étouffer une manifestation d'émotion.

J'ai failli éclater de rire en la voyant assise sur le lit, en train de se vernir les ongles des orteils. Avec ses yeux au beurre noir, son nez bandé et son visage tuméfié, c'était tout juste si je la reconnaissais moi-même. « Je suis affreuse, a-t-elle dit. Et les infirmières pensent que je ne suis qu'une épouse riche et gâtée n'ayant rien de mieux à faire que de se faire raboter un nez parfaitement correct. » L'irritation était perceptible dans sa voix.

Je l'ai ramenée chez elle deux jours plus tard. Le trajet a été long et, une fois de plus, silencieux. J'ai préparé le dîner, ou plutôt réchauffé deux barquettes en plastique dans le micro-ondes pendant qu'elle était allongée sur le canapé, enveloppée d'une couverture d'où seuls émergeaient le sommet de la tête et deux yeux battus. Jamais je ne l'ai vue aussi sombre que durant les quelques jours qui ont suivi. Non pas anéantie, non pas hystérique, et pas davantage sujette à ces brusques rayons de lumière qui transperçaient la plus noire de ses humeurs. Elle prenait vraiment conscience, je crois, du fait que nul ne la reconnaîtrait : ni les voisins, ni les commerçants, ni les infirmières, personne. Quand elle sort à présent, elle peut bien prendre toutes les précautions qu'elle veut. Quoi qu'elle mette, quoi qu'elle dise et sur quelque ton que ce soit, le drame est dorénavant circonscrit aux scénarios qui se jouent dans sa tête. L'adrénaline ne court pas plus vite dans ses veines. Le rideau est tombé. Le feuilleton est passé aux oubliettes. Et c'est ici que débute le reste de sa vie.

5

LYDIA N'ÉTAIT PAS CENSÉE TRAVAILLER le week-end, mais elle aimait faire un saut au chenil le samedi matin. Ce jour-là, les familles venaient chercher un nouvel animal, par conséquent il y avait d'autant moins de personnel disponible pour soigner les chiens et les promener. Elle se gara devant un des bureaux préfabriqués et ouvrit la portière à Rufus pour le laisser descendre le premier.

Esther était à l'intérieur, avec le petit kerry-blue terrier qu'ils avaient recueilli quelques jours plus tôt.

— Il refuse d'avaler son vermifuge, expliqua-t-elle. Eric mélange les comprimés avec sa pâtée, mais il les trouve et les recrache.

— Un petit futé, commenta Lydia.

— Avec un derrière tout enflammé pour le prouver.

Lydia caressa le poil noir et ondulant du chiot. Il faudrait quelques mois encore pour qu'il prenne son adorable couleur ardoise. Elle passa la main sur sa petite barbichette.

— Je vais écraser un comprimé et y ajouter du beurre de cacahuète. En général, ça marche.

— Je te le laisse, dit Esther. J'ai une famille sur le point d'arriver, et si je peux les convaincre de prendre un des chiens plus âgés pendant que ce petit futé est hors de vue, tant mieux et amen.

Lydia emmena Tyson, Zeus et Topper en promenade dans les bois, Rufus ouvrant fièrement la marche. Ces vieux chiens étaient au refuge depuis des années et ne seraient sans doute jamais recasés. Tyson traînait une patte folle à l'arrière, et Zeus et Topper se chamaillaient comme les vieillards grincheux qu'ils étaient. Elle était partie avec eux parce que les autres avaient plus de chances d'être choisis. Ils étaient assez mignons pour inciter des familles à leur lancer des bâtons et des balles en caoutchouc, alors que Zeus et Topper se contentaient de mâchonner le grillage de leur enclos et que Tyson, roulé en boule, mâchonnait sa patte.

La veille au soir, Carson était venu et elle avait préparé du poulet Parmigiana.

— C'est génial de vivre seul. On n'a à s'inquiéter de personne d'autre que soi, avait-il lancé une fois la table débarrassée.

Elle avait attendu la suite.

— Mais est-ce qu'on ne se sent pas un peu solitaire, quelquefois ?

Lydia en connaissait un rayon sur la solitude.

— Rien n'est jamais parfait, répondit-elle.

— Ne te méprends pas. Je ne me plains pas. Je me demandais s'il n'y aurait pas une autre solution, voilà tout. Ça m'a traversé l'esprit.

— Tu ne vas pas donner dans le romantisme, à présent ?

Avait-elle encore quelque chose à découvrir sur la solitude ? Elle l'avait goûtée de tant de manières.

— Tu sais bien que ça ne risque pas d'arriver, répondit-il en se massant la nuque.

— Ouf, répliqua Lydia. Me voilà soulagée.

— La compagnie des autres n'empêche pas de se sentir seul, insista Carson. Pas nécessairement. Et vivre seul ne rend pas solitaire. Mais c'est quand on ne voit pas assez les gens qu'on apprécie que les choses commencent à devenir difficiles.

— Carson, intervint Lydia, nous ne sortons ensemble que depuis quatre mois.

À une époque, Lydia avait pensé – oh, l'arrogance, la suprême arrogance ! – qu'elle seule savait ce qu'était la véritable solitude. Sa vie était si… singulière, si *éloignée* de l'expérience commune… Quelle idiote elle avait été ! Il y avait tant de personnes seules, et elle n'était que l'une d'elles. Lawrence n'avait-il pas été seul, lui aussi ? Elle n'en avait pas conscience alors, mais n'était-ce pas en partie ce qui les avait rapprochés ?

— J'ai acheté des billets pour le ballet, annonça Carson.

— J'adore le ballet.

— Je sais. Tu me l'as dit. C'est d'ailleurs une des rares choses que je suis autorisé à savoir.

Lydia rit.

— Qu'allons-nous voir ?

— *Le Lac des cygnes*, au Lincoln Center.

— Tu m'emmènes à New York ?

— C'est ton anniversaire bientôt, hein ? J'ai pensé qu'on pourrait partir en week-end. Se promener dans Central Park. Dîner dans un bon restaurant. Et assister au ballet.

Elle le regarda sans rien dire. Avait-elle vraiment envie d'aller dans les endroits qu'elle fréquentait autrefois ? Quelques années plus tôt, elle aurait refusé à coup sûr. Maintenant, elle hésitait.

— C'est adorable de ta part.

— Tu viendras, alors ? J'ai déjà pris les billets – le week-end après ton anniversaire. Je voulais te faire une surprise, et puis j'ai pensé que tu n'apprécierais peut-être pas d'être enlevée.

Elle aurait vraiment dû mettre un terme à leur relation avant que ça ne tourne au désastre. Au mépris de ses propres règles, elle lui permettait déjà de passer certaines nuits chez elle.

— Il va falloir que je trouve quelque chose à mettre, dit-elle.

Quand Lydia eut reconduit les chiens à leurs chenils, elle regarda Esther qui dressait Delilah dans la cour.

— Je ne vais pas être trop ambitieuse, expliqua Esther. L'objectif d'aujourd'hui : qu'elle reste assise sans bouger pendant cinq secondes... Très bien !

Elle donna une récompense au labrador qui bondit joyeusement pour l'attraper.

— Ne va pas tout gâcher, Delilah. Assis.

Pour ce qui était du dressage, Lydia n'était pas encore tout à fait au point. Elle avait lu deux livres et travaillé avec plusieurs chiens, y compris le sien. Mais la meilleure des formations était toujours d'observer Esther.

— Elle va rester assise un peu plus longtemps chaque jour, c'est ça ?

— C'est l'idée. On ajoute les trois D – durée, distance et distraction. En essayant de ne pas en faire trop à la fois.

Elles allèrent boire une tisane dans la salle du personnel. C'était une pièce affreuse, avec des taches d'humidité au plafond et le robinet de l'évier qui gouttait en permanence. En plus de la table et des chaises en plastique, il y avait deux fauteuils qui sentaient le mildiou. Esther disait tout le temps qu'elle allait les jeter. Elle disait tout le temps, aussi, qu'elle allait faire quelque chose pour remédier à la laideur générale de l'ensemble, mais quand un peu d'argent arrivait, les chiens passaient avant tout – c'était pour eux que les gens donnaient.

— Un gamin est venu avec sa mère ce matin, il a apporté 32 dollars qu'il avait économisés lui-même.

— Comme c'est mignon ! commenta Lydia.

— C'est mignon, en effet. Je l'ai félicité. Il a huit ans.

— Quelqu'un d'autre est venu ?

— Janice Lindstrom, pour apporter les troncs de collecte. On a fait le total : 89 dollars et 10 cents.

— Oh !

— Oui, comme tu dis, marmonna Esther en frottant ses bras nus.

À son habitude, elle était vêtue d'un débardeur et d'un pantalon de camouflage qu'elle avait achetés en ville, dans un magasin de surplus de l'armée. C'était un style qu'elle portait avec panache, complété par ses longs cheveux gris acier qu'elle rassemblait en queue-de-cheval, en chignon ou dans deux épaisses tresses.

Elle examina un bleu sur son biceps. Elle s'était sans doute cognée aux portes d'un chenil. Esther ne faisait jamais attention quand elle devait tout à la fois sortir un chien et en retenir un autre.

— Ah, et quatre nouvelles adoptions sur le site Internet, ce qui nous fait 120 dollars de plus par mois. J'imagine qu'on devrait remercier le ciel pour ça.

— Chaque petite chose compte, observa Lydia.

— J'arrête tout, répondit Esther. J'arrête et je déménage à Hawaii pour siroter des margaritas sur la plage.

— Je peux venir ?

— Bien sûr. Allons faire nos bagages.

Esther se mit à rire.

— Comment avons-nous échoué dans cette ville, je me le demande...

Lydia se rappela toutes ces années passées à louer et déménager. Elle avait fini par chercher une maison à vendre à Gains, dix miles plus loin sur la nationale, et l'agent immobilier de cette ville, à court d'options, l'avait mise en relation avec Tevis. L'idée de vivre à Kensington lui avait plu immédiatement. Si on gardait son sens de l'humour, on n'avait pas tout perdu.

— Ce n'est pas si mal, plaida-t-elle.

— Si on m'avait dit, à l'âge de vingt ans, que je finirais ici…

Esther secoua la tête, mais elle souriait à présent.

— Si on m'avait dit que je serais *vieille* un jour. Soixante-six ans ! Une vieille femme, moi ? Pas question !

— Quand j'avais vingt ans…, dit Lydia avant de s'interrompre.

Esther avait raconté à Lydia son adolescence et ses vingt ans. (« Tu as entendu parler du roman *Acid Test* ? J'étais là, mon chou. J'étais dans ce bus. ») Elle était restée hippy bien longtemps après que ce fut passé de mode, vivant à Haight-Ashbury, confectionnant des galettes de pommes de terre agrémentées de libanaise noire de première qualité, couchant avec quiconque n'était pas trop défoncé pour bander. Lors d'une manifestation pour les droits des homosexuels, un de ses amis avait été arrêté : il avait embrassé un agent de police qui l'avait passé à tabac avant de le coffrer pour agression. Il avait écopé de dix-huit mois au pénitencier de l'État, et Esther avait dû s'acheter des livres de droit parce que ses avocats étaient des crétins finis. Le temps qu'elle commence à comprendre quelque chose au droit, son copain était déjà en liberté conditionnelle, mais Esther avait repris ses études. S'était rangée. Elle voulait se spécialiser dans les droits de l'homme, trouver un poste aux Nations unies à New York. Au lieu de quoi elle avait échoué à Boise, dans l'Idaho, employée par une société de droit commercial dont elle avait été une associée au bout de huit ans. Elle conduisait une BMW haut de gamme. Ses pelouses étaient tondues par des Mexicains. Ses hauts talons lui donnaient mal aux pieds. Quand elle avait remis sa démission, ç'avait été le plus beau jour de sa vie.

— Quand j'avais vingt ans, reprit Lydia, je venais de me marier. Mon mari appartenait à une famille très guindée. J'étouffais. Pendant des années, j'ai à peine respiré.

Lydia avait peu à peu fini par se rendre compte, maintenant qu'elle avait quelques amis, qu'il n'était pas aussi difficile qu'elle l'avait cru de mentionner certains aspects de son passé. Personne ne cherchait à la prendre en faute ; on ne l'attendait pas au tournant pour la piéger, la faire trébucher. Et on ne trouvait pas particulièrement étonnant qu'elle ait choisi de laisser tant de choses derrière elle. Aux États-Unis, les gens déménageaient beaucoup, vivaient loin de leur famille. Se réinventer était aussi américain que la compote de pommes.

— Pauvre petite, commenta Esther. Mais qu'est-ce qu'on savait, à vingt ans ? Moi je croyais tout connaître. Et toi, tu penses que tu te remarieras un jour ?

— Jamais de la vie.

Elle aimait bien Carson. Elle l'aimait beaucoup mais elle n'allait pas s'autoriser à tomber amoureuse. Même à trente ans passés, elle avait aimé si follement qu'elle en avait été terrifiée, qu'elle perdait tout contrôle. Une autre forme de dépendance, bien sûr.

Esther semblait l'observer avec attention.

— Carson est quelqu'un de bien, dit-elle.

— Je sais.

Ils s'étaient rencontrés environ un an auparavant, lorsqu'il avait débarqué au refuge de Kensington, les pouces calés dans les passants de son jean. Il avait rempli un formulaire, regardé quelques chiens, et fixé une date pour la visite de sa maison. Quand il était revenu, il avait choisi un setter irlandais appelé Madeleine. Lydia était convaincue qu'il prendrait un bouledogue, un boxer ou un berger allemand. Elle avait été contente de s'être trompée.

— Écoute, lui conseilla Esther, va-t'en. Ne te marie pas. Ne te marie pas à cet endroit non plus. Ne te marie pas aux chiens. Tu es encore trop jeune pour ça. Tu aimes qu'on ait besoin de toi, je le sais, mais je n'ai pas vraiment besoin de toi aujourd'hui, j'ai d'autres bénévoles qui viennent. Alors va-t'en et va faire des conneries tant qu'il est encore temps.

Tandis qu'elle roulait vers la ville pour acheter quelques provisions, Lydia se tourna vers Rufus.

— Il n'y a pas de mal à se confier un peu, non ?

Rufus garda son opinion pour lui.

Au feu, elle se pencha et déposa un baiser sur sa tête. Il sentait bon le shampooing, la terre de la forêt et le chien. Il enfouit le museau sous son menton.

— Bien sûr que non, répondit-elle.

Elle s'accorda un souvenir. Quelques instants, pas plus. Ses garçons, assis de chaque côté d'elle sur le canapé, regardant un film, se lançant du pop-corn, riant quand un grain s'accrochait à ses cheveux. Pas trop longtemps. Elle s'obligea à revenir au présent. Le passé était un océan, et elle avait beau nager vers le rivage, elle savait qu'il pouvait l'engloutir. Le truc c'était d'aller en biais, ne pas lutter directement contre le courant mais ne pas se laisser emporter non plus.

Après avoir fait ses courses, elle se souvint du livre qui dormait depuis plusieurs semaines dans sa boîte à gants. Elle avait promis de le prêter à Mme Jackson, mais oubliait tout le temps de le déposer. Mme Jackson était un pilier de la bonne société de Kensington, et Esther marmonnait sans cesse qu'elle devrait essayer de la persuader de rassembler des fonds pour eux. Cela valait bien la peine de faire un petit détour.

Aussi, Lydia se rendit à pied dans Fairfax Street et se dirigea vers la demeure de style néocolonial, construite en brique et dotée de deux étages, où les Jackson louaient des chambres d'hôtes. Mme Jackson venait de la quitter, mais à peine avait-elle fait quelques pas qu'Otis s'était déjà emmêlé les pattes dans sa laisse.

— Oh, bonté divine ! gémit Mme Jackson. Vilain chien.

Lydia tira le livre de son sac.

— Ceci nous a été très utile au refuge, déclara-t-elle.

— *Quand les poules auront des dents* ! lut Mme Jackson. *Comment dresser des chiens impossibles.* Tu entends ça, Otis ? Hmm ?

Lydia s'agenouilla, souleva le teckel et libéra ses pattes de la laisse.

— Hier soir, il a fait tomber tous les coussins des canapés, et quand je suis entrée il y avait des plumes partout.

— Oh non ! s'écria Lydia.

Elle cajola Otis, qui se tortilla sur le côté pendant qu'elle lui caressait le ventre et le dos. Comme elle levait les yeux vers Mme Jackson, elle aperçut, par-dessus l'épaule de celle-ci, l'arrière de la tête d'un homme, grise et carrée, au moment où il s'engouffrait dans la maison.

— Et il était là, étendu sur le sol, l'innocence personnifiée, une plume à l'oreille, précisa Mme Jackson.

Lydia éclata de rire, puis posa Otis et se redressa. Elle bavarda encore quelques instants avec Mme Jackson, et quand elle jeta un coup d'œil vers la façade elle vit qu'à la fenêtre du salon le rideau frémissait, comme agité par la brise.

6

GRABOWSKI ÉTAIT ALLONGÉ SUR LE LIT À BALDAQUIN de la chambre d'hôtes. Après avoir retiré ses chaussures et desserré sa ceinture, il avait songé à s'offrir une petite branlette suivie d'une sieste rapide avant le déjeuner. Mais les rideaux de chochotte en dentelle blanche et la pièce surchargée (mobilier de style colonial – fauteuils prétentieux au dossier tarabiscoté, guéridons hautains à pieds d'animal) lui en coupèrent l'envie. Son ventre n'aidait pas non plus. Il le rentra. Il ferma les yeux puis essaya de nouveau.

Il passa en revue son stock de fantasmes, sans s'arrêter sur rien d'excitant. Il ne savait plus s'il avait tiré le verrou. Mme Jackson était bien capable de faire irruption dans sa chambre sans crier gare. Elle cherchait désespérément quelqu'un à qui parler et son mari était déjà à moitié mort d'ennui dans son fauteuil. La femme avec qui elle avait bavardé un peu plus tôt était jolie. De longs cheveux noirs, de longues jambes, des yeux bleus étonnants – qu'elle avait levés vers Mme Jackson juste au moment où il passait à côté d'elles pour monter les marches. Une fois dans le salon, il avait épié l'inconnue à travers la fenêtre, songeant un instant à redescendre et à lier conversation. Pas eu le courage, bien sûr. De la gueule, mais pas de couilles. Bizarre, non : avant que

62

Cathy le flanque à la porte, il avait trouvé facile de draguer les femmes. Ça semblait beaucoup plus dur maintenant.

Finalement il renonça, remonta sa braguette, tituba jusqu'au bureau et alluma son ordinateur portable. Toutes les photos, même celles du début, étaient sur le disque dur. Il avait fait numériser son stock entier de pellicules. Il en ouvrit une au hasard – l'île Necker. C'étaient des vacances « privées » mais elle avait organisé une séance de photos, inévitablement. Elle était splendide dans un bikini rouge, émergeant des vagues. Il zooma. Elle souriait, apparemment insouciante, savourant un peu de temps à elle. Rien qu'elle et une armée de photographes, hors de vue.

Il fit défiler d'autres photos. Pourquoi n'arrivait-il pas à démarrer ? Il n'avait même pas établi une sélection définitive de photos, sans parler de se lancer dans l'écriture. Ce livre était censé être son fonds de retraite. Encore que Cathy risquât de tout gâcher avec ses demandes incessantes d'argent. Quoi qu'il en soit, il n'était pas motivé. Il était reporter-photo, pas archiviste, bordel ! Il aimait le frisson de la traque. Ramper à travers les genêts à Balmoral, faire le guet à côté de ses restaurants préférés, obtenir des tuyaux par son réseau d'informateurs, intercepter la radio des flics à l'aide de son scanner manuel tout en avalant des sandwiches dans sa voiture à Kensington. Il avait déchiffré le code presque tout de suite – *52 en mouvement*, cela signifiait que son Audi bleu marine avait franchi le point de sécurité interne, et que dans une minute elle allait se fondre dans le trafic de l'ouest de Londres. Une minute, et il se mettrait en route.

Il soupira, sortit son chapelet de sa poche et fit défiler une à une les perles entre ses doigts. Une chose était sûre, en tout cas : il n'allait pas retourner à Londres pour prendre des photos des célébrités de seconde zone. Il en avait assez de ces gens-là. Quand on commence au sommet, c'est très difficile de redescendre. Les chanteurs pop, les divas des feuilletons, les abrutis de la télé-réalité. De temps en temps, une vraie star de Hollywood. Mais même alors...

Se morfondre sur le passé ne servait à rien, décida-t-il. Il ramassa son téléphone portable sur le bureau et tapa un numéro avec des gestes secs.

— Ici John Grabowski, annonça-t-il.

— Grabber, répondit Tinny. Quoi de neuf ?

— Je me tire.

— Enfin un peu de bon sens. Pourquoi voudrais-tu vivre ailleurs qu'à L.A. ? Je suis assis au bord de la piscine, en train de boire une Bud Light, j'ai cinq types sur Britney, mon vieux, ça va péter ; j'en ai trois sur Cameron, elle mijote quelque chose ; j'ai...

— Tinny, tu n'as pas besoin de me convaincre.

— Ça fait des années que j'essaie de te convaincre. Fous le camp de Londres, bordel... Eh, je suis désolé, pour toi et Cathy, je l'ai appris par... je ne sais plus qui, les nouvelles vont vite... Écoute, il y a du boulot pour toi ici. L'agence fait un tabac, un super-tabac, mais certains des basanés qui travaillent pour moi me font tourner en bourrique.

— Tu as des Mexicains qui travaillent pour toi ?

— Nan, des Français, des Espagnols, des Italiens, des Anglais. Mes immigrés européens. Ils peuvent vous enfoncer un objectif dans le nez, mais ils n'ont aucune finesse, tu vois ce que je veux dire ?

Grabowski voyait parfaitement. L'art du métier se perdait.

— J'ai quitté Londres. Je suis aux États-Unis. J'arrive.

— Génial, bordel ! s'écria Tinny. Les bières sont fraîches, les filles sont chaudes. Qu'est-ce que tu attendais, merde ?

— Je suis censé faire un bouquin. Pas juste des photos – le bouquin définitif, tu sais. Ça prend du temps.

— Quoi ? Dix ans ? Tu le feras ici. Je te mettrai à deux, trois jours par semaine... Bon, Grabber, j'ai un double appel que je dois prendre. Mais tu sais où me trouver, hein ?

Ouais, il savait où trouver Tinny. Ils s'étaient rencontrés durant ce voyage sur l'île Necker où Tinny travaillait pour une des agences de presse américaines. Il avait monté sa propre boîte peu après et dégoté des scoops dans la foulée. Ils étaient restés en contact. Tinny lui avait offert un boulot – permanent, avec un pourcentage correct sur les ventes –, et Grabowski et Cathy étaient allés passer une semaine sur place pour se faire une idée du pays. Mais Cathy avait déclaré qu'elle ne pouvait pas supporter l'endroit. Tout était si factice, avait-elle dit – en ajoutant qu'ils pourraient divorcer si c'était vraiment ce qu'il voulait faire. Ensuite, elle avait voulu divorcer de toute manière.

Heureusement que sa mère était morte, songea Grabowski. Le divorce, à ses yeux, était un péché. Un concept qu'une protestante comme Cathy ne comprendrait jamais. Au mariage, sa mère avait pleuré dans son mouchoir, et ce n'étaient pas des larmes de bonheur.

Il ouvrit un autre dossier sur son ordinateur. Un voyage aux sports d'hiver. Aucun intérêt pour la photo de couverture, celle qu'il voulait trouver aujourd'hui ; s'il y parvenait, il aurait au moins accompli quelque chose.

Le dossier suivant était celui d'un match de polo qu'elle regardait depuis un bouquet d'arbres. Elle était coiffée d'un chapeau affreux. Ça n'irait pas.

Plus prometteur, un gala de charité au Ritz. Elle portait son collier de perles préféré et une petite robe noire à croquer. Il édita le cliché, ne gardant que la tête et les épaules avant de zoomer de nouveau. Sur le visage.

L'image était claire et nette. Il fixa ses yeux, qui lui rendirent son regard.

— Toc, toc, dit Mme Jackson, ouvrant la porte sans avoir réellement frappé.

— Si vous espériez me surprendre tout nu, madame Jackson, je crains que vous n'ayez quelques minutes de retard.

Elle ne sembla pas comprendre ce qu'il voulait dire.

— Vous êtes présentable ? Parfait. Quelqu'un m'a téléphoné pour savoir si nous avions des disponibilités. Voudrez-vous garder la chambre demain ? Vous avez dit que vous n'en étiez pas sûr quand vous vous êtes inscrit.

— Je...

Il se retourna pour fermer l'ordinateur. Il était grand temps de déjeuner.

— Je partirai d...

Il fixa ses yeux une fois de plus. Combien d'heures avait-il passées, en dix-sept années, à les regarder – à travers un objectif ou non, ou encore en photo ? Des milliers et des milliers, songea-t-il. Beaucoup plus qu'aucun de ses amants.

— Demain matin ? demanda Mme Jackson. Oh, Otis, vilain chien ! Tu sais que tu n'as pas le droit d'entrer ici. File !

Elle avait tellement changé au fil du temps, songea Grabowski. Sa beauté s'était révélée dès qu'elle s'était débarrassée du style BCBG démodé des premières années. Rondelette et empruntée au début, elle était devenue maigre à faire peur avant de reprendre des formes. Sa coiffure aussi avait évolué et, chaque fois, ç'avait été l'occasion de faire la une des magazines. Son style s'était affirmé année après année, et son assurance aussi. Mais ses yeux étaient restés les mêmes. Ils étaient splendides, fascinants, et jamais il n'avait vu une autre paire d'yeux ne fût-ce qu'à moitié aussi belle. Jusqu'à aujourd'hui.

66

— Dans quelques jours, décida Grabowski. Je partirai dans quelques jours.

Mme Jackson tenait Otis sous son bras. Le chien se débattait frénétiquement pour s'échapper et Grabowski ne pouvait pas lui en vouloir. Ce n'était pas une situation dans laquelle il aurait aimé se trouver lui-même.

— Nous serons ravis de vous garder, déclara Mme Jackson. Excusez-nous, je crois que quelqu'un a terriblement besoin de faire la grosse commission.

— Dans ce cas, je ne vous retarde pas, répondit Grabowski. Mais juste une petite question…

Il devait au moins essayer de rencontrer cette femme. Tant pis si elle l'envoyait balader. On ne savait jamais avant de tenter le coup, et peut-être, peut-être qu'il aurait de la chance. Il avait pris un peu de poids récemment, à cause de tout le stress, mais il avait encore bonne allure.

— Une question : avec qui bavardiez-vous dehors ce matin ? La jeune femme avec le petit épagneul.

Le caca d'Otis fut oublié et Mme Jackson raconta tout ce qu'elle savait sur Lydia Snaresbrook – assez peu de choses, mais, après s'être laissée tomber sur le bout du lit, elle les fit durer aussi longtemps que possible.

7

23 janvier 1998

AI DÛ GARDER LE LIT HIER. Rien de trop alarmant – copieux vomissements dans un seau, fatigue de tous les diables. Heureusement que je n'ai plus d'odorat. Le seau est resté à mon chevet jusqu'à ce matin sans me gêner le moins du monde. Puisque je suis d'humeur à voir les choses sous un jour positif, je vais remercier le ciel que la tumeur ne soit pas localisée dans le côté gauche de mon cerveau, mon « hémisphère dominant », celui qui contrôle le langage et l'écriture. Et je suis, en vérité, pathétiquement reconnaissant que ce soit le cas.

Je me sentais tellement mieux ces derniers temps que la journée d'hier m'a vraiment porté un rude coup. L'espoir est un vieux chien rusé ; il s'approche en remuant timidement la queue et loge son museau entre vos cuisses pour tenter de regagner votre affection. Je devrais être plus lucide. Je suis plus lucide. Si la tumeur n'a pas réagi à la chimio et aux rayons, elle ne va pas réagir davantage à la « pensée positive », comme disent les adeptes de la théorie du « aide-toi toi-même ». « Lutter courageusement », toutes ces absurdités... Contre quoi au juste faut-il lutter ? Lutter contre le cancer par le sourire ?

68

L'infirmière de MacMillan est passée et reviendra plus tard dans la journée. Elle est réellement merveilleuse, Gloria. Elle a de grosses mains carrées, une robe informe, et des cheveux gris qui donnent l'impression qu'on pourrait récurer des casseroles avec. Elle est chaleureuse, méticuleuse et compétente, et elle a un superbe stock de plaisanteries grivoises. Elle n'est pas le genre à me conseiller de combattre la tumeur par la volonté ni à m'enjoindre de me comporter comme un gagnant. Au lieu de cela, elle vérifie et compte mes médicaments, m'interroge sur la gestion de la douleur.

Hier, elle m'a posé des questions sur mon livre et je lui ai avoué que je m'absorbais un peu trop dans une digression, un article tiré des archives de 1898 du *New York Times*, analysant le discours prononcé par Chamberlain à Birmingham du point de vue de diplomates et de journalistes allemands.

C'était plutôt une fausse confession. Comparé au temps que j'ai consacré à me remémorer Belo Horizonte, mes gribouillages en marge de l'histoire de la *fin de siècle* ont été de proportions microscopiques. L'ironie de la situation ne m'a pas échappé. Un historien qui s'efforce de dissimuler un moment d'histoire. Voilà, apparemment, à quoi je suis destiné.

24 janvier 1998

En préparant la maison de Belo Horizonte, Beaga comme on dit familièrement, je me suis fait un sang d'encre à cause du décor, si impersonnel. Bien sûr, elle n'avait rien d'un palais, cependant là n'était pas ce qui m'inquiétait. À Kensington, ni son salon informel ni sa chambre n'étaient vastes, mais ils étaient chaleureux, pleins de coussins et de souvenirs, de photos de ses enfants et de dessins qu'ils avaient réalisés. J'ai fait de mon mieux. C'était peut-être ce qu'on décrit en psycho-logie populaire comme une « activité de substitution ». Je suis allé acheter des tissus d'ameublement, des vases, et – ma *pièce de résistance* – toute une ménagerie de peluches. Je les ai alignées au pied du lit, comme elle le faisait à Kensington, mais ces animaux avaient l'air affreusement sinistres, surtout l'éléphant – il a fallu que je le retourne pour ne plus voir ses petits yeux moroses, ce front soucieux.

J'ai choisi un quartier « sûr », naturellement, et, à l'inté-rieur de ce quartier, un lotissement fermé et surveillé par des patrouilles de sécurité. Je suis, permettez-moi de le dire sans fausse modestie, un chercheur zélé, un planifi-cateur minutieux. Mieux valait opter pour une propriété pas trop imposante (il y avait également des considéra-tions d'ordre budgétaire), dans un endroit habité par une population fluide et cosmopolite, un mélange de gens du pays et d'étrangers parmi lesquels une nouvelle venue n'attirerait guère l'attention. À Belo Horizonte, où une bonne partie des presque cinq millions d'individus de la zone métropolitaine travaillent dans les affaires, ce n'était pas trop difficile.

Je lui avais déjà acheté des vêtements et d'autres objets de première nécessité, affaires de toilette, etc. Au début, quand nous en étions à l'ébauche de notre « petit plan », elle disait : « Oh, Lawrence, vous m'apporterez au moins un album de photos, n'est-ce pas ? » ou encore : « Il n'y a que deux choses que je dois absolument avoir, la petite sculpture en bois qui se trouve dans le salon et le tableau dans le cadre bleu sur la cheminée. Ce sont tous les deux des chefs-d'œuvre ! » J'ai eu beaucoup de mal à la persuader que la disparition d'objets (y compris les « chefs-d'œuvre » des enfants) en même temps que sa propre disparition serait suspecte. À présent, je n'en suis plus sûr. On ignore complètement, au sein de la maison royale, ce qu'il est advenu de nombre de ses effets personnels ; ou, tout du moins, seuls sont au courant ceux des employés qui les ont peut-être subtilisés pour « les mettre à l'abri ».

Aurais-je pu m'employer avec davantage de vigueur à la convaincre que les plans qu'elle échafaudait pour revoir ses enfants n'étaient ni réalisables ni souhaitables ? J'ai essayé. Mais je ne pouvais supporter d'insister trop lourdement sur ce point.

J'ai néanmoins pris une des choses qu'elle m'avait demandées, une cassette audio enregistrée par son précédent coach vocal (au début, elle avait une peur bleue à l'idée de faire des discours), une parmi beaucoup d'autres, qui n'avait jamais été cataloguée ni répertoriée nulle part. Il la filmait durant les séances. J'y avais assisté une ou deux fois. Je me souviens d'elle assise sur le canapé, vêtue d'un pantalon trois-quarts et d'un polo noirs qui mettaient superbement en valeur ses cheveux blonds coiffés à la garçonne, les jambes repliées, chaussée des ballerines à talon plat qu'elle affectionnait, tandis qu'il faisait semblant de l'interviewer à la façon d'un présentateur de télé. « Vous êtes très connue pour tout le travail que vous faites au profit d'associations caritatives. Qu'est-ce qui vous pousse à tant œuvrer pour ces causes ? » Elle avait esquissé un sourire que l'on doit bien qualifier de malicieux et répondu : « C'est parce que je n'ai rien d'autre à faire. » Puis elle avait explosé de rire. Elle s'abandonne parfois ainsi à l'hilarité.

Combien de temps faudra-t-il, je me le demande, pour que l'une de ces cassettes, vendue au meilleur offrant, soit diffusée à la télévision ? Elle peut être remarquablement confiante, voire naïve, comme elle l'a été avec cet homme en lui permettant de conserver les films où elle s'exprimait avec tant de candeur. Elle peut aussi pousser la suspicion au niveau de la paranoïa. Ce n'est là qu'une de ses nombreuses contradictions.

25 janvier 1998

C'était faux, bien sûr, quand elle disait ne rien avoir d'autre à faire. Peut-être y avait-il un peu de cela – elle ne voulait pas se contenter de jouer les potiches ; cependant, elle montre quelquefois une extraordinaire tendance à se rabaisser. J'en veux pour preuve une de ses phrases favorites, souvent répétée : « Oh, je ne saurais pas le dire, je n'ai jamais appris grand-chose à l'école – le seul prix que j'aie jamais gagné était celui du hamster le mieux soigné. » Pourtant, elle s'acquittait brillamment de sa tâche, et la clé de son succès, me semble-t-il, c'est qu'elle ne remplissait pas simplement sa fonction publique, le rôle officiel qu'on lui avait attribué ; elle donnait sincèrement d'elle-même, le public le sentait, et cela lui apportait autre chose en retour. Son mari lui en voulait – de prendre un réel plaisir à ce qu'il considérait comme une routine fastidieuse, imposée par le devoir et le destin.

Le coach vocal avait préparé une cassette qui, l'informat-t-il, l'aiderait à gommer son accent aristocratique, et, par conséquent, à établir un meilleur « rapport » avec les gens. Elle traita cette suggestion avec dédain. S'exprimer en public n'a jamais été son point fort, mais elle était assez intuitive pour savoir qu'elle n'allait pas combler le fossé entre les classes, et qu'il valait mieux parler avec un accent snob que factice. En dépit de ses origines patriciennes et du travail fourni avec son coach, sa voix demeura au fond plutôt ordinaire et relativement peu connue. C'est un avantage aujourd'hui, même si elle refuse de le croire et persiste, tout du moins la dernière fois que je l'ai vue, à utiliser cette cassette, à raboter avec détermination ses voyelles cristallines et ses diphtongues de la haute. J'ai songé à lui dire que la nature ferait son œuvre et qu'elles s'atténueraient au fil du temps, mais je me suis retenu, parce que pour l'instant elle n'a réellement rien d'autre à faire.

J'avais quelques doutes, disais-je, concernant le caractère aride de la maison lorsque je l'ai louée, et j'ai tâché d'y remédier, bien que la décoration d'intérieur ne soit pas mon domaine de prédilection naturel. À présent, en regardant autour de moi, je me rends compte que la petite table serait peut-être égayée par une coupe judicieusement placée, qu'un jeté adoucirait la sévérité du canapé Chesterfield, qu'un ou deux bibelots pourraient tempérer l'ordre militaire qui règne sur ce vaste bureau. Cependant, la plupart du temps, je demeure dans un état de grâce, acceptant les objets qui m'entourent comme si leur présence avait été ordonnée par une instance supérieure.

Lors de ma troisième, non, de ma quatrième visite, je constatai qu'elle avait apporté à l'endroit une touche féminine et – j'en fus heureux – qu'elle avait conservé la ménagerie. Car j'ai séjourné à quatre reprises dans cette maison. La première fois pour organiser la location ; la deuxième, lors de son installation ; la troisième quand je suis revenu après les obsèques ; et la dernière en novembre, après qu'elle a été rétablie de l'intervention, afin de l'emmener vers la Terre promise. La troisième visite a été la plus délicate, encore que toutes aient présenté certains défis.

J'avais fait tout mon possible pour la protéger en retirant la télévision. Regarder ses propres funérailles figure peut-être parmi les descriptions favorites des auteurs de thriller, mais sur le plan psychologique c'est malsain ; regarder ses propres enfants en train d'y assister suffirait à faire perdre la tête à n'importe qui. Avait-elle imaginé cette scène, en planifiant son évasion ? Très probablement, elle n'y avait pas songé. Vers la fin, elle était si harcelée, si harassée, si désespérée, et une partie de son esprit – où les garçons étaient à l'abri, sacro-saints – était tout simplement hors d'atteinte.

Après les obsèques, je lui ai téléphoné sur le portable à carte prépayée que j'avais acheté à son intention. Elle m'a supplié d'apporter de Londres autant de coupures de journaux que possible. J'ai tenté de la faire changer d'avis. Elle m'a rappelé plus tard, bien que nous fussions convenus de limiter les communications au strict nécessaire, et cette fois m'a ordonné d'obéir à ses instructions. Pour quelqu'un qui « est en phase avec les gens ordinaires », elle peut être étonnamment impérieuse par moments. « Lawrence, m'a-t-elle dit, je ne suis pas votre prisonnière. Vous ne pouvez pas tout me cacher. » J'ai répondu qu'elle n'était assurément pas ma prisonnière, qu'elle était libre d'agir à sa guise. « C'est exactement ce que je compte faire, Lawrence, a-t-elle rétorqué, et je vous demande de m'apporter ces coupures de journaux, autant que vous pouvez en mettre dans votre valise. »

La presse a toujours été sa drogue, les tabloïds surtout, dès le début, et ç'a été à la fois une force et une faiblesse. N'eût-elle pas donné de contrordre, je lui aurais refusé l'accès à son chant du cygne, mais cela aurait-il été juste ? Dans tous les cas, l'événement avait sans doute été relaté jusque dans les jungles les plus reculées de Bornéo, et ma protection aurait été partielle au mieux. J'ai emporté autant d'articles que je pouvais raisonnablement en caser avec mes vêtements.

Sa première réaction, alors qu'elle feuilletait les journaux et magazines, a été celle que j'avais escomptée. Je l'avais peut-être « sauvée » de la télévision, mais les photos étaient là, étalées en couleurs. Les garçons suivant le corbillard avec courage, le visage livide ; le cercueil qui, d'après la rumeur (jamais confirmée officiellement par le palais), contenait une de ses robes, choisie par eux; et, sur celui-ci, un seul mot, épelé en fleurs blanches : *Maman*.

Peut-on mourir de chagrin ? Apparemment non. Si c'était possible, elle serait morte ce jour-là.

26 janvier 1998

Son immense chagrin. Je le rapporte ici dans l'intérêt de cette entreprise. Une entreprise qui, désormais, me semble absolument nécessaire ; un document éphémère qui m'est devenu plus vital et me soutient plus que tout l'assortiment de pilules dans ma table de chevet. Je le rapporte mais sans m'y attarder, tout comme, quand elle put m'entendre de nouveau, je lui répétai instamment qu'il était important de ne pas s'attarder sur leur douleur. Car les jeunes guérissent et se réparent. Vous ne devez pas suivre constamment leurs faits et gestes, dis-je, vous ne devez pas les espionner de loin. Si vous le faites, ajoutai-je, ne leur en veuillez pas lorsque vous les verrez heureux, souriants, épanouis, goûtant aux richesses de leur vie. Elle s'irrita, ainsi que je l'avais prévu, que je puisse la croire capable d'un tel égoïsme ; mais je vis aussi qu'elle avait enfin compris : ils se tireraient d'affaire sans elle.

Ce n'était cependant pas une consolation suffisante. Et la douleur était toujours là. J'aurais pu lui énumérer, en mandarin que je suis, les raisons qui avaient mené à sa décision cataclysmique et m'avaient poussé à me rendre complice de celle-ci. Mais ce n'était pas le moment. À quoi bon essayer d'étancher le sang qui coule d'une plaie inguérissable ? Je l'ai laissé couler, et quand j'ai senti qu'il refluait, j'ai tenté de mon mieux quelques pauvres et inadéquates interventions.

Je lui ai présenté mes excuses. Cela l'a un peu aidée. Plus que je n'aurais pu le prévoir. J'ai parlé avec vivacité de l'avenir des garçons. Cela aussi l'a un peu revigorée. Surtout, j'ai tâché de garder mon sang-froid et de me souvenir des crises affreuses où elle perdait tout contrôle, des moments où je craignais que rien ne puisse la ramener sur la *terra firma* – de ses hurlements, des objets inestimables qu'elle lançait à travers les airs, de sa boulimie et de ses vomissements, de ses bras et ses jambes lacérés. La vie privée demeure rarement privée pour un secrétaire particulier.

Elle a survécu. Ce qui ne nous tue pas nous rend plus forts, comme on dit. C'est un peu facile à mon goût. Oui, elle est solide, la plus solide des femmes. Mais certains matériaux, quand ils durcissent, risquent à tout instant de se briser. Elle le savait, et moi aussi – elle en avait assez enduré, plus que personne ne devrait en endurer ; et c'était mon devoir, mon privilège, que de l'aider à fuir – si je puis avoir recours à un cliché – sa cage dorée.

Dans cette souffrance, cette vie éparpillée en colonnes larges de deux centimètres sur le plancher, il faut l'admettre, il y avait du réconfort et de la force à puiser. J'étais censé être à Washington, en train de faire des recherches pour mon livre. Je passai deux semaines avec elle, et, jour après jour, elle resta assise, ou parfois allongée, à lire les coupures de journaux et à pleurer. Et finalement, elle commença à y trouver un peu de consolation : elle était aimée.

Aucun de ceux qui l'avaient aimée par le passé ne l'avait aimée suffisamment. Ils étaient nombreux. Je me compte parmi eux. Même si je n'ai jamais été banni de son cercle, ne fût-ce que temporairement (j'ai été un des rares à avoir cet honneur), j'ai connu des moments déli-

76

cats où mon farouche attachement, ma dévotion, ma loyauté sans faille, mon dévouement, face aux coups de téléphone à trois heures du matin, ont été mis en doute, soumis à son examen obsessionnel. De nombreux employés ont été envoyés à l'échafaud (peut-être moins que la presse ne l'a laissé entendre), éliminés non pour avoir commis une faute mineure mais pour n'avoir pas su lui ménager une place entière dans leur cœur. Des amis ont été écartés, évincés au moyen d'un simple expédient consistant à changer le numéro privé qu'elle leur avait donné. Les causes de ces ruptures étaient, en apparence, multiples et variées – un parfum de trahison, une parole perçue comme critique, un début d'ennui –, mais la raison sous-jacente était toujours la même : un manque, à ses yeux, d'amour sincère et éternel.

Quant aux amants... Eh bien. Quant à eux. Ils n'ont pas toujours été à la hauteur. Je crois pouvoir l'affirmer en toute tranquillité, sans que la jalousie obscurcisse mon jugement. Je ne cherche ni à les excuser ni à les accabler, mais simplement à souligner l'extraordinaire difficulté de leur tâche. Son besoin d'amour est aussi vaste que le ciel au-dessus de nos têtes, aussi impossible à satisfaire pour un mortel dépourvu d'ailes.

L'amour d'une nation tout entière suffit-elle à la place ? « Lawrence, m'a-t-elle dit, tous ces gens... » Elle n'a pu achever. J'y croyais à peine moi-même, bien que j'eusse été témoin de la scène. L'océan de fleurs, les poèmes et lettres, la veillée à la lueur des bougies devant le palais de Kensington. Je les avais vus, enfants comme adultes, de toutes classes, toutes couleurs, toutes religions. J'avais vu un policier essuyer une larme. Un vieillard en fauteuil roulant murmurer une prière. Une femme en sari déposer une couronne. Un homme en manteau Burberry s'appuyer en sanglotant sur l'épaule d'un parfait inconnu.

Il m'est impossible d'exprimer ce que j'ai ressenti alors, de retour à Londres après l'annonce officielle de sa mort. Cette nuit-là, je suis resté avec ceux qui la pleuraient, j'ai marché parmi eux, partagé leurs bouteilles thermos et leur peine, écoutant ici et là les anecdotes qu'ils avaient à raconter – ses visites à l'hôpital, à l'hospice, au foyer de sans-abri, à la clinique pour anorexiques. Je n'avais qu'une seule pensée en tête : je la leur avais enlevée, à eux tous. Et je me surprends à plaider ma cause, auprès d'un dieu auquel je ne crois pas, pour que mon péché ne soit pas jugé avec trop de sévérité.

27 janvier 1998

Bien sûr, mon sens critique était quelque peu altéré. J'étais épuisé par les efforts des jours précédents, submergé par la nervosité et par l'émotion. Avec le recul, je perçois les choses différemment. En un sens, elle n'a pas été enlevée au peuple mais livrée à lui. Car elle est devenue ce soir-là une figure emblématique, incarnant la bonté et la souffrance. Un peuple peut s'approprier un emblème, bien mieux qu'un être de chair et de sang.

À en croire éditorialistes et chroniqueurs, sa « mort » a changé la nation. Elle a relégué le flegme britannique aux annales de l'histoire. Le Premier ministre a parlé d'elle avec un nœud dans la gorge. La reine a rompu avec le protocole en s'inclinant devant le cercueil.

« La reine a rompu avec le protocole ». Comme il m'est étrange d'écrire ces mots.

Une chasse aux sorcières eut lieu, évidemment. La presse et le public se chargèrent de dénoncer les coupables. Elle était traquée par les photographes, les paparazzi, et c'étaient eux qu'il fallait blâmer. Ils l'avaient acculée à cette conduite instable, à cette prise de risques qui avaient inéluctablement mené à sa mort.

Elle ne fut pas insensible à cette ironie. « La presse se fait des reproches ? » commenta-t-elle.

Néanmoins, elle puisa des forces dans ce déferlement d'émotion qui s'était répandu bien au-delà des limites de nos rivages. Deux milliards de téléspectateurs, selon les estimations, avaient regardé les funérailles.

28 janvier 1998

Ai-je agi pour le mieux ? J'ai démêlé si souvent cet imbroglio moral, et pourtant il continue à se reformer. Tout ce que je peux dire, en fin de compte, c'est que je l'espère. J'espère ne pas avoir fait de mal. En dernier ressort, c'est elle qui détient la réponse. Si elle se construit une vie, alors j'aurai eu raison de lui faciliter la tâche. Cependant je ne serai pas là pour le voir. D'un autre côté, si je n'étais pas condamné, je n'aurais pas pu me conduire comme je l'ai fait. Il m'aurait été impossible de porter le poids du secret et de la responsabilité plusieurs décennies durant, sans parler du danger que j'aurais représenté pour elle.

Il en va ainsi. On espère que la proximité de la mort apportera une plus grande sagacité. Peut-être saurai-je que la fin approche quand j'aurai l'impression d'être devenu un sage.

Je me réveille parfois en pleine nuit, comme si j'avais fait un cauchemar. Je ne me souviens pas d'un seul de mes rêves. Si j'en fais, je rêve sans doute d'elle. Je me surprends à sombrer dans des rêveries durant la journée. À éprouver un profond désir de l'appeler. Nous avons décidé de ne pas avoir recours au téléphone, sauf dans des circonstances exceptionnelles. « Même en cas d'urgence, Lawrence, m'a-t-elle déclaré, je sais que je dois trouver le moyen de me débrouiller seule. Après tout... » Elle n'a pas achevé sa phrase, mais nous savions l'un et l'autre ce qu'elle voulait dire. Non qu'elle eût été gênée par la perspective de ma disparition – ou de celle de n'importe qui. La mort est considérée comme une sorte de perversion qui doit être exclue de la bonne société, mais elle ne voit pas les choses ainsi. « Vous m'avez déjà été d'une immense aide, vous savez. » Elle a déposé un baiser sur mon crâne chauve et rose, riant sans pouvoir s'en empêcher. « Oh, mon Dieu, Lawrence, que puis-je dire ? Tout ce que je trouve à dire pour vous remercier semble si ridicule. » Et de fait, on aurait pu croire que je l'avais aidée à préparer un pique-nique ou que j'avais eu l'amabilité d'approcher la voiture.

Elle n'avait pas mis ses lentilles marron. Nous étions assis ensemble sur le canapé de sa petite maison blanche en Caroline du Nord, et j'étais entièrement enveloppé par le bleu outremer de ses iris. Elle a des yeux dignes d'un sonnet. Ce sont les plus beaux que j'aie jamais vus.

« Avez-vous peur ? » m'a-t-elle demandé.

J'ai haussé les épaules.

« J'ai été trop occupé pour y songer, ai-je répondu.

— Moi, j'aurais peur, a-t-elle avoué. Chaque fois que j'ai pensé à me tuer, je savais que je n'y arriverais jamais parce que je serais trop effrayée. »

Elle a parfois la franchise d'une enfant.

« Vous devez avoir peur », a-t-elle insisté.

J'ai concédé l'argument. Oui, quand je m'autorise à m'attarder sur cette pensée.

Elle m'a parlé alors du passé, avec tant d'affection que j'ai eu le sentiment qu'il s'agissait d'un adieu. Nous avons échangé des souvenirs de notre première rencontre : je m'étais incliné devant elle, elle avait fait une révérence en retour, avec cet éclat extraordinaire dans le regard.

Au bout d'un moment, elle est redevenue grave.

« J'avais trop peur de mourir, Lawrence. À présent, je ne veux pas avoir trop peur de vivre. »

29 janvier 1998

La nuit où elle est partie à la nage vers sa nouvelle vie, c'était une écorchée vive, sauvage, magnifique. Quand je l'ai aperçue, j'étais assis dans la barque depuis près d'une heure, à me demander d'abord si elle avait pu changer d'avis, et ensuite si le « petit plan » n'avait jamais été qu'un délire de mon cerveau endommagé. Puis les eaux calmes et noires se sont fendues, elle a levé le bras et m'a fait signe. Elle a continué au même rythme régulier vers le bateau tandis que je regardais nerveusement autour de moi, évaluant pour la énième fois le risque que nous soyons vus. Le *Ramsès* était le seul yacht ancré aussi loin du port, gardant cette royale distance pour préserver son intimité.

J'ai tendu la main pour l'aider à monter dans l'embarcation. Elle a failli me faire tomber à l'eau ; elle avait la force d'une tigresse, et si elle avait rugi, cela m'aurait paru naturel.

Je lui ai demandé si elle était sûre de sa décision. « Ramez », a-t-elle-rétorqué.

Pourtant elle s'est impatientée de ma méthode, de la technique que j'avais perfectionnée, fendant l'eau presque silencieusement, et quand elle a eu tant bien que mal enfilé le jean et le pull que j'avais apportés à son intention, elle m'a poussé de côté.

Je lui ai demandé s'il était possible qu'on l'ait vue se lever (je voulais dire, bien sûr, son petit ami, même si elle m'avait expliqué qu'ils prendraient souvent des cabines adjacentes à cause de sa tendance à ronfler). Elle a affirmé que non. Je lui ai demandé encore s'il y avait le moindre risque qu'un des membres de l'équipe de sécurité ait remarqué quelque chose. « Ce pauvre balourd, a-t-elle répondu. Il dormait. J'ai vérifié. » Même au clair de lune, je distinguais l'éclat vif de ses joues.

Il y avait longtemps qu'elle avait renoncé à la protection royale, redoutant – au mieux – que les agents ne fussent utilisés pour l'espionner. La famille de son ami possédait un vaste système de sécurité, hyper-onéreux, hyper-sophistiqué et totalement inefficace. Une aubaine pour nous. Les caméras de surveillance du *Ramsès* n'étaient jamais allumées, sur ordre de son petit ami, au cas où l'envie lui aurait pris de verrouiller la porte, disons, de la salle à manger et de chatouiller sa princesse (ou une de celles qui l'avaient précédée) sur la table ou à même le sol.

Elle s'est brusquement levée, et l'embarcation a tangué. « Je l'ai fait », a-t-elle dit, si fort que j'ai lâché un « chut » assez peu protocolaire. Elle s'est mise à rire. Il devait y avoir bien longtemps qu'un autre que son mari lui avait ordonné de parler moins fort. « Vous arrivez à y croire ? a-t-elle repris. Je l'ai fait. Je l'ai vraiment fait ! »

30 janvier 1998

Je m'étais envolé pour le Brésil quelques semaines auparavant afin d'effectuer une « mission de reconnaissance ». La difficulté était de savoir laquelle des plages du Pernambouc serait la plus proche du *Ramsès*. Après quelques jours passés chez des amis à Buenos Aires, ils avaient pris l'avion pour Montevideo, où ils devaient embarquer à bord du yacht et longer la côte à partir de l'Uruguay. Les milliardaires ne planifient pas leurs vacances comme les simples mortels, dans une brochure. Il était impossible d'être sûr de leur itinéraire exact. Je repérai donc quelques plages, louai des barques pour une journée dans trois d'entre elles en me servant de faux papiers, on n'est jamais trop prudent. Une fois de retour à Washington, je l'ai appelée sur son portable pour lui donner le nom de ma plage préférée, pas la principale, bien sûr. Je lui ai expliqué – ou me suis efforcé de lui expliquer – mon raisonnement, à la fois stratégique et tactique, dans la planification de la fuite, d'abord du yacht à la barque, puis de la barque à la terre ferme, et enfin du point d'accostage à l'intérieur du pays. Elle a tout balayé d'une question.

« Que vais-je faire s'il me demande en mariage ? » J'ai répondu que je ne savais pas mais qu'elle serait peut-être obligée d'accepter. « Oh, mon Dieu ! » a-t-elle soupiré. J'ai ajouté que, naturellement, elle devait écouter ce que lui dictait son cœur, mais que si elle refusait et par conséquent abrégeait les vacances, cela signifierait aussi l'échec du plan. « Eh bien, a-t-elle dit, il serait injuste de le mener en bateau. » Il ne semblait pas lui être venu à l'esprit qu'elle le faisait déjà.

« Ne vous inquiétez pas, a-t-elle conclu, je ferai en sorte qu'il ne me pose pas la question. » J'ai voulu savoir comment elle comptait y parvenir. « Au moyen de ruses féminines, bien sûr. Vous savez, des sous-entendus sur les conditions idéales d'une demande en mariage, en m'assurant qu'elles sont hors d'atteinte pour le moment. » Tous ces romans de gare qu'elle lisait ont peut-être eu leur utilité, après tout.

Elle était certaine de pouvoir s'arranger pour qu'ils mouillent à l'endroit précis que je jugeais le meilleur. « Je l'en persuaderai… Comment dire… de manière subconsciente. Je n'en ferai pas une affaire. » Je me suis hasardé à dire que ses désirs étaient des ordres pour son ami, ou quelque chose du même genre. Elle a répondu : « Lawrence, vous savez, mon problème avec les hommes, c'est que… »

Elle n'a pas achevé. Le sujet était trop vaste.

Nous nous étions mis en route peu après trois heures. Elle estimait que, bien qu'elle fût matinale d'ordinaire, on ne penserait pas à aller vérifier qu'elle était dans sa cabine avant huit heures environ, parce qu'on supposerait qu'elle avait décidé de dormir tard pour une fois. Ce qui nous donnait cinq heures, et une distance de trois cents kilomètres. Passé ce délai, les recherches se concentreraient sur l'océan, les plages, les récifs. Une fois dans la voiture, elle posa les pieds sur la boîte à gants et inclina son siège en arrière. Je crus qu'elle allait dormir, mais elle n'en fit rien. Elle parla. J'étais à peine conscient de ce qu'elle disait et peut-être qu'elle aussi. Elle prenait tout juste le temps de respirer. J'étais en meilleure forme que maintenant et ramer n'avait pas été un effort, j'y serais arrivé sans peine même si elle n'avait pas tenu à prendre la relève. En revanche, le trajet en voiture fut difficile, sur d'étranges routes obscures, avec mon étrange chargement, mes mains si crispées sur le volant que c'en était douloureux. Au bout de quelques heures, elle insista pour que nous échangions nos places. Elle continua de parler en conduisant, évoquant des nouvelles insignifiantes, des potins sur les amis qu'elle avait vus à Buenos Aires, une copine qui souffrait d'épouvantables nausées matinales, un film dont elle avait entendu parler.

Aux premières lueurs de l'aube, elle a voulu s'arrêter déjeuner et même flâner le long des étals qui bordaient notre route. « Que sont ces drôles de perles ? a-t-elle demandé en ralentissant. Là, sur ce stand. Sont-elles fabriquées à partir d'une graine ? »

Peut-être l'énormité de la situation était-elle au-delà de sa compréhension. Peut-être était-ce la seule manière qu'elle avait trouvée pour l'appréhender ? Je ne sais comment expliquer son calme surnaturel. J'ai repris le volant pour accomplir le court trajet jusqu'au motel où j'avais prévu de faire une halte. Il était parfait. Le « motel » brésilien est très différent de son homonyme nord-américain. Il ressemble davantage à un « hôtel d'amour » du Japon. C'est un endroit où on peut louer une chambre pour deux heures ou davantage, et où secret et discrétion sont les maîtres mots. Dans cet établissement, où j'avais opéré une reconnaissance, on s'arrête devant une sorte de guérite de sentinelle qui tient lieu d'accueil. Naturellement, il faut présenter de l'argent, mais aucune pièce d'identité n'est exigée. On pénètre ensuite dans l'enceinte du motel, entourée d'un haut mur, et on cherche le numéro de son appartement le long de la rangée de garages, tous fermés par un épais rideau en vinyle opaque allant du sol au plafond.

Elle a battu dans ses mains et poussé un cri de joie en découvrant ce système.

« Mon Dieu, s'est-t-elle exclamée, Lawrence, regardez, un vrai rendez-vous clandestin ! »

Je suis entré dans notre garage, j'ai baissé la vitre et tendu la main vers la corde à poulie afin de faire descendre le rideau derrière la voiture. Je lui ai expliqué que ce genre de motel était courant dans tout le Brésil. Que dans ce pays où les gens vivent souvent chez leurs parents jusqu'au mariage, les liaisons extramaritales avaient besoin de ce genre d'environnement. Encore du verbiage de ma part, je le crains, à ce stade, dans l'espoir de dissimuler mon embarras par trop évident.

« Fantastique, a-t-elle commenté quand j'ai ouvert la porte qui menait directement à l'appartement depuis le garage. Ils ont vraiment pensé à tout. Personne ne vous voit descendre de voiture, personne ne peut voir la voiture – extrêmement ingénieux. »

J'ai hésité un instant avant de traverser l'antichambre et de gagner la chambre. Je voulais m'expliquer davantage, m'excuser. Les mots, cependant, m'ont fait défaut, et je n'ai pu que la suivre dans l'appartement.

Un grand lit rond occupait tout naturellement le centre de la pièce. Près de la fenêtre se trouvait un fauteuil inclinable équipé d'étriers ajustables, comme pour un examen gynécologique. Deux écrans de télévision diffusaient des chaînes « adultes », que je me suis empressé d'éteindre. Je me suis confondu en excuses, évidemment. « Eh bien, Lawrence, a-t-elle observé en faisant le tour des lieux, je ne vous ai jamais vu les joues aussi roses. »

Elle a examiné le minibar, le distributeur de mouchoirs fixé au mur, les sachets de lubrifiant, et a inspecté avec perplexité un objet qui ressemblait un peu à un tremplin, placé de manière à dépasser le pied du lit. « Au moins, je comprends cela », a-t-elle dit en tirant le drap pour révéler l'alaise en plastique sur le matelas.

J'ai déclaré que je louerais un autre appartement pour moi-même si elle le souhaitait, ajoutant que j'avais hésité à le faire, ne sachant ce qui serait le mieux pour elle. « Bien sûr que non, a-t-elle répliqué. Vous n'allez pas me laisser toute seule. »

Ma mère n'avait jamais surmonté la déception qui fut la sienne lorsqu'il s'avéra que je ne recevrais pas le titre de chevalier. Elle ne pouvait pas comprendre que j'étais tout simplement dans le mauvais camp royal. Ce jour-là, cependant, j'eus toute la récompense dont j'avais besoin. Je dormis, ou essayai de le faire, dans le fauteuil inclinable ; et, en dépit des aspects grotesques de la situation, c'était pour moi un honneur absolu que d'être l'homme de la situation.

8

LE DIMANCHE MATIN, LYDIA FUT RÉVEILLÉE par l'arôme du
café et le bruit d'une tronçonneuse. Quand elle regarda
par la fenêtre, elle vit que Carson était en train d'abattre
le chêne mort. Il recula de plusieurs pas et releva sa
visière. L'arbre retint son souffle un instant, puis
s'effondra, décrivant une lente courbe au-dessus de la
pelouse.

Lydia ouvrit la fenêtre et passa la tête au-dehors.

— Tu as oublié de crier « Attention ! » lança-t-elle.

— Je t'ai réveillée ? Tant mieux. C'est l'heure du petit
déjeuner.

Il avait préparé la pâte pour faire des crêpes, et ils les
mangèrent dans la cuisine, accompagnées de myrtilles et
de sirop de sucre.

— Qui t'a appris à cuisiner ? demanda Lydia.

— La télévision, répondit Carson. Et je parle sérieusement. Et toi, qui t'a appris ? Ta mère ?

— Non, elle n'était pas… J'ai suivi des cours de cuisine cordon-bleu étant jeune, et après j'ai passé des
années et des années sans en faire. Je ne sais pas. J'ai
appris toute seule.

— Bon. Je vais mettre ça sur le dossier : cours cordon-
bleu.

— Quel dossier ?

— Celui que je réalise. Vu que tu ne me dis presque rien, c'est un document très mince.

— Qu'est-ce que tu veux savoir ?

Il croisa les bras.

— Supposons que tu commences par le début et que tu ne laisses rien dans l'ombre ?

— Tu t'ennuierais à mort, affirma Lydia. Tu vas débiter cet arbre ?

— Je vais le débiter, empiler les bûches, et quand elles seront sèches tu pourras les brûler. Tu te sers de la cheminée en hiver, n'est-ce pas ?

— Tu as vraiment un côté utile.

— Merci... Bon, bel effort pour essayer de détourner la conversation, mais ça n'a pas marché.

Lydia commença à débarrasser la table. Il mit une main sur son bras.

— Je ne crois pas pouvoir faire ça.

— Une fois qu'on cesse de tout garder pour soi, ça devient plus facile. Ce ne sera pas si terrible, tu verras. Je sais drôlement bien écouter.

— Non, je voulais dire, tout ça. Nous.

— Eh, s'écria-t-il. Allons !

— Vraiment, répondit Lydia, surprise de la vitesse à laquelle les larmes s'étaient formées sous ses paupières. Je ne crois pas.

Il retira sa main et resta figé, l'air abasourdi.

— Bon.

Elle voulait qu'il la contredise, mais il n'en fit rien. Elle voulait qu'il lui dise d'arrêter d'être aussi ridicule.

— Eh bien, reprit-il enfin. J'ai dit quelque chose qu'il ne fallait pas dire ? fait quelque chose qu'il ne fallait pas faire ?

— Non, ce n'est pas toi...

Il eut un petit rire.

— Ce n'est pas toi, c'est moi. Je ne mérite pas mieux que ça ? Je suppose que non.

Elle retint ses larmes. Il se levait, et dans quelques instants il serait parti. Cela vaudrait mieux. C'était injuste envers lui de faire traîner les choses en longueur. Et elle n'allait pas se mettre dans une situation où elle serait vulnérable. Elle appréciait sa vie telle qu'elle était.

— Je vais couper le bois, dit-il, l'empiler, et puis je te laisserai tranquille.

— Tu n'es pas obligé de faire ça.

Il secoua la tête.

— Je n'aime pas laisser un travail à moitié fait.

Elle le voyait à travers la porte du jardin, restée ouverte. Rufus courait autour de Madeleine, qui s'était installée à côté de son maître et dont le long poil se couvrait de sciure. Ce ne serait pas facile à brosser.

Carson arrêta la tronçonneuse un instant et s'épongea le front d'un revers de l'avant-bras. Une bouffée de nostalgie envahit Lydia et lui noua le ventre. Elle aurait dû au moins aller lui parler, ne pas le laisser s'en aller sans un vrai au revoir.

La première fois qu'il était venu au refuge, il portait ce même jean, ces grosses chaussures et cette chemise à carreaux. Elle avait supposé qu'il avait un métier en extérieur, quelque chose de manuel. Il ressemblait à un menuisier. En réalité, il travaillait en ville, dans une compagnie d'assurances. C'est votre femme qui promènera le chien ? avait-elle demandé, bien qu'il ne portât pas d'alliance. Il avait répondu que non, qu'il n'était pas marié. Si vous passez vos journées au bureau, avait-elle expliqué, vous n'êtes peut-être pas un bon candidat pour adopter un chien. Ce sont des êtres sociables, ils deviennent anxieux s'ils sont laissés seuls trop longtemps. Il l'avait de nouveau étonnée en répliquant qu'il travaillait à son propre domicile. Les bienfaits d'Internet, avait-il ajouté. Et lorsqu'il irait enquêter sur une demande d'indemnisation, il estimait que la plupart du temps le chien pourrait l'accompagner.

Elle lui apporta un verre d'eau.

— Tu avais l'air d'avoir soif, dit-elle quand la tronçonneuse se fut immobilisée après quelques sursauts.

— Tu n'es pas venue me faire le discours « on peut rester amis » ?

— Non.

— Je voulais te dire quelque chose, déclara-t-il.

Elle attendit qu'il termine son verre d'eau.

— Bon voilà, écoute. Quand j'avais vingt-deux ans, que je sortais de l'université, je suis allé voyager en Asie. J'ai rencontré une fille.

Il détourna le regard, vers la ligne d'érables qui délimitait le jardin.

— Elle était australienne, elle faisait le tour du monde avec son sac à dos.

— Tu n'es pas obligée de m'en parler, déclara Lydia. Quoi qu'il soit arrivé, c'était il y a longtemps.

— Nous sommes tombés amoureux, poursuivit Carson, et elle pensa que le son de sa voix lui manquerait, la manière dont elle semblait sortir du fond de sa poitrine et résonner dans la sienne.

— Je l'ai ramenée à Oakland, ma ville natale, et six mois plus tard elle était enceinte. Nous nous sommes mariés. J'ai arrêté mes études et trouvé un boulot. Nous avons eu une magnifique petite fille, Ava, et elle était parfaite, tu sais, comme le sont les bébés.

— Je parie que oui, déclara Lydia doucement.

— Elle n'avait que quelques mois quand sa mère et moi avons commencé à nous disputer. Ça a continué comme ça pendant deux ans. Ça n'aurait pas dû être une surprise, mais un jour, quand je suis revenu du bureau, elle m'a annoncé qu'elle partait et qu'elle emmenait Ava. J'ai dit : Non, reste, c'est moi qui vais partir. Elle a dit : Je ramène Ava à la maison. Comment ça, à la maison ? j'ai répondu. Je n'avais pas encore compris : ses parents lui avaient envoyé les billets d'avion. Elles partaient pour Sydney, un point c'est tout.

— Carson, murmura Lydia.

Il regardait le verre vide dans sa main.

— Je suis resté en contact, reprit-il. J'ai téléphoné, envoyé des lettres, des cartes et des cadeaux. Sarah m'a expédié deux photos d'Ava, et une feuille de papier couverte de peinture, une petite empreinte de main. Et puis, environ dix-huit mois plus tard, alors que j'avais enfin économisé l'argent du billet, Sarah m'a téléphoné. Elle a expliqué qu'elle avait rencontré quelqu'un et qu'elle voulait l'épouser. Notre divorce était sur le point d'être prononcé. J'ai dit : Félicitations, peut-être que j'arriverai à temps pour le mariage. Ça m'était égal. Je n'éprouvais plus rien pour elle...

» Elle est restée très longtemps silencieuse. Et puis c'est sorti tout d'un coup. Elle pensait que ce serait déstabilisant pour Ava d'avoir deux papas. Elle voulait que je coupe tout contact. Et Gary tenait à adopter Ava, il l'aimait déjà sincèrement, la traitait comme sa propre fille...

— Tu as renoncé à elle, devina Lydia.

Elle avait renoncé à ses garçons. S'il y avait une personne au monde capable de jamais comprendre cela... mais même Lawrence n'avait jamais vraiment compris.

— J'ai réfléchi. J'ai rappelé Sarah la semaine suivante. Je lui ai demandé de me passer Ava. Je lui ai parlé pendant un petit moment, elle n'avait pas encore quatre ans, et elle bavardait tantôt avec moi, tantôt avec sa poupée. J'ai fait des bruits idiots pour qu'elle rie. Puis je lui ai dit que je l'aimais et qu'elle devait aller chercher sa maman. J'ai dit à Sarah que j'allais faire ce qui était dans l'intérêt d'Ava. Que j'allais renoncer à mes droits paternels.

Elle tendit la main vers lui mais il ne la prit pas. Il se baissa pour mettre le verre par terre. Avant de se redresser, il se reposa un instant, les mains sur les genoux, comme s'il avait soudain le souffle coupé.

— Aujourd'hui, c'est l'anniversaire d'Ava. Elle va avoir vingt-cinq ans.

Elle aurait voulu lui dire qu'elle savait ce qu'il éprouvait. Elle ne put lui offrir qu'une platitude.

— Je suis désolée. Je suis vraiment désolée.

— Ça va, affirma Carson. Je voulais t'en parler, c'est tout. Je vais juste terminer ça.

Il démarra la tronçonneuse, abaissa sa visière, et il n'y avait rien qu'elle puisse lui dire par-dessus le vacarme.

Lydia prépara une salade de pommes de terre et l'emporta chez Suzie. La cuisine avait des allures de vide-grenier, avec des vêtements, des livres et des jouets entassés dans tous les coins. Tevis était déjà là et exhibait les marques qu'elle avait sur son dos.

— C'est des ventouses, dit-elle. Cette pratique est très ancienne.

— Les sangsues aussi, rétorqua Suzie. Et ça te fait sûrement autant de bien.

— Suzie, tu es la personne la plus fermée que j'aie rencontrée.

— J'ai l'esprit ouvert, je n'y fourre pas n'importe quoi, c'est tout.

— Non, admit Tevis, c'est juste dans ton estomac que tu fourres n'importe quoi.

— Oooh ! s'écria Suzie, tu es vache aujourd'hui. Ces ventouses n'étaient pas censées aspirer toute ton énergie négative ?

— J'ai raté quelque chose ? lança Amber en entrant par la porte de derrière. J'ai préparé une tarte aux pommes. Les enfants sont dehors avec les tiens. Eux, ils ont apporté une grenouille.

Suzie étreignit Amber.

— On parlait ventouses.

— Oh ! des ventouses pour salle de bains ?

— Non, celles des rites vaudous. Tevis, montre ton dos.

Tevis souleva son haut.

— Oh, mon Dieu, couina Amber. Qu'est-ce qui t'est arrivé ?

Tevis réexpliqua tout depuis le début, comment on chauffait l'air dans un pot en verre avec une flamme pour créer un effet de succion sur la peau quand ledit pot était posé fermement contre la chair. Les marques disparaîtraient en quelques jours mais les effets bénéfiques, en termes de relaxation et de stimulation, se feraient sentir pendant des semaines.

— Eh bien, tu as l'air détendue, commenta Amber.

C'était vrai. Tevis était assise sur le vieux canapé minable de la cuisine, les pieds sur la table, vêtue d'un tee-shirt et d'un short en jean effrangé, ses cheveux auburn lâchés sur ses épaules.

— C'est parce qu'elle se tourne les pouces, répondit Suzie. Lydia et moi, on s'épuise à la tâche.

— Laissez-moi vous aider, proposa Amber. Qu'est-ce que je peux faire ?

— Sers-nous un verre pour commencer, et après tu pourras nous raconter ton rendez-vous.

— Je ne sais pas si c'était un rendez-vous. C'était un déjeuner.

— L'un n'exclut pas l'autre, affirma Suzie.

— Bien sûr que non, renchérit Tevis.

— Hé ! Débouchez le champagne ! s'écria Suzie. Tevis et moi, on vient d'être d'accord sur quelque chose.

— Je vois du pinot grigio, répondit Amber en sortant une bouteille du réfrigérateur. Je ne vois pas de champagne.

— Asseyons-nous et concentrons-nous, ordonna Suzie, abandonnant son couteau. Lydia, tu peux laisser ça mijoter. Allez, viens t'asseoir.

Toutes prirent place autour de la table.

— Bon, reprit Suzie, vas-y, raconte.

— Nous sommes allés chez Dino, commença Amber.

Elle fit le geste de replacer ses cheveux derrière les oreilles. Geste totalement inutile, car son carré était déjà parfaitement en place.

— J'ai pris le potage aux petits pois et lui la salade de tomates à la mozzarella.

— Ce n'est pas le menu qui nous intéresse, Amber. C'est les détails cochons. Comment est-il ? demanda Suzie.

— Il est plutôt gentil.

— Tu as couché avec lui, alors ?

On pouvait toujours compter sur Suzie pour aller droit au but.

Et sur Amber pour être gênée.

— Non ! Suzie, je t'en prie !

— Vous vous êtes embrassés ? questionna Tevis.

— Non. Je vous l'ai dit, je ne sais même pas si c'était un rendez-vous. C'est un voisin, peut-être qu'il essayait juste d'être sympa.

— On s'est toutes assises autour de cette table pour ça ? se récria Suzie. Tu ne vas nous donner aucun détail croustillant ?

— Vous savez ce que j'ai lu l'autre jour ? intervint Tevis. Si l'annulaire d'un homme est plus long que son index, ça veut dire qu'il a un taux élevé de testostérone. C'est prouvé scientifiquement.

— Vraiment ? Un long annulaire signifie qu'il est bien monté ? Amber, est-ce que Machin-Truc a un annulaire minuscule ou est-ce qu'il est long ?

— Suzie, tu es si vulgaire parfois ! lui reprocha Amber, mais elle avait son sourire qui montrait ses gencives, légèrement nunuche, et elle précisa : Il s'appelle Phil, au fait.

— Je suis mariée depuis quinze ans, déclara Suzie, à l'homme avec qui je sortais au collège. Je prends mon plaisir par personne interposée.

— Eh bien, la prochaine fois, j'emporterai ma règle pour lui mesurer les doigts.

— Ah ! Il va donc y avoir une prochaine fois.

Amber soupira. Elle arborait une robe portefeuille en coton imprimé, à petites fleurs blanches sur fond bleu, alors que Suzie portait son pantalon kaki, Tevis son short coupé, et Lydia son jean, comme d'habitude. Mais Amber affirmait que soigner son apparence était un moyen de faire de la publicité à son magasin.

— Oui, je crois, admit-elle. Enfin, il a dit qu'on devrait recommencer.

— Tu n'as pas l'air ravie.

— J'irais sans hésiter, répondit Amber. Mais vous savez, il y a si longtemps que je n'ai pas... – elle baissa la voix et ajouta : ... eu de relations *sexuelles*. Je dois être toute desséchée.

— Écoute, répliqua Suzie, tu es très séduisante. Ce Machin-Truc s'estimera heureux de t'avoir.

— J'étais en train de courir, l'autre jour, raconta Amber. Vous savez, je vais faire du jogging entre le moment où je dépose les enfants à l'école et celui où j'ouvre le magasin. Bon, alors, j'étais en train de courir et je croise une femme qui va dans la direction opposée, et puis une autre ; on se dit vaguement bonjour, comme quand on voit quelqu'un qui fait la même chose que vous. Et une idée me traverse l'esprit, je pense à un truc, mais je ne sais pas ce que c'est. Et puis je croise une troisième femme et là pan, ça me frappe. Les seins de ces femmes ne bougent pas. Ils sont gros et ils ne bougent pas, tandis que moi je porte deux soutiens-gorge et ça fait ding-dong, ding-dong.

— Ils ont été retouchés, affirma Tevis.

— Ici, à Kensington, soupira Amber, il y a des femmes qui se font refaire les seins. Qu'est-ce que Phil va dire quand… enfin, s'il voit les miens ? Ils ne pointent pas vers le plafond. Ils me tombent sous les bras !

Elles se remirent à faire la cuisine. C'est-à-dire que Lydia s'occupa de la laitue, des concombres et des tomates, Amber des petits pois et Suzie de la quiche, tandis que Tevis restait assise sur le canapé dans la position du lotus.

Mike, qui était en patrouille, appela alors pour prévenir qu'il serait de retour à quatre heures et demander qu'on lui garde des beignets au poulet.

— Moi, l'autre jour, je prenais un bain, dit Suzie après un petit moment de silence, et Oscar entre.

Oscar est le fils de Susie. Il a cinq ans.

— Il s'installe sur les toilettes et il me dit : Maman, tu sais, Dieu ? Je dis : Oui, mon bébé, je sais. Il dit : Il est gros comment ? Il est vraiment, vraiment énorme ? Je commence à lui faire un long laïus sur Dieu, mais il n'écoute pas vraiment, il regarde mes nichons. Il dit : Maman, tu sais, tes nénés ? Je dis : Oui, mon bébé, je sais aussi. Il dit : Ben, pourquoi ils tombent sur ton ventre ?

— Tu lui as expliqué que c'est à ça que ressemble une vraie femme ? demanda Amber.

— Ce que je n'ai pas dit, répondit Suzie, ce que j'avais envie de dire mais que je n'ai pas dit, c'est ça : Parce que je vous ai allaités, ton frère, tes sœurs et toi, et voilà le résultat.

— Ah ! Mais tu t'es retenue.

Lydia songea à Carson sciant le bois, à ses muscles saillant sous sa chemise ouverte, au va-et-vient de son bras. Il aurait plu à Lawrence. De tous les hommes avec qui elle était sortie, c'est lui qui aurait plu le plus à Lawrence. « Mais, Madame, dirait-il, comme toujours, je suggère qu'il est préférable, dans de telles situations, d'observer une certaine circonspection. » Jamais elle ne l'écoutait. Ou bien elle l'écoutait et puis elle fonçait tête baissée de toute façon.

— L'allaitement ne fait pas tomber les seins, intervint Tevis. Il n'y a aucune preuve que ce soit le cas.

— Je ne vois pas en quoi tu serais une experte, rétorqua Suzie. J'ai toutes les preuves qu'il me faut. Je vais manger un cookie. Quelqu'un d'autre en veut un ?

Toutes secouèrent la tête.

— Bon sang, vous avez tellement d'autodiscipline, commenta Suzie. J'attaque un régime demain. Nouvelle semaine, nouvelle page, nouvelle moi.

Elle se mettait constamment au régime, voulait toujours perdre quelques kilos, seulement quelques-uns. Lydia leva les yeux de la planche à découper et détailla son amie. Elle était trapue, la taille un peu ronde, mais cela lui allait bien. Avec son pantalon kaki et son chemisier blanc, ses cheveux noirs coupés court, elle était jolie, pleine d'énergie et d'espièglerie.

— Qu'est-ce que ce sera, cette fois ? demanda Tevis. De la soupe au chou ?

— Tu es tellement années 1990 ! asséna Suzie. Je sais que je donne l'impression d'en commencer un différent chaque semaine, mais il faut vraiment essayer des nouveaux trucs... Et toi, Lydia ? Je parie que tu n'as jamais fait un régime de ta vie. Tu as tellement de chance d'avoir une silhouette pareille.

La silhouette n'y était pas pour grand-chose, Lydia savait au moins ça. Elle repensa aux bols de crème anglaise que le chef cuisinier, sur ses ordres, laissait dans le réfrigérateur avant de rentrer chez lui le soir.

— Si, j'en ai fait, mais plus maintenant... Suzie, tu es très bien comme tu es.

Ses crises duraient environ une heure. La crème anglaise servait à faire remonter le tout plus facilement, se rappelait-elle. La glace marchait bien aussi. C'était beaucoup plus facile de purger un estomac que de purger toute une vie.

— Ça va ? demanda Suzie. Tu n'es pas très causante aujourd'hui.

— Ça va, je t'assure.

Suzie la regarda d'un air sceptique.

— Et avec Carson aussi ?

— Oui. Il a passé la nuit chez moi, et il a abattu un arbre mort dans le jardin ce matin.

Elle ne voulait pas en parler pour l'instant, ne voulait pas avoir les yeux rouges devant les enfants.

— Eh ! s'écria Suzie, son annulaire doit être long. Et Steve ? lança-t-elle à Tevis. Comment s'en sort-il ?

— Il est parfaitement équilibré, répondit Tevis. Il a un côté féminin. Personnellement, je n'ai aucune envie de fréquenter un homme des cavernes.

Amber commença à mettre la table.

— J'ajoute des sous-plats, Suzie ?... Bon, et toi, Tevis, quand est-ce que Steve et toi allez franchir le pas ? Ça dure depuis quoi, quatre ans ?

Tevis déplia ses jambes et décrivit des cercles avec ses pieds pour étirer ses chevilles.

— On se voit depuis quatre ans et j'aime sortir avec lui. Je ne vais pas emménager chez lui et il ne va pas emménager chez moi. Je n'ai pas besoin d'avoir un homme au centre de ma vie pour me sentir entière.

— Moi si, lâcha Amber.

Elle gloussa.

— Non, ce n'est pas vrai. Enfin, peut-être. Ce serait bien.

Quatre ans passés à sortir ensemble, songea Lydia, et aucun désir de changer quoi que ce soit. Ça semblait idéal. Si seulement Carson avait été là pour l'entendre.

— J'ai une nouvelle à vous annoncer, dit Tevis.

Elle plongea la main dans son sac et en sortit une brochure.

— Il y a une éternité que je cherchais une petite maison loin de tout, et j'ai trouvé quelque chose au bord du lac.

— Oh, c'est trop chou ! s'écria Amber. Tu l'as achetée ? Elle est à toi ? Un chalet en rondins, c'est super-romantique, et regardez comme c'est sauvage. Il y a des chevreuils, là-haut, je crois.

— Faudra faire attention à ne pas te faire bouffer par un ours, lança Suzie en jetant un coup d'œil. Ouah, c'est vraiment mignon. Quand est-ce qu'on y va ?

— J'ai pensé que ça pourrait être pour l'anniversaire de Lydia, enfin le week-end d'après. Amber, tu crois que tu trouveras une baby-sitter pour les enfants ?

Amber répondit que oui. Lydia songea que c'était le week-end du ballet. Peut-être devrait-elle rembourser le prix des billets à Carson ? À moins qu'ils n'y aillent en amis ? Non, il ne voudrait certainement pas...

À cet instant, Rufus surgit de la terrasse et tourna autour d'elle jusqu'à ce qu'elle le prenne dans ses bras. Elle caressa ses oreilles soyeuses. Il lui éternua en plein visage puis la regarda, l'air de dire : Est-ce que je ne suis pas adorable ? Elle le maternait trop, pensa-t-elle. Il avait même commencé à dormir sur son lit. Tous les manuels étaient contre. Avant, il couchait dans son panier dans la cuisine, mais il avait Dieu sait comment réussi à s'insinuer à l'étage. Au début, elle s'était montrée sévère, mais alors il s'allongeait si près du bout du lit qu'il manquait de tomber. Une manière peut-être de lui faire comprendre qu'il y avait des tonnes de place, surtout pour un petit être qui ne la gênerait pas du tout.

Les chiens n'étaient pas exigeants. Ils étaient tellement plus simples que les gens. Quand Esther lui avait raconté comment elle en était venue à fonder le refuge, elle avait avoué : « Ce n'est pas aussi altruiste que ça en a l'air. Parfois, je me demande si c'est moi qui abrite les chiens ou si ce sont eux qui m'abritent. Tu vois tous ces gens célèbres qui ne peuvent plus supporter leur vie – qu'est-ce qu'ils font ? Ils fichent le camp et s'occupent d'animaux. C'est mieux que la thérapie. Je crois que c'est ce que je fais. »

Elle s'était mise à rire. « Comme Brigitte Bardot. »

Lydia avait compris ce qu'elle voulait dire. Elle-même adorait son travail au refuge. Mais, se dit-elle, si Esther recherchait la solitude et la préservait, elle en revanche avait besoin de compagnie. Elle aimait la chaleur et le désordre de la maison de Suzie ; et elle savait gré à ces femmes de leur présence, de leurs rires, de ne jamais lui donner l'impression d'être la suspecte qu'elle était pourtant…

Lorsque le déjeuner fut prêt, Suzie appela les enfants qui chahutaient à l'étage.

Ils avaient dû quitter le jardin et rentrer par-devant sans qu'elles s'en aperçoivent. Oscar s'assit sur les genoux de Lydia et lui parla la bouche pleine. Le fils d'Amber, Tyler, s'installa en face, et tripota en catimini un téléphone portable sur ses genoux. Maya, l'aînée de Suzie, déclara qu'elle n'avait pas faim, et Serena (la cadette d'Amber, d'un an plus jeune que Maya) l'imita aussitôt, bien qu'elle eût déjà mis une portion de chaque plat dans son assiette.

— Il faut manger, les filles, ordonna Suzie. Vous allez dépérir.

— Serena a décroché le rôle vedette dans la pièce de l'école, annonça Amber. Je vous présente la nouvelle Dorothée !

— Fantastique, complimenta Lydia. Réserve-moi une place au premier rang.

— Je commence à avoir un gros cul, dit Maya. Je vais manger de la salade.

— Tu te fiches de moi ou quoi ? riposta Suzie. Mange. Toi aussi, Serena… Et félicitations, mon chou, je serai au premier rang, moi aussi.

— Ce serait mal d'ouvrir une autre bouteille ? lança Tevis.

— Cette salade de pommes de terre est délicieuse, déclara Amber. Tu as mis de l'ail sauvage au lieu d'oignons blancs ?

— Tu sais que je jette la moitié de mon déjeuner tous les jours ? répliqua Maya à sa mère. Tu mets trop de trucs gras là-dedans.

— Je ne vais pas faire attention à ce que tu dis, Maya, répondit Suzie. Tout le monde s'est lavé les mains ?

Les enfants marmonnèrent tous de manière peu convaincante.

— Miami ne te manque pas ? demanda Tevis à Suzie, et Lydia se souvint que Mike et Suzie avaient vécu dix ans dans cette ville avant d'en partir.

« La moitié des flics de Miami sont corrompus, lui avait expliqué Suzie, mais c'est sur Mike qu'on a décidé

101

d'enquêter. » Mike était réglo, avait-elle affirmé, un des bons. Il enfreignait les règles de temps à autre, mais seulement dans l'intérêt de la justice, pour qu'un salopard ne s'en sorte pas à cause d'un détail technique. Suzie avait l'impression qu'on les avait chassés. « On se plaît bien ici, avait-elle ajouté. Mais Mike s'ennuie un peu – il n'y a que des contraventions et des amendes de 30 dollars pour avoir laissé tomber des papiers. »

— Pas vraiment, non, répondit-elle à Tevis. Je me sens chez moi à Kensington. C'est San Francisco qui me manque parfois : on ne trouve ce brouillard nulle part ailleurs. J'y retourne pour une réunion d'anciens élèves en septembre… Vingt-cinq ans depuis qu'on a quitté le lycée. Je suis tout excitée.

— Tu es toujours en contact avec certains ? interrogea Tevis.

— Bien sûr. On est tout un groupe. On s'appelle, on échange des mails, on va aux mariages, aux enterrements, on fait les bar-mitsva et les divorces. On se retrouve à chaque fois.

— C'est la vie, commenta Tevis. J'aimerais vraiment aller à San Fran. Il y a des boutiques de soins alternatifs que j'adore.

— Viens avec moi, suggéra Suzie. On ira dans tous tes magasins de fous. Je serais vraiment contente que tu m'accompagnes.

— Mon frère et sa famille doivent me rendre visite en septembre. Si ça ne coïncide pas avec leurs dates…

Il avait fallu à Lydia un certain temps pour s'en rendre compte, mais elle s'était trompée sur ce pays. Les gens avaient beau déménager, habiter loin de leur famille, s'inventer de nouvelles vies, ils n'oubliaient pas leur passé. C'était une société de nomades, mais soudée par une colle invisible, d'une manière qu'elle n'avait pas remarquée au début, à l'époque où elle dérivait de ville en ville. Ainsi, elle était sûre que Suzie remuerait ciel et terre pour aller à sa réunion d'anciens élèves. Cette pensée emplit sa poitrine d'une chaleur mêlée de tristesse. Elle loucha en direction d'Oscar qui, toujours assis sur ses genoux, lui montra une langue enrobée de quiche.

— Oh, dites donc ! s'écria Amber. Où est passée la grenouille avec laquelle vous étiez en train de jouer ?

— Oups, lâcha Oscar.

Les autres enfants retinrent leur souffle et échangèrent un regard.

— Maya ? lança Suzie.

— Serena ? fit en écho Amber.

Oscar glissa à terre et courut vers les marches.

— Vous avez oublié ou quoi ? cria-t-il aux autres enfants par-dessus son épaule. On l'a laissée dans la chambre de maman.

De retour chez elle, Lydia s'examina dans la glace. Elle pencha la tête en avant pour inspecter les racines de ses cheveux : elles étaient d'un châtain moins foncé que le reste. Si elle les laissait pousser, elle finirait par être châtain terne, pas blonde. Jusque-là, elle s'était toujours fait teindre et faire des mèches. Elle examina son nez. Les narines étaient-elles inégales ? D'après Amber, c'était un « signe révélateur » de chirurgie esthétique. La nature devait pourtant bien être asymétrique de temps à autre. Il y avait des rides autour de ses yeux – pas des pattes-d'oie, plutôt de moineau ou de roitelet. Ses paupières supérieures, gonflées le matin, étaient normales quand arrivait l'après-midi. C'était génial d'avoir retrouvé ses vrais yeux. Quand elle s'était installée à Kensington, elle avait décidé de ne plus porter de lentilles marron. C'était ridicule d'avoir persisté aussi longtemps. Peut-être était-il temps de redevenir blonde.

Pourtant, elle devait se garder d'être imprudente : le dixième anniversaire approchait. Elle n'avait encore rien vu dans les magazines, mais elle n'avait pas vraiment cherché. Seulement une fois, dans la boutique d'Amber. Il y aurait une commémoration, sans doute, et ses garçons y participeraient. Elle s'était efforcée d'écouter les conseils de Lawrence et de ne pas surveiller leur vie de trop près. (Cher et adorable Lawrence, vos recommandations perdurent à travers cette longue décennie !) Elle avait suivi leurs progrès, les dates marquantes de leur existence, regardé les photos de leurs prouesses sportives, leur dernier jour d'école, leur premier jour à l'université, leur remise de diplômes, comme ils avaient fière allure dans leur uniforme militaire. Année après année, elle les avait vus s'épanouir, ces garçons privés de mère.

Elle avait un rêve. Il revenait régulièrement. Ils seraient ici, chez elle, et elle ramasserait leurs vêtements jetés sur le sol, interviendrait dans leurs chamailleries, les réprimanderait pour avoir bu à même le berlingot de lait. Pas de majordome. Pas de bonne. Pas de pension. Pas de Balmoral pour les éloigner d'elle pendant les vacances. Ils rentreraient tard, videraient le réfrigérateur, la prendraient dans leurs bras et la soulèveraient de terre. Elle lèverait les yeux au ciel en disant : Bon, que l'un de vous deux mette le lave-vaisselle en route quand vous aurez terminé, je monte me coucher. Ce n'était qu'un rêve. Les premiers temps après son « départ », elle avait cru qu'il se réaliserait un jour. À présent, elle savait que c'était impossible ; même si quelquefois elle feignait de l'ignorer, c'était plus supportable ainsi.

Elle sortit de la chambre, descendit dans la cuisine et fixa l'ordinateur, qui l'attendait, éteint, sur la table. Elle trouverait là ce qu'elle cherchait. Seulement, si elle s'y mettait, elle n'arrêterait jamais. Selon le marché qu'elle avait conclu avec elle-même, elle aurait des nouvelles quand elles lui parviendraient, comme une tante habitant au loin à qui l'on envoie la même lettre formatée deux fois par an. Les espionner sur Internet serait malsain, et ne leur apporterait rien. Peut-être était-ce une règle idiote à observer, aussi absurde que les lentilles marron qu'elle avait portées des années durant alors qu'elle n'en avait plus besoin.

Lorsqu'elle était de cette humeur, elle savait qu'elle devait aller piquer une tête dans la piscine. Elle vérifia l'heure. Cinq heures. Il restait une demi-heure avant la fermeture du drugstore. Elle pourrait encore arriver à temps pour acheter une brassée de magazines. Il y aurait forcément une ou deux photos.

Elle ramassa ses clés de voiture, et Rufus, en les entendant tinter, se dirigea vers la porte d'entrée.

— Tu es intelligent, mon chien.

Une brusque sensation d'angoisse la submergea, telle une main moite pressée sur son nez et sa bouche. Elle dut s'asseoir sur un tabouret. Comment avait-elle pu les abandonner ? Elle était inhumaine, méprisable.

Le jour du Jugement dernier… Encore !

Rufus revint en trottinant et lui lança un regard noir, comme pour dire : Ce n'est pas drôle.

Les mères n'abandonnaient pas leurs enfants. C'était une sorte d'infirmité qu'elle avait. Une malformation de l'âme. Peut-être que c'était de famille, voilà tout. Sa propre mère n'était-elle pas partie ? Elle n'avait pas pu emmener ses enfants, mais ce n'était pas sa faute.

Enfin, peu importait. Sa mère était une impulsive, de toute manière.

Arrête, se dit-elle, arrête.

— Rufus, lança-t-elle, on y va tout de suite.

Pourquoi avait-elle acheté cette voiture ? Elle était trop grosse. Elle s'était dit que ce serait pratique pour transporter des fournitures au refuge, mais on leur livrait presque tout : encore une erreur de jugement de sa part. Si elle n'était pas capable de bien faire les petites choses, comment serait-elle à même de juger celles qui étaient importantes ?

Rufus s'allongea par-dessus le frein à main et posa la tête sur son genou.

Elle remonta Albert Street en direction du drugstore, en essayant de se persuader qu'elle était heureuse, même si, elle le savait, cela ne marchait jamais. Ça n'avait jamais marché non plus autrefois, alors qu'elle avait tout, qu'elle était censée avoir le monde à ses pieds. Elle parcourut du regard les livres alignés au-dessus des rayonnages de magazines pour voir s'il y avait des nouveautés. Dans l'ensemble, le choix était nul – des thrillers, des livres d'horreur, des policiers, et des romans sentimentaux en pagaille. Décidée à en acheter un quand même, elle prit un livre de poche avec en couverture une jeune femme qui avait une fleur derrière l'oreille. Le titre était écrit en lettres dorées en relief, ce qui, avait-elle découvert, était toujours de très mauvais augure. Mais c'était comme une envie de sucreries. Il n'y avait pas de mal à y céder de temps en temps. Cela lui permettrait de survivre à la soirée, et ce n'était pas pire que de s'asseoir devant une grosse tablette de chocolat.

Il y avait douze revues susceptibles de l'intéresser et elle en fit une pile.

— On se fait un petit plaisir aujourd'hui ? demanda la caissière.

— Je suppose que oui, madame Deaver, admit Lydia.

Avec ses lunettes cerclées d'écaille, sa jupe et sa veste en tricot, Mme Deaver ressemblait plus à une institutrice en retraite qu'à une employée de magasin.

— Vous êtes indisposée, non ? Parce que j'ai remarqué que beaucoup de filles achètent des piles de magazines en même temps qu'une boîte de Tampax.

— Je vais juste passer une soirée tranquille.

— Faites donc, ma chère. Ça fera 70 dollars 25. Vous êtes sûre que vous les voulez tous ? C'est toujours les mêmes histoires qui reviennent, vous savez.

Lydia régla et sortit. Elle aperçut Carson sur le trottoir d'en face. S'il la voyait, s'arrêterait-il ? Mais allait-il la voir ? Son cœur battait à toute allure. C'était lamentable. Elle allait retourner directement à sa voiture et rentrer.

Rufus fonça de l'autre côté de la rue avant qu'elle ait pu le retenir.

Carson le prit dans ses bras et fut remercié par un gros coup de langue sur le nez.

— J'ai quelque chose qui t'appartient, déclara-t-il quand il eut traversé pour la rejoindre.

— Merci, dit Lydia. Il est très attaché à toi.

— Je sais. Je pensais que tu l'étais peut-être aussi.

— Peut-être le suis-je.

— Est-ce qu'on t'a jamais dit que tes yeux sont incroyablement beaux ?

Il reposa Rufus par terre.

— C'est une question dont je connais déjà la réponse.

Il se massa la nuque. Lydia avait envie qu'il lui masse la sienne aussi.

— Je crois que j'ai mal réagi ce matin. Je suis désolé.

Elle avait été horrible avec lui en fait, et voilà que c'était lui qui s'excusait.

— C'était ma faute, répliqua-t-elle. Dès que je l'ai dit, je l'ai regretté.

— Nous aurions pu en discuter si je n'étais pas entré dans mon rôle d'homme de fer… Tu as un tas de magazines, dis-moi. J'étais convaincu que tu n'aimais pas ces trucs-là.

Lydia baissa les yeux sur la pile au creux de son bras.

— Je songe à changer de coiffure. Ça va peut-être me donner des idées.

Carson tendit la main et lui caressa les cheveux.

— Vraiment ? Je te trouve très bien comme tu es.

Il l'attira doucement à lui et elle nicha la tête au creux de son épaule. Le problème, ce n'était pas qu'il lui pose des questions. C'était qu'elle voulait y répondre.

9

31 janvier 1998

VOICI UN PARADOXE. MES JOURS SONT COMPTÉS. Je voudrais
que ces jours passent vite. Or ils s'éternisent. C'est parce
que j'attends de la revoir, je le sais. J'ai souvent songé à
avancer ce voyage, mais il me semble que ce ne serait
pas bien, car cette décision serait dictée par mes désirs et
mes besoins, et non par les siens.

Ce que je devrais faire, c'est travailler. Seulement je
n'en ai guère envie, et d'ailleurs le monde perdra-t-il à
être privé de mes considérations laborieuses sur la diplomatie outre-Atlantique, ses feintes et ses esquives ? Je me
souviens qu'un jour, à l'époque où j'ai commencé à
donner des conférences, un étudiant a levé la main à la
fin d'un séminaire. « À quoi sert l'histoire, d'après vous ?
Je veux dire, quel est votre point de vue personnel ? Est-ce
qu'on apprend, disons, une leçon pour ne pas refaire les
mêmes erreurs ? » Cette question m'a fait sourire. J'ai
sans doute fourni une réponse prétentieuse sur l'importance de dire la vérité et le rôle de l'historien en tant que
simple observateur impartial. La question naïve est souvent la plus révélatrice, c'est pourquoi nous nous
empressons de l'écarter. À quoi sert mon livre ? Personne, Dieu merci, ne va me le demander.

J'avais pensé, au début, que ce journal m'aiderait à y voir plus clair, de sorte que je pourrais me remettre au travail sur le *magnum opus*. J'écris ces pages et puis je médite, encore et encore. Mars semble vraiment bien loin. Mais seulement de mon point de vue Je dois me souvenir qu'elle ne passe pas ses journées à attendre anxieusement mon arrivée en Caroline du Nord.

1ᵉʳ février 1998

Nous sommes restés une dizaine d'heures au motel. L'établissement était entièrement conçu de manière que clients et membres du personnel ne s'aperçoivent jamais. Nous avons commandé un repas, du poulet et de la salade, qui fut laissé derrière un passe-plat dans l'antichambre. Après cela, nous sommes repartis dans la nuit. Je m'attendais à demi à trouver des barrages routiers, et des panneaux annonçant l'enlèvement de la princesse de Galles. Bien entendu, il n'y avait rien de tel. J'ai réglé la radio, mon portugais est passable, et j'ai compris que l'événement faisait la une. « Ils parlent de moi, n'est-ce pas ? » a-t-elle demandé. Je lui ai répondu que j'éteindrais dès que je serais au courant de la situation. Elle a tourné la tête vers la vitre.

J'avais saisi son expression, cependant. Ce n'étaient pas des larmes qu'il y avait dans ses yeux, mais du défi.

Mettre notre « petit plan » à exécution a été la décision la plus difficile que j'aie eue à prendre de ma vie. Ce plan était-il la manifestation la plus extrême de son impulsivité, celle qui n'autorisait aucun rattrapage ? À quel moment précis le point de non-retour serait-il franchi ? Même alors que nous roulions, il m'est venu à l'esprit qu'il était encore possible de rebrousser chemin. De prétendre qu'elle m'avait donné rendez-vous afin d'explorer un peu le pays loin de l'attention des médias.

L'affaire ferait grand bruit, naturellement, et susciterait de nouvelles questions sur son état mental, une tempête de commentaires et de réactions outragées condamnant la conduite de la mère du futur monarque et de ceux qu'elle choisissait de fréquenter. Toutefois, il n'était pas trop tard. Je lui ai fait part de mes réflexions.

Elle a secoué la tête. « Ce n'était pas un jeu. »

C'est simplement la plus remarquable des femmes. Les contraintes de la royauté, de la maternité, d'une écrasante célébrité – toutes ces restrictions qui auraient dû garantir de sa part un comportement irréprochable – l'ont rendue peu à peu plus intrépide. Je me souviens qu'il y a quelques années, alors qu'elle était aux sports d'hiver en Autriche (à Lech, me semble-t-il), j'ai reçu un appel de son garde du corps. Il me suppliait de lui faire entendre raison. Comment pouvait-il effectuer son travail ? La princesse s'était éclipsée en sautant dans la neige depuis un balcon situé au premier étage de son hôtel, à cinq bons mètres du sol. Elle était restée dehors toute la nuit, avec son amant, présume-t-on. Je pense qu'elle craignait elle-même d'aller trop loin, de sombrer dans les pires excès, si elle ne parvenait pas à s'extirper de cette vie.

2 février 1998

J'ai été obligé de la laisser à Belo Horizonte au bout de deux jours – cela bien qu'elle eût commencé à s'effondrer quelque peu. Je devais retourner à Pernambouc rendre l'embarcation que j'avais louée, comme un touriste lambda, pour une durée d'une semaine. Il ne fallait rien laisser en suspens. De là, j'ai regagné Washington où j'étais censé être enfermé dans la Bibliothèque du Congrès, en plein travail. Comme prévu, une bonne douzaine de messages m'attendaient.

111

J'avais un mal à la tête épouvantable. J'ai passé la journée allongé dans le noir. L'air pressurisé dans l'avion n'en était qu'en partie responsable. La première fois que j'avais pris l'avion après le diagnostic – pour faire un petit saut à Rome –, j'avais cru que j'allais mourir en plein vol. Après tout, mon médecin m'avait dit ne pouvoir me conseiller de voyager. Cela étant, elle ne m'avait pas davantage déconseillé de le faire. Cela va-t-il aggraver la tumeur ? avais-je demandé. « Rien ne suggère que les voyages en avion provoquent des hémorragies ou des dilatations de ces tumeurs, m'avait-elle répondu. Le danger vient de l'isolement médical. Personnellement, je serais encline à rester sur la terre ferme. » Elle ne prend jamais de risque. Ce Dr Patel possède une connaissance encyclopédique du cerveau et de ses tumeurs malignes. Lorsqu'elle peut s'exprimer de manière abstraite, ce que je l'encourage parfois à faire, elle est capable de s'animer vraiment – elle prend plaisir à parler à un autre docteur, même si nos domaines sont aux antipodes l'un de l'autre. En revanche, dès que je lui pose une question d'ordre pratique concernant mon état, elle semble se mettre à bouder, comme si j'essayais de la faire trébucher.

Il m'a semblé judicieux de ne pas mentionner mon oligodendrogliome anaplasique (que de charmes anagrammatiques !) aux compagnies aériennes lorsque j'ai réservé les vols. Naturellement, je mourrais de honte si je causais un dérangement en tournant de l'œil à dix mille mètres d'altitude, mais nécessité fait loi, comme dit le proverbe. J'avais entendu parler de procès civils intentés par des passagers qui, ayant fait de telles déclarations, s'étaient vu refuser le droit d'embarquer.

J'étais donc allongé dans une chambre obscure à Washington, après que l'acte eut été réalisé, à me demander si mon crâne allait exploser. Il n'en fit rien. Je ne rappelai personne avant le lendemain, et à ce moment-là tout le monde semblait avoir déjà oublié qu'il m'avait téléphoné. À part cette pauvre chère Patricia, qui m'avait supposé trop ému pour parler. Il n'y avait encore eu aucune déclaration officielle, m'apprit-elle. « Cependant, il n'est plus question d'opération de sauvetage, mais de recouvrer un corps, au mieux. » Il y avait dans sa voix cette trace d'excitation inévitablement présente dans le récit de calamités qui ne vous concernent que de loin.

Je lui ai annoncé que je rentrerais par le premier vol disponible.

Elle a pris une profonde inspiration, ma petite sœur. « Est-ce une sage décision ? » a-t-elle demandé. Malgré son admirable capacité à garder ses opinions pour elle, je sais qu'elle craint que chaque voyage en avion n'abrège ma vie davantage. Peut-être a-t-elle raison. Qui le sait ? Certainement pas le Dr Patel.

« Tout le monde est si... choqué, a-elle dit. Je n'arrête pas de repenser à la fois où tu l'as amenée prendre le thé. Elle était si gentille, si naturelle ; elle posait des questions sur les enfants, admirait le jardin. Et puis elle a fait la vaisselle ! Je raconte ça à tout le monde. Quand on pense qu'elle... Tu crois... Tu crois que c'était vraiment... ? »

Elle a fondu en larmes – soit à cause de l'émotion, soit à cause de la situation délicate. Les médias se livraient à des spéculations sans fin sur les requins, mais Patricia, elle, ne pouvait se résoudre à prononcer le mot.

3 février 1998

Tout s'est passé ainsi que je l'avais prévu. Si j'avais choisi la plage principale de Boa Viagem, où des panneaux avertissent les baigneurs du « risque accru d'attaques de requins », elle aurait créé une tempête médiatique en insistant pour se baigner quotidiennement comme il était prévu dans notre plan. Des surfeurs se font dévorer assez régulièrement, mais pour une princesse c'est une tout autre affaire. La plage que j'avais sélectionnée, assez éloignée de la zone de Recife/Boa Viagem, était généralement considérée comme sûre, et ses eaux calmes. Ce dont j'avais tenu compte dans mes calculs, cependant, c'était que, voilà cinq ou six ans, les attaques de requins à Boa Viagem étaient quasiment inconnues. Facile donc, pour la presse, de supposer qu'une évolution quelconque de l'écosystème sous-marin avait poussé les requins à s'aventurer encore plus haut sur la côte.

J'avais effectué des recherches si méticuleuses que, lors d'une de nos séances de planification, j'avais peut-être manifesté un peu trop d'enthousiasme à lui faire part de mes informations. « Oh ! S'il vous plaît, pourriez-vous arrêter ? avait-elle dit. Je n'ai pas besoin d'entendre les trucs sanglants. Il faudra que je me mette à l'eau, vous savez. »

L'idée de départ venait d'elle. Elle en parlait depuis un an environ. « N'y aurait-il pas moyen de me faire disparaître, Lawrence ? Les gens simulent leur propre mort, n'est-ce pas : ils entrent dans l'eau et s'évanouissent dans la nature ? Faites cela pour moi, Lawrence. Faites-moi disparaître dans un nuage de fumée. Je parie que vous avez réalisé ce genre de choses aux Affaires étrangères, non ? Les espions et tout ça. Vous savez comment procéder. Vous pourriez y arriver. Vous êtes l'homme le plus intelligent que je connaisse. Et le seul en qui j'aurais confiance. »

Il y eut plusieurs variations sur ce thème – tantôt sur le ton de la plaisanterie, tantôt avec un certain sérieux, voire une solennité poignante. Je dois avouer que j'étais plus flatté qu'alarmé. Au début, tout du moins. Mais sa détresse ne fit que grandir.

Peu à peu, je compris qu'elle parlait sérieusement. Un jour que nous étions tous les deux dans son salon privé, je lui dis que l'entreprise pouvait – non sans risques – être menée à bien. Elle resta silencieuse. Un grand vase de roses blanches, ses préférées, était posé sur la table à côté de moi, mais soit elles n'avaient pas d'arôme, soit tous mes sens étaient concentrés sur elle. Je me souviens que son parfum flottait dans l'air – *24 Faubourg*, me semble-t-il. « Très bien, murmura-t-elle, aidez-moi, s'il vous plaît. » Et, sur ces mots tout simples, je me mis entièrement à sa disposition.

4 février 1998

« Les espions et tout ça. » C'était une phrase qu'elle avait lancée avec ce mélange bien à elle de coquetterie avertie et de naïveté désarmante. Il y avait néanmoins un brin de vérité dans ces propos. Je sais comment faire en sorte que certaines choses arrivent. Je dus commencer par effectuer des recherches pour trouver un endroit propice, où il serait plausible qu'on ne retrouve pas de corps (ou de parties du corps). Dans l'absolu, les attaques de requins sont plus fréquentes en Floride et en Australie, mais celles du Pernambouc ont un taux de mortalité plus élevé. En tant que nation non anglophone, le Brésil avait aussi ma préférence, car il lui serait plus facile de disparaître au cours de ces premières semaines, décisives. Cet argument décida du lieu. Je me renseignai ensuite sur les cas de disparition en mer.

Bien sûr, les médias me rendirent service en régurgitant précisément les récits qui me semblaient fournir un précédent assez sûr. Le 17 décembre 1967, le Premier ministre australien, Harold Holt, avait disparu alors qu'il se baignait au large de Cheviot Beach, près de Melbourne. Une opération de sauvetage et d'importantes recherches ayant échoué à repêcher le corps, on en conclut qu'il avait été dévoré par des requins et on organisa ses funérailles. Les journaux s'étendirent également sur les tentatives d'évasion d'Alcatraz, notamment celle de Frank Morris, et celle de Clarence et John Anglin, afin d'étoffer leurs articles et de nourrir leurs spéculations macabres. Tous ceux qui ont quitté le rocher d'Alcatraz à la nage au fil des ans ont officiellement été déclarés noyés, bien qu'aucune dépouille n'eût jamais refait surface, ayant probablement servi de repas aux charognards que sont les requins-léopards. On a aussi rapporté une foule d'autres anecdotes, réelles ou inventées, et la liste compilée des disparitions ordinaires signalées en Floride, à Hawaii, en Australie, au Brésil, etc. Elle était longue, et ajoutait un poids considérable à l'histoire telle que je désirais qu'elle fût racontée.

5 février 1998

Les adeptes de la théorie du complot tentent une sortie, il fallait s'y attendre. Pour ces doux rêveurs, Harold Holt a été enlevé par un sous-marin russe (parfois chinois). Morris et les Anglin ont été « vus » après leur noyade par des citoyens aux yeux de lynx – sans doute les mêmes individus observateurs qui ont ultérieurement croisé Elvis après sa mort. Je garde un œil sur les conspirations actuelles, l'élimination de la princesse étant la principale. Divers angles sont considérés – notamment, ce qui est le comble de l'absurde, celui d'un assassinat perpétré par les services de sécurité sur ordre de son beau-père, le duc d'Édimbourg. La pression s'intensifie pour obtenir l'ouverture d'une enquête publique, qui n'a pas encore été décrétée. On a évoqué le suicide, agrémenté d'une variante plaisante suggérant qu'elle était enceinte et réticente à porter un enfant métis. S'ajoute à tout cela l'hypothèse de la fuite, et on rapporte même qu'elle aurait été « vue » à Genève et dans plusieurs pays musulmans, vêtue d'une burqa. Dieu merci, ces dernières suggestions ne sont véhiculées que par une poignée d'illuminés sur Internet.

10

LA VEILLE AU SOIR, IL ÉTAIT ALLÉ JUSQU'À RÉCITER SES PRIÈRES au lit en tripotant les perles de son chapelet. D'habitude, il se contentait de les compter ou de les faire tinter les unes contre les autres parce qu'il trouvait ce bruit réconfortant. Et, à cet instant même, tout donnait à penser que sa prière allait être exaucée – pile devant lui, Lydia descendait Albert Street, l'épagneul trottinant si près d'elle qu'il semblait scotché à sa cheville. Il avait besoin d'un petit moment pour se préparer, trouver une remarque susceptible de lancer la conversation. Il se mit à l'écart à côté du café, à l'abri des regards, pour rajuster quelque peu sa tenue. Il rentra rapidement sa chemise dans son pantalon, passa une main dans ses cheveux. Et s'il avait recours à l'appareil photo ? S'il disait : Ça vous ennuierait que je vous photographie ? Vous êtes très belle... C'est le genre de truc qui plaît aux filles. Non, seulement aux plus jeunes. Une femme de son âge trouverait ça bizarre.

Elle n'allait pas tarder à passer. Il n'arrivait pas à se décider.

Voilà, elle passait, et s'il tournait la tête maintenant, il aurait l'air d'une espèce de pervers en train de rôder dans l'ombre.

Grabowski, se dit-il, tu es un crétin. Il souleva machinalement le Canon et cadra, mais renonça à prendre la photo. Pourquoi photographier l'arrière de sa tête ?

Il la suivit de loin. Il n'avait toujours pas de plan.

Elle avait un joli postérieur. Plutôt attirant dans ce jean taille basse.

Quand elle entra dans le drugstore, il hésita, se demandant s'il devait la suivre à l'intérieur. Qu'est-ce que tu vas faire, Grabowski, lui demander conseil pour le choix d'un dentifrice ?

Il regarda autour de lui, puis traversa la chaussée. Un gros camion était garé un peu plus bas sur la gauche. En se postant derrière, il pourrait surveiller le magasin du coin de l'œil et décider comment l'aborder.

Mme Jackson l'avait informé que Lydia était anglaise et qu'elle vivait à Kensington depuis trois ans, en précisant :

— Elle s'occupe des chiens dans ce refuge à l'ouest de la ville – vous savez, près de la forêt ?

— Je ne suis pas vraiment d'ici, madame Jackson, avait répondu Grabowski, tout en étant sûr qu'avec elle il gaspillait son sarcasme.

La logeuse s'était mouchée, puis avait expliqué :

— Une allergie. Je suis le martyr de ce chien. Je l'ai pris au refuge, celui où travaille Lydia justement… Vous êtes ici pour affaires, c'est ça ? C'est pour les pompes funèbres ? M. Dryden ne vendra jamais. On en a eu quelques-uns qui ont essayé de le persuader ces dernières années, des gens de la ville. Mais évidemment, avec votre accent, vous venez d'outre-mer. Ça n'a pas d'importance, remarquez : nous sommes tout à fait cosmopolites par ici.

Grabber avait embrassé du regard les perles, la ceinture et les chaussures de marque de Mme Jackson, ainsi que ses mains striées de veines, manucurées avec un optimisme résolu.

— Je parierais que oui, avait-il répliqué. Il y a Lydia, et c'est une étrangère, pas vrai ?

— Oh non, pas pour nous ! avait protesté Mme Jackson. Elle fait partie des jeunes. Elle a acheté la propriété des Merrywick quand ils sont partis s'installer en Floride, une adorable petite maison dans Cedar Road. Elle m'a invitée – enfin, je fais un saut chez elle quand je passe par là. On n'est jamais trop occupé pour recevoir un ami, c'est comme ça par ici… Vous êtes dans quel genre d'affaires, déjà ?

— Je suis… auteur, avait avoué Grabowski. J'écris un livre. Je me suis dit que ce serait un endroit agréable où me mettre au vert quelques jours pour travailler.

Il n'allait sûrement pas se vanter de son CV. Les gens réagissaient parfois bizarrement en le découvrant. De plus, le dixième anniversaire approchait, et on reparlait de traque médiatique, d'intrusion de la presse, d'attitude irresponsable. Toute cette hypocrisie l'écœurait. Ces gens-là achetaient les journaux et revues qui pour leur part achetaient les photos. Pas de demande, pas d'argent, pas de photos. C'était aussi simple que ça.

— Ooh ! s'était écriée Mme Jackson. Un écrivain ! De quoi parle votre livre, ou peut-être ne devrais-je pas vous le demander ? Les écrivains n'aiment pas qu'on leur pose la question, n'est-ce pas ? En tout cas, soyez le bienvenu, restez aussi longtemps que vous en aurez envie. Voulez-vous qu'on vous monte des repas ? Normalement, je ne sers que le petit déjeuner, mais je pourrais faire une exception. J'ai lu une fois un article sur un endroit où les écrivains se retiraient, ils se faisaient tous apporter leurs repas pour n'avoir à réfléchir à rien d'autre qu'à leur livre.

Grabowski avait répondu que c'était très gentil mais qu'il aimait sortir de temps en temps pour stimuler ses fluides créatifs, pour ainsi dire. Il songeait justement à s'aventurer au-dehors pour aller chercher un sandwich.

Mme Jackson lui avait indiqué le chemin de la boulangerie en agitant les mains. Il aurait juré qu'elle battait des paupières aussi. L'histoire de l'écrivain faisait un tabac. Avant peu, elle dirait : Vous allez me mettre dans votre prochain livre, je suppose…

Quand il était redescendu de sa chambre, elle était assise derrière le bureau d'accueil dans l'entrée (qu'elle appelait « le vestibule ») et s'était mis un soupçon de rouge à lèvres.

— Monsieur Grabowski, avait-elle dit, Kensington n'est peut-être qu'une petite ville, mais nous ne sommes pas dénués de culture. Rien que l'année dernière, M. Deaver a organisé une exposition de peinture à l'école. Mon mari était indisposé le soir de l'inauguration, mais j'étais là, naturellement. Les aquarelles de M. Deaver ont été très admirées. Oui, vous verrez que nous avons en général un grand respect pour les artistes. Et si je peux faire quoi que ce soit pour vous, pour stimuler ces fluides, je vous en prie, n'hésitez pas. Vous voyez cette petite clochette sur le bureau ?

Elle l'avait prise et agitée.

— Dring, dring, dring et *voilà*, je suis à vous sur-le-champ.

Il y avait bien quelque chose que Mme Jackson pouvait faire pour lui, songea Grabowski en jetant un coup d'œil de l'autre côté de la rue à travers les vitres du camion. Elle pouvait le présenter à Lydia.

Dring, dring, dring, Lydia servie sur un plateau.

Il y avait peu de chances que ça se produise, sauf s'il parvenait à lui donner l'impression que l'idée venait d'elle : Mme Jackson n'apprécierait guère d'être reléguée au second plan dans son propre film.

Quand Lydia ressortirait, il traverserait la route... et il dirait... Vous êtes vraiment jolie, et ça fait un bail que je n'ai pas baisé, alors à votre avis, mon chou ? Chez vous ou chez moi ?

Bordel, mieux valait qu'il parte à L.A. Il s'en irait demain matin... Mais il ne réussirait jamais à baiser à L.A. : c'était un cauchemar, le pire endroit de la terre. Il était sorti avec une femme, là-bas, une fois. Le rancard avait eu des allures d'entretien d'embauche. Et il n'avait pas été engagé.

Elle prenait son temps dans le magasin. Qu'est-ce qu'elle fabriquait là-dedans ?

Il ajusta la bandoulière de son appareil et fit quelques photos de la rue. C'était une rue mignonne, pittoresque, avec de vrais magasins, pas comme ces centres commerciaux qu'il voyait dans presque toutes les villes. Un gamin passa à vélo, et Grabowski prit une brève rafale de clichés. Ils rendraient bien, dans le genre artistique ; les rayons seraient flous et, avec le soleil rasant l'hôtel de ville, la lumière était idéale. Mais l'art ne se vendait pas, quoi qu'en dise Mme Jackson.

Ce qu'il devait faire, bien évidemment, c'était aller flatter le chien.

Elle sortait du magasin, à présent. Il rentra le ventre, fit un pas en avant, et remarqua aussitôt un homme qui descendait le trottoir dans sa direction. L'instant d'après, l'épagneul était là et, jappait aux pieds du type.

Le type se baissa et souleva le chien. C'est mon accessoire, espèce de salopard, songea Grabowski. Pose-moi ce chien tout de suite.

Il n'en fit rien. Il traversa la rue à grands pas pour rejoindre Lydia.

Ils se connaissaient, c'était clair. Peut-être allaient-ils échanger quelques mots et se séparer.

Mais peut-être s'étaient-ils donné rendez-vous.

À cette distance, il était difficile de déchiffrer l'expression de son visage. Grabowski tira de son sac un téléobjectif. Ne jamais sortir sans son matériel, même si on veut juste prendre quelques photos de la vie d'une petite ville ordinaire, parce que l'appareil est la seule manière de voir ce qu'on a en face de soi, et qu'on ne sait jamais de quoi on va avoir besoin.

Il zooma sur elle. Obtint une image dégagée, juste à côté de l'épaule du voleur de chien. Il prit les photos par pur réflexe. Il voyait la manière dont elle regardait ce type.

Merci, madame Jackson, pensa Grabowski. Voilà une chose que vous avez oublié de me dire à propos de Lydia, un détail qui aurait eu toute son utilité.

Grabber retourna à la chambre d'hôtes et laissa tomber son appareil et son sac sur le lit. Avant de s'y laisser tomber à son tour.

Il songea à descendre dans le « vestibule » et à agiter cette cloche à la noix. Quand Mme Jackson arriverait en courant pour lui demander ce qu'il voulait, il dirait : « Une bouteille de Jack Daniel's, un gramme de coke et deux putes adolescentes. Aidez-moi à stimuler mes fluides d'écrivain, si vous êtes réellement une amie de l'art. »

Toujours allongé sur le dos, il ramassa son appareil et fit défiler les photos qu'il avait prises. Elles étaient moyennes. Aucune des qualités artistiques qu'il avait espérées. Il arriva à celles de Lydia. La première était floue ; la deuxième, mal cadrée ; dans la troisième, elle fermait les yeux. La quatrième était superbe.

Il revint en arrière, effaça les trois premières, et, avec un soupir, s'apprêta à effacer la quatrième. Puis il la regarda de nouveau, zooma davantage. Ses lèvres étaient légèrement entrouvertes, elle était sur le point de rire ou de parler. Elle avait des yeux extraordinaires – bleu outremer. Quoi de plus normal pour un homme que de tenter sa chance ?

C'était exactement ce qu'il n'avait pas fait. Il s'était borné à tourner autour.

Il zooma sur les yeux. Les regarda longuement. Se redressa. Il se leva, prit le câble qui reliait l'appareil à l'ordinateur portable et importa la photo sur le disque dur. L'image apparut sur l'écran.

C'était troublant. Il aurait pu en jurer. Cela l'effrayait même un peu.

Il fit également apparaître à l'écran la photo qu'il avait l'intention d'utiliser pour la couverture. Il disposa les deux clichés l'un à côté de l'autre. Ce n'était pas elle, mais les yeux étaient exactement les mêmes. Exactement.

Il avait besoin d'un remontant.

Et si c'était elle ? S'il avait un scoop sous son nez ? Le scoop de sa vie.

N'avait-elle pas été vue à Abu Dhabi et en Suisse ? Et si tous les cinglés qui affirmaient qu'elle avait simulé sa propre mort n'étaient pas des cinglés, après tout ? C'était possible. On n'avait pas retrouvé de corps. Il était déjà arrivé que des gens simulent leur propre mort, et on ne connaissait que ceux qui s'étaient fait prendre. Qu'était-il advenu de lord Lucan, par exemple ? Que lui était-il arrivé ? On avait fini par le déclarer décédé, mais il avait disparu juste après l'assassinat de la nourrice de ses enfants. Ce qui était troublant, d'autant qu'on le soupçonnait d'en être l'auteur. Peut-être menait-il toujours la belle vie à Rio ou Dieu sait où il avait fui. Il serait vieux, à présent, mais la chance continuerait de lui sourire. « Lucky Lucan », on le surnommait.

Son téléphone portable sonna, et il sursauta comme si on venait de lui tirer dessus.

— Tinny, lança-t-il, je peux te rappeler ? Je suis en plein milieu d'un truc, là.

— Grabber, moi je suis sur un coup d'enfer, du chaud, du gros. Je ne t'en parle pas au téléphone.

— Bon, tant mieux. Ne me dis rien. Je te rejoins dès que je peux.

— Je ne te dis rien au téléphone, Grabber. Tu ne me tireras pas les vers du nez.

— J'en suis, j'en suis. Tu m'as convaincu. J'arrive.

Il raccrocha et se remit à fixer les photos sur l'écran.

Il était fort possible qu'il soit en train de devenir fou. Qu'avait-il fait ces dernières semaines, hormis rouler sa bosse dans des villes merdiques et fixer des plafonds de chambres d'hôtes ? Son travail, c'était de la foutaise. Il ne s'y était jamais mis. Il avait passé son temps à ruminer. À s'agacer. À se calmer en buvant trop. Il avait à peine parlé à un autre être humain.

Bien sûr que ce n'était pas elle. Elle était morte. Elle n'avait rien simulé. Elle n'avait pas été assassinée par les services secrets. Ni enlevée par des extraterrestres.

On pouvait transformer une foule de choses avec la chirurgie esthétique. Les criminels en fuite le faisaient bien…

Mais ce n'était pas une criminelle.

Noyée, dévorée, peu importait. Toutes les vraies idoles mouraient jeunes. James Dean, Marilyn Monroe, Grace Kelly, tous. C'était comme ça.

Il regarda de nouveau l'écran. C'était toujours aussi bizarre. Les yeux, hormis un soupçon de rides autour d'eux, étaient identiques – jusqu'au minuscule cercle, à

peine visible, de vert autour de la pupille droite. Il vérifia l'œil gauche : du bleu pur et vif. Et le droit, de nouveau.

Il fallait regarder de très près pour voir la différence.
Grabowski la voyait clairement, comme il l'avait vue un
millier de fois auparavant.

11

6 février 1998

SUIS ALLÉ FAIRE UNE LONGUE PROMENADE sur le front de mer
hier. Ma jambe gauche s'est bien comportée dans
l'ensemble, elle tremble moins que la semaine dernière.
Je me suis reposé sur un banc de temps à autre. Alan est
venu déjeuner avec moi, ce qui était gentil de sa part,
nous avons mangé une tourte et de la purée au Crown
and Anchor. Il faut que je me force, vraiment ; c'est intéressant de constater que la nourriture cesse de présenter
un intérêt quand on a complètement perdu l'odorat.

Il m'a raconté tous les potins de la faculté, bien que je
ne connaisse plus tous les protagonistes ces temps-ci, le
personnel tourne beaucoup depuis deux ans. Des prises
de bec pour des histoires de place, des rumeurs de
liaisons, des scandales mineurs concernant des subven-
tions accordées à la tête du client. Il y a eu d'inévitables
questions sur mon livre, d'inévitables questions angois-
sées sur mon état de santé, d'inévitables moments de
gêne où il a changé de position sur sa chaise. Ai soudain
été tenté de dire que le Dr Patel s'était ravisée, qu'elle
avait finalement décidé d'opérer, et que de ce fait je suis
miraculeusement guéri. La tentation était très forte. Dois-je
voir là un signe du « changement de personnalité »

contre lequel on m'a mis en garde ? Ou le fait que j'ai résisté est-il un signe que je n'ai pas changé du tout ?

Chercher à prévoir l'imprévisible ne sert à rien, et pourtant, en général, cela ne m'empêche pas de le faire.

Cela m'a fait plaisir de voir Alan. Je me demande s'il pourrait se laisser persuader de prononcer mon éloge funèbre. Est-il de mise d'organiser soi-même de telles choses ? Cela se fait-il ? Peut-être suffirait-il que j'en parle à Patricia, encore qu'elle ait tendance à se dérober lorsque je tente de genre de planification.

7 février 1998

Combien de fois ai-je passé en revue notre « petit plan », tout en sirotant de l'Earl Grey, du Darjeeling ou du Lapsang Souchong ? Je tenais à clarifier chaque détail, à souligner chaque obstacle, à m'assurer que chaque tactique adoptée pour les surmonter avait été parfaitement comprise. Je me répétais *ad nauseam*, même si à la fin j'avais conscience d'avoir dépassé le stade des instructions utiles et d'être simplement en train de devenir ennuyeux.

« Réfléchissons au projet d'ensemble, lui ai-je dit ainsi. Très vite, vous prenez l'habitude durant les vacances d'aller vous baigner tôt le matin. On vous photographie en train de le faire. Vous vous en plaignez en privé et ajoutez que vous comptez triompher des paparazzi en partant plus tôt encore. Vous avancez l'heure de votre baignade et demandez aux membres de l'équipage de vous surveiller. Ensuite, vous vous éloignez de plus en plus du yacht, au point qu'ils commencent à être contrariés. Que ferez-vous s'ils tentent de vous en empêcher ? »

Elle a levé les yeux au ciel.

« Je les séduirai. »

Il me plaît toujours d'imaginer que, lorsqu'elle me

taquine de la sorte, je ne m'en émeus pas le moins du monde.

« M'en croyez-vous vraiment capable ? a-t-elle ajouté en riant. Vous devez avoir une bien piètre opinion de moi. »

Quoi qu'il en soit, nous avions tout prévu. Selon le plan, elle continuerait à se baigner de bonne heure, et, les derniers jours, avant que quiconque fût réveillé sur le bateau, mais sans manquer de leur signaler, dès qu'ils se levaient, qu'elle ne les avait pas attendus. Son petit ami la réprimanderait, mais elle savait qui tenait les rênes dans leur relation. Il n'oserait pas prendre le risque d'être éconduit. En guise de garantie supplémentaire, l'avant-dernier jour, elle monterait dans une vedette en compagnie d'un garde du corps et se dirigerait vers le bateau transportant des reporters du *Mirror*, du *Sun* et du *Daily Mail*. Pendant une dizaine de minutes, elle évoquerait la vie à bord du *Ramsès*, glissant dans la conversation qu'elle avait l'intention d'aller faire du jet-ski le lendemain en fin de matinée. Avec cette promesse d'une séance de photos idéale (la rumeur se répandrait aux autres embarcations de la presse), nous pouvions être sûrs que reporters et photographes ne prendraient pas la peine de se lever aux aurores pour aller grouiller autour du *Ramsès* et faire des photos sans intérêt d'elle en train de nager la brasse.

Tout cela, comme prévu, fut rapporté dans les médias. Son ami fit d'abord des pieds et des mains pour supprimer l'information concernant ses baignades matinales et non surveillées. Les membres de l'équipage et les gardes du corps reçurent l'ordre de se taire, mais tout s'effondra dès l'arrivée sur place des agents de Scotland Yard. Même avant, il y avait eu des fuites dans la presse. C'était tant mieux pour nous. Cela donnait à l'intrigue un arrière-plan parfait.

Son comportement s'inscrivait dans un contexte très vaste, lequel remontait à une époque assez lointaine de son passé. Cependant, l'été précédant sa disparition, elle semblait vraiment avoir perdu le contrôle de la situation. « Lawrence, me dit-elle (nous étions au palais de K, immédiatement après qu'elle avait fait inspecter les lieux pour la seconde fois, à la recherche de micros), je sais comment je dois me conduire au cours de ces prochains mois. Il faut que je sois calme et maîtresse de moi-même. Pas d'excentricités, pas de crises. Rien qui puisse inciter quiconque à soupçonner que j'ai eu une dépression et que je me suis enfuie. »

Je répondis que ce calcul me paraissait sensé et abordai une fois de plus par le menu la question des finances. Ce sujet, pourtant vital pour toute l'entreprise, l'ennuyait. Seul le montant l'intéressait, et j'eus beau essayer de lui expliquer pourquoi il m'était impossible de faire disparaître une somme supérieure à un peu moins de un million sans laisser de traces, elle se contenta de soupirer et me déclara : « Essayez encore, si vous en avez le courage. Je n'aurai pas un sou. Aurai-je seulement une identité ? » Je la rassurai de nouveau sur ce point, affirmant que le passeport et les autres documents seraient parfaits. On peut y parvenir, si on a des informations d'initié. On peut évidemment se procurer de faux passeports (comme le font les malheureux qui souhaitent désespérément entrer dans notre pays), mais je n'avais nullement l'intention d'emprunter cette voie-là.

Je n'insistai cependant pas. L'essentiel était, de toute façon, qu'elle devait se conduire de manière exemplaire durant toute cette période. Je ne puis dire qu'elle y est parvenue.

Elle était soumise à des pressions presque insupportables. Une confidente en qui elle avait toute confiance (une pseudo-thérapeute doublée d'une mystique, comment pouvait-elle se laisser abuser ainsi ?) se révéla être à la solde des tabloïds. Sa propre mère donna à un magazine people une interview rémunérée. L'incident aurait pu être mis sur le compte de la boisson, point faible de sa chère mère, mais quand on a pour fille une princesse aucune excuse n'est acceptable. La communication fut rompue. « L'amour de sa vie » (il y en a eu plusieurs) lui avait clairement fait comprendre au début de l'année qu'un mariage était hors de question, anéantissant une fois de plus tous ses espoirs. Son ex-mari commençait à « exhiber » sa maîtresse de longue date, et il ne faisait aucun doute que la machine de relations publiques du palais avait mis en branle une campagne de marketing, en présentant celle-ci, avec une malhonnêteté flagrante, comme « la femme qui avait attendu ». Quel toupet.

Pour couronner le tout, elle continuait son travail pour les associations caritatives et sa campagne contre les mines antipersonnel. Si ces activités l'enthousiasmaient (elle percevait alors l'étendue du pouvoir qu'elle détenait pour faire le bien), la dissonance cognitive entre une journée passée à réconforter des amputés à Sarajevo et la suivante en maillot de bain tigré sur la plage, harcelée par des paparazzi, n'était pas vraiment de nature à favoriser son équilibre émotionnel.

9 février 1998

Cet été-là, elle me téléphona lors de ses déplacements, mais pas plus souvent que d'habitude. J'avais insisté auprès d'elle sur le fait que ses relevés téléphoniques seraient examinés après sa « mort », et que toute série d'appels étrange ferait l'objet d'une enquête. Ayant connu le scandale du « harcèlement téléphonique » quelque temps auparavant, elle eut à cœur de retenir ma leçon. Cette histoire qui avait fait la une des journaux l'avait mise dans tous ses états. Certes, elle avait appelé le domicile de son amant tard le soir à partir de cabines publiques, raccrochant chaque fois que sa femme répondait. Cependant, c'était la solitude qui l'y avait poussée, et non la méchanceté. Et elle avait été profondément blessée qu'il n'ait pas tenté de la défendre.

Même en l'absence d'appels de sa part, le déluge quotidien de photos et d'articles dans les médias et sur Internet me permettait de suivre le moindre de ses mouvements. Cela se révéla utile pour la mission du Pernambouc – si je ne pouvais être sûr à l'avance de la date exacte de son arrivée, je pouvais en revanche me tenir au courant de sa progression par l'intermédiaire des médias.

En juillet, elle fit la navette entre Londres, la Méditerranée et divers engagements caritatifs. Au moins eut-elle ses garçons la plupart du temps. Ils furent présentés à la famille de son ami et la réaction de la presse fut incendiaire – était-il acceptable que l'héritier du trône fréquente de telles gens ? (Fascinant de voir à quel point les nouveaux riches sont méprisés non seulement par la haute société, mais aussi par les lecteurs des tabloïds.) Au mieux, son comportement pourrait être qualifié d'instable. Tantôt elle posait pour les photographes, tantôt elle essayait de se cacher. Elle se lançait dans des conférences de presse impromptues, puis prétendait que celles-ci n'avaient jamais eu lieu. Elle donnait des tuyaux aux photographes, mais était, paraît-il, furieuse lorsqu'ils se montraient. Je lisais tous les articles sur lesquels je réussissais à mettre la main. Un reporter-photo qui la suivait depuis dix-sept ans écrivit qu'il ne l'avait « jamais vue se conduire aussi bizarrement ». Elle était apparemment passée en rampant sur le balcon de la villa, une serviette sur la tête, avant de se prêter l'instant d'après à une séance de photos sur les marches du perron.

Si je craignais pour son état mental, je comprenais aussi qu'un remède désespéré s'imposait.

10 février 1998

Début août, les excentricités qu'elle avait déclaré vouloir éviter s'intensifièrent. Les garçons étant partis pour Balmoral (toujours un moment déprimant pour elle), elle ne tenait plus en place – sauf entre les bras d'un amant, un téléobjectif braqué sur eux. Ensuite, il y eut le fiasco parisien. Des rumeurs de fiançailles, d'incessantes allées et venues au cours du voyage de deux jours, un dîner avorté au Ritz, une quasi-émeute de paparazzi chaque fois qu'ils se déplaçaient. Et ils se déplaçaient constamment. À peine avaient-ils atteint un luxueux cocon d'intimité qu'ils remontaient en voiture, semblait-il. Pourquoi faisait-elle cela ? Je n'ai pas abordé cette question avec elle. J'aurais pu lui en parler puisqu'il s'agissait là d'une stratégie délibérée, mais lors de nos brèves et rares conversations au téléphone, j'ai toujours senti qu'elle n'était pas seule. Et après sa « disparition », la question n'eut plus d'importance et aurait été une impertinence de ma part. Courtisan jusqu'au bout.

Je consacrai néanmoins de longs moments de réflexion à chercher une réponse. En ce qui concerne son incidence sur notre projet, je parvins à la conclusion que, contrairement à ce que nous avions supposé, son comportement ne nous avait aucunement nui. Après ces épisodes quelque peu extrêmes, imprévisibles, le chapitre final de sa vie, bien que choquant, acquerrait un caractère inévitable.

L'apogée de cette période survint avec l'« accident tragique évité de justesse », tel qu'il fut décrit par la presse hystérique. Que le conducteur, qui ne portait pas sa ceinture, fût le seul blessé, léger de surcroît, ne découragea en rien les rédacteurs. D'après certains, si l'embardée visant à éviter le photographe à moto s'était produite plus tôt, disons dans le tunnel de l'Alma, où la vitesse de la voiture avait été relevée autour de cent cinquante à l'heure, la mort aurait été instantanée. Il y avait, je suppose, une logique macabre – bien que tordue – dans ces gros titres. Le but de la presse était d'insister sur le fait qu'elle aurait pu mourir en essayant d'échapper aux paparazzi (la course-poursuite avait indéniablement été imprudente, voire complètement insensée), un récit dont on les avait tous dépouillés, bien que temporairement. C'était en quelque sorte la répétition générale de l'événement principal – où tous s'accordèrent à dire qu'elle était morte en tentant d'échapper à la presse.

Je ne crois pas, malgré tout, qu'elle ait fait son jeu des circonstances. Elle peut certes, quoi qu'il m'en coûte de l'admettre, être manipulatrice. Mais je pense qu'elle était en train de sombrer. Son besoin pathologique d'être regardée était une forme d'automutilation. Pire encore, il faisait souffrir ses enfants. Elle le savait. C'était la pire de ses dépendances, pour laquelle il n'existe aucun traitement ni aucune guérison reconnus.

Depuis Londres puis Washington, je l'observai de près, et quand elle et son amant s'envolèrent pour Montevideo à la mi-août, je ressentis un immense soulagement à la pensée que nous entrions dans la phase finale.

12

CARSON AVAIT COMMENCÉ PAR ÊTRE AGENT D'ASSURANCES, un travail qu'il avait détesté. Quand Sarah était partie en emmenant Ava à l'autre bout du monde, il avait continué parce qu'il voulait économiser assez d'argent pour aller voir sa fille. Ce projet ne s'étant pas réalisé, il avait quitté son emploi et vivoté pendant un temps. Il avait fait de petits boulots sans avenir –, serveur dans un restaurant, croupier dans un casino, laveur de voitures, n'importe quoi pour s'occuper sans avoir à réfléchir. Mais un soir qu'il était sorti prendre un verre avec son ancien employeur, ce dernier se mit à lui faire la leçon : Tu sais ce que c'est, ton problème ?… L'homme avait l'air d'une plante d'intérieur desséchée faute de vitamines, mais Carson l'aimait bien. Il avait doublé sa charge de travail quand Sarah était partie et Carson avait compris que c'était une gentillesse muette de sa part. Tu sais ce que c'est, ton problème ? Tu n'es qu'un snob.

Carson savait qu'il était tout sauf ça : il lavait des voitures au jet pour gagner sa vie et s'entendait sans problème avec ses collègues. À présent, il parlait presque couramment l'espagnol. Ça lui était complètement égal d'avoir une licence.

Non, insista son ancien chef. Tu n'es qu'un snob. Tu n'as pas pu faire de maîtrise, alors tu laisses tout tomber.

Tu penses que gravir les échelons au bureau, c'est indigne de toi, trop ennuyeux. Laisse-moi te dire un truc : tu as tort.

Carson retourna à la compagnie d'assurances, pas parce qu'il pensait que le vieil homme avait raison, mais parce qu'il se fichait du travail qu'il faisait, si ennuyeux soit-il. Et parce qu'il n'aimait pas être traité de snob.

Il suivit une formation d'agent général d'assurances, un métier qu'il exerçait toujours, bien qu'il en fût à sa troisième société maintenant.

— La semaine dernière, je suis allé voir une famille dont la maison a brûlé en pleine nuit.

Lydia était assise sur la balancelle de la terrasse et Carson était allongé sur le côté – juste assez loin pour qu'elle ne puisse pas lui donner de coup de pied, affirmait-il.

— Dans une situation comme celle-là – je débarque le lendemain du jour où ils ont tout perdu –, il faut comprendre ce qu'ils ressentent. Les traiter correctement. Leur univers s'est écroulé, et on arrive avec une série de formulaires.

— Que s'est-il passé ? demanda Lydia. Toute la maison a brûlé ?

— Un court-circuit. C'est à ça que ça ressemble. Il faut toujours envisager l'hypothèse d'un incendie volontaire, mais on sent beaucoup de choses à la manière dont les gens se comportent. On apprend à lire en eux, à deviner qui joue la comédie, qui a un truc à cacher. L'enquête doit avoir lieu, mais en général je sais dès le départ si elle va aboutir à quoi que ce soit.

— Il avait raison, alors, ton ancien chef : ce n'est pas un travail ennuyeux.

— Il y a la paperasse, dit Carson, mais le boulot peut parfois être un peu plus trépidant. L'année dernière, l'université a déposé une demande d'indemnisation. Elle avait hébergé une exposition d'œuvres d'art en tournée à travers le pays. Les œuvres sont restées sur le campus trois mois durant – de grosses sculptures faites à partir de métal récupéré, de panneaux routiers, de pare-chocs, de traverses de chemin de fer. Il y avait vingt-trois objets sur les pelouses et un d'entre eux avait disparu. Je suis allé voir la doyenne de la faculté des arts. Je l'ai interrogée, ses collègues aussi, sans arriver à rien. La meilleure hypothèse, c'était qu'on était venu en camion durant la nuit pour dérober la sculpture.

— Qu'est-ce qu'ils pouvaient en faire ? Qui la mettrait dans son allée en sachant qu'elle a été volée ?

— Justement. J'ai demandé à la doyenne de me montrer l'endroit où la sculpture avait été exposée et on a traversé le campus à pied pour y arriver. Il n'y avait pas grand-chose à voir, mais j'en ai profité pour me renseigner sur ce qu'il y avait dans le bâtiment d'à côté, et elle m'a expliqué que c'était l'atelier, et que c'était là que les gars de l'entretien se retrouvaient. J'ai dit que j'aimerais leur parler. Apparemment, le chef d'atelier ne savait rien ; alors, après l'avoir salué, je suis remonté dans ma voiture pour rentrer à la maison faire mon rapport. Mais j'avais à peine démarré que j'ai eu une certitude : le type de l'atelier ne m'avait pas tout dit. Pendant qu'on parlait, il n'avait jamais détourné les yeux, pas une seule fois. Or les gens qui mentent compensent à l'excès, parce qu'ils ont entendu dire que les menteurs ne soutiennent pas le regard des autres. C'est ce qu'on s'imagine...

— Qu'est-ce que tu as fait ?

Lydia se laissa glisser à terre et s'assit en tailleur sur le plancher de la terrasse. Une lune parcheminée s'était insinuée dans le ciel rose et or. Un gobe-mouches prenait un bain dans le bol d'eau destiné à Madeleine.

— Je suis retourné à l'atelier et j'ai dit : « Je crois qu'il y a quelque chose dont vous voudriez me parler. »

Cette fois, le type a détourné les yeux vers le fond de la salle. En fait, ils avaient recyclé les matériaux de la sculpture. Ils en avaient fait un long établi. J'ai demandé où était le reste. D'après le chef, un des ouvriers appelé Alessandro avait pris le bardage en aluminium pour réparer sa remorque. Un autre, Pablo, avait pensé que la traverse ferait un bon manteau pour sa cheminée. Rien n'avait été gaspillé. À leurs yeux, ils ne faisaient que récupérer le tas de ferraille que quelqu'un avait balancé.

Lydia éclata de rire.

— Bravo à eux. J'espère qu'ils n'ont pas eu d'ennuis.

— On a trouvé un arrangement, répondit Carson. Des fois, dans ce métier, on tombe sur des escrocs. Ce n'était pas le cas.

Il roula sur le dos et appuya la tête sur ses mains jointes.

— Parfois aussi, l'escroc, c'est la compagnie. Il y en a qui ont pour objectif de ne rien rembourser, même quand une demande est justifiée.

— C'est affreux. Imagine que ta maison brûle et que tu ne puisses pas toucher l'assurance.

— Ouaip, fit Carson en regardant le ciel, où brillaient quelques rares et timides étoiles. C'est ce que je fais. L'imagination fait partie du boulot. Se mettre à la place de quelqu'un d'autre. Maintenant, j'imagine que tu commences peut-être à avoir faim et j'imagine que je vais aller chez Dino nous acheter une pizza. Qu'est-ce que tu en dis ?

Une fois que Carson fut parti en quête de la fameuse pizza, Lydia feuilleta les magazines et trouva ce qu'elle cherchait dans quatre d'entre eux. Ses fils organisaient un concert à Hyde Park en septembre pour commémorer le dixième anniversaire de sa mort. Elle n'éprouva pas l'agitation à laquelle elle s'était attendue. Elle s'agenouilla devant les revues ouvertes sur le canapé tout en regardant les photos.

— Merci, dit-elle à voix haute.

Le concert était une idée adorable, mais surtout elle se félicitait qu'ils aient continué à vivre leur vie.

Rufus grimpa sur son genou. Elle posa une main sur lui, et sentit sa cage thoracique se soulever et s'abaisser à toute allure. Elle le prit dans ses bras et enfouit le visage dans son poil.

En entendant la porte se rouvrir, elle referma les magazines et les jeta sur une pile, puis suivit Carson dans sa cuisine et le regarda couper la pizza en tranches et sortir les assiettes.

— Je sais à quoi tu penses, affirma-t-il.

— Dis-le-moi.

— Tu penses que tu as drôlement de la chance d'avoir un si beau mec aux petits soins pour toi. C'est ça ?

— Quelque chose comme ça, répondit Lydia.

Et c'était vrai. Elle était en train de se dire que Lawrence n'aurait pas désapprouvé leur relation. Qu'elle ne l'aurait pas déçu.

— Je pensais que je ne me débrouille pas trop mal. Que je ferais à peu près n'importe quoi pour ne pas faire de vagues. J'aimerais que les choses restent comme elles sont.

Il se tourna vers elle.

— Tu as assez fait de vagues comme ça, hein ? Maintenant que tu prends de l'âge, il te faut des eaux calmes ?

— Tu es suffisamment près pour que je puisse te donner des coups de pied, alors fais attention.

— Suffisamment près aussi pour que tu puisses m'embrasser.

— La pizza va refroidir.

— Je la ferai réchauffer. Pour l'instant, j'ai mieux en tête.

Plus tard, ils regardèrent un film de gangsters aussi lisse qu'une crème glacée. Quand il fut terminé, Carson entra dans son bureau et en ressortit avec une enveloppe.

— Tiens, dit-il, la dernière photo que j'ai eue d'Ava. Il y a l'empreinte de son doigt aussi.

Lydia ouvrit l'enveloppe.

— Elle avait trois ans ? Quatre ?

— Trois et demi.

— Elle est adorable. Quelles jolies petites dents !

Il soupira.

— Les premières années, ça me rendait malade que sa mère ne m'envoie pas de lettre ou de photo. Une fois par an aurait suffi. Mais j'avais renoncé à mes droits paternels. Et elle n'a jamais répondu à mes lettres.

— Ç'a dû être dur.

— Pourtant, elle avait sans doute raison. C'était peut-être mieux comme ça. Une rupture franche. Ç'aurait peut-être été plus dur de la voir grandir de loin.

— Je ne sais pas, murmura Lydia. Je ne sais pas. Au moins tu saurais qu'elle va bien.

— Elle pourrait me retrouver maintenant, si elle en avait envie. Elle a vingt-cinq ans, c'est une adulte. Si elle voulait, elle pourrait y arriver.

— Oh, Carson, elle ignore peut-être tout de toi ! Ou alors elle pense que tu ne voudrais pas qu'elle le fasse. Et puis ce serait si difficile à faire, à moins que tu ne sois encore en contact avec sa mère.

Il s'assit à côté d'elle et mit un bras autour de ses épaules. Elle passa deux doigts entre les boutons de sa chemise.

— Sarah a déménagé, avoua-t-il. Mes lettres sont revenues. Le numéro de téléphone que j'avais n'est plus bon. J'envisage de faire des recherches sur Internet, et puis je me dis que ça devrait être à Ava de décider...

— Je parie qu'Ava est devenue quelqu'un de bien.

De sa main libre, il lui prit le menton et attira son visage tout près du sien, sans rien dire. Puis il la lâcha. Il ramassa la photo et la feuille portant l'empreinte, les remit dans l'enveloppe.

— Me ferais-tu confiance si tu en avais besoin ? demanda-t-il. Ne t'inquiète pas, je ne te poserai pas d'autres questions.

Une lame de fond monta dans sa poitrine et déferla dans son corps tout entier. Elle sentit des picotements au bout de ses doigts.

— Oui, dit-elle enfin. Je te ferais confiance.

Le lendemain matin, elle sortit de chez Carson vêtue du jean et du tee-shirt de la veille et s'arrêta un instant sur le perron. Rufus remonta les marches pour voir ce qui se passait. Elle inspira l'air adouci par le parfum des pins. La plupart du temps, il ne lui venait pas à l'esprit d'apprécier les petites choses. Comme de sortir en portant les mêmes vêtements que la veille. D'être libre de faire ça.

Éprouvait-on la même chose après être allé en prison ? Des années plus tard, au moment de brancher la bouilloire ou d'acheter un détergent pour les égouts, s'émerveillait-on brusquement de pouvoir faire ces gestes-là quand on le décidait ?

— C'est débile, hein ? lança-t-elle en montant dans la Sport Trac.

Elle dut tourner trois fois la clé de contact avant que la voiture démarre. Puis elle clarifia sa question pour Rufus.

— Je me comparais à un ex-détenu.

Rufus battit de la queue sur le siège comme s'il était tout à fait d'accord. Puis il s'allongea et se mit à mâchonner une couture en catimini.

Ce n'était pas la prison, mais en sortir était tout aussi difficile. Dans les contes de fées, les princesses étaient tout le temps enfermées à clé dans des tours. En réalité, il n'y avait pas de tours et pas de serrures. On était au sommet d'un escalier de cristal haut de un mile, chaussée de pantoufles de verre, et il n'y avait pas moyen de descendre sans se rompre le cou.

Au refuge, Lydia bavarda un instant avec Hank et Julia, les bénévoles présents ce matin-là, et elle leur donna le nom des chiens qui avaient besoin d'être promenés.

Hank nota tout avec son bout de crayon à papier et lui relut la liste.

— Merci, Lydia, conclut-il. Vous nous avez tout organisé.

Hank était un de ceux qui venaient régulièrement, un embaumeur à la retraite qui avait travaillé chez J. C. Dryden et Fils pendant près de trente ans. Une telle intimité avec la mort lui avait donné un calme à toute épreuve dans la vie. C'était une qualité utile lorsqu'on travaillait avec les plus difficiles des chiens. Parfois on avait l'impression qu'il bougeait au ralenti, mais jamais il ne s'affolait ni ne s'énervait.

Lydia sortit dans la cour à la recherche d'Esther.

Elle la trouva agenouillée à côté du chenil situé à l'extrémité du refuge, celui où ils plaçaient les animaux les plus agressifs afin d'essayer de les garder tranquilles. Esther se redressa, l'air morose.

— On devrait les abattre, déclara-t-elle.

— Bonjour, répondit Lydia. Qui ?

— Les salopards d'éleveurs qui font ça à leurs bêtes.

Elle baissa les yeux sur le jeune pitbull qui se pressait contre le grillage, la mâchoire dégoulinante de bave.

— On ne peut pas lui trouver une famille. C'est impossible. Ils entraînent ces chiens à être des tueurs. J'ai vu des chiots s'entre-tuer à l'âge de huit semaines. Ce n'est pas naturel.

— Qu'est-ce qu'on va faire de lui ?

— Je ne sais pas, avoua Esther. Regarde.

Elle donna un coup de pied dans ce qui avait probablement été un jouet mais était maintenant complètement déchiqueté.

— Je lui faisais passer le test d'adoption. Je lui ai retiré sa nourriture : pas de problème, il s'en est sorti brillamment. Mais quand j'ai mis le chat en peluche dans l'enclos, il s'est jeté sur lui tout de suite et tu vois ce qu'il en a fait. Il a un instinct de prédateur hyperdéveloppé.

— On ne pourrait pas prendre le risque de le voir faire ça à un vrai, commenta Lydia.

— Ou à un enfant.

Du bout de sa bottine, Esther rassembla les parties du chat.

— Je ne sais pas ce qu'on va faire.

— Je pourrais m'occuper de lui, proposa Lydia. Mais même dans ce cas…

— Je ne sais pas ce qu'on va faire, point, coupa Esther. On va bientôt être à court de fonds. La banque refuse de nous accorder un découvert plus important.

— Oh, je vois. Mais il doit bien y avoir moyen de…

— On a vendu des gâteaux, commença Esther. J'ai fait trois millions de pots de gelée de myrtille – tout au moins c'est l'impression que j'ai eue –, on a fait la quête. Je serais prête à vendre mes charmes, mais je ne crois pas qu'on trouverait preneur, qu'en dis-tu ?

— Je vais y réfléchir en promenant Zeus et Topper.

À l'heure du déjeuner, Hank et Julia allèrent au café, et Lydia s'assit dehors sur le banc avec Esther.

— Salade de pâtes au poulet, aujourd'hui, annonça cette dernière en lui passant le Tupperware. J'ai été aventureuse. En fait, je n'avais plus de riz.

— Quand j'étais plus jeune, je n'aimais pas les chiens, dit Lydia.

— En fait, un chien est content quand son maître est content, affirma Esther. On comprend ça avec le temps.

— J'ai eu une nourrice qui avait amené son chien. Elle vivait à la maison. La nourrice, je veux dire, et le chien aussi. Je me souviens que j'étais horrible avec ce chien. C'était un caniche, un petit caniche blanc tout nerveux. Je l'ai tenu au-dessus d'une fenêtre un jour et j'ai menacé de le laisser tomber. C'était très haut.

— C'était le chien que tu détestais, ou la nourrice ?

— Je n'allais pas le faire, continua Lydia. Je ne l'aurais jamais fait. Mais, bien sûr, ça m'a valu des tas d'ennuis. C'est ce que je cherchais, d'ailleurs. Je n'en pouvais plus de voir papa traverser la nursery d'un air distrait. J'ai été horrible avec toutes les nourrices – après le départ de maman. Je pensais qu'elles essayaient d'être elle, et je ne pouvais pas les laisser faire. J'avais six ans quand elle est partie avec un autre homme. Je me suis dit que, si je l'aimais vraiment, j'aurais le courage de me conduire tellement mal qu'elle serait forcée de revenir. Mais elle n'est pas revenue, et j'ai alors pensé que c'était ma faute, parce que j'étais lâche. C'est la logique d'une enfant de six ans, tu vois.

— Tu l'as revue ? Après son départ ?

Un des chiens se mit à aboyer. Les autres s'agitèrent à leur tour et Lydia attendit, avant de reprendre la parole, comme lorsqu'un train traverse une gare en rugissant.

— Oui, le week-end. C'était sinistre. Elle pleurait quand on arrivait, mon frère et moi, et elle pleurait quand on s'en allait, et je me sentais tout le temps coupable. Parfois, j'aurais voulu qu'elle soit morte au lieu d'être partie.

— Et alors, tu te sentais encore plus coupable.

— Et comment.

— Tu vois, fit Esther en désignant Rufus qui s'avançait, la queue au ras du sol, j'en connais un qui se sent coupable, et c'est ton ami à quatre pattes.

— Hé, Rufus, appela Lydia, qu'est-ce que tu as fait ?

Ce fut seulement au moment de rentrer à la maison qu'elle découvrit qu'il avait mangé la couture du tissu recouvrant le siège passager. La bourre s'en échappait.

— Vilain chiot, lui dit-elle, mais à présent il faisait l'innocent.

Après ses longueurs de piscine, elle prit un bain et essaya de lire le roman qu'elle avait acheté au drugstore la veille, mais elle abandonna avant la fin du premier chapitre. En peignoir, elle examina les quelques livres posés sur une étagère dans la chambre. Aucun ne lui faisait envie. Elle songea aux ouvrages qu'elle avait lus sur l'art islamique à l'époque où elle fréquentait un négociant dont c'était la spécialité. Quand elle était sortie avec un médecin, elle s'était plongée dans des manuels d'anatomie. Lawrence lui avait apporté des romans, la dernière fois qu'elle l'avait vu – de gros livres épais pour la plupart, écrits longtemps auparavant. Il avait eu tant de foi en elle ; il l'avait crue capable de s'y atteler. Elle avait voulu lui prouver qu'il avait raison, mais elle avait eu peur de commencer, et puis lorsqu'elle avait quitté sa première maison en Caroline du Nord, un des cartons s'était perdu au cours du déménagement. De toute manière, lire pour faire plaisir à quelqu'un ne faisait plus partie de sa vie désormais. Elle n'allait sûrement pas se rendre à la bibliothèque pour emprunter un pavé concernant les assurances.

Elle découpa les pages qu'elle avait trouvées dans les magazines et les rangea dans la boîte qu'elle gardait fermée à clé dans son placard, avec ses lettres, ses papiers d'identité, ceux de rechange et tout ce qu'elle avait besoin de tenir en lieu sûr. Puis elle s'affaira dans la cuisine, écoutant la radio et songeant à sa conversation avec Esther. Il devait y avoir un moyen de garder ouvert le refuge canin de Kensington. Il n'y en avait pas d'autre dans la région. S'il fermait, qu'arriverait-il aux chiens ? Que leur arriverait-il si Esther n'était pas là pour s'occuper d'eux, et qu'arriverait-il à Esther s'ils n'étaient pas là pour s'occuper d'elle ?

Dans la nuit, elle s'éveilla et trouva Rufus debout près de son oreiller, tremblant comme une feuille.

— Qu'y a-t-il ? demanda-t-elle. Que se passe-t-il ? Tu as entendu quelque chose ?

Au même moment elle entendit un bruit de verre cassé au rez-de-chaussée. Son cœur se mit à battre si fort qu'elle porta une main à sa poitrine pour l'apaiser. Elle chercha des yeux son téléphone portable, mais il n'était pas sur la table de chevet et elle se rappela l'avoir laissé en bas. Elle se leva tout doucement, s'efforçant de ne pas faire craquer les lames du plancher. Debout, elle tendit l'oreille de nouveau. Rien. Devait-elle taper du pied pour essayer d'effrayer l'intrus ? Mais s'il avait eu l'audace de casser une vitre, il ne s'affolerait sans doute pas pour si peu.

Sur la pointe des pieds, elle gagna le placard et le déverrouilla. Il s'ouvrit avec un grincement épouvantable. Elle tâtonna au fond de la boîte pour trouver le revolver. Elle l'avait acheté des années plus tôt, croyant en avoir besoin parce qu'elle vivait seule. Jamais elle ne l'avait sorti de sa cachette, sauf pour aller au club de tir apprendre à s'en servir. Elle vérifia qu'il était chargé, comme si les balles avaient mystérieusement pu s'enfuir toutes seules.

Un autre son lui parvint, trop étouffé pour qu'elle puisse l'identifier. Elle avait atteint la porte de la chambre lorsqu'elle se souvint qu'elle était nue, et dut revenir d'un pas furtif au pied du lit pour attraper son peignoir. Rufus tenta de se faufiler devant elle, mais elle l'enferma et gagna le palier.

— Allez-vous-en ! cria-t-elle, furieuse de percevoir un tremblement dans sa voix. Sortez. J'ai un revolver.

Aurait-elle dû dire cela ? Et si le cambrioleur en avait un aussi ?

— Il n'y a rien de valeur ici, ajouta-t-elle après réflexion.

Qu'attendait-elle ? Devait-elle retourner dans sa chambre et se barricader à l'intérieur ? S'enfermer dans la salle de bains ? Donner à l'inconnu le temps de s'enfuir. Cela semblait la meilleure solution. C'était ce qu'elle aurait dû faire dès le départ. Qu'il emporte le téléviseur et le grille-pain. Il serait facile de les remplacer.

Elle regagna sa chambre sur la pointe des pieds, bien que ce fût absurde à présent, prit Rufus dans ses bras, entra dans la salle de bains et tourna la clé. Rufus lui lécha consciencieusement la main tandis qu'elle écoutait de toutes les fibres et de tous les muscles de son corps, guettant un bruit de pas dans l'escalier.

Quand elle n'y tint plus, qu'elle crut mourir d'angoisse à force d'attendre, elle ouvrit la porte et descendit les marches avec précaution, tenant le revolver devant elle, mais redoutant à tout instant que l'attaque ne vienne de l'arrière.

Sur le seuil de la grande pièce, son regard embrassa la cuisine où le clair de lune illuminait le coupable, assis sur le plan de travail, culotté comme pas possible. Rufus la dépassa en trombe, jappant gaiement, et il voulut sauter vers l'écureuil, qui agita sa queue avec mépris avant de se faufiler au-dehors par la fenêtre ouverte. Le verre qu'il avait renversé gisait en traînées argentées sur le sol.

« Oh, mon Dieu ! » Lydia entendait d'ici la voix d'Amber, sa réaction quand elle lui raconterait toute l'histoire.

Elle fit le tour de la maison pour vérifier que toutes les fenêtres étaient fermées, après quoi elle retourna se coucher, tout éveillée à présent, en réfléchissant à la situation. S'il s'était agi d'un intrus, aurait-elle tiré sur lui ? S'il n'y avait eu aucun autre moyen de se défendre ? À quoi cela servait-il d'avoir un revolver si on n'était pas prêt à l'utiliser ?

Il n'y avait rien de valeur dans la maison, seulement les gadgets électroniques habituels, dont aucun n'était particulièrement sophistiqué. Certes, un intrus n'en saurait rien. Il risquait de continuer à chercher, de plus en plus irrité de ne rien trouver hormis un portefeuille contenant quelques dollars et une unique carte de crédit.

Il y avait le bracelet. Elle l'avait oublié. Celui qu'elle portait quand elle s'était laissée glisser à l'arrière du yacht. Dans son ancienne vie, ce n'était pas un objet de grande valeur, plutôt un bijou fantaisie, acheté sur une impulsion. Elle ne savait plus combien elle l'avait payé, mais il valait sans doute plus que tous ses autres biens à part la maison et la voiture.

Le bracelet. Voilà la solution. Voilà ce qu'elle pouvait faire : aller en ville et chercher une bijouterie où le vendre. Elle avait hâte de voir la tête d'Esther quand elle lui remettrait l'argent..

13

11 février 1998

JE NOURRISSAIS UN ESPOIR. Je ne l'ai jamais avoué à personne, pas même à moi. C'est vrai néanmoins. C'était il y a longtemps. Peut-être des traces en ont-elles perduré plus que je ne désire le reconnaître, encore à présent.

Il y a eu dans ma vie des femmes que j'ai beaucoup aimées. Peut-être aurais-je dû épouser Gail. Nous en avons discuté. J'ai affirmé que j'y étais disposé. Ne fais pas ça pour me faire plaisir, a-t-elle déclaré. Toute l'histoire s'est effilochée, mais cela ne veut pas dire que c'était inévitable. J'aurais pu consentir plus d'efforts.

Je nourrissais un espoir. Comme c'était ridicule. Qu'aurait-il pu se passer ? Une fuite à deux, peut-être, la princesse et son conseiller ?

Mais au fond, là est son véritable problème. Indépendamment de mes insuffisances personnelles, une relation avec un individu tel que moi aurait été à peine moins ridicule que celles qu'elle a eues réellement.

Avec un de ses gardes du corps, par exemple. Un garçon au demeurant assez sympathique. Marié, mais on ne peut guère lui en vouloir de ne pas avoir résisté à ses charmes. Comment les choses auraient-elles évolué si on ne l'avait pas au plus vite congédié ? Un officier de cavalerie. Il remplissait parfaitement le rôle de l'amant fringant, mais il était difficile d'imaginer (bien qu'elle y eût songé) un avenir où leurs trajectoires auraient pu se rejoindre. La situation ne s'est pas améliorée après son divorce. Qui pouvait se charger d'elle ? Pas un médecin modeste et respectable, résolu à mener une vie calme et sérieuse. Aurait-elle pu entrer dans une autre maison royale ? La réponse à cette question est non. Elle avait eu sa dose de royauté. Marcher sur les traces de Jackie Onassis et épouser un financier milliardaire ? Elle y avait songé. Naturellement, elle était un trophée éblouissant. Mais elle apportait aussi des ennuis en pagaille et les milliardaires, semble-t-il, se rangent dans deux camps : ceux qui apprécient les babioles de luxe mais tiennent à préserver leur tranquillité ; et ceux qui préfèrent des compagnes de même niveau intellectuel et tiennent tout autant à préserver leur tranquillité. Trouver un homme digne de ses affections signifiait trouver quelqu'un qui ait un but dans la vie : et ceux qui avaient un but dans la vie n'étaient pas prêts à être absorbés – ou dévorés tout crus – par son envahissante célébrité.

Elle tuait le temps avec son play-boy aux yeux de velours. Mais elle rêvait d'une vraie relation.

12 février 1998

Gloria est revenue ce matin. Après avoir pris ma tension, elle a entouré mon bras de ses doigts dodus. « Dites, a-t-elle remarqué, vous semblez avoir besoin qu'on vous engraisse un peu. » J'aime sa brutalité joviale, je dois l'avouer. J'ai répondu que j'étais svelte, voilà tout, comme l'exige la mode. (En réalité, je sais que je suis sur une pente descendante.) « Je vais vous dire ce que je vais faire pour vous », a-t-elle déclaré.

Pourtant, elle n'a rien dit. Elle a enfilé son manteau et elle est sortie. J'ai pensé qu'elle allait peut-être faire des courses et passer une heure ou davantage dans la cuisine à me confectionner des soupes consistantes et nourrissantes. Elle est revenue avec un sac plastique plein de milk-shakes en boîte, comme en boivent les culturistes. « Deux par jour, a-t-elle ordonné, en plus de vos repas. Ne me DÉCEVEZ pas. »

Le plus drôle, c'est que je ne veux pas la décevoir. Pour rien au monde je ne voudrais lire la déconvenue dans ses yeux.

Pendant qu'elle triait mes médicaments et prenait des notes, j'étais assis devant la fenêtre, à regarder un chien pourchasser les vagues sur la plage. « À quoi pensez-vous ? » m'a demandé Gloria. J'ai répondu que je ne pensais à rien. « Je ne veux pas mettre mon nez dans vos affaires », a-t-elle affirmé. Alors je lui ai confié le fameux secret : Quand une femme demande à un homme à quoi il pense et qu'il répond : « À rien », la femme est frustrée, et l'homme plutôt flatté qu'elle l'ait cru capable de pensées profondes. En réalité, il avait probablement l'esprit vide, un état tout à fait étranger aux femmes, à moins qu'elles ne soient plongées dans les affres du désespoir.

Je songeais en fait à une soirée qui remonte à une dizaine d'années, à l'Opéra royal de Covent Garden. C'était une soirée VIP, avec des invités célèbres, des danseurs et chanteurs. Tous avaient été prévenus qu'il y aurait un numéro surprise spécial, top secret. Je savais qu'elle répétait la danse – du ballet mais sur un air pop – depuis des semaines. Quand elle s'était esquivée du box royal pour aller se changer, je n'avais pas pu continuer à regarder la scène. J'avais fixé le prince, dont le visage était devenu de glace tandis que l'assistance, debout, ovationnait son épouse, la rappelait une fois, puis deux. Elle était encore très jeune et très amoureuse de son mari, mais plus le public lui témoignait son amour, plus il lui fermait son cœur.

Le lendemain, je l'avais accompagnée lors d'une visite à une maison de retraite. Avant de partir, elle avait fondu en larmes. « Tout le monde a adoré, non ? Tout le monde à part mon fichu mari ! » Sans doute avais-je prononcé quelques paroles horriblement onctueuses, car elle s'était mise dans une rage folle. M'avait accusé de n'avoir rien compris. Ce n'était pas le cas, j'éludais la question. La danse n'avait été destinée qu'à lui.

La maison de retraite se trouvait juste en dehors de Londres. Les petits vieux rassemblés en demi-cercle dans le salon applaudirent et poussèrent des « oh » et des « ah » à son entrée, et je me souviens d'avoir pensé que ce devait être horriblement déstabilisant de susciter l'adoration d'inconnus et la froideur de ses proches. Elle avait bavardé volontiers, sans manifester aucun signe du chagrin d'avant. Je crois sincèrement que ce n'était pas une façade. Elle s'était absorbée dans leur histoire et leur douleur. Quand une femme s'était mise à pleurer en évoquant la mort de son mari après presque un demi-siècle d'union, elle avait tendu la main et lui avait caressé le visage. Une autre pensionnaire, confinée dans une chaise roulante et irritée par son handicap, avait commencé à chanter d'une voix agressive, sabotant la conversation. Les dames s'étaient agitées, gênées, mais leur élégante visiteuse ne s'en était pas émue. Elle s'était jointe à la chanson. Des voix éraillées avaient bramé *Les Falaises blanches de Douvres* avant de se livrer à une interprétation de *Some Enchanted Evening*. Tout le monde avait les larmes aux yeux, moi compris.

À bien des égards, c'est une star. Son intuition la trompe rarement. Sauf, évidemment, quand il s'agit des hommes.

13 février 1998

Trois semaines et deux jours avant que je monte dans l'avion et que je la revoie. Que fait-elle de ses journées ? Que fais-je des miennes ? Je n'ai pas touché au livre.

Trois semaines et deux jours à attendre. Je suis comme un enfant de six ans qui compte les jours jusqu'à son prochain anniversaire.

14 février 1998

Aujourd'hui, j'ai demandé au Dr Patel si elle croit en une vie après la mort. « Je suis hindoue, a-t-elle répondu. Je crois en la réincarnation. » J'ai admiré sa manière de me lancer un défi avec ses yeux mélasse. C'est bizarre que je n'aie pas remarqué sa beauté avant. Elle a attendu que j'expose mes arguments d'intellectuel. Nous sommes un vrai club de débats par moments.

Moi aussi, ai-je affirmé, je crois en la réincarnation. Je n'ai pas développé. Je me demande si je ne l'ai pas vexée ; elle a cru que je me moquais. Ce que j'aurais peut-être dû dire, c'est que je crois à une seconde chance.

15 février 1998

Je passe mon temps à la fenêtre. Ou alors je vais me promener. L'expression qui me vient toujours à l'esprit est « pour m'éclaircir les idées ». Quel espoir !

J'essaie de soupeser ses raisons. Laquelle arrive en tête sur la liste ? Je les intervertis constamment. Elle devait partir. À quoi bon passer ses motivations au crible et les mettre dans l'ordre ? Quelle différence cela fait-il ?

Si j'écris tout, atteindrai-je le stade de la lucidité ? C'est ce que je suggérais à mes étudiants lorsqu'ils piétinaient.

L'écriture précise la réflexion. Toute faiblesse dans votre théorie en sera forcément révélée.

Le problème, c'est que ses raisons n'étaient pas toutes bonnes.

Elle était persuadée qu'« ils » voulaient l'« éliminer ». À ses yeux, les preuves s'accumulaient régulièrement depuis la mort de ce malheureux officier chargé de sa protection, celui qui avait été relevé de ses fonctions lorsque leur relation avait été découverte. Il avait péri lors d'un accident de moto. Ou plutôt d'un « accident ». Elle ne pouvait jamais en parler sans faire le signe des guillemets en l'air. « Ils » étaient prêts à aller jusque-là. Comme « ils » pouvaient être impitoyables ! Quant à savoir qui « ils » étaient, au juste, ce n'était pas toujours clair pour moi. Ni pour elle, je le soupçonne. Bien que parfois elle eût directement montré du doigt son beau-père. Jamais sa belle-mère, remarquai-je, qui, de par son rôle ou sa dignité, demeurait seule au-delà de tout soupçon.

Était-ce pure paranoïa de sa part que de faire inspecter le palais de K pour chercher des micros (je dus lui recommander une firme), ou de tâtonner sous les garde-boue de sa voiture au cas où il y aurait eu un émetteur caché là ? J'ai tendance à penser que non, pas entièrement. J'ai eu moi aussi le sentiment que la fuite de cette conversation téléphonique avec un amant était un coup monté, visant à équilibrer les comptes, pour ainsi dire, alors que son mari était semblablement embarrassé. Ce jour-là, comme toujours, elle avait tout de suite pensé aux garçons. Mais ils étaient trop jeunes pour comprendre, à l'époque (ils avaient huit et dix ans, je pense), encore protégés par l'enfance.

Je lui déconseillai vigoureusement de renoncer à la protection royale, mais je savais qu'elle était têtue et que sa décision était déjà prise. Elle ne pouvait supporter l'impression d'« être espionnée ». Elle voulait être libre.

Et elle s'était convaincue que les gens au pouvoir voulaient sa mort. Elle finit par l'affirmer avec une fréquence alarmante en ma présence. Elle en parlait également à d'autres confidents, et ce fut rapporté – car les confidents n'étaient pas toujours dignes de ce nom. Cela contribua à nourrir la théorie du complot.

« Lawrence, vous ne comprenez donc pas ? » m'a-t-elle dit calmement, un jour où, après une promenade dans les jardins du palais de Kensington, nous étions assis sous une charmille recouverte de clématites. J'ai toujours été une gêne pour eux. Je ne m'en irai pas sans faire de bruit et cela les rend fous. Ils pensent que je devrais aller mourir dans un coin. »

J'ai répondu qu'ils l'avaient certainement sous-estimée. (Il était toujours difficile de ne pas se laisser pénétrer par sa vision du monde lorsque l'on parlait avec elle – je disais moi aussi « ils » et « eux ».)

« C'est pire que cela, a-t-elle répliqué en cueillant une fleur mauve en étoile pour en arracher les pétales. Je ne vais pas leur faire ce plaisir, alors ils vont s'arranger pour que cela se produise. J'irai en voiture quelque part et mes freins lâcheront. En apparence, il s'agira d'un simple accident. Mais quand cela arrivera, vous n'y croirez pas, n'est-ce pas ? »

Cette première fois, j'ai été pris au dépourvu. J'ai dû ouvrir et refermer la bouche sans parvenir à articuler le moindre son. Elle a trouvé cela follement amusant.

« Qu'y a-t-il ? Ne trouvez-vous rien à dire ? Faites-moi donc entendre votre parler de dictionnaire. »

16 février 1998

Je me demande si elle y croit encore. Après le chemin extraordinaire qu'elle a parcouru, se rend-elle compte que cette théorie était absurde ?

Ce n'était donc pas la meilleure des raisons pour comploter sa fuite. Pourtant, alors que j'écris ces mots, une réflexion s'impose immédiatement : même si elle fabulait, il est affreux de vivre avec le sentiment que ses jours sont constamment en danger. Non qu'elle soit lâche physiquement, bien au contraire, mais le désir de s'éloigner d'une menace mortelle, réelle ou imaginaire, est totalement compréhensible. De plus, et surtout, elle était persuadée que les garçons allaient la perdre, d'une manière ou d'une autre. Que, si elle renonçait à notre plan, « ils » la feraient assassiner.

Mais il y avait d'autres raisons, celles-là bien fondées.

L'exposition aux médias et au regard du public… Je sais à peine par où commencer. Elle vivait avec depuis si longtemps, pourquoi ne pas continuer indéfiniment ? Peut-être cette question repose-t-elle sur la supposition que l'on finit par être vacciné contre ces choses-là. Je me demande si c'est jamais vrai. Les magazines et journaux, qui débordent de remarques personnelles visant les starlettes du moment, nous incitent à penser que oui. C'est le prix de la célébrité, nous disons-nous, et ce n'est pas cher payé après tout.

Voici la seule information d'« initié » dont je dispose : jamais elle n'y a été indifférente. Après l'annonce de la fin de son mariage (la séparation officielle, veux-je dire), les meutes infernales se sont déchaînées. « Levez la tête, merde, et conduisez-vous comme une princesse ! » lui hurla un photographe. Il ne pouvait obtenir le cliché qu'il désirait parce qu'elle avait le visage tourné vers le sol. Elle sanglota au téléphone. Les paparazzi se mirent à lui dire des horreurs pour la faire pleurer, sachant que la photo vaudrait davantage si elle avait les larmes aux yeux. Ou si elle se jetait sur eux comme une furie. Restez au-dessus de tout cela, avais-je coutume de lui conseiller. Comme si elle pouvait se conduire tel un robot, comme si elle n'avait pas le droit aux émotions humaines ordinaires.

Un samedi matin, Gail et moi (c'était peu de temps avant notre rupture) nous étions arrêtés chez un marchand de journaux pour acheter un quotidien à lire au café en prenant notre petit déjeuner. Quand je suis revenu de la caisse après avoir payé le *Times*, Gail lisait la une d'un tabloïd. « C'est tellement méchant ! » a-t-elle dit en secouant la tête. Elle a ouvert le journal pour regarder la photo étalée à l'intérieur. « Franchement ! » Elle a continué de secouer la tête en parcourant le texte. Elle a refermé le journal et me l'a tendu, pensant peut-être que je voudrais l'acheter. Je l'ai remis sur le présentoir. Mais je n'ai pu m'empêcher de relire le gros titre : « *La Princesse aux grosses cuisses* ».

Ils avaient obtenu une photo d'elle en train de courir de son gymnase à sa voiture, vêtue d'un short en lycra. C'était sa routine quotidienne : un court trajet du palais de K au gymnase public, une séance d'exercices coincée entre deux parties de cache-cache avec les photographes, l'une en entrant, l'autre en sortant. On prétendait qu'elle avait de la cellulite…

Je savais qu'elle téléphonerait et ce fut le cas. J'ai pris l'appel dehors, sur le trottoir, tout en regardant Gail à travers la baie vitrée, en train de siroter son cappuccino.

Était-elle blessée ? Bien sûr. La malveillance ne rend pas l'insulte plus facile à supporter.

« Même là-dessus, a-t-elle constaté, ils m'attaquent. »

À l'époque où je travaillais pour elle, je pensais qu'il suffirait qu'elle ait une vraie équipe de relations publiques pour éviter des incidents de ce genre. Que nous pourrions la protéger. Faire d'elle une Marlene Dietrich, une version royale d'une star de cinéma à l'ancienne. L'envelopper d'une aura mystique et d'une iconographie de reine des glaces. Contrôler l'ordre du jour, donner le ton.

Mais nous ne vivons plus dans ce genre de monde. Et elle n'est pas ce genre de femme. La bisexualité de Dietrich est restée un secret pendant la majeure partie de sa vie. En revanche, quand Lydia, comme je dois m'habituer à l'appeler, ne voyait pas ses secrets exposés au grand jour par d'autres, elle s'employait à le faire personnellement.

Cette impulsion paradoxale ne fit que croître. Tout n'était pas négatif. Elle évoqua sa boulimie avec beaucoup de courage. À ce moment-là, mon admiration atteignit de nouveaux sommets. Chaque fois qu'elle se dévoilait émotionnellement, cependant, elle augmentait la mise. Elle faisait d'elle-même une « proie idéale ».

Rien n'était tabou. Et Lydia nourrissait le monstre qui a failli la détruire. Tout d'abord, elle crut qu'elle pourrait l'apprivoiser, le dresser, le faire se rouler par terre et supplier. Il devint apparent que tel n'était pas le cas. Pourtant, elle ne pouvait s'empêcher de le nourrir de plus en plus. Bien entendu, elle prenait plaisir à voir sa photo dans les journaux. Elle les regardait tous, à peu près chaque jour, et elle était contrariée lorsqu'elle ne s'y trouvait pas. Bien entendu, elle se montrait manipulatrice quand elle le pouvait, utilisant ou créant des occasions de séances de photos pour s'attirer la faveur du public, ou voler la vedette à son ex-mari. Un accro peut augmenter sa dose habituelle pour traverser une mauvaise passe, mais cela, j'en ai peur, ne diminue en rien sa dépendance.

Cela l'effrayait. « Il n'y a qu'une seule issue, disait-elle. Tant que je serai là, ça continuera. »

17 février 1998

Lydia, Lydia, Lydia.

Là – comme un adolescent malade d'amour.

Je ne fais que m'acclimater à son nouveau nom. Il me viendra plus facilement aux lèvres quand je la verrai pour ce qui sera sans doute la dernière fois.

Je suis un peu trop fatigué pour écrire aujourd'hui.

18 février 1998

Ce matin, mon mal de tête était insoutenable, mais cet après-midi il semble que je me sois rétabli. J'utilise le terme « rétabli » de manière assez lâche, bien entendu.

Elle ne restera pas en Caroline du Nord. J'ignore où elle ira ensuite, mais je lui ai fait plusieurs suggestions et, surtout, j'ai insisté sur les endroits à éviter. Ceux qu'elle fréquentait autrefois, en somme. Les Hamptons, Martha's Vineyard, New York. Je suis tout à fait convaincu que personne ne la reconnaîtrait, mais si elle voyait un de ses amis, ce serait regrettable pour elle.

J'ai conçu un « passé » qu'elle peut utiliser avec ses voisins. Il possède l'attrait de la simplicité : elle a récemment divorcé d'un Américain (je ne me souviens pas où j'ai suggéré qu'ils ont habité, mais c'est un endroit assez lointain pour décourager les questions) et désire savourer un peu de solitude à la campagne avant de regagner l'Angleterre. Elle a traversé cette région avec son mari un jour et a été séduite par la beauté du paysage.

« Oh, mon Dieu, s'est écriée Lydia. Vous donnez l'impression que je suis vraiment ennuyeuse. »

J'ai répondu qu'elle était libre d'embellir le récit à sa convenance.

« Je ferai exactement ce que vous me direz de faire », a-t-elle assuré.

J'ai répliqué que ce serait une grande première, ce qui l'a fait sourire.

19 février 1998

Le Dr Patel m'a interrogé à son sujet ce matin.

« Parlez-moi de votre ancien employeur », a-t-elle dit.

Je n'étais pas sûr de savoir à qui elle faisait allusion,

159

aussi lui ai-je lancé un regard perplexe. Tout du moins, j'ai essayé. J'ai remarqué récemment dans la glace, pendant que je me brossais les dents, que je suis incapable d'arquer les sourcils. J'ignore pourquoi cela me chagrine, mais c'est le cas.

« Son Altesse royale, la princesse de Galles. »

Le Dr Patel est très à cheval sur les convenances. Elle insiste pour m'appeler « docteur Standing » et j'ai renoncé à l'encourager à se servir de mon prénom.

J'ai expliqué qu'elle avait été dépouillée du titre d'altesse royale après le divorce. Le Dr Patel a pris la nouvelle comme une insulte personnelle.

Pour autant que je sache, je n'ai jamais mentionné cette partie de mon CV au médecin qui soigne ma tumeur. Je lui ai demandé comment elle était au courant.

« Je vois vos scanners du cerveau, a-t-elle déclaré. Tout est là-haut. Toute votre histoire. »

J'ai ri et ri encore. De façon assez disproportionnée, mais elle a paru contente.

« Eh bien, docteur Patel, ai-je lancé, je crois vraiment que vous avez fait une plaisanterie.

— Était-elle une bonne mère ? Ou faisait-elle semblant devant les caméras ?

— Elle ne jouait pas la comédie », ai-je affirmé.

Le Dr Patel a acquiescé, reconnaissant ma qualité d'expert en la matière. Puis elle est redevenue formelle, et m'a suggéré de réfléchir à employer une garde à temps plein ou à me faire admettre dans un établissement de soins palliatifs pour mes derniers jours.

« Il faut que je commence à y songer maintenant ? ai-je demandé.

— Pas maintenant, a-t-elle dit. Mais bientôt. »

14

GRABOWSKI COGNA À LA VITRE DE LA VOITURE, et le jeune qui lisait une page de journal étalée sur le volant sursauta avant de la baisser.

— On est en planque ? demanda Grabowski.

Il désigna l'arrière du break, les fourre-tout pleins d'appareils photo sur la banquette, l'échelle qui dépassait du coffre.

— John Grabowski ? fit le jeune.

Il portait un tee-shirt blanc où figuraient un lapin de bande dessinée et un slogan – *Hip-hop is dead*. Le maillot était assez près du corps pour permettre à Grabber de distinguer le contour de l'anneau accroché à son mamelon.

Grabowski avait vu la voiture garée devant la chambre d'hôtes alors qu'il revenait de la boulangerie après déjeuner. Il se demanda si le jeune était entré et avait flanqué la trouille à Mme Jackson avec son piercing, et ce qu'il lui avait dit.

— J'imagine que c'est Tinny qui t'envoie ?

— Non, affirma le jeune en descendant de voiture. Il m'a dit où vous étiez, mais ce n'est pas lui qui m'envoie. Je voulais faire votre connaissance – le légendaire Grabber Grabowski.

Il tendit la main.

Grabowski l'ignora et jeta un coup d'œil dans la rue. L'idée d'être vu avec ce gamin qui sentait le paparazzi à plein nez lui déplaisait. Dans ce coin, les gens n'auraient sûrement pas été fichus d'en reconnaître un à moins qu'il ne porte un écriteau sur le front. N'empêche, il était mal à l'aise.

— Allons faire un tour, dit Grabber. On prend ta bagnole.

Mieux valait bouger la voiture, parce qu'il y avait quand même bien une personne (peut-être) qui saurait exactement à quoi elle avait affaire si elle venait à passer.

— Il y a un bar à Gains qui va te plaire, lança Grabber en contournant le capot pour aller s'asseoir côté passager.

Il ne connaissait aucun bar à Gains, mais ils trouveraient bien quelque chose. Et après, il découvrirait ce qui se tramait. Il avait déjà sa petite idée, avait à peu près tout compris à la seconde où il avait vu la voiture.

Tinny l'avait rappelé.

— Qu'est-ce qu'il y a, Grabber ? Qu'est-ce qui te retarde ? Mon vieux, je te dis que j'ai du boulot à revendre. Tu sais ce qui se passe ici ?

Il avait débité une liste : une actrice repartie en cure de désintoxication, une princesse de la pop qui s'était rasé le crâne, l'héritière d'une chaîne hôtelière arrêtée pour avoir conduit en état d'ivresse et sur le point d'être envoyée en prison.

— Cette année-ci... Écoute-moi, vieux : 2007 va faire date dans l'histoire. L'année où les filles se déchaînent. Tu viens profiter de l'action ou quoi ?

Grabber avait assuré qu'il arrivait.

— C'est ce que tu m'as dit la dernière fois...

Tinny avait marqué une pause.

— Qu'est-ce que tu fabriques ? Qu'est-ce qui te retient par les couilles à – où tu m'as dit ? – Kensington ?

Grabber lui avait raconté des salades, mais Tinny avait flairé quelque chose. C'était pour ça que Grabber avait trouvé cette petite fouine en train de faire le guet devant la chambre d'hôtes.

Le gamin perdait son temps. Lui-même, très probablement, perdait son temps. Ces derniers jours, il n'avait songé qu'à Lydia. Il l'avait suivie chez elle alors qu'elle rentrait du travail. Il l'avait suivie en ville le mercredi matin, dans la rue où elle avait acheté des sandwiches, et au magasin de vêtements. Qu'avait-il récolté jusque-là ? Même taille, même corpulence, même balancement des hanches dans la démarche. En quittant le chenil, elle avait crié au revoir à la vieille femme aux cheveux gris, mais sa voix ne ressemblait pas à celle dont il se souvenait. Elle n'était pas très différente, mais pas tout à fait pareille. Son rire, cependant, lui avait fait courir un frisson le long de l'échine. Des fois, dans ce métier, il fallait réfléchir avec son échine.

Ils étaient à Gains à présent, et il devait chercher un bar.

— Tourne à droite, dit-il. Je crois que c'est par là.

Il se souvenait d'un type qui était obsédé par Jackie Onassis. Elle avait obtenu une ordonnance contre lui, et on lui avait interdit de s'approcher à moins de trente mètres d'elle. Il avait continué à la prendre en photo. Chaque jour, il débarquait devant son immeuble. Il avait fini par se retrouver devant les tribunaux. Malgré tout ça, il avait été incapable de s'arrêter. C'était un cinglé. Mais Grabber savait ce qu'il ressentait.

— Là, indiqua-t-il. Va te garer. Je vais nous acheter des bières.

Le gamin entra en cliquetant dans le bar et tira un tabouret. Sa façon de marcher, les membres lâches, comme si ses os n'étaient pas reliés les uns aux autres, tapa sur les nerfs de Grabber.

— Qu'est-ce que tu veux savoir ? demanda-t-il.

Le gamin eut un large sourire.

— Oh, ben, je sais pas. Je voulais vous rencontrer. Vous entendre raconter des histoires – comment vous avez eu ces photos vraiment célèbres, quoi.

C'étaient des conneries. Pas étonnant que Tinny tienne à ce qu'il vienne à L.A. Ce gamin-là n'aurait pas été fichu de graisser son propre cul avec un paquet entier de beurre.

— Ouais, fit Grabowski. Lesquelles ?

— C'est vous qui avez pris celles où elle était enceinte en bikini, hein ?

— Écoute, Bozo, coupa Grabber.

— Je m'appelle Hud, en fait.

— Écoute, Hud, je n'ai pas pris ces photos. Ce n'était pas moi.

Il s'énervait, mais ce gamin ne comprenait rien. Il avait grandi à une époque où toutes les actrices posaient nues avec des ventres gonflés pour les couvertures des magazines. Il ne pouvait pas imaginer le scandale que ces photos avaient déclenché. Grabber était sur l'île. Il aurait pu prendre ces clichés, mais il ne l'avait pas fait. Il avait quand même certains principes.

— Ah bon, fit le gamin.

Il gratta avec gêne l'anneau accroché à son mamelon.

— Arrêtons les conneries. C'est Tinny qui t'envoie, c'est ça ?

La petite fouine rumina la question.

— Ouais, admit-il. Tinny dit que vous ne resteriez pas là à moins qu'il ne se passe quelque chose. Vous avez un scoop sur un truc, c'est ce qu'il dit.

Grabowski but une gorgée à la bouteille.

— Et il t'a parlé de ces photos. Tu savais qui c'était, au moins, cette femme ?

Hud haussa les épaules.

— À peu près.

— Eh bien, Tinny a des trous de mémoire, c'est évident. Mais reste dans les parages. Kensington n'a rien à envier à L.A.

— Sans blague ? s'étonna le gamin, en se penchant vers lui.

Il avait de longs cils qui faisaient penser à ceux d'une vache. On voyait sa langue quand il parlait. Grabber réprima l'envie de tordre l'anneau du mamelon jusqu'à l'arracher.

— Sans blague. Ça a peut-être des airs de bled paumé, mais je vais te dire ce qui se passe vraiment.

— On peut travailler en équipe, suggéra le gamin.

— Tant que ça ne va pas plus loin, répondit Grabber. N'en parle même pas à Tinny, on ne veut pas que ça se sache.

— Je vous jure que non.

— Tu vois, l'endroit où je crèche ?

— La chambre d'hôtes ?

— T'es futé. Madonna occupe la chambre d'à côté.

Le gamin tressaillit. Mais ça ne suffit pas à l'exciter. Madonna, il l'avait sans doute prise en photo des tas de fois.

Grabowski jeta un coup d'œil le long du comptoir comme pour s'assurer que personne ne l'écoutait.

— Elle est là, et devine qui elle baise.

— Qui ?

— Jure sur la tête de ta mère.

— Je vous le jure. Vous ne le regretterez pas, je vous le promets.

— On est une équipe à présent, affirma Grabowski. Tu ne vas pas me laisser tomber ?

— Bordel, on est une sacrée équipe.

— J'ai confiance en toi, dit Grabowski en approchant les lèvres de l'oreille du jeune. Elle baise Hugh Hefner.

Il laissa descendre la nouvelle.

— Hugh Hefner[1], le Père Noël et les sept nains, dans la chambre d'hôtes de Kensington. Ne le dis à personne.

Il y eut un long silence pendant que P'tite Fouine décidait comment réagir au fait qu'il était traité comme le connard qu'il était. Puis il se mit à rire.

— Merde, répliqua-t-il. Je l'ai dit à Tinny. J'ai dit à Tinny que c'était débile. J'ai fait tout ce putain de chemin. J'ai pris la bagnole et j'ai roulé, putain ! Je me suis arrêté que pour pisser.

Grabowski pensa qu'il se montrait trop cruel avec le gamin. C'était seulement le fantassin de Tinny, après tout.

Ils prirent une autre bière et puis une autre, et Grabowski, malgré lui, s'aperçut qu'il était content d'avoir de la compagnie. Il était resté trop longtemps tout seul. Peut-être était-ce pour cette raison qu'il traquait des fantômes dans toute la ville.

Ils causèrent appareils photo et objectifs. Le gamin voulait savoir ce qu'il utilisait. Canon, toujours, pour tout depuis le 35 jusqu'au 500 mm, des boosters Canon, une batterie Quantum Turbo, un flash Nikon. Le gamin déclara qu'il se servait parfois d'un Palm Pilot. Les cibles ne savaient même pas qu'elles avaient été prises en photo. Il croyait avoir inventé le subterfuge photographique.

Eh bien, s'il voulait entendre parler de personnages légendaires, Grabowski en connaissait un rayon.

---

1. Hugh Hefner est le fondateur du magazine *Playboy*. (N.d.l.T.)

— Jacques Lange, ça te dit quelque chose ? Non ? Tant pis. Il voulait avoir un cliché de la princesse Caroline de Monaco en train de passer ses examens, quand elle était au lycée. Il a réussi à se faufiler dans la salle de classe avec un Minox caché dans son paquet de cigarettes. Ça, c'est de la créativité, conclut Grabowski. Les Palm Pilot n'existaient pas, à l'époque.

— Fantastique, dit le gamin. J'avais même jamais entendu parler d'un Minox.

— Tu sais comment on s'est connus, ton chef et moi ? demanda Grabber.

Il parlait comme un vieux routard, et il le savait, mais après tout, n'en était-il pas un ?

— Je vais te raconter. On était sur l'île Necker. Tu vois où c'est ? Les îles Vierges britanniques… Bon. C'est une propriété privée, alors tous les journalistes séjournaient sur des îles voisines et sortaient en bateau pour essayer d'avoir des photos… Oui, c'était elle. Pile dessus, t'es plus malin que t'en as l'air. Elle a fait une séance de photos de dix minutes et après on était tous censés la laisser tranquille. Il y avait une équipe de télé américaine. C'étaient les gars les mieux friqués en ville et ils ont loué un sous-marin à 16 000 dollars la journée. Ils pensaient nous avoir tous roulés. Quand ils ont plongé à côté de Necker, ils ont dit au capitaine de sortir le périscope. Le capitaine les a regardés. Il n'y avait pas de périscope. C'était un sous-marin pour observer les poissons, pas un fichu navire de guerre. Tinny et moi on était morts de rire au bar.

— Tinny veut que tu viennes à L.A. Il a dit que si en réalité tu avais juste la tête dans le cul, fallait que je fasse tout mon possible pour te ramener.

— Je dirai à Tinny que tu as fait de ton mieux.

— Qu'est-ce que tu fais là, en réalité ? demanda le gamin.

Il lui raconta la même histoire qu'à Mme Jackson : il travaillait sur un projet à la Robert Frank – exposition et livres, petites villes aux États-Unis et en Angleterre. Textes et photographies de John Grabowski. Elle aurait forcément repéré le matériel photo tôt ou tard, il avait donc trouvé un moyen de l'inclure dans son CV.

Le gamin n'avait jamais entendu parler de Robert Frank. Et sans doute pas davantage de Brassaï ou de Cartier-Bresson. Il n'y avait plus de place pour l'art, dans ce métier. Grabber avait vendu sa part de clichés flous par le passé et il était content d'avoir gagné du fric, mais il avait été formé à la vieille école. Il savait composer une photo.

Il soupira et commanda une autre tournée.

— Si tu prends des photos des gens sans leur permission, qu'est-ce que ça fait de toi ? demanda-t-il.

— Je sais pas. Un paparazzi.

— Possible, admit Grabowski. Mais souviens-toi que les gens sur ces photos de Robert Frank n'avaient pas donné leur accord pour y figurer non plus. Ils n'avaient pas signé de formulaire type.

Le jeune farfouilla dans le bol de cacahuètes et en fit tomber quelques-unes dans sa bouche.

— Les gens me traitent de haut, des fois, constata-t-il en mâchonnant, quand je leur dis ce que je fais. Et puis j'ajoute : Tiens, j'ai une photo de telle actrice en train de faire des câlins à un type sur la plage, et ils disent : Oh, voyons voir.

— Évidemment, fit Grabowski. À propos, qu'est-ce que tu as raconté à ma logeuse ? Tu lui as dit que tu me cherchais ?

Le gamin plissa les yeux, visiblement vexé.

— Je suis pas né d'hier. Je ne suis pas entré. Je n'entre pas à moins de savoir ce que je vais trouver et d'y être préparé.

— C'est bien, le félicita Grabowski.

Il était cinq heures passées et le bar commençait à se remplir d'ouvriers du bâtiment. On voyait la marque rouge laissée sur leur front par leur casque de sécurité.

Grabowski s'interrogeait. Qu'allait-il faire au sujet de cette Lydia ? Pouvait-il tenter une quelconque manœuvre sans l'effrayer ? À supposer, bien sûr, qu'il ne soit pas en train de délirer complètement. Au moins, le photographe qui harcelait Jackie Onassis n'était pas obsédé par un fantôme. En tout cas, il était hors de question d'abandonner. S'il le faisait, il serait hanté jusqu'à la fin de ses jours par l'opportunité qu'il avait peut-être manquée. Une paire d'yeux bleus, un cercle vert autour de la pupille droite, une démarche familière, un rire qui lui donnait des frissons. Ce n'était pas grand-chose, mais c'était suffisant pour l'empêcher de s'en aller.

— Je suis pas indiscret, affirma Hud en explorant sa lèvre inférieure avec sa langue de vache. Je suis pas de ce genre-là. Je n'ai jamais percuté personne avec ma voiture. Je ne suis jamais entré par effraction chez quelqu'un. Je fais mon boulot, c'est tout. Faut être un peu tolérant, quoi.

Le soir venu, Grabowski se trouva désœuvré. Assis au bord du lit, il fit courir ses doigts sur le chapelet ; puis il arpenta la chambre. Il fallait qu'il prenne une décision. Cela valait-il la peine d'insister ou son hypothèse était-elle trop ridicule pour être prise en considération ?

C'était possible. Tout était possible. Mais comment le prouver ? Que pourrait-il découvrir ? S'il avait vu juste et qu'il ait commencé à se renseigner en ville, elle filerait dès qu'elle l'apprendrait.

Patience, se dit-il. Il faut voir ça comme une planque. Ce sera peut-être la plus longue de ta vie, mais si ça porte ses fruits…

Il se sentait presque malade d'excitation. Peut-être Cathy accepterait-elle qu'il revienne…

Là, il mettait la charrue avant les bœufs.

Quoi qu'il en soit, s'il était trop tôt pour poser des questions par ici, il pouvait en revanche le faire en Angleterre. Il passa un coup de fil.

— Nick, dit-il, je sais qu'il est tard, mais je voudrais que tu fasses quelque chose pour moi.

Nick travaillait aux archives de la police et, de manière officieuse, pour Grabowski. Il était doué pour dégoter des informations, savait où chercher et comment. De tous ceux que Grabowski avait sur ses « tablettes » – portiers, serveurs, nourrices, attachés de presse, chauffeurs… – Nick était le plus utile.

— Ça va te coûter cher, répondit Nick, comme toujours.

Il donnait l'impression d'être complètement réveillé. Au fil des années, Grabowski l'avait appelé à toute heure du jour et de la nuit, mais pas une seule fois il ne l'avait surpris en train de dormir.

— Lydia Snaresbrook, lâcha-t-il. Entre quarante-cinq et cinquante ans. Trouve tout ce que tu peux.

— C'est tout ? Juste un nom, pas de date de naissance, rien d'autre ? Qu'est-ce que tu cherches ?

— Je ne sais pas. C'est un nom assez peu courant. Vois d'abord de combien de gens on parle.

— Bon, alors j'épluche les registres d'état civil à la recherche de toutes les Lydia Snaresbrook nées entre, disons, 1955 et 1965. Et après ?

— Aucune idée. Mais appelle-moi dès que ce sera fait.

15

20 février 1998

UNE BONNE MÈRE, OUI, ELLE L'ÉTAIT. Elle l'est. (Je me surprends de plus en plus à être tenté de parler d'elle au
passé.) Si étrange que cela puisse paraître, c'était même
une des raisons qui l'incitaient à partir. Avec ses particu-
larités et ses paradoxes.

Elle était persuadée qu'on allait la « buter », comme
elle le disait élégamment, et que ses fils seraient donc
privés de mère quoi qu'il arrive. En soi, ce n'était pas un
motif suffisant pour disparaître. Elle aurait été prête à
vivre avec ce risque si cela avait été dans leur intérêt.

Cependant, elle avait la conviction croissante que sa
présence serait déstabilisante pour les garçons, que le
cirque qui l'entourait leur nuirait de plus en plus. Et,
bien sûr, elle était convaincue qu'elle pourrait les revoir,
une fois l'agitation retombée.

21 février 1998

Je me suis allongé quelques minutes hier avec l'intention de me remettre au journal après, mais je me suis
endormi ; et quand je me suis réveillé, je suis resté dans
une espèce d'hébétude jusqu'à l'heure du coucher.

J'étais toujours au lit quand Gloria est arrivée ce matin,

171

et elle a sonné trois fois (elle avait oublié sa clé) parce que je ne voulais pas aller ouvrir avant d'avoir mis ma robe de chambre, laquelle s'est révélée difficile à localiser et plus encore à enfiler.

« Bien, a-t-elle dit après en avoir terminé avec les procédures habituelles, nous avons planifié mes visites pour la semaine prochaine. Voyons pour la suivante. »

J'ai marmonné quelque chose à propos de n'être peut-être pas là.

« Bien sûr que si », a-t-elle affirmé.

Elle croyait que j'envisageais ma propre mort.

Je lui ai expliqué que j'avais l'intention d'aller à Washington compléter mes recherches à la Bibliothèque du Congrès.

« Eh bien, c'est charmant », a-t-elle déclaré, comme si je lui avais annoncé un voyage à Disneyland.

Puis elle a posé son stylo et étalé les mains sur l'agenda encore ouvert sur ses genoux. Elles étaient presque aussi larges et carrées que les pages.

« Qu'en dit le Dr Patel ? »

J'ai été si vague sur ce point qu'elle a fait la moue.

« Vous avez quelqu'un pour vous accompagner, j'imagine ? » a-t-elle demandé enfin.

J'ai répondu qu'il ne serait pas sage d'y aller seul, évitant ainsi un mensonge direct.

« Votre sœur… Patricia, c'est ça ? »

Elle me téléphone chaque jour, ai-je dit.

Et c'est vrai. Je retarde le moment d'une nouvelle visite, mais il se peut que je doive céder avant de m'envoler pour les États-Unis.

22 février 1998

Ai-je examiné mes propres motivations ? Peut-être pas suffisamment. Comparé à finir mes jours enterré dans des bibliothèques, n'était-il pas excitant de mener une opération clandestine, la première depuis l'époque où, dans ma jeunesse, j'avais été détaché des Affaires étrangères auprès des services secrets ?

J'adoptai moi aussi un déguisement modeste (le bon vieux plan de la barbe et des lunettes) à Recife, en attendant mon rendez-vous. Il y avait des paparazzi en ville et il n'était pas impossible que l'un d'entre eux reconnaisse son ancien secrétaire particulier.

Le jour où je louai la barque, je me trouvai nez à nez avec l'un d'eux sur la jetée. Si je n'avais pas déjà été en sueur (il faisait une chaleur accablante), j'aurais transpiré abondamment en le voyant. Je le connaissais, et par conséquent il me connaissait aussi, ce fut ma première pensée, à l'inverse du jeune enfant qui est persuadé qu'il lui suffit de se couvrir le visage de ses mains pour devenir invisible.

Dieu merci, ma formation l'emporta.

Je savais que je ne devais pas m'éloigner avant d'avoir déterminé s'il y avait la moindre possibilité qu'il m'ait reconnu malgré le déguisement. Aussi je m'approchai de lui et désignai son matériel photo.

« Il y a des pélicans qui se battent pour manger dans la baie d'à côté, une vraie curée. Je me suis dit que ça pourrait vous intéresser – vous photographiez la faune ? »

Il jaugea brièvement du regard ma chemise hawaiienne et mes genoux lisses, et vit un ornithologue barbu et chaussé de lunettes qui ne présentait pas le moindre intérêt pour l'humanité.

« Non, mon vieux, répondit-il. Mais restez dans les parages. Vous n'allez pas tarder à assister à une autre sorte de curée. »

Je relatai à Lydia cette petite aventure. Elle apprend vite. La manière dont elle a montré ce magazine à son chirurgien esthétique à Rio était tout à fait brillante. Je crois qu'elle va s'en tirer.

Le livre s'éloigne. J'ai relu les trois premiers chapitres hier et toutes ces phrases poussiéreuses m'ont fait tiquer.

Je m'en moque. Ce que je laisse ne réside pas à l'intérieur d'un livre. Elle réside dans ce monde, et je peux me satisfaire de cela. J'ai bien agi. Je crois avoir bien agi.

Que fera-t-elle ? Nous avons évoqué plusieurs professions possibles. « Je ne suis qualifiée pour rien », a-t-elle dit.

J'ai protesté avec vigueur et je lui ai demandé de réfléchir à toute l'expérience qu'elle avait eue, aux compétences qu'elle avait acquises, à tous ses talents naturels. C'est une conversation que nous poursuivrons. Financièrement parlant (j'ai établi des budgets, et elle a réellement prêté attention lorsque je les lui ai présentés), elle n'aura pas besoin de travailler avant très longtemps, mais je crois qu'une activité lui sera profitable à d'autres points de vue. Sinon, elle risque de broyer du noir, de céder à de nouvelles obsessions, ou tout simplement de mourir d'ennui.

Les garçons… J'allais parler d'eux, et voilà que je me suis égaré. C'étaient eux, « la » raison, en fin de compte.

Moins de deux semaines avant que je la revoie. Mon sac est déjà prêt.

24 février 1998

La journée s'est écoulée pendant que je regardais par la fenêtre, perdu dans des rêveries. Je repassais dans mon esprit des moments d'il y a bien longtemps. Des scènes de mon enfance, de la salle de classe, de marches dans les Broads, de réunions de Noël, les murs à carreaux bleus du consulat d'Ankara, un repas de pâté et de pain en Provence avec Gail lors de nos premières vacances ensemble. C'est drôle, ce qu'on garde en soi. Ça ne se monte pas à grand-chose, ça n'a pas de forme, et pourtant c'est une vie.

Les garçons. Comment une mère a t elle pu abandonner ses enfants ? Elle est pourtant aussi dévouée qu'il est possible de l'être... Non, elle ne jouait pas la comédie devant les caméras, même s'il lui est parfois arrivé de se prêter à des démonstrations d'espièglerie et d'affection maternelles pour marquer le contraste avec l'« autre côté » (son mari). Il semblait si raide, en comparaison.

Elle avait une peur bleue de les perdre. Le premier Noël suivant la séparation officielle, elle a dû laisser les garçons à Sandringham. Elle a passé Noël seule au palais de K. « Ne comprenez-vous pas ce qui se passe, Lawrence ? m'a-t-elle lancé. Ils essaient de m'exclure. Ils me disent quand je peux les avoir et quand je ne peux pas. C'est comme s'ils n'étaient pas mes fils, mais la propriété de la Couronne, poursuivit-elle (et, en un sens, elle avait raison). D'abord, ils m'ont pris mon titre : maintenant, ils essaient de me prendre mes enfants. »

25 février 1998

Le problème n'aurait pas manqué de s'accentuer. La loyauté des garçons était partagée. Je crois qu'ils se sentaient coupables d'aimer autant leurs vacances avec leur père et leur grand-mère à Balmoral (un endroit que leur mère détestait), loin des fastes, des paillettes et du crépitement des flashes. Ils l'adoraient mais sa conduite avait déjà commencé à les embarrasser, surtout l'aîné.

Lorsqu'elle s'était rendue à son école pour l'avertir que l'interview qu'elle avait enregistrée en cachette pour la télévision (quel scandale cela n'a-t-il pas causé !) était sur le point d'être diffusée, il l'avait traitée avec froideur. Elle m'avait téléphoné en disant : « Il m'a foudroyée du regard. J'ai pensé : Mon propre fils me déteste. Je ne peux pas supporter cela. » Une heure plus tard, elle m'avait rappelé : ils s'étaient parlé au téléphone, tout était rose de nouveau. Cependant, les incidents s'empilaient comme des voitures dans un carambolage. Il y avait eu « Le Livre des Révélations », comme elle l'appelait, cette biographie infernale à laquelle elle avait collaboré secrètement. Il y avait eu un scandale après l'autre, des liaisons avec des hommes mariés, l'accusation de harcèlement téléphonique, des accès de rage contre les photographes, des thérapies loufoques, d'autres amants inappropriés, des briefings à des reporters de tabloïds – niés puis exposés au grand jour : des rumeurs, photos et accusations étalées dans le monde entier. Il était assez âgé (et son frère ne tarderait pas à l'être aussi) pour être embarrassé jusqu'à la racine de ses molaires.

Elle voulait mettre un terme à tout cela, mais en était incapable. Le cycle s'accélérait. Et elle craignait de les faire souffrir malgré elle. Elle avait honte, aussi, de glisser dans une dépendance malsaine vis-à-vis de ses fils, l'aîné surtout, qu'elle avait commencé à appeler cinq ou six fois par jour.

Cette attitude désespérément possessive n'était que le reflet de celle qui faisait fuir ses amants. Ils recevaient, selon ses propres estimations prudentes, une vingtaine de coups de téléphone de sa part dans n'importe quelle période donnée de vingt-quatre heures. Aucune preuve d'amour n'était suffisante à ses yeux.

Jamais je n'ai été aussi près de me quereller avec elle que lorsque je lui ai conseillé de limiter les visites qu'elle rendait à son fils à Eton. C'était étouffant pour lui que sa mère vienne trois ou quatre fois par semaine, et ses camarades prenaient un malin plaisir à se moquer de lui. Cela l'a mise en fureur.

Elle s'est levée et a sonné le majordome pour qu'il me mette à la porte du palais.

« Le Dr Standing voudrait être raccompagné », a-t-elle déclaré. C'était cruel. De m'appeler « Dr Standing » et de suggérer que je ne pouvais pas aller et venir à ma guise à Kensington, ou que ce ne serait plus le cas désormais.

Deux heures plus tard, elle sanglotait au téléphone. « Vous avez raison. Mais je ne peux pas m'en empêcher. Pauvre enfant. Quelle mère pitoyable il a ! » Elle tenait désespérément à ne pas l'étouffer, ne pas lui faire porter le fardeau de ses malheurs ou le tirailler d'un côté ou de l'autre. Pourtant, sa conduite – elle le savait – obéissait à des compulsions telles que cela paraissait impossible.

Mon cœur saignait. Le Dr Patel a ma bénédiction pour découper mon cerveau après ma mort et en examiner les cellules au microscope. Mais si elle cherche cette partie-là de mon histoire personnelle, elle n'aura pas le bon organe.

Une « mère pitoyable »... Sûrement pas. Elle aurait fait n'importe quoi pour eux ; et les abandonner, j'en suis fermement convaincu, a été son plus grand acte de générosité.

Était-il mal inspiré ? Cela reste à déterminer, et je ne serai pas là pour le découvrir. Pour ma part, je ne peux prétendre que c'est ce qui m'a poussé à l'aider. Ses raisons n'étaient pas les miennes : je m'inquiétais de son état mental. Je soupçonnais que son imprudence de plus en plus spectaculaire mènerait à une chute prématurée et non moins spectaculaire. Et je voulais être près d'elle. Même le plus loyal des courtisans ne parvient pas à laisser entièrement de côté son propre intérêt.

Je n'ai jamais été d'accord avec elle sur l'idée qu'un jour elle pourrait reprendre contact avec eux. Elle échafaude toutes sortes de plans irréalisables pour y arriver. Mais c'est absolument impossible d'y parvenir sans mettre en péril son secret ; et sa résurrection, bien plus que sa mort, leur infligerait de terribles dégâts psychologiques. J'ai toujours essayé de le lui faire comprendre. Je crois sincèrement que c'est une conclusion à laquelle elle parviendra en temps voulu. Au fond, je soupçonne qu'elle le sait déjà, mais que, pour les quitter, elle devait se convaincre du contraire.

26 février 1998

Ce ne sera plus long maintenant. Dix jours. Je crois que j'aurai besoin d'un chauffeur. J'en prendrai un pour faire une partie du chemin, et puis un ou deux taxis. Je suis un homme prudent.

27 février 1998

L'excitation a rendu mon œil gauche aveugle. C'est ce que je préfère penser. Tout à fait soudainement, en une nuit. La vision était floue de temps à autre, mais ce matin je l'ai testé, comme j'en ai pris l'habitude, et il ne voit rien. Pas d'autre choix que d'engager un chauffeur au départ de Washington, à présent.

28 février 1998

Patricia arrive aujourd'hui. Elle m'apporte un ragoût par le train. De l'agneau accompagné de flageolets. Y penser me donne de l'appétit.

Lydia, oh, Lydia ! J'espère que mon aspect ne la peinera pas. Je ne suis guère beau à voir. Mon œil gauche, aveugle, se promène dans son orbite – cela me donne l'air un peu fou.

On l'a souvent considérée comme telle. « La firme » en était fermement convaincue, sauf quand ses membres voyaient en elle une petite intrigante manipulatrice qui savait exactement ce qu'elle faisait. Le public était d'un autre avis. La plupart du temps, il jugeait courageux un comportement qui, aux yeux de sa belle-famille, relevait de la psychiatrie.

C'était loin d'être une relation simple, cependant. Les photographies d'elle bouleversée faisaient vendre les journaux. Ainsi que les articles et commérages salaces. « Pourquoi tout le monde me déteste-t-il ? » demandait-elle dans ces moments-là.

Sa décision de s'en aller a été le plus désintéressé de ses actes. Cependant, c'est une femme complexe : Cela a peut-être été aussi son plus grand acte de narcissisme. C'en serait fini des hauts et des bas au baromètre d'approbation du public. Elle est montée au firmament maintenant, sa valeur ne se mesure plus ; elle est aimée sans conteste.

1er mars 1998

Patricia est partie se coucher. Le ragoût a pris ses quartiers dans le congélateur – mon appétit n'étant pas tout à fait à la hauteur de mes attentes. Je me suis forcé à absorber un milk-shake, mais mon estomac ne tient pas à le garder et il est possible qu'il remonte.

Je dois terminer ce journal et le mettre dans la déchiqueteuse. Il m'a aidé à traverser ces journées qu'en réalité je n'ai fait que compter à rebours. Il a rempli son office.

2 mars 1998

J'ai dit au revoir à ma sœur ; elle est retournée à Londres ce matin, et c'est tout juste si elle a pu retenir ses larmes. Moi de même. C'est une brave fille. Nous avons discuté des dispositions relatives aux obsèques.

Elle a eu la gentillesse de ne pas me poser de questions sur le livre.

Plus que six jours.

Il faut que je mette fin à ce récit. Les souvenirs m'assaillent. Je dois me contenter de les garder en moi. Qu'adviendra-t-il de Lydia ? J'aimerais pouvoir le dire avec assurance, trouver la réponse et la coucher sur le papier. Mais il est déjà assez difficile d'avoir une vision claire du passé. Un historien est bien placé pour le savoir. Quant à l'avenir, nous ne pouvons qu'essayer de le deviner.

Je sais une chose : si elle échoue, ce sera à cause d'un homme. Étant donné ses passions incontrôlables, sa tendance à se jeter tête baissée, à s'entêter dans des relations vouées à l'échec, est-ce inévitable ?

Je ne peux répondre avec certitude, mais je la connais bien, peut-être mieux que n'importe lequel de ses parents, ses amants, ses amis. (Certains ont perdu ses faveurs alors que je suis resté, grâce à la ténacité de mon dévouement.) Toutes ces obsessions, cette quête désordonnée et frénétique du réconfort (par la nourriture, les thérapies, l'amour), ne sont pas la marque indélébile d'une personnalité défectueuse ou d'un cas psychiatrique. Pour moi c'est une réaction à une vie vécue dans un état de crise permanent, menée sous un degré insupportable de surveillance, dans la stratosphère toxique et hautement inflammable de la célébrité.

D'autres s'en sont sortis ? Cela ne me convainc pas. Personne d'autre n'en a fait l'expérience à son niveau, avec les mêmes contraintes, à l'ère du multimédia nonstop. Aucune comparaison équitable ne me vient à l'esprit.

Je crois qu'elle va se bâtir une vie, parce que son désir est si fort ! C'est ce que je veux croire.

3 mars 1998

Aujourd'hui, mon mal à la tête est violent et mon œil valide voit flou par moments. Je ne m'inquiète pas trop. Il a fallu longtemps pour que mon œil gauche s'éteigne complètement. Néanmoins, je dois me reposer. Et demain, le dernier épisode.

16

Cher Lawrence,

J'espère que vous allez approuver. M. Walker était prêt à prolonger le bail de six mois encore (exactement comme vous l'aviez prévu) mais il fallait que je parte. J'étouffais à Gravelton. À dire vrai, je n'aurais pas pu rester une minute de plus.

Cela vous semble-t-il ingrat ? Pour rien au monde je ne voudrais l'être. Vous aviez dit que j'aurais besoin d'un endroit tranquille où souffler. Je suis sûre que vous aviez raison. Vous avez toujours raison. De toute façon, je demeure en Caroline du Nord, et j'ai loué un appartement à Charlotte, dans un grand immeuble en plein centre-ville. J'ai le sentiment d'avoir franchi un cap. J'ai pensé que vous voudriez le savoir. Toute la semaine dernière (je suis ici depuis trois semaines et demie), je n'ai pas pleuré une seule fois. Pas une seule fois. Il n'y a personne à qui je puisse le confier, à part vous. Pourrais-je dire à Lillian (c'est ma voisine de l'autre côté du couloir) : Devinez quoi, pas de larmes de lundi à dimanche ? Elle a soixante-dix ans, trois tortues et joue au mah-jong avec ses copines. Le jour où j'ai emménagé, deux valises, trois cartons, elle est venue avec une orchidée en pot et une bouteille de vin blanc pétillant immonde, si sucré qu'il m'a donné mal aux dents. Nous l'avons fini malgré tout, assises sur le balcon, pendant qu'elle me parlait des cours d'italien qu'elle suit. En novembre, elle va aller à Rome et à Florence et elle se fixe pour objectif de parler alors assez couramment. J'étais là à me demander quels étaient mes objectifs. Ne pas pleurer pendant toute une journée, ai-je décidé. Et voilà que j'ai tenu une semaine entière. Je voudrais que vous soyez là pour me féliciter.

Il y a tant de choses dont j'ai besoin de vous parler. J'ai essayé de vous joindre à trois reprises en mars, mais bien sûr je savais qu'il n'y avait qu'une seule raison possible à votre absence. Vous ne m'avez jamais fait faux bond. J'ai été seule toute ma vie et je me répète continuellement qu'il n'y a rien de nouveau. Seule quand maman est partie et que papa avait la tête dans les nuages. Seule au palais, seule dans mon mariage, toujours et toujours seule.

Non, ne vous inquiétez pas pour moi. J'ai la tête hors de l'eau. Je ne suis pas une cause perdue. Vous n'avez pas gaspillé votre temps. C'est tout ce que je voulais dire.

Avec toute mon affection,

Votre Lydia

7 juillet 1998

Cher Lawrence,

J'ai un aveu à vous faire. J'ai aussi téléphoné aux garçons. Je n'ai eu que le service du répondeur automatique. Puis j'ai tenté d'imaginer ce que vous en diriez. C'est ce qui m'a empêchée de recommencer. Alors, vous voyez, vous êtes toujours là pour moi, je vous entends encore quand je me concentre.

Lydia

10 juillet 1998

Cher Lawrence,

Ce n'est pas tout ce que je voulais vous dire. Je voulais vous remercier, mais je ne sais toujours pas comment. Ce que je sais, c'est qu'aucune autre personne sur terre n'aurait fait pour moi ce que vous avez fait. Personne d'autre n'aurait compris. Je me souviens d'avoir essayé de vous dire merci et je me souviens que ça sonnait de façon ridicule. Nous en avons ri, n'est-ce pas ?

Je vous ai parfois maudit de ne pas m'avoir dit non. Vous auriez pu affirmer que c'était impossible. Pourquoi ne l'avez-vous pas fait ? Vous m'avez aidée à tout perdre. Est-ce le geste d'un véritable ami ? Oh, Lawrence, j'ai le cœur si noir ! Je vous ai haï de m'avoir aidée. Si seulement vous m'aviez tourné le dos et étiez parti.

Non, je n'ai pas eu une très bonne semaine, peut-être le devinez-vous, bien que je n'en aie pas parlé. Néanmoins, ceci est une lettre de remerciements. Je ne veux pas simplement dire pour avoir exécuté notre « petit plan ». Je veux dire pour avoir été à mes côtés au fil des années. Pour m'avoir vue dans mes pires moments et ne m'avoir jamais jugée.

Tard vaut-il mieux que jamais ? N'aurais-je pu ouvrir la bouche quand vous étiez encore là ? Je me

demande si nous aurions pu être heureux ensemble.
Vous l'êtes-vous jamais demandé ? Je sais que oui.

Affectueux souvenirs,

Lydia

5 août 1998

Cher Lawrence,

J'ai essayé à plusieurs reprises de tenir un journal.
Vous avez dit que cela me ferait du bien. Mais je préfère vous parler plutôt que de me parler à moi-même.
Lillian est fâchée contre moi. Je m'en moque.
Qu'elle aille au diable ! Pour qui se prend-elle, enfin ?
Moi aussi, je suis fâchée contre elle. Ce matin, elle a
ouvert sa porte juste au moment où mon nouveau
visiteur s'en allait. Encore en train de fourrer son nez
partout. Elle l'a suivi des yeux jusqu'à ce qu'il arrive au
bout du couloir, et quand il est monté dans l'ascen-
seur, elle a déclaré : Lydia, je me fais vraiment du
souci pour vous. Sans la moindre gêne, comme ça. Je
lui ai dit où elle pouvait se le mettre, à la vieille sor-
cière. Vous ne savez pas du tout de quoi vous parlez,
lui ai-je lancé, et j'ai eu largement ma dose de gens
qui se sont mêlés de mes affaires, merci beaucoup.
J'apprécierais que vous me laissiez tranquille.
Je ne supporterai absolument pas qu'on me dise ce
que je peux et ne peux pas faire. Je ne me suis jamais
laissé mener par le bout du nez, n'est-ce pas ? Dieu
sait qu'ils se sont tous donné assez de mal. S'ils ne
m'ont pas brisée, ce n'est pas une petite vieille en pantalon indéfroissable et mocassins bon marché qui va
réussir là où ils ont échoué. La prochaine fois qu'elle
viendra frapper à ma porte, elle la trouvera fermée.

Elle aurait dû s'occuper de ce qui la regardait. Parfois j'ai besoin d'un peu de compagnie. Vous comprenez cela, n'est-ce pas ? Je ne peux pas me contenter d'une petite vieille et de trois tortues. Je suis encore jeune et je ne suis pas entrée au couvent. À quoi cela aurait-il servi de venir vivre en ville si je ne peux pas prendre un peu de bon temps ? Je nous décevrais tous les deux, Lawrence, si je n'essayais pas de profiter au maximum de ma vie. Je ne tolérerai de sermons de personne.

Et maintenant, je vais me faire belle pour sortir.

Votre optimiste invétérée,

Lydia

25 août 1998

Cher Lawrence,

Je vous ai écrit trois lettres à présent et vous avez répondu, à votre manière, à chacune. N'est-ce pas étrange ? Je vous ai trouvé un peu désapprobateur la dernière fois, ce qui m'a surprise. Cela ne vous ressemble pas. Si vous continuez à réagir de la sorte, je ne vous raconterai plus rien.

Je vais vivre comme bon me semble. Si je ne le fais pas, à quoi tout cela aura-t-il servi ? Dites-le-moi. Je parie que vous n'avez pas de réponse à m'offrir, n'est-ce pas ?

Je me suis fait une nouvelle amie, Alicia. Elle travaille chez Apparences, un salon de beauté et de bronzage, et elle va me trouver un emploi là-bas. Ne riez pas. Vous savez que je me suis maquillée toute seule à de nombreuses occasions. Et puis vous avez prétendu que cela me ferait du bien de travailler. Alicia dit que je peux être formée aux soins du visage, au dessin et à l'épilation des sourcils en l'affaire de quelques semaines. Je vais être payée pour enlever des poils sur l'entrejambe des gens. Quel mal y a-t-il ?

Je suis beaucoup sortie avec Alicia. Je ne bois pas à l'excès, si c'est ce que vous pensez. Elle boit plus que moi. Avant, je ne pouvais jamais sortir prendre quelques verres, parce que, n'est-ce pas, qu'aurait-on pensé ? Maintenant, il faut que je rattrape le temps perdu. Ça aide. Lawrence, je ne suis pas en train de devenir alcoolique, je veille à ne pas boire durant la journée. Alicia mélange les alcools, mais je m'en tiens au vin et à la vodka. Si je perdais le contrôle de la situation, je vous le dirais. Je ne vous ai jamais rien caché.

Je sens que vous m'observez, Lawrence. Pourquoi tant de sévérité ? Je veux que vous souriiez un peu plus souvent. S'il vous plaît. J'essaie de m'en sortir. Ce n'est pas facile, vous savez.

Lydia

19 septembre 1998

Cher Lawrence,

Avez-vous la moindre idée de ce que je traverse ? Pensiez-vous que je pourrais survivre ? Avez-vous pris cela en considération quand vous élaboriez vos plans si prudents ?

Vouliez-vous me garder pour vous tout seul ?

Lydia

Cher Lawrence,

Je suis désolée de vous avoir parlé de cette façon. J'ai honte. Chaque jour est une épreuve, mais à quoi m'attendais-je ? Je veux vous raconter ma vie et vous dire à quel point elle s'est améliorée depuis novembre dernier. Je sentais alors que c'était la dernière fois que nous étions ensemble et j'aurais dû vous dire au revoir comme il faut. Néanmoins, je vous ai attendu en mars, je continuais à espérer. Moi qui me suis assise au chevet de tant de gens, je n'ai pas pu m'asseoir au vôtre. Je suis désolée de ne pas avoir été là. Vous savez que s'il y avait un moyen...

Avec amour et gratitude,

Lydia

21 septembre 1998

Cher Lawrence,

J'aurais voulu pouvoir vous dire que la dépression s'est dissipée. J'aurais voulu vous dire que tout en valait la peine – au moins qu'il y a une lumière au bout du tunnel ou que, parfois, je le crois.

Je dois reconnaître les progrès que j'ai accomplis et ne pas m'accabler pour ceux qui tardent à venir. C'est ce que ma psy disait toujours. Vous êtes mon seul psy à présent. J'écoute ce que vous dites, croyez-le si vous voulez. Peut-être plus aujourd'hui que je ne l'ai jamais fait quand vous étiez en vie.

Je suis en train de réduire ma consommation d'alcool. Et je commence ma formation chez Apparences demain. Vous serez fier de moi en fin de compte.

Et maintenant, au lit de bonne heure.

Affectueusement,

Lydia

22 septembre 1998

Cher Lawrence,

Je viens de faire ma première journée de travail rémunérée depuis mes dix-neuf ans. En fait, ce n'est pas complètement vrai. Je ne serai pas payée le premier mois, pendant que j'apprends à stériliser les pinces à épiler et à faire chauffer la cire, mais j'ai droit aux soins du visage, aux manucures et à deux massages gratuits.

Alicia et moi sommes allés déjeuner à la cafétéria, et elle m'a raconté tous les potins sur les autres filles. Elle a un tatouage à la cheville, un solide sens de l'humour et d'insolents talons hauts de dix centimètres. Elle a été élevée dans un lotissement de mobile homes, mais je n'ai jamais eu aucun mal à m'entendre avec les gens ordinaires. Et puis sa mère est alcoolique, nous avons donc un point commun, n'est-ce pas ? Même si maman n'a jamais voulu l'admettre.

Nous n'avons pas d'uniforme à proprement parler mais nous devons porter un pantalon et un chemisier noirs, et par-dessus un tablier noir avec le nom Apparences brodé en lettres blanches. Et un badge, mais je n'aurai le mien qu'à la fin du mois. Qu'en dites-vous ? Pouvez-vous vraiment croire que je me suis trouvé du travail ?

Bises

Lydia

Cher Lawrence,

Je crois que j'ai peut-être découvert mon vrai talent. Qui sait, dans deux ans, il est possible que je maquille des célébrités. Pourquoi pas même mes anciens amis ?

Est-ce que ce ne serait pas hilarant ? Aujourd'hui, Alicia maquillait une cliente pour son mariage, et c'était du vrai barbouillage, alors je suis intervenue. Avec mon tact et ma diplomatie habituels, naturellement. La mariée était vraiment très reconnaissante. J'ai aussi fait mon premier soin du visage, sous surveillance, mais c'était incroyablement facile. La réalité, c'est que, pour en avoir reçu largement ma part autrefois, j'en sais plus long là-dessus que ma soi-disant supérieure, Alicia.

Bonne nuit, mon doux sauveur,

Lydia

28 septembre 1998

Cher Lawrence,

Vous avez affirmé que cela deviendrait plus facile, et peu à peu ça l'est devenu.

Au début, j'avais peur de tout et de tout le monde, je sursautais chaque fois que quelqu'un m'adressait la parole. Et vous, en vieux hibou avisé, m'aviez assuré que ce serait beaucoup moins difficile que je ne le pensais. Je veux dire, pour ce qui est de parler aux gens. Personne ne me pose de question. J'ai raconté à Alicia que mon mari me donnait toujours l'impression d'être une idiote, tout en pensant : Maintenant, c'est sûr, elle va me poser toutes sortes de questions délicates. J'étais déjà en train de préparer les réponses dans ma tête. Elle a seulement répondu : Ouais, le mien m'appelait Dumbo. Et puis elle a utilisé des termes grossiers. Nous étions en train de prendre un verre dans notre bar préféré et elle avait des vues sur quelqu'un. C'était un peu agaçant, au fond, parce que j'étais plutôt d'humeur à une bonne discussion à cœur ouvert, et elle m'écoutait à peine. Je ne dirais pas que c'est une traînée, mais parfois elle n'en est pas loin. Ce serait agréable de rencontrer quelqu'un qui soit un peu plus sur la même longueur d'onde que moi.

Imaginez seulement, Lawrence, si elle savait. Elle ne chanterait pas la même chanson, n'est-ce pas ?

Bises de votre esthéticienne à demi qualifiée,

Lydia

2 octobre 1998

Cher Lawrence,

Nous avons beaucoup parlé de toutes les « étapes » par lesquelles je passerais. J'ai essayé de garder cela en tête, mais je n'y suis pas toujours parvenue. Le désespoir est comme l'atout dans un jeu de cartes : il efface tout le reste. Je suis tellement plus active, à présent. Au Brésil, je vivais à la manière d'une limace. Dire que j'ai passé deux mois et demi allongée sur le canapé ; et que les deux premières semaines, jusqu'à ce que vous reveniez des funérailles, je n'avais même pas de téléviseur ! Pour une raison ou pour une autre, sortir en acheter un était au-dessus de mes forces. J'étais habituée à ce que tout soit fait pour moi. Je me souviens que vous aviez rempli le réfrigérateur et les placards de provisions, alors je suis restée à la maison et j'ai

191

mangé des soupes en boîte et des morceaux de fromage.

Vous m'aviez dit que des gens soumis à la torture (comment savez-vous toujours tout ?) s'en sortent en divisant leur temps en tranches. Ils respirent en comptant trente secondes. S'ils en viennent à bout, ils peuvent venir à bout des trente suivantes. Vous vouliez dire que je devais découper la première année en mois, en semaines et en jours. Franchir une « étape » à la fois. Mais, certains jours, trente secondes à la fois semblait exactement approprié.

Je pensais que vous essayiez seulement de me décourager. J'aurais dû me rappeler que vous ne parlez jamais sans savoir.

Respectueusement vôtre,

Lydia

3 octobre 1998

Cher Lawrence,

L'esprit nous joue des tours. Hier soir, ces premières semaines au Brésil me paraissaient avoir été complètement lugubres. La plupart du temps, c'était le cas. Mais il y avait des moments où mon moral remontait en flèche. J'allumais la radio et je faisais le tour de la maison en dansant, parce que j'avais accompli quelque chose de vraiment énorme. *Nous* avions accompli quelque chose de vraiment énorme. Je me sentais absolument invincible. Si je pouvais faire une chose pareille, je pouvais tout faire. J'étais libre. Pour la première fois de ma vie, j'étais libre.

Puis vous êtes arrivé, avec votre valise pleine de coupures de journaux, et ç'a été à la fois terrible et merveilleux. Un cœur ne peut pas éclater réellement, n'est-ce pas ? Je pensais que le mien le ferait. Mais il n'y a pas de limite à ce qu'une personne peut ressentir.

Quand vous êtes reparti, je crois que j'ai décliné. C'était tout juste si je me levais, et je ne me souviens pas d'avoir mangé.

Au bout d'un certain temps, j'ai commencé à me fixer de menus objectifs : me lever à une certaine heure ; ou me doucher et m'habiller avant le petit déjeuner. Ou encore prendre le petit déjeuner. Aller faire les courses avant midi. Rationner mes heures devant la télévision. Je pense que la première ration était de cinq heures. Effectuer une tâche ménagère quelconque. M'exercer pendant une demi-heure avec les enregistrements de ma voix. Passer une heure dans le jardin à parfaire mon bronzage. Je sais que ça paraît insignifiant, mais, croyez-moi, je n'étais pas capable de plus à l'époque. Si vous m'avez trouvée mal en point lors de votre retour en novembre (je le sais, j'ai vu l'expression de votre visage), vous auriez dû me voir avant. C'est à peine si je fonctionnais.

Et maintenant, je travaille. Je vais réellement au travail ! Encore deux semaines et je vais même être payée.

Affectueusement,

Lydia

4 octobre 1998

Cher Lawrence,

Je viens de relire les deux dernières lettres, et je vois vraiment le chemin parcouru. Parfois, ç'a été un pas en avant, deux en arrière. Je crois que vous m'aviez dit de m'y attendre. Vous pensez à tout, n'est-ce pas ?

Lorsque vous m'avez laissée à Gravelton, ç'a été un nouveau choc. Une fois aux États-Unis, j'étais censée commencer ma vie. Vous m'avez poussée, gentiment, comme toujours, dans la bonne direction. Parler à mes voisins. Chercher un emploi dans le journal local. Recommencer à faire de l'exercice. J'ai peur de n'avoir fait aucune de ces choses-là.

Qu'ai-je fait ? J'ai acheté un tas de romans (vous savez, le genre que j'achète d'habitude) et j'ai lu et lu. Je passais devant l'école, matin et après-midi, juste pour entendre le bavardage d'enfants. Le soir, je regardais la télévision ou je fixais la glace, en essayant de voir si j'étais reconnaissable sous un angle quelconque, une lumière quelconque, avec mes cheveux coiffés d'une certaine manière.

Une ou deux personnes sont venues se présenter à moi. Quand j'entendais le déclic de la barrière du jardin, j'étais prise de panique. Comme si j'étais sur le point d'être découverte. Nous discutions quelques minutes, et puis les gens s'en allaient et je n'étais pas soulagée, j'étais… sans réaction.

J'ai été invitée à une fête pour Noël, et tout le monde a été poli et amical, mais on ne s'est pas vraiment bousculé pour me parler. Ma première soirée dans ma nouvelle vie, et je n'étais même pas la reine du bal !

Je me suis pourtant liée d'amitié avec deux femmes. Elles m'ont parfois invitée à dîner avec leurs maris et leurs enfants. Je crois qu'elles avaient pitié de moi.

Dans l'épicerie du quartier, j'ai vu une annonce pour une place de vendeuse. Je me suis dit que je pourrais peut-être m'en tirer. Ça ne doit pas être bien sorcier d'apprendre à se servir d'une caisse enregistreuse. J'ai décidé d'aller me renseigner le lendemain, mais, une fois là-bas, je n'ai pas réussi à en trouver le courage. J'ai fait demi-tour et je suis retournée chez moi.

Malgré tout, j'avais l'intuition que, si je m'installais en ville, les choses se feraient d'elles-mêmes – qu'il y aurait des opportunités. J'avais raison, non ? Alicia est entrée dans ma vie. Apparences est entré dans ma vie. Vous devriez me voir au salon. Les clientes d'Alicia ont commencé à me demander !

Au lit maintenant, pour être fraîche et dispose demain,

Votre Lydia

5 octobre 1998

Cher Lawrence,

J'avance à grands pas, n'est-ce pas ? Vous m'avez appris une foule de choses qui m'aident à m'en sortir. Surtout sur le plan pratique. Parfois, je trouvais cela agaçant, car j'aimais à penser que je savais tout.

Côté finances, je me débrouille très bien à présent. Franchement, c'est vrai. Je note tout, comme vous m'avez conseillé de le faire. J'avais quand même beaucoup à apprendre. Je vous ai obéi et j'ai un budget pour les dépenses mensuelles. Je pensais que vous vouliez parler des courses et du téléphone, et j'ai été très surprise quand la première facture d'électricité est arrivée. Je ne sais pas ce que j'imaginais – que l'électricité venait avec la maison ? qu'elle était gratuite ? Au palais de Kensington, on allume la lumière en entrant dans une pièce et personne ne vous dit jamais combien ça coûte. Quand je sors d'une pièce à présent, j'éteins la lumière. Vous voyez, je suis une tout autre personne !

Votre citoyenne à demi qualifiée,

Lydia

15 octobre 1998

Cher Lawrence,

J'ai besoin de votre désapprobation comme d'une crise d'urticaire. Prenez vos stupides sourcils froncés et mettez-les où je pense. Allez, reculez, éloignez-vous. Je n'écoute pas.

Et ne me dites pas de me calmer.

Lydia

16 novembre 1998

Cher Lawrence,

Non, je n'étais pas en train de bouder. C'est juste que je n'avais pas envie de vous écrire. Quoi qu'il en soit, c'est idiot. Quand je vous écris, j'écris à un mort. Et quand je ne vous écris pas, vous ne vous en allez pas pour autant.

J'ai déménagé. J'ai perdu deux mois de loyer dans l'affaire, mais je m'en moque. Je ne voulais pas rester à Charlotte. Oui, puisque vous tenez à le savoir, je me suis querellée avec Alicia. Non que ça vous regarde. Je repars de zéro. Je m'y engage. Vous verrez. Cette fois, ce sera différent. Je ne vais plus jamais m'emballer comme ça.

Polie, amicale, mais un peu distante. C'est l'attitude

que je vais adopter à partir de maintenant. Je suis contente que vous approuviez. Merci.

Avec affection, comme toujours,

Lydia

18 novembre 1998

Cher Lawrence,

Devinez ce que j'ai fait aujourd'hui. J'ai visité la maison où Mark Twain a passé son enfance. C'est à une heure de route environ de l'endroit où je vis à présent, et elle a été transformée en musée. Je n'ai lu aucun de ses livres. Je parie que vous les avez tous lus, vous qui avez tout lu. Quant aux livres que vous m'avez donnés, ils ont été perdus dans un des déménagements. La société de déménagement a égaré un carton. Je leur ai dit ma façon de penser, bien sûr, mais ça ne m'a pas rendu le carton.

Cet après-midi, j'ai pris un bateau-mouche sur le Mississippi. C'était magnifique. Je crois que je vais me plaire ici. Il me fallait un changement radical et, au fond, l'endroit où j'allais m'était plus ou moins égal, mais mon nouveau chez-moi me plaît. J'ai bien fait, n'est-ce pas ?

Votre Lydia

20 novembre 1998

Cher Lawrence,

La maison que je loue est en brique, de plain-pied, dans le style « ranch », comme on dit. Il y a deux chambres. Ce n'est pas la plus jolie au monde, mais elle est propre, bien rangée et convenable.

Les voisins sont calmes et respectueux, et on peut régler sa montre sur le bus scolaire et la camionnette du facteur. Cela vous semble ennuyeux ? Je crois que je pourrais certainement être amie avec Maggie et Liza Beth (pas Elizabeth, s'il vous plaît). À côté, il y a une famille de mormons, les Peterson, qui sont venus me rendre visite une semaine environ après mon arrivée, tous sur leur trente et un. Si M. Peterson a une seconde ou une troisième épouse (combien peuvent-ils en avoir ?), il ne l'a pas amenée. Seulement une épouse et cinq enfants. Il a dit que si j'avais de menus travaux à réaliser, il m'aiderait volontiers. C'est adorable, non ?

J'ai fait des choses impossibles par le passé, n'est-ce pas, Lawrence ? Je sais que j'ai déjà dit ça – après mon premier rendez-vous avec le prince de Galles, j'ai raconté à mes amies que j'allais l'épouser, et il s'est avéré que ce n'était pas une simple vantardise. Ensuite, j'ai réitéré mon exploit en divorçant. Et main-tenant, en menant une vie ordinaire. Sans être com-plètement malheureuse. C'est ce que je veux. Y parvenir est-il au-dessus de mes forces ? Parfois, j'ai l'impression que c'est encore un rêve lointain.

Dans mes heures sombres, quand je suis tentée de hurler et me lamenter, c'est vers vous que je me tourne. Quand je suis descendue dans l'eau cette nuit-là, il y a un an, deux mois et dix jours, peut-être n'étais-je pas saine d'esprit. Ce que j'ai commis n'était pas seulement une folie, mais une sorte d'atrocité. Comment puis-je vivre avec ? En me répétant pour me rassurer que vous, Lawrence, qui êtes sensé, raison-nable, prudent, rationnel, ne m'avez pas dit que je ne pouvais pas le faire. Que je ne devais pas le faire. J'ai plus foi dans votre jugement que dans le mien.

Peut-être est-il temps que je cesse d'écrire ces lettres. Je devrais tout de même être capable de me débrouiller seule à présent, non ?

Affectueusement vôtre,

Lydia

25 novembre 1998

Cher Lawrence,

Vous pensiez que je ne pourrais jamais revoir les garçons. Cela vous fait plaisir d'avoir eu raison – pas vrai ? Vous êtes vraiment content de vous, maintenant ?

Je ne pourrai jamais les faire venir à moi. C'est une idée monstrueuse. Vous le saviez. Vous auriez dû me le faire comprendre. Je me suis fiée à vous et vous m'avez trahie. Pourquoi ne me l'avez-vous pas fait comprendre ?

Lydia

27 novembre 1998

Cher Lawrence,

Dans moins d'un mois, ce sera Noël. Les magasins sont pleins de décorations et de guirlandes électriques. Mon deuxième Noël. Je me demande si je serai seule cette année encore. Je devrais y être habituée, à présent. De toute façon, ils ne me laissaient pas avoir les garçons, hein ?

J'ai été un peu brusque avec vous dans ma dernière lettre. C'est seulement le sommet de l'iceberg. Pas un jour ne s'écoule, pas une heure, sans que je lutte pour me maîtriser. Oui, il s'agit toujours de mes fils, mais je ne peux pas parler d'eux.

Peut-être viendra-t-il un moment, quand ils auront des enfants à leur tour (c'est ce que je me dis constamment), où ils pourront comprendre. Il faut que je le croie. Ils viendront à moi et je leur expliquerai. Ils me pardonneront, n'est-ce pas ?

Je sais que c'est impossible pour l'instant. Je leur ai fait du mal une fois et je ne peux prendre le risque de recommencer. Il faut que je sois très, très sûre. Il faut que j'attende.

Je suis heureuse de pouvoir continuer à vous parler. Vous êtes la seule personne qui ne m'ait jamais abandonnée. Parfois, j'ai eu l'impression que les garçons m'avaient abandonnée. Je sais que ce n'est pas vrai. Mais j'ai éprouvé ces sentiments. Cela vous choque ? Non, vous le saviez déjà.

Admirativement vôtre,

Lydia

3 décembre 1998

Cher Lawrence,

J'ai passé toute la semaine dernière à me ronger les sangs. Pour une raison ou pour une autre, je me suis persuadée que Maggie *savait*. J'étais en train de prendre le café un matin avec elle, Liza Beth et Elsa Peterson, et Elsa m'a interpellée : « Depuis combien de temps avez-vous dit que vous viviez aux États-Unis, Lydia ? » Sur quoi Maggie a lancé : « Lydia est plutôt mystérieuse quant à son passé. » Elle m'a adressé un clin d'œil. J'étais paralysée sur place. C'est la première fois que quelqu'un me dit une chose pareille. Et le clin d'œil ! Pourquoi faire un clin d'œil à moins de savoir quelque chose ?

Je ne me suis pas étendue sur le sujet. Mais je n'ai pas arrêté de penser à toutes les autres petites remarques qu'elle avait faites. Par exemple, elle a déclaré un jour que j'étais très maternelle, que j'avais un don pour m'occuper des enfants, et elle m'a demandé plusieurs fois où j'avais acquis une telle expérience. Ce jour-là, j'ai pratiquement bouclé mes valises, et je n'ai pas fermé l'œil durant cinq nuits d'affilée. Joe Peterson est venu réparer le robinet de la cuisine qui fuyait (il a été un bon voisin et ami) et il a constaté : « Lydia, vous avez l'air toute retournée. » J'ai pleuré comme une madeleine. Il m'a fait asseoir à la table de la cuisine et nous avons eu une sorte de cœur-à-cœur. J'en avais désespérément besoin. Vous ne pouvez imaginer à quel point c'est dur de ne pas avoir un seul ami au monde.

Vous êtes en train de penser qu'avec tout ce que j'ai à cacher je n'ai pas pu lui faire de grandes confidences. Eh bien, pour une fois, Lawrence, vous vous trompez du tout au tout. J'avais quantité de choses à exprimer. Par exemple, que c'est difficile d'être une femme seule, de ne connaître presque personne dans le quartier ; que mon mariage était voué à l'échec dès le début ; que je ne sais pas quoi faire de ma vie maintenant que je suis complètement libre d'en faire ce que je veux. Joe est quelqu'un avec qui on peut parler facilement ; il est très patient, très gentil. Quand nous avons fini notre conversation, je m'étais calmée. Le lendemain, Maggie est venue me demander si je voulais aider à confectionner les costumes pour la pièce sur la Nativité qu'on prépare à l'école. Elle ne se doute de rien, évidemment. Je vais faire de la couture. Il y a si longtemps que je n'en ai pas fait.

N'est-il pas étonnant que les gens cherchent toujours à me connaître, bien que je ne sois plus personne ?

Je pense qu'en fin de compte mes garçons pourraient être fiers de moi. À votre avis ? Peut-être le serez-vous tous les trois.

Avec toute mon affection,

Lydia

6 décembre 1998

Cher Lawrence,

Je me suis attelée tout de suite à la tâche. Trois costumes pour trois rois mages taillés dans trois vieux draps. Pas exactement de la haute couture, mais j'ai fait du travail soigné. Maggie doit venir tout à l'heure m'apporter la série suivante, celle des bergers. Je sais qu'il y a un grand pas à franchir, mais peut-être finirai-je par en faire une carrière, après tout. Concevoir des robes, travailler dans la mode. N'avez-vous pas affirmé que je pourrais mettre à profit toutes sortes d'expériences ? Vous êtes un sage, vous aussi.

Joe est passé me voir hier soir et, une fois de plus, nous avons eu une adorable conversation. Il m'a proposé d'élaguer les arbustes du jardin, tout a poussé un peu n'importe comment. J'ai dit que je le paierais, mais il n'a rien voulu entendre. Les gens sont parfois si gentils au moment où on s'y attend le moins.

J'ai toujours senti la présence de ma grand-mère à mes côtés, même après qu'elle a eu quitté ce monde. On a ricané quand j'ai fait appel à un médium pour entrer en contact avec elle. Vous non, mais maintenant je pense vraiment que c'était un peu ridicule : je peux vous parler sans l'aide de personne.

Votre Lydia

12 décembre 1998

Cher Lawrence,

On dirait que je vais être seule de nouveau pour Noël. Personne ne m'adresse la parole. Ni Maggie, ni Liza Beth et ni Elsa Peterson, évidemment. J'avais envie d'aller la voir et de lui dire : Écoutez, Elsa, je ne *veux* pas de votre mari, vous pouvez le garder. Pourquoi a-t-il fallu qu'il aille tout lui raconter ? Il m'a déclaré : « Lydia, j'aurais gardé ça sur la conscience. » Alors, maintenant qu'il lui a tout raconté, tout va bien pour tout le monde sauf pour moi.

Il faut que je parte. Ne vous attendez pas à ce que je reste après tout ça. Ai-je si mal agi ? Est-ce toujours moi qui suis dans mon tort ? Pourquoi me condamnez-vous et pas lui ? Suis-je la seule personne au monde qui ne mérite jamais d'être heureuse ?

Lydia

30 janvier 1999

Cher Lawrence,

Je ne suis même pas sûre que vous vous souciez de savoir où je suis et ce que je fais, donc je n'ai pas pris la peine de vous écrire. Pour votre information, j'ai déménagé de nouveau, mais les choses ne sont pas très différentes ici. Ma vie était-elle vraiment pire avant que je plonge du bateau ? Dites-le-moi. En quoi ceci peut-il être considéré comme une amélioration ?

Je l'ignore. Peut-être que c'est mieux parce que tout m'est devenu indifférent. Quand on est indifférent à tout, on ne peut pas souffrir. Le matin, j'attends que la journée passe. Après, j'attends que la nuit passe. Elles le font toujours. Le lendemain matin et le lendemain soir arrivent toujours. On peut compter là-dessus.

Je vous entends à peine, Lawrence. Parlez, si vous avez quelque chose à dire.

Je suis toujours votre Lydia.

25 février 1999

Cher Lawrence,

Je ne peux pas écrire un hurlement, si ? Je ne peux pas écrire le vide des heures interminables. Écrivez-les. Écrivez-les, me dites-vous. Mais quoi ? Je suis là. J'existe. Je trace ces marques sur la page. Je dois exister. Je ne suis pas plus vivante que vous.

Parlez-moi.

Lydia

14 mars 1999

Cher Lawrence,

Si je pouvais limiter les vomissements à une ou deux fois par jour, ce ne serait pas trop affreux. Vous savez, dans mes pires moments, j'en étais à six ou sept fois par jour. Je suis loin d'avoir atteint ce stade-là. Et puis, ce n'est pas comme si je faisais du mal à quelqu'un d'autre.

Je vous entends à peine. Vous ne m'avez pas abandonnée, si ?

Avec mon affection, comme toujours,

Lydia

27 mars 1999

Cher Lawrence,

Chaque jour depuis un mois, j'ai eu envie de vous écrire une vraie lettre, une longue lettre pour tout vous dire. J'ai une foule d'idées qui tourbillonnent en moi. Et puis, quand je m'assois, il n'y a rien. Je suis redevenue toute vide. Je vais manger. Vous savez ce qui se passera après. Ça empire. Que dois-je faire, Lawrence ? Je veux que ça cesse.

Affectueusement,

Lydia

11 avril 1999

Cher Lawrence,

J'ai abandonné ma vie. J'ai abandonné mes enfants. J'ai tout abandonné. Et je vous ai abandonné. Je vous ai laissé mourir sans moi. Comment ai-je pu faire une chose pareille ? Je ne songeais qu'à une seule personne. Si bien que j'ai tout abandonné, mais j'ai emmené cette personne avec moi. Je pensais la laisser derrière moi, elle aussi.

Avec mon affection inutile, mais éternelle,

Lydia

Cher Lawrence,

Vous savez, j'ai déménagé une fois de plus. Encore un nouveau départ, un nouveau début. Je croyais que vous seriez sceptique, mais vous avez semblé approuver. Cela fait une différence, vous savez. Je sens que vous avez recommencé à veiller sur moi. Quand je marche, je vous sens toujours proche. Alors, je marche sans arrêt.

Vous étiez là lorsque j'ai pris rendez-vous avec une spécialiste en ostéopathie crânienne quelques jours après mon installation. « Madame, avez-vous dit, si je peux avoir l'audace de me permettre une remarque… vous avez essayé toutes ces thérapies par le passé. » Je vous ai ordonné de vous taire, évidemment. Et d'arrêter de m'appeler « Madame ». Mais je n'y suis pas allée. J'ai annulé le rendez-vous, et je suis allée faire une promenade à la place. Je dois avouer que vous aviez raison. Il est étonnamment difficile d'être fâché contre quelqu'un, même contre soi, lorsqu'on est entouré par des arbres, des arbres et encore des arbres. J'ai toujours, toujours détesté la campagne. La maîtresse de mon mari était la maîtresse de notre maison de campagne. « De leur maison de campagne », devrais-je dire. Balmoral était abominable, vous ne l'ignorez pas. On passait son temps à faire des puzzles idiots et à tuer des animaux. C'était insupportable.

Maintenant, il n'y a que moi et les arbres, et je peux me promener sans me demander où sont les photographes et quand les photos seront publiées. En fin de journée, j'ai les jambes raides. Je commence à avoir des muscles dans les mollets. Nager m'aide à les détendre. J'ai envisagé de m'inscrire dans un club de remise en forme, mais c'était très cher et je ne veux pas toucher à l'argent que vous m'avez dit de garder pour le moment

206

où je serai prête à acheter une maison. Par ailleurs, la piscine municipale n'est bondée que le week-end.

Il faut que je songe à chercher un emploi. L'argent pour les factures, les provisions et le loyer ne va pas durer éternellement. Merci de me l'avoir rappelé.

Votre dévouée Lydia

23 juin 1999

Cher Lawrence,

J'ignore combien de temps ce calme va durer. Je ne m'y fie pas encore. Mais je vais continuer à faire ce que je fais. À tout le moins, je serai en excellente condition physique. Je me surprends à avoir hâte d'entamer ma journée, de marcher, nager, marcher, c'est tout. Je n'ai pas à me traîner à bas du lit.

Avec espoir,

Lydia

2 juillet 1999

Cher Lawrence,

J'ai réfléchi à tout, du début à la fin, et maintes et maintes fois, pendant mes promenades. J'ai tout changé et j'ai cru que tout serait différent. Et rien ne l'était. Pas vraiment. Pas assez différent, du moins. Avant, j'avais toujours quelqu'un à blâmer. Maintenant, j'ai épuisé ma réserve de coupables.

Parfois, je ne réfléchis à rien. Je regarde la couleur des feuilles. La mousse qui scintille sur une pierre. Ou je m'accroupis pour examiner les créatures qui vivent sur le sol de la forêt. Aujourd'hui, j'ai observé deux énormes lucanes qui se battaient. Puis, cet après-midi, je suis allée me baigner. Ce soir, j'étais morte de faim. Ça fait du bien de manger quand on a faim. Je l'avais oublié. Ce mois-ci, je n'ai eu que quatre crises. Pas encore parfait, mais beaucoup mieux.

Merci d'être patient avec moi.

Lydia

6 août 1999

Cher Lawrence,

On ne peut pas échapper à soi-même, mais on peut apprendre à vivre avec ce qu'on est. On peut essayer, en tout cas. Si quelqu'un d'autre est capable de vous enseigner la méthode, je n'ai jamais trouvé cette personne-là. Et Dieu sait à quel point j'ai cherché.

Je viens de relire toutes mes lettres. Je suis encore exigeante, n'est-ce pas ? Il n'y en aura plus, c'est promis. Je les ai toutes mises dans une boîte et je vais les conserver. Peut-être qu'à un moment donné, plus tard, je les regarderai de nouveau.

Sincèrement vôtre,

Lydia

30 août 1999

Cher Lawrence,

Je vais cesser d'écrire, à présent. Je suis libre de choisir quoi mettre et quoi omettre dans une lettre. Comme si vous ne pouviez voir que ce que je veux vous laisser voir. Une lettre ne vous donne qu'un minuscule aperçu de quelqu'un. J'aimerais vous donner davantage, que toute ma vie soit une lettre pour vous.

Il y aura des jours où vous ne serez pas fier de moi. J'espère qu'ils seront rares.

J'ai toujours su quand je n'étais pas à la hauteur de vos attentes, Lawrence, même si vous faisiez semblant d'approuver. Vous faisiez cela trop souvent. Vous étiez trop gentil.

Ce petit haussement de sourcils. Je sais ce que vous pensez : Demain, elle écrira de nouveau pour me reprocher une chose ou une autre. Ce n'est pas grave, Lawrence. Peut-être que je ne pourrai pas changer. Mais si j'y mets tout mon cœur, il est possible que je réussisse. J'ai failli dire : si je me mets en tête de le faire, mais je préfère compter sur mon cœur, si inconstant qu'il ait été parfois.

Je vous vois, Lawrence. Je sais que vous me voyez.

Votre toujours aimante Lydia

17

LE MERCREDI SUIVANT, LYDIA AIDA AMBER à refaire la vitrine. Les quatre mannequins furent dévêtus et démembrés et ils supportèrent ces indignités avec des sourires de Joconde.

— Je songeais à exposer les robes de soirée, dit Amber. Mais toutes les quatre, ça ferait peut-être trop.

— Non, vas-y, l'encouragea Lydia. Il faut faire sensation. Combien en as-tu vendu ?

Amber eut un sourire penaud.

— Une. Plus celle que tu as tenu à payer.

— Mettons-nous au travail. Les clientes vont faire la queue jusqu'au bout de la rue, j'en suis sûre.

Elles essayèrent la mousseline pêche en premier, mais le ton ne convenait pas au teint du mannequin.

— Non, décréta Lydia. Sauf si on lui met de la crème autobronzante.

Elles retirèrent la robe et la remplacèrent par celle en taffetas bleu. Lydia grimpa sur la plate-forme et Amber lui tendit le mannequin. Après avoir épinglé l'arrière de la taille, Lydia alla se poster devant la vitrine pour vérifier l'alignement des épaules.

Albert Street est une grande rue, aux proportions généreuses. Une bande herbeuse prolonge le trottoir côté est, et la chaussée proprement dite est assez large pour permettre un demi-tour complet en voiture à cheval. L'hôtel de ville dresse à l'extrémité nord les lignes symétriques de son architecture georgienne, et les magasins dispersés entre les maisons arborent auvents et enseignes de bon goût, aux teintes évoquant des jardins de cottage. Ils sont tous en bardeaux ou à colombages, délimités par des petits espaces. C'est l'artère principale de la ville, mais les bâtiments ne sont pas tassés les uns sur les autres. C'est une rue où l'on peut respirer.

Mme Deaver, l'employée du drugstore, fit signe à Lydia en passant, la poitrine en avant à la manière d'un pigeon. De l'autre côté de la rue, Sonia, la fleuriste, ajoutait des seaux remplis de chrysanthèmes jaunes et blancs aux fleurs exposées devant sa vitrine. Elle s'essuya les mains sur son tablier et s'étira le dos avant de s'adosser au chambranle de la porte, avec des gestes aussi languides qu'un chat. C'était la sortie de l'école maternelle, et mères et enfants se laissaient tranquillement porter par le courant, s'arrêtant ici et là, dans les étendues de soleil entre les bâtiments ou les lacs d'ombre fraîche devant les magasins. Ils dérivaient en général en direction de la boulangerie, d'où les enfants ressortaient tout excités, les doigts dégoulinants de sucreries.

Lydia jeta un coup d'œil au pavillon de M. Mancuso pour voir s'il allait sortir. Vers cette heure-ci, il aimait s'asseoir sur son petit tabouret en acier. Et il apparut, souriant jusqu'aux oreilles comme à son habitude, comme s'il n'osait croire qu'il avait la chance de vivre une journée de plus. Il était si frêle à présent qu'il n'y en aurait peut-être plus beaucoup. Il posa le siège au pied de ses marches et faillit en tomber de ravissement quand un enfant s'arrêta pour se faire pincer la joue.

211

Dans six semaines, songea Lydia, Albert Street revêtirait ses plus beaux atours pour la fête annuelle. Elle attendait cette date avec impatience. Une impatience qui la fit sourire. Il y avait eu un temps où elle était à peine capable de passer un ou deux jours dans une ville, dans un pays, sur un continent, sans être dévorée par l'apparente certitude d'être au mauvais endroit. Sitôt descendue de l'avion, elle se demandait si elle ne ferait pas mieux d'écourter sa visite.

À présent, elle vivait là, trois cycles entiers jusqu'ici, avec le calendrier d'événements annuels et la routine du quotidien, et elle avait beau en sourire, elle se laissait bercer par les rythmes tranquilles de cette ville.

— Laquelle est-ce qu'on met après ? demanda Amber. Celle en soie verte ?

— Oui, si tu veux. Mais vas-y, raconte.

— Phil ?

Amber se regarda dans la glace et lissa sa jupe.

— Nous avons dîné ensemble, c'était bien. Je pensais qu'il allait téléphoner aujourd'hui, mais il ne l'a pas fait. Tu crois qu'il va le faire ?

— Oh, alors il te plaît ? Tu n'en avais pas l'air trop sûre avant.

Amber soupira.

— Tu as raison. Je ne l'étais pas.

— Mais tu l'es maintenant ?

Amber s'installa sur le canapé des évanouissements.

— Il y a une semaine ou deux, j'aurais dit qu'il ne m'intéressait pas vraiment. Il est gentil, bien élevé, un peu petit, un peu ventru, pas particulièrement séduisant, mais il a de beaux yeux. Les enfants l'ont rencontré – seulement en passant, puisqu'il habite tout près, et je crois qu'ils s'entendraient bien. Il est dentiste. Il parle beaucoup de dents.

— Ouah ! Vaste sujet.

— Je sais !

— S'il te plaît, c'est tout ce qui compte.

— Jusqu'à la semaine dernière, j'ai pensé que ça pourrait être... une petite aventure, qui sait ? avoua Amber tout en se levant du canapé pour aider Lydia à habiller le mannequin suivant. À franchement parler j'aurais dit qu'il était gentil mais un peu ennuyeux. Et cette semaine ? Eh bien, s'il ne me téléphone pas, j'ai l'impression que je vais en mourir.

Lydia éclata de rire.

— Et s'il le fait, tu vas t'enfuir à Acapulco avec lui.

— Oh, c'est vrai ! Je ne sais pas pourquoi je suis tout le temps comme ça..., gémit Amber. Mais, et toi, comment ça va avec Carson ? Vous êtes heureux, tous les deux ?...

— Mets la robe sur un cintre, l'interrompit Lydia. Cette épaule tombe mal. Je crois qu'il faut qu'on sorte la centrale vapeur.

— Je vais le faire, répondit Amber sans bouger d'un pouce. Vous êtes amoureux l'un de l'autre ?

Lydia haussa les épaules.

— Ça va. Mais j'ai tendance à me replier sur moi-même quand il me pose des questions.

— Tu ne le connais pas depuis très longtemps, dans le fond. Je veux dire, il t'a fallu un certain temps pour tout me raconter.

Elle n'avait pas tout raconté à Amber. En revanche, elle l'avait laissée libre de se livrer à des suppositions, que son amie en était venue à considérer comme des faits.

— Tu penses que..., commença Amber avant de rajuster ses cheveux puis de reprendre précipitamment : Tu penses que ton ex pourrait vraiment essayer de te retrouver ? Je sais que tu n'aimes pas parler de lui. Mais que se passerait-il s'il le faisait ? S'il débarquait là, maintenant ?

— Il ne ferait pas ça lui-même, répondit Lydia. En revanche, d'autres gens peuvent me rechercher.

— Un détective privé, par exemple ?

— Tu sais, déclara Lydia lentement, je ne crois pas qu'on me cherche. En fait, j'ai voulu disparaître. Je n'en pouvais plus. Et quand on agit de cette façon, on a toujours l'impression qu'on doit continuer à regarder par-dessus son épaule. Mais le reste du monde va de l'avant, et il faut que je fasse pareil. Que j'arrête de me conduire comme une imbécile.

— Tu n'es pas une imbécile, protesta Amber.

— Si. J'ai raté tous mes examens. Deux fois. J'ai quitté l'école à seize ans sans la moindre qualification.

— Ça ne veut rien dire – sauf que tu avais la tête dans les nuages, peut-être.

— C'est vrai.

Dans sa vie d'avant, elle n'avait jamais pu se défaire de l'idée qu'elle était la dernière des idiotes. Son mari avait tout fait pour ça dès le début. Lui était l'intellectuel, et elle le portemanteau sans cervelle. Elle était capable de lire un briefing pour une réunion avec des associations caritatives et de se souvenir de tous les faits et chiffres dont elle avait besoin, mais elle endossait la confiance en elle comme on endosse un costume. Dessous, elle était nue comme un ver.

Elle continuait à prétendre qu'elle était sotte mais au fond elle ne le pensait plus. Si elle l'avait voulu, elle aurait pu s'atteler aux livres de Lawrence. Elle n'était tout simplement pas éduquée. Personne ne s'était soucié de ses résultats scolaires, elle moins que tout autre. Peut-être était-elle de ceux qui se développent sur le tard, en tout cas elle se sentait prête à lire autre chose que des romans de gare.

— Au fait, lança Amber, le jour de ton anniversaire, j'invite les filles ; j'organise un thé pour toi après le travail.

— Merci. On pourra toujours mettre du vin dans la théière. Et il faut que je téléphone à Tevis : je ne peux pas aller au chalet le week-end d'après, Carson m'emmène au ballet à New York.

— Au ballet ? À New York ? Tu parles ! On ira au chalet un autre week-end. Ça fera deux week-ends d'anniversaire au lieu d'un. Tu vas mettre la robe ?

— Bien sûr, affirma Lydia.

Elle n'en ferait rien. La robe serait bien trop habillée.

Ce n'était pas réellement son anniversaire. C'était la date qui figurait sur son permis de conduire et son passeport. Il y avait son anniversaire réel et son anniversaire officiel. Elle avait su longtemps auparavant qu'elle ne serait jamais reine, mais jamais elle n'avait imaginé qu'elle finirait par avoir deux anniversaires, exactement comme sa belle-mère.

La reine des cœurs. C'est ce qu'elle avait déclaré vouloir être. Cela lui paraissait tellement prétentieux, à présent.

Deux clientes entrèrent et achetèrent respectivement une robe droite grise et un débardeur en cachemire bleu pâle. La vitrine suscita beaucoup d'admiration, comme en témoigna le petit attroupement de voisins et de commerçants. À travers la vitre, Mme Jackson toqua à la porte et pointa les mannequins du doigt en articulant ce qui ressemblait à un « Regardez ».

— Comme si on ne les avait pas vues, ironisa Amber.

— Je crois que ça lui plaît, répondit Lydia.

— Oh ! cria Mme Jackson, toujours derrière la porte. Regardez-moi ça ! Elles sont superbes ! Si j'avais cinq ans de moins...

Lydia s'efforça de ne pas se tourner vers Amber, sans quoi elles seraient toutes les deux prises d'un fou rire.

— Comment va Otis ? demanda-t-elle à Mme Jackson quand celle-ci entra.

— Je l'ai déjà dit et je le redirai : je suis le martyr de ce chien, affirma Mme Jackson en agitant les mains. Mais je ne pourrais pas vivre sans lui.

Elle posa ses courses, retira ses chaussures et s'assit sur le canapé. Mme Jackson portait des talons hauts même pour aller à l'épicerie. Ses jambes nues, mouchetées d'un vaste éventail de couleurs, n'étaient pas sans rappeler l'intérieur d'une coquille de moule.

— Lydia, j'ai un hôte chez moi à qui j'aimerais vous présenter.

— N'allez pas jouer les entremetteuses, madame Jackson, intervint Amber. Lydia est déjà prise.

— Ce n'est pas mon intention, je vous l'assure.

Mme Jackson avait été une actrice de tout premier plan au sein de la troupe de théâtre amateur de Kensington. Comme elle en avait précédemment informé Lydia, la disparition du groupe – mort de cause naturelle, si tant est que l'on puisse qualifier de naturel le fait que tout le monde passait désormais ses soirées assis devant la télévision, était pour elle une source d'immense regret. Elle devait désormais se contenter de la scène et des scripts improvisés par la vie.

— Lydia sort avec Carson Connors. Je me tiens au courant des nouvelles, reprit-elle, comme si elle avait appris cette information sur CNN.

— Qui est votre hôte ? demanda Lydia.

— Un monsieur qui vient d'Angleterre, expliqua Mme Jackson. Je lui ai tout dit de vous. Oh oui, nous sommes très multiculturels par ici : Lydia est on ne peut plus anglaise, mais nous l'avons acceptée comme une des nôtres.

— Merci, madame Jackson.

Amber disparut dans la réserve, brusquement prise d'une mystérieuse quinte de toux.

— Quand voudriez-vous que je vienne ?

— J'ai une semaine extrêmement chargée, c'est le nettoyage de printemps. Une fois l'an, je retourne tous mes matelas, je déplace les armoires, je descends toutes les cantonnières, et ainsi de suite. Je lui ai dit que je faisais une exception pour lui et qu'il pouvait rester, je ne vais même pas lui demander de changer de chambre. C'est un artiste, vous voyez.

— Oui, je vois, répondit Lydia.

— Eh bien, disons la semaine prochaine, un après-midi.

— Je ne travaille pas le mercredi. Je pourrais venir ce jour-là… Sera-t-il encore là ? ajouta Lydia, car la plupart des clients de Mme Jackson ne restaient qu'un ou deux jours.

— Il aime le calme, déclara Mme Jackson, et je ne le dérange pas, alors oui, bien sûr qu'il sera encore là. Bref, j'ai pensé : Il faut que j'invite Lydia. Ce n'est pas si souvent que nous avons un Anglais, n'est-ce pas ? Vous allez vouloir parler de…

Elle agita de nouveau une main embijoutée.

— D'accord, dit Lydia.

Elle avait passé trois ans ici sans entendre un autre accent anglais. Qu'est-ce que cet homme venait faire ici ?

— Vous lui donnerez l'impression qu'il est chez lui, affirma Mme Jackson. Les artistes sont parfois si seuls, n'est-ce pas ?

— Je suis sûre que tous vos résidents se sentent chez eux grâce à vous, madame Jackson.

Mme Jackson accueillit le compliment avec une royale inclination de la tête.

217

— Eh bien, c'est convenu, déclara-t-elle en rusant pour forcer ses pieds à réintégrer ses chaussures inhospitalières. Je ferai mes célèbres scones.

Amber sortit de la réserve dès qu'elle entendit la porte se refermer.

— Je n'ai pas pu me retenir. Il fallait que j'aille passer mon fou rire dans les manteaux d'hiver invendus. J'espère qu'elle ne m'a pas entendue.

— Je ne crois pas. As-tu goûté ses célèbres scones ?

— Naturellement. Et c'est vrai qu'ils sont plutôt bons. Mais qui est ce mystérieux hôte, à part ça ? Elle l'a dit ? Il vient de Londres ?

— Non, elle a seulement dit que c'était un artiste ou quelque chose de ce genre. Je n'ai pas voulu poser trop de questions.

— Tu avais peur d'en avoir pour l'après-midi ?

— Plus ou moins.

— Non mais, tu l'as entendue : Nous sommes « si multiculturels » ? C'est là que j'ai craqué.

— Arrête, elle est adorable, non ? On ne devrait pas se moquer d'elle.

Un Anglais dans la chambre d'hôtes de Kensington, songeait Lydia. Le premier, autant qu'elle sache, en trois ans. Mais il pouvait y avoir une foule de raisons à sa présence... Mme Jackson avait bien eu un client japonais l'année d'avant.

Amber haussa les épaules puis se mit à ranger en prévision de la fermeture du magasin.

— Je sais que son idée peut paraître idiote : pourquoi voudriez-vous faire connaissance juste parce que vous venez de là-bas tous les deux ? Mais enfin, on ne sait jamais. Vous allez peut-être découvrir que vous avez quelque chose en commun.

218

Quand elle entama ses longueurs, Rufus l'accompagna pendant la première douzaine, l'encourageant à la façon d'un barreur en courant sur la plage dallée. Puis il s'éloigna pour aller traquer des ratons laveurs dans les broussailles. Il adorait se faire des frayeurs.

Au bout de cent longueurs, Lydia fit la planche pendant quelques minutes avant de retourner à un crawl régulier. Elle se perdit dans le mouvement, ou ce fut l'inverse – comme si elle avait cessé de pousser contre l'eau et attendait, immobile, que celle-ci la contourne.

Elle avait oublié de prendre une serviette, aussi traversat-elle la cuisine en dégoulinant, frissonnante. En attrapant son téléphone portable, elle découvrit un nouveau texto de Carson : il avait dû s'absenter deux jours afin d'aller enquêter sur un dossier en cours de traitement. Elle lui répondit avant de monter prendre sa douche.

S'il en reparlait, peut-être s'installerait-elle chez lui, ou lui chez elle. Lui dirait-elle jamais tout ? Le simple fait d'y songer suggérait que ce n'était pas impossible. Lawrence l'aurait exhortée à la prudence. Enfin, l'exhortation proprement dite n'avait jamais été son style : il y aurait plutôt eu un silence significatif, une rapide rotation des pouces, voire un léger haussement révélateur des sourcils. Il avait vu arriver et partir ses amants, entrevu la fin de chaque liaison dès ses prémices. Lawrence, lui, était resté jusqu'au bout. Lawrence avait toujours été là.

18

PERSONNE AU MONDE, CONCLUT GRABOWSKI, ne choisirait délibérément de s'infliger un tel ennui. Si c'était bien elle, alors elle devait amèrement regretter de s'être mise dans une situation pareille.

Lydia allait de chez elle au travail ou à l'épicerie, puis retournait à la maison ou passait chez son ami. Il la suivait en voiture. Elle s'arrêtait régulièrement à la boulangerie, à la boutique de prêt-à-porter, au drugstore, et mangeait parfois au restaurant italien. Le summum de la routine. Vivre la vie à un train d'enfer, à la vitesse de l'éclair, et puis échouer dans cet interminable et fastidieux va-et-vient devait être insupportable.

Exactement comme le mercredi précédent, Lydia quitta son travail à l'heure du déjeuner et se dirigea vers sa voiture. Grabowski, à genoux derrière les poubelles, avait calé entre celles-ci le plus long de ses téléobjectifs. Un instant, elle se tourna droit vers lui et il se crut découvert. Mais elle monta dans la voiture et s'engagea sur la route tandis qu'il fonçait vers la sienne pour la filer à bonne distance. Pas de danger qu'il la perde de vue. Par le passé, il avait appris à prévoir ses allées et venues, si fantasques soient-elles, et acquis une espèce d'intuition, si bien qu'il savait toujours où ses humeurs ou sautes d'humeur la mèneraient : chez le psy, chez l'astrologue ou à l'aéroport. À présent, les choix étaient plus que restreints. Quand elle se gara et entra dans la boulangerie, il attendit, par acquit de conscience. Sitôt sortie, elle alla directement à la boutique.

Aucun intérêt pour lui : il avait déjà des clichés d'elle à cet endroit. Il retourna à la chambre d'hôtes.

Mme Jackson le harponna comme il arrivait.

— John, dit-elle, comment vont les fluides ? Venez donc au salon, je ne vous retiendrai pas longtemps.

Le salon était un cimetière de meubles en teck et en bois de rose, parsemé par endroits d'hommages fanés sous forme de coussins à fleurs. Dans le coin, le mari de Mme Jackson était assoupi dans son fauteuil de planteur, les pieds posés sur une tortue géante en bois sculpté. Otis courait des ottomanes aux canapés, se tortillant de-ci, de-là comme un ballon crevé lâché par son propriétaire. Grabowki faillit s'asseoir sur ce fichu chien.

— Les fluides vont pas mal, madame Jackson. Pas mal, dit-il.

M. Jackson était pratiquement sourd, si bien qu'ils n'avaient pas besoin de parler à voix basse.

— Splendide. Rassurez-vous, je ne vais pas vous demander de me faire lire une de vos pages ou de voir une seule de vos photos, déclara Mme Jackson, ce qui signifiait qu'elle n'allait pas tarder à le faire. Même si, ajouta-t-elle, évidemment, je serais ravie de voir quels panoramas de notre petite ville vous avez capturés.

— J'apprécie votre intérêt, répondit-il. Vous avez beaucoup de sensibilité.

Mme Jackson se tapota les lèvres avec modestie.

— Vous vous souvenez que je vous ai parlé de Lydia ?

La bite de Grabowski eut un sursaut. Et s'il était tombé dans une sorte d'obsession sexuelle sans même s'en rendre compte ? Tout le reste n'était peut-être qu'un ramassis de conneries, reposant sur le fait qu'elle lui

avait plu à la seconde où elle avait levé les yeux du teckel qu'elle était en train de caresser ?

— Lydia ? répéta-t-il.

— La dame anglaise, expliqua Mme Jackson. Qui travaille avec les chiens.

— Ça me revient, dit Grabowski.

M. Jackson lâcha un ronflement.

Mme Jackson émit un tss-tss réprobateur à l'intention
de son mari. Grabowski se demanda s'il quittait jamais
son fauteuil. Il semblait être là chaque jour. Mme Jackson faisait-elle la poussière autour de lui ? Elle dépous-
siérait quotidiennement à cause de ses allergies. Possible
qu'elle époussette son mari aussi.

— Je l'ai invitée à venir mercredi prochain, précisa
Mme Jackson, pour déguster mes célèbres scones. Elle
sera enchantée de faire votre connaissance, m'a-t-elle
assuré. De parler de l'Angleterre et de tout cela. Elle en a
si rarement l'occasion.

— Ce sera charmant, madame Jackson. Avez-vous fixé
une heure ?

Dans sa chambre, il importa de nouvelles photos et fit
un tri parmi toutes celles qu'il possédait. La veille, elle
avait porté des lunettes de soleil, mais aujourd'hui non,
et les clichés de son visage étaient bien nets. Il regarda et
reregarda ses yeux. Depuis qu'il avait remarqué combien
ils étaient similaires, il avait passé des heures à superpo-
ser des photos, vérifiant leurs dimensions exactes, leur
forme, l'espacement entre les deux. Surtout, il avait
scruté le mince cercle de vert interrompu, des points
minuscules entourant la pupille droite. Sur le cliché du
premier jour, l'effet aurait pu être dû à l'éclairage. Le lendemain, il n'avait pas pu obtenir le bon angle – il fallait
que la photo soit prise vraiment de face – et, le jour suivant, elle avait le visage dans l'ombre et il savait d'expé-

rience que le vert ne serait pas visible dans ces conditions. Finalement, la chance lui avait souri et il avait obtenu les clichés qu'il voulait. Le cercle vert était bien là.

Mais qu'est-ce que cela prouvait ? Qu'est-ce qu'il avait, au fond ? Et que se passerait-il lorsque Lydia viendrait manger les célèbres scones ? D'ici là, il devait avoir mis sur pied un plan d'action. Sinon, il faudrait qu'il trouve une excuse pour échapper à cette situation. Une affaire urgente, par exemple.

À supposer que son hypothèse soit correcte, comment faire pour en apporter la preuve ? On pouvait identifier quelqu'un par un scanner de l'iris, mais encore fallait-il avoir déjà un élément de comparaison ; et puis, ce n'était pas comme s'il se trimbalait avec un scanner d'iris dans son fourre-tout. Alors, pourquoi pas les empreintes digitales ? Super-idée, Grabowski : récupère ses empreintes sur la tasse la semaine prochaine, et après il ne te restera rien de moins que son casier judiciaire à obtenir, imbécile. L'ADN, le dossier dentaire et le reste : tout ça n'était que des châteaux en Espagne.

En tout cas, elle n'avait pas pu disparaître sans l'aide d'un complice. Peut-être que, sous des apparences trompeuses, Mme Jackson était en réalité un agent des services secrets, rompue à l'art de l'espionnage et du subterfuge, et qu'elle avait organisé l'évasion. Peut-être qu'elle avait l'intention de mettre de l'arsenic dans les scones et de se débarrasser de son corps en le jetant dans la rivière. Des hypothèses pas moins invraisemblables que ce qu'il avait imaginé jusqu'ici.

Il referma son ordinateur portable, et il se dirigeait vers la porte quand il jugea plus sûr d'emporter l'appareil. Sa chambre ne possédait qu'un verrou intérieur. C'était stupide, au fond : l'ordinateur pouvait tout aussi bien être volé dans un véhicule. Mais les voitures lui servaient de bureau depuis tant d'années qu'y laisser son travail le rassurait davantage.

Il retourna au bar de Gains et commanda une bière, plus un bourbon pour la faire descendre. À cette heure du soir, les employés du bâtiment avaient déjà déserté les lieux, pour rentrer chez eux ou non. Quelques couples étaient attablés ; des jeunes tournaient autour de la table de billard, la ceinture de leur jean presque sous les fesses ; et, sur la banquette qui longeait le mur du fond, il y avait un groupe de femmes, des mères de famille, de sortie pour la soirée. Si elles ressemblaient un tant soit peu à Cathy, elles portaient leurs slips en élasthanne et leurs meilleurs soutifs ; mais, quand elles rentreraient à la maison retrouver leur mari, elles laisseraient tout pendouiller et enfileraient un vieux tee-shirt pour se coucher.

Grabowski essaya de se voir dans la glace derrière le comptoir, mais elle était si bien dissimulée par les bouteilles d'alcool sur les étagères qu'il distinguait seulement un œil et la moitié de ses cheveux, striés de gris. Il allait se faire les trois variétés de bourbon, et puis autant que possible des huit sortes de « single malt ». Il commanda une autre tournée. Le barman coupa des rondelles de citron qu'il empila dans un verre, puis il prépara des assiettes de chips et d'olives et les rangea sous le comptoir. Il tue le temps, songea Grabber. Comment survivre à un service dans ce bar sans mourir d'ennui ? Il fallait qu'il dégage de ce trou perdu avant de devenir dingue.

Une femme entra, poussée à l'intérieur par une bourrasque de vent tiède. Elle s'installa sur un tabouret à deux places de Grabowski.

— Un whisky avec des glaçons... Ne me donnez pas la liste, ajouta-t-elle comme le barman ouvrait la bouche. Je m'en fiche.

Elle portait une veste en fausse fourrure malgré la saison, et de toute façon il ne faisait sûrement jamais si
froid que ça ici. Elle avait les jambes plus longues qu'un
marathon, des chevilles qui semblaient trop fines pour
ses chaussures à talons compensés.

— Je viens ici depuis deux ans, reprit-elle, sans
s'adresser à personne en particulier. Faut-il que je continue à m'expliquer ?

Elle leva son verre. Il y avait des traces noires sous ses
ongles.

— Tu t'es assez rincé l'œil ? lança-t-elle à Grabowski.
Tu veux que je fasse un strip-tease ?

— Je ne me rendais pas compte que je vous fixais,
répondit-il en détournant le regard avant de le reporter
sur elle.

La femme se mit à rire.

— Eh bien, répliqua-t-elle, c'est excusable. Il n'y a pas
grand-chose à reluquer par ici.

— Si je vous offrais un verre, qu'en dites-vous ?

Elle retira sa veste, apparemment un geste d'assentiment. Grabowski alla s'asseoir à côté d'elle.

— Et qu'est-ce que vous faites dans la vie, monsieur... ?

— John. Je suis photographe.

— Vraiment ? Et qu'est-ce que vous photographiez ?

— Les gens. Je photographie les gens.

— Alors, vous faites des portraits ? Et des mariages ?
Des tableaux de famille que les gens envoient sur leurs
cartes de vœux ?

— Ça n'a pas l'air de vous impressionner.

Elle était blonde et séduisante, dans le genre qui a
vécu. Une robe courte et des cheveux longs, attachés en
queue-de-cheval, haut à l'arrière de son cou gracile. Des
mains sales, comme celles d'un enfant, mais il voyait à
présent que c'était de la peinture qu'elle avait sous les
ongles.

— On fait ce qu'on peut. Vous êtes d'où ?

— D'ailleurs qu'ici, répondit Grabowski.

Elle rit de nouveau.

— Sans blague.

— Et vous ?

— Je bouge pas mal. Je suis ici depuis deux ans, mais je ne vais pas rester.

— Je voulais dire, qu'est-ce que vous faites dans la vie ?

— Je peins, John. Voilà ce que je fais.

Elle tapa sur son verre et le barman le remplit.

— Et qu'est-ce que vous peignez ?

— Des gens.

— Des portraits, dit Grabowski. Des portraits de famille à accrocher au-dessus de la cheminée.

— Aïe, lâcha-t-elle. Je suppose que je l'ai cherché.

Elle habitait au premier étage d'une maison divisée en deux logements, dans une rue où les garages dégorgeaient le trop-plein de leurs entrailles dans les allées et où les voitures étaient garées sur la chaussée. Il lui fallut deux minutes pour longer les murs du salon et allumer toutes les lampes. Aucune ne donnait plus de lumière qu'une bougie, et plusieurs avaient été drapées d'un foulard, ce qui frappa aussitôt Grabowski comme étant un risque d'incendie potentiel.

Il demanda où se trouvait la salle de bains. Il s'aspergea le visage et envisagea de se laver la bite, mais ce serait sans doute tenter le sort. Il évita de regarder dans la glace par crainte de ne pas aimer ce qu'il verrait. L'éclairage de la salle de bains était à l'inverse du salon et serait sans pitié.

Il ne savait toujours pas son nom.

— Hé, lança-t-elle quand il revint, ça t'intéresserait de jeter un coup d'œil à mes tableaux ? Mon studio est à l'arrière.

Il n'avait pas envie de regarder ses tableaux. S'ils étaient mauvais, il se sentirait gêné.

— Oui, dit-il. Peut-être après.

Elle rit.

— Après. D'accord, je vois. Tu veux passer aux choses sérieuses.

— Pas si tu n'en as pas envie, protesta-t-il, et soudain il n'en eut plus envie.

Il la trouvait sympa ; il aimait son sens de la repartie, le fait qu'elle lui tenait tête. Mais tout ça était triste et lassant. Ce n'était pas sa faute, pourtant, et s'il partait maintenant ce serait grossier.

— Détends-toi, suggéra-t-elle. On passe un moment, c'est tout.

Au lit, elle ferma les yeux pendant qu'il œuvrait à un rythme régulier. Difficile de savoir si elle y prenait plaisir ou pas. Il sentait la sueur perler au creux de son dos et couler sur ses flancs. Il regarda son visage : elle aurait pu être endormie, un minuscule sourire aux lèvres. Ouvre les yeux, ordonna-t-il. Elle les ouvrit. Regarde-moi. Elle soutint son regard un bref instant, puis referma les yeux et noua les jambes autour de lui.

— C'était bien ? demanda-t-il ensuite

Elle était assise en tailleur sur le lit, en train de rouler un joint sur un magazine.

— J'ai eu un orgasme, non ? répliqua-t-elle.

— Mais c'était bien, oui ?

Elle rit, alluma le joint et prit une longue bouffée.

— Tu veux quoi, une médaille ?

— Pardon. Ça fait longtemps.

— Mes tableaux sont nuls, lâcha-t-elle.

Elle sourit, détourna les yeux et se frotta la cuisse.

— Non, affirma-t-il, pas du tout. Si on allait les regarder ? J'aimerais bien les voir.

— Va te faire foutre, lâcha-t-elle. Je n'ai pas besoin de ta condescendance.

Grabowski soupira intérieurement. C'était une méthode qu'il avait mise au point avec Cathy : il forçait son souffle à faire marche arrière, jusque dans ses os. Les femmes sont capables de péter un plomb si elles vous entendent soupirer pendant qu'elles s'énervent.

— Ne te rabaisse pas, dit-il.

— Je ne me rabaisse pas, affirma-t-elle, et son visage se défit. Ils sont nuls, c'est tout.

Elle alluma la télévision et ils la regardèrent assis sur le lit, comme un vieux couple. Il se sentait las jusqu'à la moelle. Il ne savait même pas si elle voulait qu'il reste. S'il lui posait la question, elle prendrait ça pour une preuve de son manque de sensibilité parce qu'il aurait dû deviner ce qu'elle voulait, bien qu'ils ne se soient que récemment rencontrés.

— Tu peux t'en aller si tu veux, déclara-t-elle, lisant dans ses pensées.

Ses yeux étaient rougis à cause du joint. Elle était plus vieille qu'il ne l'avait cru tout d'abord.

— Peut-être que ça vaudrait mieux, répondit-il.

Quand il se fut rhabillé, il ajouta :

— Je t'appellerai.

— Ben voyons, rétorqua-t-elle. Tu ne sais même pas mon nom.

— Je suis désolé, dit-il, et il était sincère.

Qu'avait-il fait au juste pour que tout aille de travers ? Il ne savait pas, mais se sentait presque submergé par la tristesse.

— Dégage, lança-elle avant d'augmenter le volume.

Il venait de s'endormir quand il fut réveillé par la sonnerie de son téléphone portable. Il tâtonna à sa recherche dans le noir.

— Bordel, on est en pleine nuit, Nick.

— Je ne sais pas d'où je tiens ça, mais il me semblait que ce truc était urgent.

— Ouais, d'accord, grommela Grabowski en appuyant sur l'interrupteur. Qu'est-ce que tu as ?

Nick s'éclaircit la gorge, comme toujours quand il s'apprêtait à faire son rapport.

— Lydia Snaresbrook n'est pas un nom courant. Je n'ai trouvé que trois candidates potentielles. La première est née à Stirling en 1957, un peu en dehors de tes dates ; la deuxième en 1967, ce qui est aussi en dehors. La troisième est née en 1962, dans le Wiltshire. D'après les archives, ses parents sont Mary Joanna Snaresbrook, sans profession, et Joseph Renfrew Snaresbrook, banquier et citoyen américain. C'est donc sur elle que je me suis renseigné d'abord. Je n'ai pas encore fait les autres. J'ai pensé que tu voudrais savoir ça tout de suite.

— Je suis sûr que tu as mis le compteur en route, commenta Grabowski, car les informations de Nick n'étaient jamais bon marché. Alors, vas-y.

— Je n'ai rien pu trouver sur elle.

Grabowski attendit. Nick n'aurait pas téléphoné en pleine nuit s'il n'avait rien eu à lui dire.

— Je n'ai rien trouvé, répéta-t-il. Pas de certificat de mariage, de permis de conduire, de contraventions, de dossier de crédit... Rien du tout, bordel !

— Comme dans le film *Une femme disparaît*, quoi, commenta Grabowski.

— Alors, j'ai vérifié les registres d'état civil.

Grabowski retint son souffle.

— Lydia Snaresbrook est née le 24 avril 1962. Elle est décédée le 30 avril de la même année. Mort subite du nourrisson, à l'âge de cinq jours.

Incapable de parler, Grabowski remercia silencieusement le ciel.

— Grabber, reprit Nick. Tu es là ?

— Je suis là.

— Qu'est-ce que tu veux que je fasse maintenant ? Que je retrouve les autres Lydia ?

— Non. Ça suffit. C'est du beau boulot. Fais tes comptes et dis-moi combien je te dois.

— Ça t'a été utile ?

— Oui, ça m'a été utile, répondit Grabber en s'efforçant de ne pas trahir son excitation. Je veux dire : ça règle tout.

— OK, patron, fit Nick. Mais ça règle quoi ?

— Rien, répondit Grabowski. C'était une impasse… Écoute, je vais dormir. Merci de m'avoir appelé.

Il n'y avait aucune chance qu'il puisse dormir, alors il n'essaya même pas. Il passa une fois de plus en revue les photos qu'il avait avant d'arpenter la pièce. C'était en train d'arriver. C'était vraiment en train d'arriver. Le plus gros scoop de sa vie. Le plus gros scoop de la vie de n'importe qui, bordel ! Et c'était lui qui le tenait. Sauf qu'il pouvait encore tout faire foirer. Il n'avait pas droit à l'erreur.

À quatre heures du matin, alors que tout le prédisposait à une gueule de bois, il avait l'esprit plus clair que depuis des années et réfléchissait.

Il n'était pas obligé de *prouver* quoi que ce soit. Bien sûr que non. Tout ce qu'il avait eu besoin de savoir, c'était s'il n'était pas en train de se conduire comme un parfait crétin. Il aurait dû demander à Nick de lui envoyer par mail une copie des actes de naissance et de décès. Il le ferait dans la matinée. Père américain sur l'acte de naissance : celui qui l'avait aidée à tout mettre sur pied avait pu lui procurer un double passeport grâce à ça.

Il lui fallait des photos supplémentaires. Aucune de celles qu'il avait prises d'elle en compagnie de son petit ami n'était exploitable. Il n'avait jamais réussi à trouver le bon angle.

En tout cas, il voyait d'ici le reportage, à la une et sur six doubles pages intérieures au moins. Du moment qu'il était sûr de ce qu'il savait, et qu'il se débrouillait pour que l'histoire tienne la route, la presse l'imprimerait. De vraies preuves n'étaient pas nécessaires. Quand les journaux avaient envie de publier quelque chose, ils s'en passaient. Il leur suffisait d'un baiser sur la joue pour insinuer une liaison entre deux célébrités. Il savait comment ils procéderaient. *Cette femme pourrait-elle être… ?* Voilà pour les gros titres. Dix ans après sa disparition dans des circonstances mystérieuses, après des témoignages loufoques signalant sa présence ici ou là, après d'improbables hypothèses d'assassinat, l'explication de ce qui s'était réellement passé ce jour fatidique de septembre pouvait-elle se trouver dans cette petite ville américaine ? Par esprit d'investigation et dans l'« intérêt du public »… on enverrait les reporters sonner chez elle. Mais quand le scandale éclaterait, elle se serait déjà enfuie en pleine nuit, à moins de pouvoir s'expliquer.

Grabowski alla chercher un verre d'eau dans la salle de bains. Cette fois, il se regarda dans la glace. Passa la main sur sa barbe naissante. Inspecta son profil. Les joues un peu tombantes, mais pas mal. Ses cheveux étaient encore épais, et, en fait, le gris lui allait mieux que le châtain. Avant de décider qu'elle le détestait, Cathy lui disait toujours qu'il avait un regard gentil. Il fixa ses yeux en se demandant ce qu'ils avaient de gentil. Pour sa part, il les avait toujours trouvés un peu lugubres.

Et s'il se trompait au sujet de Lydia ?

Il alla s'asseoir sur le lit, et fit défiler son chapelet entre ses doigts.

Il n'était pas obligé de prouver quoi que ce soit. Sauf à lui-même, au-delà de tout doute raisonnable. Et il n'y avait qu'une seule façon d'y parvenir.

19

APRÈS AVOIR PRIS SES BOTTES EN CAOUTCHOUC dans la salle du personnel, Lydia se dirigea vers les chenils. Aujourd'hui c'était à son tour de les passer au jet. Les bénévoles avaient installé deux tables de toilettage dans l'enclos herbu situé derrière la cour et s'occupaient du kerry-blue terrier et d'un bâtard à pattes blanches arrivé la veille, le poil incrusté de boue et de brindilles. Les autres chiens faisaient la course dans l'enclos, se livraient à des escarmouches éclair, ou flânaient gentiment d'un poteau de clôture à l'autre, en les reniflant au passage. Le jet d'eau percuta le sol et rebondit ici et là en scintillant. Lydia jeta un coup d'œil en direction du chenil le plus éloigné, où le pitbull était assis devant la porte grillagée, l'air abattu. Depuis qu'il avait mordu Topper à la patte avant, il était condamné à des promenades solitaires.

Esther sortit du bureau en treillis et bottes de travail, les cheveux attachés sous une casquette. Le pitbull ravi se mit à décrire des cercles à son approche.

— Ce ne serait pas génial, lança Esther en se retournant vers Lydia, si les gens étaient aussi contents de nous voir chaque fois qu'on entre dans une pièce ? Il y a à peine dix minutes que je l'ai remis dans sa niche.

Elle ouvrit la porte, accepta les témoignages d'affection

du chien et lui glissa un morceau d'os à mâcher tiré de sa poche avant de la refermer.

Lydia arrêta le jet et se mit à balayer le chenil.

— Oh, ce serait peut-être un peu lassant au bout d'un moment.

— Tu as raison, répondit Esther. Parce qu'on saurait que c'est de la comédie. Tandis qu'un chien est toujours sincère.

Lydia éclata de rire et se demanda si elle devait lui parler de son projet concernant le bracelet. Il allait lui falloir plus longtemps que prévu pour obtenir l'argent. Ce matin-là, elle s'était rendue en ville, mais les trois premières bijouteries où elle était allée ne vendaient pas de bijoux d'occasion. Les deux suivantes le faisaient, mais n'achetaient rien pour le moment parce que le marché, lui avait-on dit, était mauvais. On lui avait parlé d'endroits où elle pourrait envoyer le bracelet et où il lui serait payé au prix de l'or. Mais les grenats incrustés valaient davantage, Lydia le savait. Dans le dernier magasin où elle avait tenté sa chance, le propriétaire était intéressé mais on lui avait dit de revenir dans une dizaine de jours, car le type qui se chargeait des expertises était parti en vacances.

— Combien de temps pouvons-nous tenir sans dons supplémentaires ? questionna Lydia.

— On ne va pas couler sans lutter, répondit Esther. J'ai demandé un découvert personnel à la banque. Tout finira par s'arranger.

Lydia décida de ne rien dire. Elle ignorait combien elle obtiendrait pour le bracelet, et dans quelle mesure cela résoudrait le problème.

— Ça t'arrive d'avoir l'impression que Rufus sait ce que tu ressens ? ajouta Esther.

— Oui. Je suppose que c'est moi qui projette mes émotions sur lui.

Esther se frotta l'arrière du bras. Elle était constamment couverte de bleus et d'égratignures, comme si elle accomplissait chaque jour un parcours du combattant.

— Peut-être, mais pas forcément. Les chiens sont plus sensibles aux humains que les autres animaux. Si tu planques le jouet d'un chien et que tu regardes vers l'endroit où tu l'as caché, le chien va suivre ton regard. Aucun autre animal n'est capable de faire ça. Même pas les chimpanzés, qui sont censés être nettement plus intelligents, et beaucoup plus proches de nous.

— Je vais apprécier davantage Rufus... Ah ! on va boire un verre avec les filles ce soir. Viens avec nous si tu veux.

— Merci, dit Esther, mais non. Ce soir, j'ai des comptes à faire. Histoire de voir si je peux accomplir un miracle.

Elles se retrouvèrent au restaurant italien, Chez Dino, et choisirent une table au bord de la rivière, à l'ombre des saules pleureurs. Le soleil projetait des reflets vert et or à la surface de l'eau. Les murs du restaurant étaient décorés d'assiettes rustiques, peintes à la main ; et dans la cuisine américaine les cuisiniers mexicains se lançaient des boules de pâte à pizza qu'ils rattrapaient au vol et étiraient en l'air, comme dans une scène de cabaret.

— Commandons du prosecco, suggéra Amber.

— OK, dit Tevis. On fête quelque chose ?

— Seulement la vie en général, répondit Amber.

— Bon, mais d'abord, prends ce cristal. Non, laisse-le à plat dans ta paume.

Toutes regardèrent la pierre hexagonale dans la main d'Amber jusqu'à ce que Tevis la cache en plaçant sa propre main quelques centimètres au-dessus.

— Je vois quelque chose, annonça Tevis. Oui… oui… ça y est : Amber est amoureuse.

— Ce n'est pas vrai, protesta Amber en rougissant.

— Amber, intervint Lydia en riant. Tu ne serais pas en train de nous faire des cachotteries ?

Amber écarta les mèches de cheveux qui lui tombaient dans les yeux.

— Eh bien, j'ai eu un autre rendez-vous…

— Il a passé la nuit chez toi ou tu es allée chez lui ? demanda Tevis en faisant tournoyer le cristal sur la table.

— Ni l'un ni l'autre. On s'est embrassés au pied de mon escalier.

Tevis retira sa veste, retroussa les manches de son chemisier et dénoua ses cheveux, comme si sa tenue d'agent immobilier était soudain trop guindée pour cette conversation.

— C'est toujours le meilleur moment, déclara-t-elle. Après, ça ne peut que dégénérer.

— Oh mon Dieu, j'espère que non ! s'écria Amber.

— Je plaisante, la rassura Tevis en lui pressant la main.

— Enfin, c'était génial.

— Pas étonnant, commenta Lydia. Un dentiste sait s'y retrouver dans une bouche.

— C'est le cas, affirma Amber. Vous savez, je crois que je pourrais vraiment tomber amoureuse de lui.

— Si ce n'était pas déjà fait, tu veux dire, observa Lydia.

Elle regarda Suzie. Cette dernière semblait à peine écouter. Elle déchirait lentement des morceaux d'une serviette en papier et les roulait entre ses doigts.

— Je n'avouerai ça qu'à vous, les filles, gémit Amber. Aujourd'hui, je me suis surprise en train de rêvasser, à propos de Phil évidemment. Et j'imaginais que je pourrais suivre une formation d'hygiéniste dentaire et qu'on irait travailler ensemble tous les jours ; et peut-être qu'on ne parlerait pas beaucoup parce qu'on serait occupés, mais il y a les déjeuners... Enfin bref, vous savez, je me suis fait tout un roman.

Lydia, Tevis et Suzie échangèrent un regard.

— Amber, dit Tevis, tu es fêlée. Tu ne te rends pas compte que ce serait complètement mortel ?

— Si ! admit Amber en se tassant sur elle-même.

— Et ta boutique ? renchérit Lydia. Qu'est-ce qu'elle deviendrait, là-dedans ?

— Chaque chose en son temps, Amber, intervint Tevis en parlant sérieusement. Prends ça comme une aventure pour l'instant, ne mets pas la charrue avant les bœufs et ne commence surtout pas à organiser ta vie en fonction de la sienne. Peut-être qu'il va faire ton bonheur, peut-être qu'il va se révéler être un connard. Ne te mets pas dans tous tes états pour un baiser.

— Oh, je ne me mets pas dans tous mes états, assura Amber. Je ne vais pas m'emballer. J'ai la tête sur les épaules.

Elle leva son verre pour porter un toast à cette affirmation, et lui donner un poids dont elle avait bien besoin.

Suzie, qui était partie aux toilettes, se laissa lourdement tomber sur sa chaise, apparemment épuisée par cette excursion.

— Qu'est-ce qu'il y a ? demanda Lydia. Ça va ?

Suzie mâchonna sa lèvre inférieure. Elle s'était mis du fond de teint sous les yeux. Peut-être qu'elle ne dormait pas bien.

— Oui, dit-elle. Enfin, non. Je m'inquiète pour Maya. La directrice du collège m'a convoquée l'autre jour.

— Mme Thesiger ? s'étonna Amber. Qu'est-ce qu'elle voulait ? Il a fallu que j'aille la voir l'année dernière – vous vous souvenez de Tyler et de l'affaire des graffiti dans les toilettes ? Elle a été très bien, très calme... Maya a fait une bêtise ?

— J'aimerais que ce soit le cas, répondit Suzie.

Elle se força à sourire, révélant ses dents, leur audacieuse irrégularité.

— C'est à cause de ses notes ? s'enquit Tevis. Je ne m'inquiéterais pas pour ça. Elle est intelligente. Elle se mettra au travail quand elle y sera décidée. Ou quand ses profs auront quelque chose d'intéressant à dire.

— Ce n'est pas ça, répliqua Suzie. Vous vous souvenez comment c'était à l'école – tous les gamins qui formaient des clans, en fonction de leurs affinités ? Au déjeuner, il y avait les drogués, les populaires, les premiers de la classe...

— Les hippies, renchérit Tevis en secouant ses cheveux auburn. Les nuls.

— C'est toujours comme ça, dit Suzie, sauf que maintenant il y a de nouvelles affinités. Les anorexiques, celles qui s'automutilent, des filles qui veulent seulement...

— ... se dissoudre, suggéra Lydia.

— C'est une question d'estime de soi, constata Tevis.

— Maya s'est mise à les fréquenter, avoua Suzie. Mme Thesiger voulait me le signaler.

— Les anorexiques ou celles qui s'automutilent ? demanda Amber.

— Les deux groupes se chevauchent, paraît-il.

Suzie se remit à mâchonner sa lèvre.

— De toute façon, elle a dit que ce serait peut-être une bonne idée que Maya aille voir le conseiller psychologique de l'école. Quand je suis rentrée à la maison, je tremblais comme une feuille. Maya n'a même pas quatorze ans. Elle ne les aura que dans cinq mois. Elle joue encore sur les balançoires dans le jardin. Et puis j'ai réfléchi à tous les commentaires qu'elle fait sur le déjeuner qu'elle emporte à l'école : elle a dit qu'elle en jetait, et je n'y ai pas fait attention. Tu parles d'une mère à chier !

— Toutes les mères ont l'impression d'être de mauvaises mères une partie du temps, déclara Amber. C'est précisément ça être une bonne mère. Tu n'es pas une mauvaise mère du tout.

— Je ne sais pas, avoua Suzie. Bref, quand elle est descendue du bus scolaire, je lui ai pratiquement sauté dessus. J'ai essayé de lui parler, mais elle m'a jeté un regard assassin. Vous auriez dû voir ce regard ! Il aurait pu faire tomber l'écorce d'un arbre Et j'ai franchement eu envie de lui coller une gifle. Franchement.

— Mais tu ne l'as pas fait, intervint Lydia.

— Non. Mais vous savez qu'elle porte tout le temps des tee-shirts à manches longues. Je ne vois jamais ses bras. Je n'ai pas le droit d'entrer dans la salle de bains quand elle prend un bain. Alors, je l'ai attrapée, vraiment attrapée, et j'ai remonté ses manches, et elle avait de petites coupures à l'avant-bras gauche.

— Qu'est-ce que tu as fait ? intervint Tevis.

— Qu'est-ce que je pouvais faire ? Elle ne voulait pas me parler. J'ai appelé Mike, il était en patrouille mais il est venu, et elle n'a pas voulu lui parler non plus. Elle s'est enfermée dans sa chambre.

Suzie se massa les tempes du bout des doigts. Ses cheveux courts rebiquèrent, et quand elle abaissa ses mains Amber les lui lissa doucement.

— Tu as demandé un rendez-vous au conseiller psychologique ? questionna-t-elle.

— Je l'ai fait tout de suite. Apparemment, Maya est restée muette. Il a eu droit au regard napalm.

— Je pourrais essayer, suggéra Lydia. Si tu veux.

Suzie lui adressa un regard reconnaissant.

— Maya t'adore. Et Mike me dit que je devrais la lâcher un peu et arrêter de me faire autant de souci. Il dit

239

que, si je ne me calme pas, il va m'emmener au commissariat pour qu'on me mette au frais.

— Je l'inviterai quelque part, proposa Lydia, tout en espérant que la gratitude de Suzy serait justifiée. On passera une bonne soirée, ce sera déjà ça.

— Si on commandait une autre bouteille ? lança Tevis. Et, bon, je sais qu'on doit toutes rentrer dîner, mais est-ce que ça vous dirait de partager une assiette d'antipasti et un peu de pain à l'ail ?

Elles commandèrent encore du prosecco, accompagné d'un plat d'antipasti – un assortiment de fèves, cœurs d'artichauts, poivrons rouges, pecorino, et grosses olives noires et vertes, au goût d'ail.

— Mike ne va pas vouloir que je m'approche de lui ce soir, plaisanta Suzie.

Elle sourit, et sa tension sembla se dissiper.

— L'ail, c'est bon pour la libido, affirma Tevis.

— Où est-ce que tu vas chercher ces trucs-là ? répliqua Suzie.

Lydia fut contente de constater que Suzie avait retrouvé tout son enthousiasme, balançant de petites piques comme des bourrades affectueuses sur le bras.

— Je parie que tu ne pourras pas t'empêcher de le tripoter ce soir, affirma Tevis. Tu verras qui a raison.

Suzie pêcha une gousse d'ail entière dans l'huile d'olive et la mit dans sa bouche.

— Il y a peu de chances que ça arrive, répliqua-t-elle. C'est tout juste si je me souviens de la dernière fois qu'on l'a fait. Ça doit remonter à deux mois, peut-être même trois.

— Ça peut aller et venir, il y a des phases, remarqua Amber. C'est toi ? Ou c'est lui ?

— Moi, répondit Suzie. Il me plaît toujours, et nous sommes toujours affectueux l'un envers l'autre. C'est juste que… je me surprends à trouver des excuses, vous savez, de plus en plus souvent.

— Il n'y a pas de mal, assura Amber. Quand j'étais mariée et que je n'avais pas envie, je me forçais quand même. Et là, il se fâchait contre moi parce que je n'étais pas vraiment là. Un jour il s'est retourné, il a attrapé son oreiller et il est parti dans la chambre d'amis en disant qu'il aurait pris plus de plaisir à se fourrer les doigts dans le nez. Ce que je veux dire, c'est que, si tu n'as pas envie, c'est bien que tu puisses l'exprimer.

— Ton mari était un connard, lâcha Tevis. Mais on le savait déjà. Tu lui as dit d'aller se faire foutre ?

Amber esquissa une jolie petite moue, plissant le nez.

— Non. J'ai commencé à faire semblant, voilà tout. Vous savez : ooh, aah, oh oui, *là*, frisson, cri, soupir.

— Ah, fit Tevis. Toutes les filles savent faire ça.

— Ça va revenir, assura Amber à Suzie. Mike et toi.

— Certains jours, avoua Suzie, je fais semblant de dormir pour qu'il n'essaie pas de tenter une approche. Parfois, je prétexte un mal à la tête… Je suis tout le temps tellement fatiguée à la fin de la journée que ça me fait l'effet d'une corvée supplémentaire, vous savez, comme une tournée de lessive qu'on pensait avoir déjà faite. Et je n'ai pas le courage, honnêtement. Je me dis que j'en aurai envie demain, mais ça n'arrive jamais.

— Ça l'ennuie ? demanda Lydia. Vous en parlez ?

— Ça m'ennuie, moi ! s'écria Suzie d'une voix sonore, en se redressant brusquement. Ça m'ennuie. Mon Dieu, quand je pense à comment j'étais ! Moi, ne pas avoir envie de sexe ? N'importe quoi ! J'étais la fille à la coupe en dégradé, au blouson en cuir rose, au short le plus moulant, au derrière le plus sexy.

Le restaurant commençait à se remplir, et Lydia dut rapprocher sa chaise de la table pour que les clients placés

241

derrière eux puissent s'asseoir. Elle jeta un coup d'œil au couple âgé qui attendait poliment que Suzie les remarque aussi et les laisse passer.

— Mike et moi, on s'est mis ensemble au lycée et ça y allait. Et quand je dis « ça y allait », je parle sérieusement. Je pouvais le faire debout. Dans un placard à balais. En rollers.

— En rollers ? s'étonna Amber.

— En rollers, dos au mur. Il fallait de l'équilibre, dit Suzie. Et maintenant, j'ai l'impression que c'est trop d'effort que d'écarter les jambes.

— Suzie, intervint Lydia. Il faut que tu laisses passer ces gens.

— Oh, pardon ! s'exclama Suzie en bougeant sa chaise. Excusez-moi.

— Ce n'est rien, mon petit. Merci, dit la vieille dame.

Elle avait le maintien d'une danseuse, les épaules bien droites, la tête haute, un pied pointant sur le côté selon un angle élégant. Elle tendit la main vers celle de son mari.

— Pour ce qui est du sexe, mon petit, déclara-t-elle à Suzie. Vous pensez que votre libido est morte. Mais ce n'est pas le cas, elle est seulement en hibernation. Quand elle se réveillera…

Elle attira le bras de son mari autour de sa taille mince et inclina la tête en arrière, de sorte qu'ils soient joue contre joue.

— Eh bien, elle se réveillera, et c'est tout simplement la plus magnifique, la plus merveilleuse des surprises.

Il y avait des moments où ça la terrassait subitement, une vague qui montait en elle, comme un courant électrique qui n'avait nulle part où se décharger. L'énormité de ce qu'elle avait fait ; la douleur d'avoir perdu ses enfants ; la douleur qu'elle leur avait causée.

Assise dans la Sport Trac devant chez Carson, Lydia appuya son front contre le volant. Si elle pouvait déchirer sa cage thoracique à mains nues, elle s'arracherait le cœur. Si elle pouvait s'enfoncer une aiguille à tricoter dans le crâne, elle réduirait son cerveau en bouillie. Si cela empêchait les souvenirs de l'assaillir, elle connaîtrait ainsi enfin la paix.

Une unique image hantait son esprit. Le plus jeune de ses garçons dans sa chaise haute, avec ses joues rondes, ses cheveux duveteux et ses petits sourcils au dessin encore imprécis. Son fils aîné qui se tournait vers elle, les yeux brillants de fierté, quêtant son approbation parce qu'il venait de donner au bébé de la purée de carottes dans une cuiller en plastique.

Elle songea à Lawrence, si inquiet à l'idée qu'elle serait bouleversée de voir ses fils grandir heureux sans elle. Même Lawrence, qui comprenait tout, n'avait pas compris.

La maison de Carson sentait bon le cèdre depuis qu'il avait fabriqué une nouvelle rampe d'escalier, quelques mois plus tôt. Lorsqu'il avait acheté la propriété, des années auparavant, c'était une ruine. Une demeure ancienne, plus vieille que la ville, aux pignons croisés et à la façade en bardeaux, dotée à l'étage supérieur d'une grande fenêtre palladienne qui laissait entrer le vent. Les bardeaux tombaient régulièrement des murs et du toit, et Carson passait son temps à colmater les trous.

— Quand vas-tu t'occuper du rideau ? demanda Lydia.

— Un de ces jours.

— Parole d'homme qui n'aime pas laisser un travail à moitié fait.

Il arqua un sourcil.

— C'est fonctionnel, non ?

— Carson, fit Lydia. C'est un drap.

Il contempla le drap en question comme si sa remarque l'avait pris par surprise.

— Quand j'ai trouvé cette maison et que j'en suis tombé amoureux, je savais qu'aucune de mes vieilles affaires n'aurait l'air à sa place ici. Et de plus, je n'avais pas grand-chose. J'habitais un appartement moderne, au décor plutôt minimaliste.

— Celui-ci l'est aussi, commenta Lydia en promenant un regard sur le maigre mobilier.

— J'ai surtout travaillé sur la maison. J'ai refait les gouttières, réparé les morceaux d'avant-toits qui s'effritaient et la plomberie d'avant guerre – enfin, pour ça, il m'a fallu un coup de main. Mais de toute façon ça m'a fait plaisir. Et je voulais acheter des meubles qui aillent bien ici. J'ai commencé par le canapé.

— Il est très beau.

— Peut-être, mais j'ai mis une éternité à le trouver, je me suis donné un mal fou ; mais après, une fois qu'on l'a, on s'assoit dessus et on n'y pense plus jamais. À quoi ça sert ?

Elle rit et s'approcha de la table de ping-pong pliée contre le mur.

— Au moins, tu as encore de la place pour ça. On fait une partie ?

— Je vais être gentil avec toi.

— Tu n'as pas intérêt. Si tu me laisses gagner, je le saurai.

Ils firent trois parties et il ne la laissa pas gagner. Il essaya de lui apprendre à envoyer des balles coupées. Mais elle observait ses yeux plus que ses mains. Elle examinait le creux de son cou, qui donnait toujours l'impression d'avoir pris un coup de soleil. Elle regardait les taches de rousseur sur ses avant-bras.

— Il faut que je me repose, annonça-t-elle.

— Moi aussi, dit-il. Tu m'as épuisé.

Elle lui donna un coup de raquette sur la jambe.

— Qu'est-ce que tu faisais comme enquête aujourd'hui ? demanda-t-elle. Où es-tu allé ?

Il s'étala sur le canapé, les pouces dans les passants de son ceinturon.

— C'était une histoire d'incendie. Une maison dans l'Alabama.

— Ils n'avaient personne plus près ?

— Ce n'était même pas pour ma firme. Je donnais un coup de main.

— Pourquoi ? Que s'est-il passé ? Je veux dire, c'est normal ?

— Le drap n'est pas si mal, hein ? Si je commence à chercher des rideaux, ça va me rendre dingue. Je ne saurai pas quoi acheter.

Il avait réellement l'air inquiet.

— Laisse le drap, déclara-t-elle. Il est bien. Tu disais, à propos de ton travail ?

— La maison d'un type a été ravagée en pleine nuit par un incendie, alors il a déposé une demande de dédommagement. Son assureur s'est renseigné sur son passé. C'est normal, la routine. Bref, l'expert a constaté qu'il avait des antécédents, deux affaires avec ma compagnie.

— Tu parles comme s'il s'agissait d'un casier judiciaire.

— Certaines personnes sont poursuivies par la guigne. On dit que la foudre ne frappe jamais deux fois au même endroit. Quand on fait ce métier assez longtemps, on sait que ce n'est pas vrai.

— Mais trois fois ? fit Lydia.

— J'ai refusé la deuxième demande de ce type. La première a été déposée avant que j'entre dans la compagnie, et dans son dossier il avait déclaré avoir l'intention de reconstruire, mais il ne l'a pas fait. Ce genre de choses éveille toujours ma curiosité.

— J'aime ton cou, lança Lydia. Je voulais te le dire. Mais continue. Je t'écoute.

— Merci. Ça me fait plaisir que mon cou soit apprécié... Alors, quand la maison suivante de Stevenson, le gars en question, a brûlé aussi, le bruit a couru qu'il avait mis le feu pour toucher l'assurance. Tout cela se passait à Roxborough, une ville où les gens tirent le diable par la queue ; et dans tous les bars où Stevenson allait boire un coup, j'ai entendu la même histoire, qu'il se vantait du fric qu'il allait toucher.

— Ça ne veut pas nécessairement dire qu'il était coupable. Peut-être que c'est juste un vantard. Ou que beaucoup de gens ne l'aimaient pas. Il fallait trouver d'autres preuves.

— Je n'y suis pas arrivé. Je n'ai pas réussi à déterminer la cause de l'incendie, et il n'y avait pas de témoins à proprement parler. Je ne pouvais rien prouver, mais je pouvais refuser sa demande et c'est ce que j'ai fait. De mon point de vue, il avait de la chance de ne pas se retrouver au tribunal pour incendie volontaire. Lui n'a pas vu les choses sous cet angle.

— Il était en colère ?

— Pas qu'un peu. Il m'a harcelé pendant un temps.

— Comment ?

— Eh bien, il appelait chez moi en pleine nuit pour m'insulter, des trucs de ce genre... Le plus difficile, c'était que, j'avais beau être sûr d'avoir raison, il subsistait un minuscule doute : et si c'était vraiment une victime innocente et que j'aie fait de sa vie un enfer ? Mais là, avec ce troisième incendie, j'ai la conscience tranquille.

— Il est complètement stupide ou quoi ? La fraude allait forcément être évidente, non ?

— Il a quitté l'État, il a changé d'assureur. Beaucoup de gens ignorent que nous avons accès aux archives les uns des autres.

— Tu n'as pas peur, demanda Lydia, choisissant ses mots avec soin, qu'il découvre que tu as pigé sa combine une fois de plus ? Ce type a l'air un peu… perturbé.

— Il n'en saura sans doute rien. Et même s'il l'apprend, ça ne va pas m'empêcher de dormir.

— Mais, tu sais, s'il est… ?

— Dingue ? S'il vient me chercher avec un flingue ?

Il prit sa main dans la sienne.

— Il faut voir les choses comme ça : la première fois, c'est du gâteau. Personne ne meurt, personne n'est blessé ; il touche son fric, nul ne perd quoi que ce soit. En ce qui le concerne, la compagnie d'assurances a les moyens de payer. La fois d'après, je me pointe et je gâche tout. Il réagit. Il était en rogne, mais je n'ai jamais pensé que c'était un fou.

Pendant qu'il parlait, elle se pencha et laissa reposer sa tête contre sa poitrine. Elle pouvait sentir les vibrations de la voix de Carson se propager en elle. La nuit, la lumière éteinte, quand ils étaient allongés dans le noir et qu'il lui parlait, elle avait l'impression de n'avoir besoin de rien d'autre, comme s'il était possible de vivre en suspens dans un espace où seuls l'atteignaient le souffle caressant de Carson sur son épaule et le son de sa voix à son oreille.

Elle regarda Rufus, étendu sur le dos au milieu du tapis, exhibant son ventre duveteux, l'offrant au monde. Il était toujours à son aise ici. Esther aurait dit que sa conduite reflétait ce qu'elle-même éprouvait. Il était possible, juste possible, qu'Esther ait raison.

Carson emmena Madeleine et Rufus faire une promenade avant de se coucher. À son retour, il souleva le drap placé devant la fenêtre du salon et scruta la pelouse.

— Qu'est-ce qu'il y a à voir ? demanda Lydia.

— Rien, dit-il.

— Tu admires la vue ?

— Tu as entendu Madeleine aboyer ?

— Oui. J'ai pensé qu'elle avait vu un écureuil ou un raton laveur.

— Elle est allée attaquer quelque chose dans le laurier-rose. J'ai dû la tirer de là. Je ne sais pas ce que c'était.

— En tout cas pas un de tes clients ?

— Malheureusement, je ne crois pas être assez important pour qu'on se mette à me suivre partout.

20

LE PETIT AMI ÉTAIT-IL AU COURANT ? Assis dans le salon de la chambre d'hôtes, Grabber s'interrogeait. Lydia devait arriver dans moins d'une heure. Mme Jackson était partie engager un orchestre ou se faire faire une épilation brésilienne, ou un truc du même genre. Difficile d'imaginer quels préparatifs supplémentaires elle pouvait bien avoir en tête. Elle avait passé la journée à courir partout pour préparer cette visite. Cinq fois, pas moins, elle s'était confondue en excuses pour l'avoir dérangé dans sa chambre. Si seulement elle apprenait qui elle recevait en réalité, elle ferait sans doute une combustion spontanée.

Le petit ami était-il au courant ? Cette question le taraudait. Il s'était mis à surveiller sa maison en songeant qu'il glanerait peut-être quelque chose. Quelqu'un avait dû l'aider à disparaître. Et peut-être était-ce lui. Il ne se souvenait pas de l'avoir vu les jours précédant sa « mort », mais une foule de gens tournicotaient autour d'elle, et ça ne voulait rien dire. Il avait pu être garde du corps à bord du yacht. Elle n'en était pas à son coup d'essai en la matière.

Il n'avait même pas réussi à prendre une photo d'eux ensemble. En revanche, il avait un cliché d'elle, la tête appuyée contre le volant, alors qu'elle attendait dans la rue. Beaucoup de soucis, apparemment. Il se rappelait que, le jour où elle était allée seule à Eton, elle était restée assise exactement dans la même position avant de descendre de voiture. Un moment intime de réflexion – enfin, qui aurait été intime s'il ne l'avait pas suivie là-bas. À l'heure du déjeuner, le bulletin d'informations à la radio avait annoncé son divorce. Elle s'était préparée mentalement à voir son fils, et à l'avertir.

La veille au soir, donc, la porte n'était pas fermée et elle était entrée sans frapper. Plus tard, le petit ami était allé faire un tour. Tapi dans les buissons, Grabowski continuait à surveiller la maison. Il ne savait pas au juste ce qu'il avait espéré apprendre. De toute façon, il n'allait pas se servir de son flash. Puis la bête s'était jetée sur son pied et il s'était cru découvert.

Mais le petit ami s'était contenté d'éloigner le chien sans chercher à en savoir plus. Ce n'était qu'une fois à l'intérieur qu'il avait soulevé le rideau et jeté un rapide coup d'œil aux alentours. Finalement, Grabber considérait qu'il n'avait pas perdu sa soirée ; il avait appris quelque chose. Si ce type était réellement au courant, il l'aurait protégée mieux que cela. Il n'aurait pas risqué de laisser sa porte ouverte, et aurait été sur ses gardes même après tout ce temps.

À présent, il devait se concentrer sur la tâche à accomplir avant que Mme Jackson revienne s'agiter. Comment allait-il s'y prendre ?

Il avait un seul objectif durant cette rencontre, mais il devait réfléchir à la manière de l'atteindre.

Il promena de nouveau les yeux sur le salon. Il y avait deux glaces, une au-dessus de la cheminée et l'autre sur le mur à la droite de M. Jackson. S'il se tenait juste là… Mais il y aurait forcément tout un tintouin préliminaire à l'arrivée de Lydia, et avoir le dos tourné lorsqu'elle entrerait ne paraîtrait pas naturel.

M. Jackson remua en dormant. Ses mains tressaillirent sur les accoudoirs. Question sommeil, cet homme-là était imbattable. Peut-être était-il plus actif la nuit. Mais Grabowski en doutait. Il ne faisait sans doute que passer du fauteuil à son lit. Il semblait plus âgé que sa femme, comme en témoignait son pantalon de vieillard ajusté bien au-dessus de sa taille. Son front s'affaissait sur ses sourcils et ses sourcils sur ses yeux, son nez pendait par-dessus sa lèvre supérieure et son menton chutait par paliers le long de son cou une cascade de chair qui dégoulinait à l'infini.

Ce qu'il lui fallait, songea Grabowski, c'était une sorte d'accessoire. S'il s'asseyait ici – il plaça un fauteuil de biais en face de M. Jackson –, il pourrait voir la glace qui reflétait l'entrée. N'importe quel arrivant aurait une vue nette de son profil. Il devait aussi donner l'impression d'être absorbé dans quelque chose, mais quoi ? Il se mit en chasse dans le petit salon. S'il imprimait quelques-unes de ses photos prises dans les petites villes qu'il avait traversées, il pourrait les étaler sur cette table de jeu. Il la déplaça, mais il était trop tard pour imprimer quoi que ce soit. Et s'il faisait une réussite ? Ou, mieux, s'il faisait une partie de cartes avec M. Jackson ? Oui, c'était la solution, sinon pourquoi serait-il resté assis aussi près de ce dernier, de toute façon ? Maintenant, restait à trouver un jeu de cartes. Et à réveiller M. Jackson. Les deux tâches s'annonçaient délicates.

— Monsieur Jackson ?

Il essaya de nouveau, plus fort.

— Monsieur Jackson ?

Aucun signe de vie. Si le vieillard trépassait dans ce fauteuil, combien de temps faudrait-il pour que quelqu'un s'en aperçoive ?

Grabowski lui secoua l'épaule.

— Monsieur Jackson ? cria-t-il.

— Exact, dit M. Jackson en se redressant brusquement.

Une vie passée à apaiser sa femme, songea Grabowski. Et voilà comment on finit, en affirmant son accord jusque dans son sommeil.

— Monsieur Jackson, répéta-t-il, que diriez-vous d'une partie de cartes ?

— Je ne joue pas aux cartes, répondit M. Jackson en mettant les pieds sur la tortue sculptée qui lui servait de repose-pieds. Je n'y ai jamais joué et je n'y jouerai jamais.

— C'est dommage, affirma Grabowski.

— Je jouerais bien aux échecs, par contre.

M. Jackson fit une tentative pour lisser ses sourcils blancs et broussailleux.

— Ils ont besoin d'être taillés. Je n'y vois presque plus rien. Suivez mon conseil : ne vieillissez jamais.

M. Jackson lui indiqua où trouver la boîte du jeu d'échecs et Grabowski disposa les pions. Il s'entraîna à garder un œil sur la glace sans lever le cou, de façon à avoir l'air concentré sur l'échiquier. Il avait une vue dégagée, et quelques secondes suffiraient : il tiendrait sa preuve, dans un sens ou dans l'autre.

Encore vingt minutes de patience.

— Fiston, lança M. Jackson, qu'est-ce que vous diriez d'un petit whisky ? Vous voyez cette vitrine là-bas ? Prenez les tasses. Ce qu'elle ne sait pas ne lui fera pas de mal, si vous voyez ce que je veux dire.

Un petit verre serait le bienvenu, songea Grabowski. Rien qu'un, il commençait à être un peu nerveux.

— Vous vous amusez bien, les garçons ? demanda Mme Jackson. Si je vous disais jusqu'où j'ai dû aller pour acheter de la crème épaisse, vous ne me croiriez pas !

Elle portait son collier de perles à nœuds et s'était fait faire une permanente. Sa voix, qui s'adressait perpétuellement au fond de la salle, possédait ce jour-là une vivacité et un vibrato inhabituels.

— Continuez, ajoute-t-elle avec un signe, comme si elle écartait toute offre d'aide. Je vais préparer le plateau.

Grabowski déplaça son fou de e4 en d5. S'entraîna de nouveau avec la glace. Il tourna la tête vers la porte, se représentant mentalement l'image qu'elle aurait de lui. Elle allait le voir clairement. Mais elle ne se rendrait pas compte que lui aussi la voyait.

— Oh ! Monsieur Grabowski !

Mme Jackson l'appelait de la cuisine. Grabowski vérifia sa montre. Cinq heures une. Elle pouvait arriver d'une seconde à l'autre.

— Monsieur Grabowski !

— Oui ?

La voix de Mme Jackson était si animée qu'elle était pratiquement en train de chanter.

— Cela vous ennuierait-il beaucoup de me venir en aide ?

Oui, cela l'ennuierait beaucoup. Cela l'ennuierait même terriblement si elle faisait tout foirer. Il devait rester à son poste au cas où Lydia entrerait.

M. Jackson tenta un clin d'œil. Son sourcil ne revint pas exactement à sa place, aussi l'aida-t-il du bout du doigt.

— Ne prenez pas de risques, conseilla-t-il.

— J'arrive, lança Grabowski, en manquant de renverser l'échiquier.

Il devait regagner sa chaise aussi vite que possible.

À cinq heures vingt, elle n'était toujours pas là et Grabowski était en train de perdre : M. Jackson avait pratiquement acculé son roi entre la tour et deux pions.

Mme Jackson montait la garde à la fenêtre. Et Grabowski commençait à avoir mal aux épaules à force d'être penché sur l'échiquier.

C'était censé être le tour de M. Jackson. Autant attendre le glissement d'une plaque tectonique. Mais pour rien au monde Grabber ne voulait que la partie s'achève avant l'arrivée de Lydia. Il n'allait certainement pas brusquer son adversaire.

— La voilà ! roucoula Mme Jackson.

Grabowski suivit le claquement de ses talons sur le plancher. Le muscle de son épaule droite eut un spasme. Il avait besoin de s'étirer mais il n'osait pas bouger.

Il était pile dans la position idéale, jouissant d'une vue dégagée et imprenable.

— Maintenant, les garçons, dit madame Jackson en entrant dans la pièce avec Lydia, désolée d'interrompre le tournoi, mais c'est le moment des présentations.

Comme perdu dans ses pensées, Grabowski attendit quelques secondes avant de se tourner vers elles, faisant bouger son épaule comme s'il s'étirait.

— Je commençais à avoir des crampes, madame Jackson. Et votre mari semble m'avoir mis en déroute.

— Lydia Snaresbrook, John Grabowski, annonça Mme Jackson, avec un geste d'emphase pour chacun.

— Enchanté, dit Grabber en se levant pour lui serrer la main.

Elle lui renvoya la balle avec un calme parfait, et planta son regard droit dans le sien.

— Je vous aurais bien prié de terminer, déclara-t-elle, mais je crains que vous n'ayez perdu votre adversaire plutôt que la partie.

Grabowski regarda en direction de M. Jackson, qui s'était en effet rendormi. Lydia rit de son rire cristallin, et Mme Jackson de son rire chevalin avant de s'empresser de les faire asseoir.

— Voudriez-vous un autre scone ? proposa Mme Jackson. Ils ne se conservent pas longtemps. Lydia, vous en emporterez bien quelques-uns ?... Oh, Otis, descends de là, veux-tu ?

Elle vola au secours d'Otis, qui avait sauté du tabouret tapissé sur le guéridon en bois de rose, et de là sur un socle en laqué noir vacant, lequel oscillait dangereusement tandis que le chien essayait de trouver une bonne position pour redescendre.

— Sur quoi écrivez-vous ? demanda Lydia.

— Il est photographe aussi, lança Mme Jackson. Je vais mettre ces chiens dans le jardin... Viens, Rufus, et toi aussi, Otis.

Il avait répété la scène toute la matinée, imaginant le déroulement de la conversation. Il s'était même entraîné à donner certaines réponses à voix haute. Avant qu'elle apparaisse, il avait les nerfs en pelote. Maintenant que leurs pieds n'étaient séparés que par la longueur d'un téléobjectif, il était d'un calme olympien. Dans son esprit, il composait une photo d'eux ensemble, prise de l'autre côté de la pièce. Lui, le bras reposant négligemment sur le haut du canapé ; elle, dans le fauteuil Queen Anne, croisant élégamment les chevilles.

— Oh ! Photographe aussi, répéta Lydia. Quel genre de photos faites-vous ?

Elle ne manifestait pas le moindre signe de malaise. Ils bavardaient depuis un moment et elle avait répondu à toutes ses questions avec charme et humour, en se moquant un peu d'elle-même. Pas étonnant qu'elle s'en tire bien : lui s'exerçait depuis ce matin seulement, elle depuis bientôt dix ans.

— Je travaille sur un projet concernant les petites villes ici et chez nous en Angleterre. La vie de la rue, le pittoresque, les personnages hauts en couleur. Mais au fond, je suis reporter-photo. J'ai photographié pas mal de gens célèbres au fil des années.

— Des célébrités ? s'écria Lydia. Ce doit être fascinant.

Même avant cette nouvelle vie, le mensonge avait fait partie de son quotidien. Il devinait qu'il n'avait pu en être autrement. Toutes ses frasques, ses tentatives pour brouiller les pistes. Elle avait mené en bateau ses journalistes préférés, introduit en catimini des hommes dans son appartement tout en niant leur existence. Elle avait la réputation d'être sournoise. On ne pouvait pas le lui reprocher, mais c'était bien mérité.

— En veux-tu en voilà, dit-il, des acteurs, des musiciens, des présentateurs de télé, tous enfin.

Lydia versa le thé qui restait dans la théière.

— Eh bien, voilà qui semble vraiment prestigieux. Pourquoi avez-vous décidé de passer à autre chose ?

Il prit soin de ne pas la regarder avec trop d'insistance pendant qu'elle jouait son rôle.

— Je vais y retourner, répondit-il. Ce projet ne paiera pas mes factures.

Peut-être se lancerait-il dans ce fichu bouquin, finalement. S'il devenait assez riche (et c'était fort possible), c'était ce qu'il ferait.

— Mais je suis tombé là-dedans par hasard, pour être franc, en prenant des photos, et puis tout le truc s'est développé à partir de là.

— Calme et tranquillité, lança Mme Jackson en rentrant bruyamment, maintenant que les enfants jouent dehors.

Elle se moucha avant d'ajouter :

— Oh, mon Dieu, ces allergies ! Il faut que je prenne un cachet antihistaminique… Je savais bien que vous alliez vous plaire, tous les deux. Pas seulement parce que vous êtes britanniques. J'ai une sorte de don pour prédire comment les gens vont s'entendre. Nous recevions

beaucoup autrefois, et sans vouloir me vanter, mes soirées étaient réputées car je savais exactement qui placer à
côté de qui... Excusez-moi encore un instant. Je reviens
tout de suite.

Lydia sourit à Grabowski. Il lui rendit son sourire et,
un instant, ils furent des conspirateurs sincères, alliés
dans leur amusement.

— Tout le truc s'est développé ? répéta Lydia.

Dans son jean et son tee-shirt gris, elle était peut-être
plus agréable à regarder que vraiment belle. Mais ses
yeux bleus étaient lumineux.

Elle avait la réputation d'être sournoise. Il ne l'aurait
pas contesté. Elle avait aussi la réputation d'être bouchée. Là, il n'était pas d'accord. Pas aussi maligne qu'elle
croyait l'être, mais loin d'être stupide. Elle avait ses
petites astuces. À l'époque où il avait commencé à la
photographier, avant l'annonce des fiançailles, elle était
sortie de son immeuble en portant une valise et deux
sacs, un jour qu'il rôdait autour. « Si vous m'aidez à les
mettre dans la voiture, avait-elle déclaré, je vous autori-
serai à me prendre en photo. »

Elle avait offert de tenir son appareil en échange. Elle
l'avait distrait en bavardant pendant qu'ils se dirigeaient
vers la Mini. Il avait fourré les bagages dans le coffre,
mais avant qu'il ait eu le temps de réagir, elle avait sauté
sur le siège conducteur et baissé la vitre. « Vous êtes un
amour », avait-elle lancé, puis elle avait démarré en
emportant son appareil. Celui-ci avait été livré à son
bureau une semaine plus tard.

— Je dois vieillir, dit-il. On sait qu'on vieillit quand
on commence à se demander ce qu'on a fait d'important
dans la vie. Je suppose que ça m'attire un peu moins,
voyez-vous, ces histoires de célébrités. Tout ça est plutôt
éphémère.

— Et vous écrivez aussi des textes sur ces fameuses villes ?

Elle faisait en sorte que la conversation soit fluide. Peut-être un soupçon trop fluide, songea-t-il. Entre inconnus, quelques cahots dans les échanges auraient été plus réalistes.

— Je travaille sur un récit pour accompagner les photographies. L'écriture n'est pas mon point fort, mais je me débrouille.

Son téléphone portable sonna.

— Désolé, lança-t-il en le sortant de sa poche. Gareth, mon vieux, je te rappelle.

— Ne raccroche pas, l'avertit Gareth. Tu es assis sur une bombe à retardement, bordel, et tu ne le sais même pas. Il faut que je te parle tout de suite.

— Je dois prendre cet appel, déclara Grabowski à Lydia, si cela ne vous ennuie pas.

Il monta dans sa chambre, croisant Mme Jackson qui redescendait.

— Apportez votre appareil, monsieur Grabowski, quand vous aurez fini. Si vous voulez prendre une photo de Lydia et de moi pour votre projet artistique, je suis sûre que nous accepterons toutes les deux. Ne soyez pas timide.

— Tu n'as pas intérêt à m'avoir dérangé pour rien, grommela Grabowski.

Son agent avait un sixième sens. Il appelait toujours au plus mauvais moment.

— Ce n'est pas une question de vie ou de mort, commença Gareth.

— Génial.

— C'est plus important que ça. C'est une question d'argent. J'ai parlé à ton éditeur aujourd'hui et il refuse de prolonger tes délais. Ils sont déjà tirés au maximum. Soit tu chies, soit tu lâches le pot de chambre.

— Tu as un vrai talent avec les mots.

— Je sue sang et eau pour toi, affirma Gareth. Ne me laisse pas tomber.

— Gareth, répondit Grabowski, va te faire foutre.

— Vous êtes sûre que vous ne pouvez pas rester encore un peu, Lydia ? disait Mme Jackson quand Grabowski rentra dans le salon.

Lydia se leva.

— J'emmène Maya au cinéma, expliqua-t-elle. Je vais aller chercher Rufus et ensuite je devrai partir, malheureusement. Je serai ravie d'emporter deux scones, ils sont vraiment délicieux.

— N'est-elle pas superbe ? demanda Mme Jackson comme Lydia sortait chercher son chien. Vous n'avez pas apporté votre appareil ?

Il passa en revue les permutations possibles. À supposer que la vieille dame continue à insister quand Lydia reviendrait, de quoi aurait-il l'air s'il refusait cette photo ? S'il acceptait ? Et s'il acceptait à regret ? N'importe laquelle de ces options risquait d'éveiller les soupçons, il s'en rendait compte. Il aurait aimé étrangler son hôtesse avec son collier de perles. Quand il songeait au soin qu'il avait pris, au succès de son entreprise jusque-là – tout ça pour qu'elle vienne innocemment la saboter avec sa coquetterie !

— Vous savez quoi ? lança-t-il en baissant la voix et en plongeant ses yeux dans les siens, d'un air grave. Vous savez quoi, je serais enchanté que vous soyez dans mon livre, madame Jackson, mais nous ferons les photos demain, quand la lumière sera meilleure. Rien que vous et moi.

— Oh, la lumière, s'extasia-t-elle, avec un battement de ses cils clairsemés, c'est *tellement* important ! Quand je mettais en scène des pièces de théâtre, c'était seulement le groupe amateur de la ville, mais nous étions tout à fait professionnels et je faisais toujours... Ah, Lydia, vous partez ?

— Merci infiniment de m'avoir invitée, dit Lydia. Il faut que j'y aille, oui. J'ai été enchantée de faire votre connaissance, monsieur Grabowski. Bonne chance pour tout.

— J'avais un chien quand j'étais petit, lança-t-il en regardant Rufus. Un terrier des Highlands. Il s'est sauvé et il a été écrasé par une voiture. J'ai été anéanti.

— Oh, comme c'est triste ! s'exclama-t-elle en effleurant légèrement son bras.

Ils la raccompagnèrent à la porte.

— Il y avait quelque chose que je voulais vous demander, reprit-elle en se retournant, qu'est-ce qui vous a amené à Kensington en particulier ? Il y a beaucoup de petites villes parmi lesquelles choisir, n'est-ce pas ?

— J'ai souvent travaillé à Kensington, à Londres, répondit-il sans hésiter, à couvrir la famille royale. Quand j'ai vu le nom sur la carte, j'ai pensé : Eh bien, il faut que tu ailles voir comment c'est. Et vous ?

— À vrai dire, je cherchais une maison ailleurs dans le comté mais je n'ai rien vu qui me convenait, et puis j'en ai trouvé une ici, à Kensington. J'adore cet endroit.

Elle leur adressa un signe d'adieu en dévalant les marches, gamine et insouciante, ses longs cheveux bruns volant autour de ses épaules, et, l'espace d'un instant, il eut peine à croire qu'elle n'était pas seulement ce qu'elle semblait être.

Grabowski prit son ordinateur portable, son fourre-tout, monta dans la Pontiac et roula. Il ne pouvait pas supporter de rester enfermé dans sa chambre, il avait besoin de réfléchir en conduisant. S'il décidait d'examiner ce qu'il avait sur son ordinateur, il avait de toute façon l'habitude de travailler dans une voiture. Et il ne voulait pas que Mme Jackson vienne lui poser des questions sur ce qu'elle considérait sans aucun doute comme la « séance de photos » du lendemain. Bénie soit-elle, tout de même. Bénie soit Mme Jackson : elle avait été très utile. Éviter Lydia avait été un jeu d'enfant. (Pourquoi continuait-il à l'appeler ainsi ? Était-ce un signe qu'il voulait la laisser lui échapper, qu'il n'avait pas les tripes nécessaires pour aller jusqu'au bout ?) Même dans une ville de cette taille, il n'avait eu aucun mal à y parvenir : quand on est celui qui mène la filature, on sait toujours où est sa cible, pas vrai ? En revanche, sans cette bonne vieille Mme Jackson, arranger une rencontre sans se trahir aurait été délicat.

La performance de Lydia avait été quasi parfaite. Cela semblait presque dommage qu'elle n'ait pas suffi. Mais bon, c'était la vie. Elle avait bien joué. Il le reconnaissait.

Elle avait quand même commis un faux pas, sans en avoir conscience : quand il avait dit qu'il photographiait des célébrités, elle n'avait pas demandé de noms. Qui ? aurait-elle dû répliquer. Tout le monde voulait des noms, sauf elle parce qu'elle les connaissait déjà.

Pourtant, il ne pouvait vraiment pas le lui reprocher, au fond. Cela n'aurait fait que lui fournir matière à réflexion, or il n'avait eu besoin que d'une chose : se prouver à lui-même qu'il avait raison avant de passer à l'étape suivante, irréversible.

Il aurait dû aller fêter l'événement, mais il se refusait à retourner au bar. Il n'était pas d'humeur à voir des gens, et sûrement pas cette artiste ratée. Il s'arrêta dans un débit de boissons alcoolisées, acheta une bouteille de Woodstone Creek, et en but des lampées à même le sac en papier brun.

— À la vôtre aussi, madame Jackson, mon équipière, dit-il en levant le sac. Je ne vous oublierai pas dans mes prières.

Il avait observé Lydia dans la glace sans qu'elle s'en aperçoive. Le temps qu'il émerge de la rêverie causée par la partie d'échecs, elle s'était composé un visage. Mais il n'y avait pas d'erreur possible sur le choc qu'elle avait éprouvé au moment où elle l'avait reconnu. Il était la dernière personne qu'elle s'attendait à rencontrer. Elle s'était ressaisie brillamment, chapeau ! Il leva de nouveau le sac en papier brun.

21

LE MULTIPLEXE ÉTAIT À LA SORTIE DE HAVERING, dans un centre commercial sans âme où l'air climatisé vous asséchait tellement la peau qu'après elle s'écaillait comme celle d'un serpent. Lydia plongea la main dans son sac et se mit du baume sur les lèvres. Le film diffusé devant une salle aux trois quarts vide était une comédie pour ados mais elle n'avait pas la moindre idée de l'intrigue. Maya sirotait son coca et riait. Lydia émit un rire pour la forme. Elle ne voulait pas que Maya pense qu'elle ne partageait pas son plaisir. Puis elle jeta un coup d'œil à la jeune fille et constata que celle-ci était trop absorbée par l'histoire pour remarquer quoi que ce soit.

Comment était-ce possible ? Comment cet homme avait-il pu échouer à Kensington ? En le voyant là, penché sur l'échiquier, elle avait été saisie d'une angoisse affreuse, comme si ses poumons s'emplissaient d'eau. Par chance, c'était le genre de type arrogant qui ne se précipitait pas pour lever les yeux quand on lui présentait quelqu'un. Il avait conservé le regard rivé à l'échiquier. Les mauvaises manières avaient leur utilité, songea-t-elle. Cela lui avait donné le temps de reprendre son souffle.

Elle grignota du pop-corn tout en fixant l'écran. Inutile de chercher à comprendre le film à présent.

Il fallait qu'elle retrouve son sang-froid. Même s'il l'avait vue quand elle avait l'air un peu décontenancée, quelle importance cela aurait-il eu ? Il fallait qu'elle cesse d'être aussi paranoïaque.

Il ne l'avait pas reconnue. Bien sûr que non. Durant l'heure où ils étaient restés à bavarder, il n'avait pas dit une seule chose – elle avait tout passé et repassé dans sa tête –, n'avait pas eu un seul regard suggérant le contraire.

Elle l'avait reconnu à la seconde où elle était entrée et l'avait vu. Il avait été là dès le début, même avant ses fiançailles. À partir de cette époque, et jusqu'à ses derniers jours, il avait été une présence constante. Ce n'était pas un des pires. Il l'avait toujours appelée « madame ». Même après le divorce.

Et, dix ans plus tard, il débarquait à sa porte. Comment était-ce possible ? Qu'est-ce qui l'avait mené jusqu'à elle ?

Voilà qu'elle recommençait à tout déformer. Rien ne l'avait mené jusqu'à elle. Il ne l'avait pas trouvée. Il ne soupçonnait rien.

Qu'aurait dit Lawrence de tout cela ? Elle l'ignorait. Elle était incapable de réfléchir. Où diable était Lawrence quand elle avait besoin de lui ?

— Lydia ? lança Maya. Qu'est-ce qu'il t'a fait, ce paquet de pop-corn ?

Lydia baissa les yeux. Elle tortillait férocement le sachet à moitié vide, comme si elle essayait de lui tordre le cou.

Après, au salon de thé-glacier, Maya donna son opinion sur le film en dégustant un cornet triple aux pépites de chocolat, le tout nappé de caramel chaud.

— C'était plutôt cucul. Genre, on savait comment ça allait finir. C'était tellement évident !

— D'accord avec toi, dit Lydia.

— Mais c'était bien quand même. Je ne me suis pas ennuyée, même si j'ai tout deviné à l'avance.

Elles étaient perchées sur des tabourets, devant l'étroit rebord qui courait sur tout un mur du magasin. Comme Suzie, Maya avait des cheveux noirs et des yeux sombres qui formaient un contraste frappant avec la pâleur de son teint, héritée de Mike. Elle portait un haut rouge à capuche et fermeture Éclair, et agitait ses pieds chaussés de baskets tout en parlant. Si elle était préoccupée, elle n'en laissait rien paraître.

— Si on allait se promener au bord de la rivière ? suggéra Lydia.

L'adolescente lécha le bord de sa coupe, là où la sauce avait dégouliné sur le côté.

— Dans le noir ?

— Ça ne craint rien, affirma Lydia. On n'ira pas loin.

Maya haussa les épaules.

— Non, je voulais dire : qu'est-ce qu'il y a à voir, dans le noir ? Et tu sais, Leon Kramer ? Son frère est tombé à l'eau, par ici. Il a chopé la typhoïde ou la malaria, ou un truc dans le même genre. Et il a passé, tu vois, au moins un mois à l'hôpital.

— Peut-être que Leon t'a raconté des bobards, répondit Lydia. De toute façon, on ne va pas tomber à l'eau.

Le sentier, recouvert de planches comme une promenade de bord de mer, était ponctué à intervalles réguliers de petites jetées qui s'avançaient dans l'eau. Elles croisèrent deux personnes puis se retrouvèrent seules. Maya mit sa capuche et remonta sa fermeture Éclair jusque sous son menton. Elle avait les mains dans les poches. Elle tapait du pied sur les planches tout en marchant.

— Ça va ? demanda Lydia.

Que John Grabowski ait eu envie de venir jeter un coup d'œil à Kensington durant ses pérégrinations, c'était compréhensible. Ce nom ne l'avait-il pas intriguée, elle aussi ?

— Oui, dit Maya. Je me faisais piquer. À la nuque.

— Ça aide de parler à quelqu'un, lança Lydia. S'il y a quelque chose qui t'inquiète...

— Oh, mon Dieu ! fit Maya en lui prenant le bras.

— Quoi ?

Le cœur de Lydia s'emballa : était-il déjà là ?

— Non, ne regarde pas, ordonna Maya en la traînant pratiquement à sa suite. C'était trop dégoûtant.

Elles dépassèrent un banc où deux jeunes se contorsionnaient.

— Tu les as vus ? souffla Maya. C'était trop dégoûtant.

Lydia se mit à rire.

— Tu viens de regarder des gens faire ça dans ce film.

— C'est différent, affirma Maya. Ma mère t'a parlé, hein ?

— Elle s'inquiète pour toi, lâcha Lydia. Peut-être le mieux serait-il de quitter la ville en attendant que Grabowski s'en aille ?

— Ma mère est trop bête, dit Maya avant de quitter le sentier en planches pour suivre la pente douce qui menait à la rivière.

Lydia la suivit. Qu'avait-elle donc espéré trouver à dire pour aider cette ado ? Elle n'était plus une princesse qui distribuait des rêves. Les affligés ne s'illuminaient pas en sa présence.

— Ça vient de moi, affirma-t-elle, l'idée d'aller au cinéma toutes les deux. Ne va pas faire des reproches à ta mère.

Maya ramassa un caillou et le lança dans l'eau.

— Je fréquente qui je veux à l'école. Elle ne peut pas m'en empêcher.

Mais pourquoi devrait-elle quitter la ville ? Pourquoi devrait-elle faire une chose pareille ? Pourquoi cet devrait-il avoir le moindre pouvoir sur sa vie ? Pourquoi ne s'en allait-il pas, tout simplement ?

— Je suppose que non, répondit Lydia, perdue dans ses pensées, tout en ramassant à son tour des cailloux.

— Ma mère est vraiment bête, déclara Maya. Elle croit que je le suis, moi, mais ce n'est pas vrai.

— Personne ne dit ça.

Un jour, se rappela Lydia, il l'avait suivie jusque chez son psy. C'était avant que le monde entier sache qu'elle était en thérapie. Il voulait une photo d'elle en train de sortir de la maison. Elle avait attendu pendant des heures et quelqu'un avait fait le guet pour elle. À un moment donné, il avait quitté sa voiture afin d'aller satisfaire un besoin naturel, d'acheter quelque chose à manger ou de faire je ne sais quoi, et elle en avait profité pour s'esquiver. Elle avait glissé un mot sous son pare-brise. « *Vous avez perdu. Vous repartez les mains vides.* » Lors de la séance de thérapie, il avait été question des techniques auxquelles elle pouvait recourir pour se calmer. Le temps qu'elle remonte dans sa voiture, elle débordait de rage et de dépit. Elle avait dépassé ce stade à présent : elle était hors d'atteinte de la colère et hors d'atteinte pour lui.

Elle jeta violemment les cailloux dans la rivière.

Maya l'observa avec attention. Elle ôta sa capuche comme si celle-ci l'empêchait de bien la voir.

— Ma mère dit que, quand on est fâché, on devrait aller cogner un oreiller.

— Ça, c'est *vraiment* bête, affirma Lydia. Il faut casser de la vaisselle. C'est plus rigolo.

— Tu n'es pas fâchée contre moi, hein ?

— Bien sûr que non.

Maya descendit la fermeture de sa veste et la retira. Elle tendit le bras.

— Tu vois ça ? C'est ça qui a fait péter un plomb à ma mère. Ces égratignures.

— Elles sont plutôt vilaines, constata Lydia à la vue des trois longues marques rouges sur le bras de Maya. Que s'est-il passé ?

— Le chat des voisins était coincé dans le caniveau. Je l'ai sorti de là, l'ingrat.

— Pourquoi n'as-tu pas expliqué ça à ta mère ?

— Pourquoi est-ce que j'aurais dû ? Elle a commencé à crier avant que j'aie ouvert la bouche. Et je ne suis pas anorexique non plus, si c'est ce qu'elle t'a raconté. Tu sais, je croyais que Zoé Romanov était vraiment cool. Il paraît qu'elle pratique la magie blanche et tout, et elle a une patte de lapin sur son porte-clés même si elle est végétarienne, tu vois ? Je me suis assise à côté d'elle pendant, quoi ? une semaine… Eh bien, elle ne parle que de calories. Elle est trop chiante. J'ai ma dose de tout ça à la maison.

— Je suis sûre que ta mère n'avait pas l'intention de s'énerver, déclara Lydia. Elle était sans doute juste un peu stressée.

Maya s'enveloppa de ses bras. Il commençait à faire frais.

— Oh, sans blague ? répliqua-t-elle. Elle est tout le temps stressée. Ça me gave. Comme si elle avait des raisons de stresser !

Une fois que Maya fut montée se coucher, Lydia raconta à Suzie ce qu'elle avait appris.

— Je suis une conne de première, commenta Suzie.

— Tu t'inquiétais pour ta fille. Ça ne fait pas de toi une conne.

— Je suis une championne de la connerie, insista Suzie. Je devrais mieux connaître ma fille. Lui faire davantage confiance. Mike m'a dit que je faisais un drame d'un rien, mais je ne l'ai pas écouté non plus. Allons ouvrir une bouteille de vin.

— Il faut que je me couche de bonne heure, objecta Lydia.

— Un verre, insista Suzie. Et après tu te couches de bonne heure.

— Je suis crevée. Il faut vraiment que je rentre.

— OK. Je te laisse partir. Réfléchis à ce que tu veux comme cadeau d'anniversaire. Je vais faire du shopping ce week-end.

— Une surprise, répondit Lydia. J'ai invité Esther à la soirée mardi prochain. J'espère qu'Amber ne sera pas fâchée.

— Elle sera ravie, affirma Suzie. C'est vrai que tu as l'air fatiguée. Une bonne nuit de sommeil te fera du bien. Et, Lydia, merci.

Lydia ne dormit pas bien et, le lendemain soir, à peine était-elle arrivée chez Amber qu'elle regretta d'être venue. Elle aurait dû rester à la maison.

— Tyler et Serena couchent tous les deux chez des camarades, annonça Amber, donc nous sommes libres comme l'air. Où va-t-on ? Si on prenait l'autoroute, on pourrait s'arrêter au hasard ?

Lydia fit la moue.

— Je préfère ne pas bouger.

— Aller chez Dino, tu veux dire ?

Amber prit dans son sac un miroir de poche, rectifia du bout du doigt la ligne de son rouge à lèvres, puis en remit là où elle venait de l'ôter.

— Que penses-tu de cette couleur ?

— Si on regardait la télé ? suggéra Lydia. Je n'ai pas le courage de sortir. Je ne suis pas d'humeur.

— Oh, fit Amber. Pas de problème. On peut aussi bien bavarder ici.

Lydia alluma le téléviseur.

— Je suis réellement crevée.

— Que dirais-tu d'un thé ? proposa Amber.

Quand elle revint avec le thé, Amber s'assit sur le canapé à côté de Lydia, et elles prirent de petites gorgées de conversation entre les commentaires en voix off d'un documentaire sur les baleines.

— Comment s'est passée ta soirée avec Maya ? demanda Amber.

— Maya va très bien, affirma Lydia.

Amber attendit. Elle ne chercha pas à en savoir davantage. C'était agaçant.

— Je te raconterai une autre fois, ajouta Lydia.

Elle aurait aimé qu'Amber lui dise d'arrêter d'être de mauvaise humeur.

Au bout d'un moment, Amber reprit la parole.

— S'il y a quelque chose qui te fait envie pour ton anniversaire…

— Non, il n'y a rien, coupa Lydia. Pardon, je suis un peu irritable aujourd'hui.

Elle sentit qu'Amber mourait d'envie de lui demander pourquoi. Que pouvait-elle lui dire ? C'était une chose qu'elle ne pouvait confier à personne.

Elles continuèrent de regarder la télé en silence, puis Amber attrapa un magazine et se mit à le feuilleter. Elle le lisait encore quand l'émission se termina.

— Je crois que je devrais rentrer, dit Lydia. Ce n'est pas très agréable pour toi que je sois toute grognon.

— Si, assura Amber. À quoi servent les amis si on ne peut pas être grognon avec eux ?

— Qu'est-ce qu'il y a dans le magazine ?

Amber le lui montra.

— Tout le monde pensait qu'ils étaient le couple parfait de Hollywood. En fait il la trompait depuis des années. J'ai de la peine pour elle. C'est tellement affreux.

— Tu as vraiment de la peine pour elle ?

— Comment pourrait-on ne pas en avoir ? La dernière maîtresse en date faisait de la pole dance. Elle n'est même pas jolie.

— Mais maintenant, tout le monde est au courant. Tu ne crois pas que c'est encore pire ? répliqua Lydia.

Elle aurait dû rentrer chez elle. Cette conversation était absurde. Allait-elle passer sa frustration sur Amber ?

— Quand mon ex me trompait, ça me rongeait, avoua Amber. L'idée que tout le monde savait et me plaignait d'être une gourde pareille. On ne devient une gourde que lorsque tout le monde est au courant.

— Dans ce cas, pourquoi ne lui fiches-tu pas la paix ? demanda Lydia.

Elle avait posé la question avec plus de véhémence qu'elle n'en avait eu l'intention et Amber parut stupéfaite.

— À qui ?

— Où qu'elle aille à présent, elle aura quelqu'un pour lui coller un appareil photo sous le nez.

Amber referma le magazine et le laissa tomber sur le sol.

— Je trouve ça horrible.

— Tu trouves ça horrible ? répéta Lydia. Pourquoi veulent-ils ces photos, à ton avis ? Pourquoi… Oh, laisse tomber, je devrais rentrer, lâcha-t-elle en se levant. À un de ces jours.

Au lieu de répondre, Amber lissa sa jupe et croisa les mains sur ses genoux.

— Amber, je suis mal lunée ce soir, voilà tout.

— Assieds-toi une minute. Je vois ce que tu veux dire.

— C'est sans importance, assura Lydia.

— Je suis hypocrite, c'est ça que tu veux dire, n'est-ce pas ? Que je n'ai pas vraiment de peine pour elle. Non, Lydia, laisse-moi parler, s'il te plaît.

Elle avait prononcé ces mots plus gentiment que Lydia ne le méritait.

— Les magazines peuvent être cruels, je le sais. Et peut-être est-ce cruel de ma part de les lire. Je vois ces gens riches et célèbres, et je m'aperçois qu'ils ont des problèmes, eux aussi. Peut-être que ça ne devrait pas me rassurer sur ma propre vie, mais parfois c'est le cas.

— Nous parlerons demain.

— Je lis des trucs sur elle depuis des années, insista Amber. Je la regarde à la télévision, j'ai vu la plupart de ses films. Et, quoi que tu en dises, je suis désolée pour elle.

— Amber, soupira Lydia. Je suis trop fatiguée. Restons-en là, d'accord ?

Elle se gara à côté de la maison et marcha directement vers la piscine, Rufus sur ses talons comme une boule de duvet collée à sa semelle. Le temps d'arriver à la pelouse, elle avait retiré son pull, et, à hauteur des dalles elle avait ôté son tee-shirt. Elle envoya valser ses chaussures et enleva son jean. Rufus aboya.

— Rufus, dit-elle, tais-toi.

Elle se débarrassa de ses sous-vêtements et plongea, rasant le fond dans l'obscurité jusqu'à ce qu'elle se cogne la tête contre les marches à l'autre bout, le moins profond. Elle remonta à la surface pour respirer et fit la planche. Entre le noir du ciel et le noir de l'eau, elle flotta, les pensées s'écoulant hors d'elle, méduses et phosphore qu'elle voyait se répandre dans le bassin. Elle se retourna et resta face au fond, les yeux ouverts dans l'eau. Maintenant, elle ne voyait plus rien. Lorsque ses jambes commencèrent à couler, elle les agita, gardant le visage sous la surface. Elle était glacée, les poumons en feu. Elle demeura aussi immobile que possible. Puis, quand elle crut qu'elle ne pouvait plus tenir, elle souffla à fond par la bouche et battit des jambes pour se forcer à couler. Elle toucha le fond, posa les deux paumes à plat sur les carreaux et se laissa aller. Elle inspira trop tôt en remontant. Rufus se mit à aboyer. Luttant contre la toux et les haut-le-cœur, elle fit des mouvements désordonnés pour atteindre le bord.

Elle sortit tant bien que mal et, pliée en deux, elle toussa et vomit un long filet d'eau laiteuse. Elle chancelait tant elle avait froid. Un énorme insecte fonça droit sur elle, bourdonnant comme un pistolet paralysant. Il s'écrasa contre son épaule et elle hurla. Rufus continuait son vacarme. En courant vers la maison, elle buta contre un objet pointu mais ne s'arrêta qu'en arrivant à la porte de derrière, qui était fermée à clé – et la clé était dans la poche de son jean. Elle tambourina sur le battant jusqu'à en avoir mal aux poignets, puis se laissa tomber par terre en sanglotant.

Une fois à l'intérieur, elle s'assit, le pied en l'air. Le sang coulait le long de la vallée formée par les tendons de son premier et de son deuxième orteil, et dégoulinait autour de sa cheville. Dans une minute, elle allait se remettre debout et nettoyer la plaie. Elle avait été horrible avec Amber. Sans raison. Elle lui présenterait ses excuses. Elle avait oublié à quel point elle pouvait être garce.

Il fallait qu'elle maîtrise sa colère. Le fait qu'elle l'avait reconnu ne signifiait pas que l'inverse soit vrai. Il n'était pas venu au refuge aujourd'hui. Il ne campait pas devant chez elle. Elle n'avait qu'à rester calme. Elle regarda le sang goutter sur le coussin.

S'il la reconnaissait...

Ce n'était pas le cas.

Mais s'il la reconnaissait...

Elle fléchit le pied, leva la jambe, et le sang coula sur son tibia.

Avait-elle envie qu'il la reconnaisse ? La bouffée d'adrénaline qu'elle avait ressentie à l'instant où elle l'avait vu était-elle uniquement due à la peur, ou s'y mêlait-il autre chose ?

Son portable sonna.

— Je me demandais ce que tu faisais, dit Carson.

— Je suis blessée.

— Au corps ou à l'âme ?

— Au gros orteil.

— Ça a l'air grave. Tu veux que je vienne ?

Elle avait été si imprudente ces derniers temps ! Si disposée à baisser sa garde. Comme si désormais rien ne pouvait plus tourner mal pour elle.

— Merci, mais je crois que je vais m'en tirer.

— Je pourrais venir quand même. Si tu veux.

— Je suis prête à me rouler en boule et à dormir. Un autre soir.

— Oh, fit Carson. Soigne ton orteil, je vais soigner mon amour-propre. On se voit demain, d'accord ?

John Grabowski lui avait-il rendu service en débarquant ici, après tout ? Sa présence était un rappel à l'ordre. Ne pas trop prendre ses aises. Peut-être était-il un ange déguisé en homme.

— Je ne suis pas sûre, répondit Lydia. J'ai une semaine chargée.

22

LE SAMEDI MATIN, GRABOWSKI SE LEVA de bonne heure, prit son ordinateur portable et son fourre-tout, et monta dans sa voiture. Il voulait passer la journée ailleurs qu'à Kensington. Jeudi, le lendemain de la visite de Lydia, il avait fait le mort. Mme Jackson s'était drapée dans diverses poses, et il s'était plié à ses désirs en prenant de multiples clichés dans la maison et le jardin. Il n'avait toujours pas de photo de Lydia avec son petit ami, mais, pour l'instant, il ne pouvait pas courir de risques. Elle allait être nerveuse à présent, elle regarderait par-dessus son épaule et dans son rétroviseur. La prudence s'imposait.

La veille, il s'était aventuré au-dehors pour obtenir d'autres photographies susceptibles de planter le décor : le panneau en bois sur lequel on lisait BIENVENUE À KENSINGTON, la vue de la rivière, l'hôtel de ville, les boutiques pittoresques dans les rues Albert et Victoria, et même les plaques indiquant le nom des rues. Il avait sillonné toute la ville à la recherche du meilleur point de vue, du cliché qu'il accompagnerait de la légende disant : « *Cette petite bourgade endormie pourrait-elle détenir la clé d'un mystère royal ?* » Ils feindraient d'avoir toujours cru qu'il y avait un mystère, comme si les observateurs d'ovnis n'avaient jamais été les seuls à envisager cette possibilité.

Il avait écrit et réécrit la légende de chacune des photos, tout en sachant qu'il n'aurait pas voix au chapitre. Quand il posait la tête sur l'oreiller et fermait les yeux, il voyait les gros titres en gigantesques majuscules. « *LE MONDE ENTIER SOUS LE CHOC... LA PRINCESSE "DÉCOUVERTE" DANS UNE BOURGADE AMÉRICAINE... RESSUSCITÉE D'ENTRE LES MORTS...* »

Alors qu'il s'était efforcé de l'éviter, la veille, il aurait juré qu'elle le suivait. Par trois fois, il avait vu la Sport Trac deux voitures derrière lui. Elle aurait dû être au travail, pas en train de se promener en ville.

Il s'engagea dans le parking de la cafétéria, celle-là même où il avait repéré Kensington sur la carte. Il lui fallait une photo de cet endroit, où cette histoire avait commencé. On lui demanderait de tout raconter, la manière exacte dont tout s'était déroulé. Son estomac se manifestait. Il avait faim, et surtout il était nerveux comme pas possible. Ç'allait être un scoop si énorme que c'en était presque inimaginable. Les médias allaient s'abattre sur les lieux comme un fléau de locustes. Tous voudraient l'interviewer. Sa vie en serait transformée. Là, c'était le calme qui précède le tsunami, alors il devait se procurer de solides informations.

Patience, se dit-il. Rassemble les éléments Il restait encore les détails supplémentaires à mettre en place. Et pas question d'ouvrir la bouche trop tôt. De devenir parano et de se précipiter avant le bon moment.

Aussi soudaine qu'un coup de poing dans le ventre, une douleur venue de nulle part le transperça. Allait-il lui faire ça ? Alors que, le monde à ses pieds, elle avait remué ciel et terre pour s'enfuir ?

Depuis mercredi, il était tellement tendu qu'il avait à peine mangé. Il se sentirait mieux après avoir déjeuné. Une serveuse, celle qui l'avait servi la fois précédente, sortit de la cafétéria et alluma une cigarette. Elle s'accroupit sur ses talons, dos au mur.

Il devait descendre de voiture et manger. Juste une minute encore. Il tira son chapelet de sa poche et examina le crucifix qui y était accroché, les perles bleu boréal et plaquées argent. Quand sa mère le lui avait donné, le jour où il avait quitté la maison, à dix-huit ans, il l'avait serrée contre lui. Pour elle, il était resté celui qu'il avait toujours été, un petit enfant de chœur.

Il fit défiler les perles entre ses doigts, songeant à Lydia. S'il pouvait la laisser en paix, il le ferait. Mais ce n'était pas possible. Elle était là. Elle avait menti au monde entier. À ses propres enfants, qui avaient suivi son cercueil. Et ce ne serait pas bien, ce serait mal de sa part, de fermer les yeux.

— Comment sont les gaufres ? demanda-t-il à la serveuse.

Elle avait une épingle de nourrice à la place du bouton supérieur de son chemisier, mais celle-ci n'avait pas l'air très solide, et le tissu s'écartait, laissant voir son soutien-gorge.

— Sublimes, dit-elle.

— Vraiment ?

— Pour 5 dollars, café compris ? ironisa-t-elle. Qu'est-ce que vous croyez ?

Il les commanda quand même, avec une tranche de bacon, et quand il eut fini de manger, il ouvrit son ordinateur portable et examina les photos de Lydia. Il en avait pris une bonne alors qu'elle sortait de la boutique, les cheveux attachés, souriante, faisant signe à quelqu'un de l'autre côté de la rue. Elle portait une sorte de caraco qui révélait ses épaules de nageuse… Il y avait une série de clichés d'elle montant dans sa voiture au chenil. L'un d'eux était magnifique, avec son visage de face bien net.

Il le recadrerait, ne garderait que les yeux pour la couverture. Le même bleu que les perles de son chapelet.

Des photos de sa maison, sous tous les angles, mais aucune où on la voyait en sortir parce qu'il était impossible de la prendre ainsi sans être vu. En revanche, il en avait une d'elle à la fenêtre de sa chambre, obtenue depuis les buissons. Elle avait conservé son habitude de contempler le lever du jour en se réveillant. Lorsqu'elle avait emmené ses fils à Disneyland, il l'avait photographiée dans sa robe de chambre à six heures du matin, en train de boire un café debout à la fenêtre de sa suite. Cette seule photo avait suffi à payer tout son voyage.

Au début, elle avait été la reine du flirt. Cette image qu'on donnait d'elle, de sa prétendue timidité, n'avait jamais été réelle. Elle baissait les yeux de sorte qu'il était difficile d'obtenir une photo de face, mais ça ne l'empêchait pas de badiner.

— C'est votre petite amie ? lança la serveuse en remplissant sa tasse.

— Juste une femme que je connais, répondit-il.

La serveuse se pencha pour mieux voir. Son chemisier se tendit dangereusement. Puis elle se redressa et remarqua le fourre-tout posé sur le siège à côté de lui.

— Vous êtes photographe ?

— Dites-moi un truc, fit-il en zoomant sur le visage de Lydia. Elle vous rappelle quelqu'un ?

La serveuse devait avoir dans les trente-cinq ans, elle était assez âgée pour se souvenir d'elle.

— Non. J'ai travaillé comme modèle, ajouta-t-elle. Quand j'étais plus jeune.

Ils avaient tous été un peu amoureux d'elle, constata-t-il sans écouter. Jusqu'à ce qu'elle se retourne contre eux : Pourquoi ne me laissez-vous pas tranquille ? C'était déconcertant quand elle hurlait comme ça. Et la réponse était si évidente qu'on en restait sans voix. À dire vrai,

278

après toutes ces années, ça faisait l'effet d'une trahison. Comment pouvait-elle s'attendre qu'ils disparaissent ? D'autant qu'elle avait renoncé à une protection policière. Qu'est-ce qu'elle s'imaginait ?

— Rien de vulgaire, enchaîna la serveuse.

Son visage était en sueur. Elle avait des pores dilatés sur le nez. La chair qui courait de son aisselle à son coude ballottait légèrement quand elle soulevait la cafetière. Son absence de gêne la rendait plutôt sexy.

— J'ai fait des nus. Mais rien de vulgaire, répéta-t-elle. Elle est jolie, votre petite amie.

— Elle n'est pas… ce que vous croyez.

La serveuse ramassa son assiette.

— Nan ? riposta-t-elle. D'après mon expérience, les gens le sont rarement.

Que lui fallait-il de plus ? Il le proposerait au *News of the World*. Non, au *Sunday Times*. Dirait à Gareth de négocier une « exclusivité » de vingt-quatre heures. Ça allait exploser. Les photos étaient le point central. Ensuite, il y avait les actes de naissance et de décès. Mais ils ne prouvaient rien en soi, hormis une identité suspecte. Ce qu'il lui fallait à présent, c'était quelques morceaux choisis, quelques présomptions de nature à titiller l'imagination. Une ou deux citations de ses amis. N'importe quelle bribe d'information susceptible d'être associée à son passé, n'importe quel renseignement qu'elle aurait laissé échapper. Il devait être prudent, mais rapide aussi.

Et si elle l'avait vraiment filé la veille ? Eh bien, alors, elle n'aurait rien vu de louche. Il était sorti prendre des photos de Kensington, ce qui correspondait parfaitement à sa couverture.

Mais si elle pensait qu'il l'avait découverte, ne quitterait-elle pas la ville aussitôt, pour s'évanouir dans la nature ? Dans ce cas, il aurait encore les photos, pourrait quand même les faire publier, et cela ne ferait qu'ajouter à l'intrigue...

Oui, elle s'en irait.

À moins qu'elle ne veuille être découverte.

Peut-être en avait-elle assez de mener cette vie assommante ?

Grabowski sirota son café. Il jeta un coup d'œil vers la serveuse, qui se limait les ongles au comptoir tandis qu'un homme coiffé d'une casquette de base-ball essayait de la draguer. Au vu de la désinvolture étudiée qu'elle affichait, le type avait peut-être des chances...

Si elle avait voulu retourner à son ancienne vie, comment aurait-elle pu s'y prendre ? En débarquant à Kensington et en tambourinant au portail ? Cela n'aurait fait que redéclencher les feux d'artifice, le cirque médiatique, l'hystérie qu'elle avait toujours provoqués. C'était une manipulatrice-née, une tireuse de ficelles et une experte dans l'art du déni.

Selon toute probabilité, elle avait davantage été occupée à faire des courses qu'à le suivre. C'étaient seulement ses nerfs qui lui jouaient des tours.

Combien d'opérations avait-elle subies ? Elle s'était fait refaire le nez, pas de doute là-dessus. Peut-être les lèvres aussi. Quoi d'autre ? Sa voix semblait différente, l'avait-elle travaillée ? En dix ans, elle n'avait pas pris l'accent américain, mais elle avait perdu le sien, l'intonation des classes supérieures.

Il devait cesser de rêvasser et mettre son plan au point. Cet après-midi il irait à la boutique, sous prétexte d'offrir un cadeau à sa femme, histoire de voir s'il pouvait engager la conversation. Elle semblait être très proche de la personne qui travaillait là. Il trouverait peut-être un moyen d'aiguiller la conversation sur Lydia. On était samedi. Lundi, une fois Lydia partie au travail, la voie serait libre, et il s'introduirait chez elle.

Il dénicherait bien quelque chose qui ajouterait du piment à l'affaire : un objet qu'elle avait emporté, peut-être un bijou reconnaissable, une photo de famille. Un truc qui clouerait l'histoire à la une. À la minute où il sortirait de là, il transférerait tout sur son ordi, prêt à être envoyé par mail depuis la chambre d'hôtes. Un coup de fil à Gareth d'abord. « Chie ou lâche le pot de chambre » ? C'était Gareth qui allait faire dans son froc.

Il observa le magasin pendant un moment depuis l'autre côté de la rue, feignant d'admirer l'étal de la fleuriste. Mieux valait attendre qu'il n'y ait pas de cliente. De nouveau, il parcourut des yeux la rue pour s'assurer que la voiture de Lydia n'était pas là.

Cathy ne voudrait pas d'une réconciliation : elle ne s'était jamais entendue avec sa mère, n'avait jamais fait d'efforts pour. Quoi qu'il en soit, cette affaire allait changer sa vie. Et qui savait de quoi il aurait envie, lui, quand tout serait terminé ?

La veille de sa rencontre avec Cathy, il avait été mêlé à une rixe dans un pub. Après, impossible de se rappeler comment tout avait commencé. Dieu merci, l'époque des bagarres était révolue depuis belle lurette pour lui.

Voilà, la boutique était déserte, en dehors de la propriétaire qui remettait sur des cintres des vêtements pris dans la cabine d'essayage. Il ne savait pas trop comment amorcer la conversation ; enfin, il verrait bien comment ça se goupillait. Il avait évidemment sondé Mme Jackson, mais elle ne lui avait rien appris d'utile. Les mêmes détails vagues fournis par Lydia en personne, comme quoi elle était venue en Amérique avec son mari, avait vécu dans divers États, divorcé, puis s'était installée à Kensington. Mme Jackson ne connaissait pas Lydia intimement et, de toute façon, elle était trop fermement attachée à son rôle de vedette pour s'intéresser aux figurants.

— Vous cherchez quelque chose de particulier ? lui lança la vendeuse.

— Un cadeau pour ma femme.

— Je m'appelle Amber. Je vous laisse regarder tranquillement ? Si vous avez besoin d'aide pour quoi que ce soit, n'hésitez pas.

— C'est joli, remarqua Grabowski en prenant un cardigan brodé de perles.

— Oh oui, c'est mignon ! Et c'est une valeur sûre. Quelle taille fait votre femme ?

Il réfléchit.

— Elle est grande et mince. Taille dix, peut-être.

— C'est une taille britannique ? Ici, ce sera taille six. Vous séjournez chez Mme Jackson ?

— En effet.

Elle avait envie de papoter. Il pourrait donc glaner quelque chose. Mais peut-être le moment était-il mal choisi. Ne valait-il pas mieux attendre un ou deux jours, puis tout régler dans la foulée avec une rapide incursion chez Lydia ?

— Très bien, dit Amber. Je crois que vous avez fait la connaissance de mon amie Lydia… Mme Jackson l'a invitée à déguster des scones.

— Oui. Nous avons goûté les célèbres scones.

Il s'avança vers un présentoir de robes de soirée et en examina une.

— C'est ma préférée, déclara Amber.

C'était une petite blonde, un peu insignifiante, un peu écervelée.

— Lydia a la même, justement, ajouta-t-elle. Elle est absolument splendide dedans. Quel genre de teint a votre femme ? Est-elle brune ?

Il souleva la robe et l'examina, de face et de dos. Cette Amber était vraiment bavarde. Et elle allait répéter leur conversation à Lydia à la seconde où elle la verrait.

— Ma femme est blonde, dit-il. Avec un teint très pâle.

— Ah, lâcha Amber. Eh bien, ce modèle existe aussi en taffetas bleu - là, regardez. Qu'en pensez-vous ?

Ce serait une bonne idée aussi d'avoir un enregistrement. Il faudrait qu'il achète un appareil numérique et qu'il le laisse allumé dans sa poche. Il aurait dû y penser plus tôt. Ce n'était pas pour trois sous de plus, comme dirait sa mère. Eh bien, il n'allait pas se saborder. Au contraire, il comptait bien arriver à bon port.

— C'est très joli, affirma-t-il. Pourrais-je en voir d'autres ?

Amber lui montra toutes les robes, soulignant les détails, nommant les tissus, expliquant la manière dont tombait l'encolure avant d'ajouter :

— Celle de Lydia est superbe. Avez-vous passé un bon moment, à parler de Londres ?

Il compara deux robes d'un air distrait, les tenant à bout de bras pour mieux juger. Il n'allait pas témoigner d'intérêt pour Lydia. Ainsi, quand Amber rapporterait la conversation à son amie, rien ne pourrait lui mettre la puce à l'oreille.

— Qu'en pensez-vous ? demanda-t-elle. Vous avez une intuition, une petite idée de celle qui irait le mieux à votre femme ?

Son intuition lui disait que le mieux serait d'attendre mercredi après-midi avant de faire quoi que ce soit. Si Lydia avait un début de soupçons, il ne ferait rien d'ici là pour les confirmer ; bien au contraire, il l'éviterait complètement. Le mercredi après-midi, elle ne travaillait pas et venait ici, à la boutique. Cela lui laissait la voie libre pour aller voir la petite vieille au chenil. S'il abattait ses cartes comme il fallait, il en tirerait quelque chose d'utile, un témoignage de l'employeur. Puis il irait chez elle. Encore quatre jours et il aurait tout ce qu'il lui fallait. Et peu après cette ville serait sur la carte jusqu'à la fin des temps. C'était Chappaquiddick, Roswell et Dealey Plaza à la fois. Une couverture médiatique vingt-quatre heures sur vingt-quatre, à saturation, dans le monde entier.

— Je ne peux pas me décider, répondit-il. Il faut que je réfléchisse.

— Oh, je vous en prie, répliqua Amber avec un sourire affable. Il ne faut jamais se précipiter.

23

APRÈS LE BRUNCH DU DIMANCHE, le petit ami de Tevis et le mari de Suzie insistèrent pour emmener les enfants en promenade dans les bois. Lydia songea à les accompagner. Elle se sentait fébrile et ne voulait pas rester assise à ne rien faire. Cependant, elle ne se décidait pas à se lever.

— Maya, dit Mike. Bouge-toi les fesses. On va en balade.

— Pourquoi est-ce que je suis obligée de venir ? se plaignit Maya. J'ai horreur de marcher.

Mike lui adressa un large sourire. Grand et blond, le visage piqué de taches de rousseur, il était toujours en pleine forme. Rien qu'à le regarder, Lydia se sentait encore plus épuisée.

— Ne m'oblige pas à te passer les menottes.

Maya se tourna vers Lydia.

— Toujours les mêmes plaisanteries éculées.

— Les plus vieilles sont les meilleures, rétorqua Mike en se tapant sur la cuisse. Pourquoi le poulet a-t-il traversé la route ?

— Oh, mon Dieu, papa, gémit Maya. Tu vis vraiment à l'âge de pierre !

— Réponse de la police de Los Angeles : « On ne sait pas, mais donnez-nous cinq minutes avec le poulet et on va l'apprendre. »

— Je ne bouge pas d'ici, s'entêta Maya, repliant les jambes sous elle.

Suzie sortit de la cuisine sur la terrasse et empila d'autres assiettes.

— Steve est parti devant ?

— Il fait monter les troupes en voiture.

Mike mit les mains sur les épaules de Maya.

— Ça ne t'ennuie pas qu'on prenne Rufus avec nous, Lydia ?

— Pas de problème, répondit-elle.

Mike, elle le voyait, s'efforçait d'éviter une confrontation entre Maya et sa mère.

— Toi, jeune fille, lança Suzie, file !

Maya ouvrit la bouche mais Mike se pencha vers elle et lui murmura quelque chose à l'oreille pour la faire rire.

— Viens, Rufus, dit-il ensuite, on va se promener.

Rufus était scotché aux chaussures de Lydia. Elle leva les pieds pour le laisser passer.

— Va, ordonna-t-elle.

Il se leva et se déplaça de dix centimètres avant de se blottir de nouveau sur ses orteils.

— D'accord, reste.

Après avoir assisté au départ des hommes et des enfants, Suzie, Amber et Tevis rejoignirent Lydia à table.

— Carson n'était pas censé venir aussi ? demanda Tevis.

— Disons qu'on s'est un peu disputés hier soir, avoua Lydia.

— Oh, mon Dieu, tout va bien ?

Amber la regardait, anxieuse.

— Ça va, affirma Lydia, souriant pour couper court aux questions. On avait tous les deux besoin d'espace aujourd'hui.

— Le type de la chambre d'hôtes est venu au magasin hier, annonça Amber. Il cherchait un cadeau pour sa femme. Il m'a paru gentil.

Tout le monde paraissait gentil à Amber, songea Lydia. Elle accordait sa sympathie sans discrimination. Quoi qu'il en soit, si Grabowski fouinait à la boutique, peut-être qu'elle n'était pas complètement paranoïaque. Peut-être sillonnait-il toute la ville en posant des questions.

— De quoi avez-vous parlé ?

— De rien, vraiment. Il s'intéressait aux robes du soir.

La veille, elle avait essayé toute la journée de ne plus y penser, en se répétant qu'elle était idiote. Parce que, vendredi, elle avait pris un congé et avait suivi Grabowski du matin jusqu'à la fin de l'après-midi. Y parvenir sans qu'il s'en aperçoive avait été plus difficile qu'elle ne l'avait escompté. Elle l'avait perdu de vue à plusieurs reprises : sachant sa voiture reconnaissable, elle demeurait trop en retrait quand il n'y avait pas beaucoup de circulation. Des années plus tôt, elle l'avait souvent semé en conduisant comme une dingue. Cette fois, elle avait roulé à une allure d'escargot et tout ce qu'elle avait vu, c'était un type qui prenait des photos de la rivière et des panneaux de signalisation. Elle avait essayé de se convaincre qu'elle devait cesser de se torturer. Le soir venu, bien sûr, ses doutes avaient refait surface. Et voilà qu'Amber lui disait que Grabowski était venu mettre son nez chez elle. Son premier instinct avait donc été le bon.

— Laquelle a-t-il achetée ? demanda-t-elle.

— Il n'est pas arrivé à choisir, répondit Amber. Il doit revenir la semaine prochaine. Je lui ai conseillé ne pas se précipiter.

— A-t-il mentionné que nous avons pris le thé ensemble avec Mme Jackson ?

— Oui. Ou plutôt c'est moi qui lui en ai parlé.

— Qu'a-t-il dit d'autre ?

Ce qu'elle voulait vraiment savoir, c'était ce qu'Amber avait raconté à ce type. Quand elle pensait à tous les trucs qu'elle avait confiés à son amie ! Elle avait été si négligente !

— Pas grand-chose. Que sa femme était blonde. Il s'intéressait à la même robe que toi, mais j'ai pensé qu'elle ne conviendrait peut-être pas au teint de son épouse. Je lui ai dit que tu étais superbe dans la tienne.

— Et quoi d'autre ?

— Ce type t'intéresse, Lydia ? intervint Tevis.

— Quoi d'autre ? insista Lydia. Je suis curieuse, c'est tout, parce que, pour te dire la vérité, il ne m'a pas paru sympathique, à moi. Plutôt un peu louche.

— Oh ! s'écria Amber. Vraiment ? Eh bien, il n'est pas resté longtemps, et nous avons parlé – enfin, moi, j'ai parlé – des robes...

« J'ai raté tous mes examens, par deux fois. » Pourquoi avait-elle raconté cela à Amber ? s'interrogeait Lydia. Pourquoi livrait-elle ce genre d'information ? Combien d'autres choses avait-elle dites à Amber, à Esther et aux autres dont Grabowski pouvait faire un tout ? « Ma mère est partie quand j'avais six ans. » L'autre jour, elle avait fini par avouer cela à Esther. Imprudent, stupide, irréfléchi. Le dossier de Carson était peut-être bien mince mais celui de Grabowski déborderait d'informations s'il parvenait à tromper toutes ses amies. Ses prétendues amies.

— Lydia, disait Tevis. Lydia, ça va ?

Elles la trahiraient. Pourquoi s'était-elle imaginé que cela n'arriverait jamais ?

— Lydia ?

Une succession de trahisons. Sa vie n'avait été qu'une succession de trahisons. Elle ne pourrait jamais, jamais faire confiance à personne, et elle aurait dû retenir cette leçon depuis belle lurette. Durant sa lune de miel, que son mari avait passée à téléphoner à sa maîtresse. Non, même longtemps avant ça. Quand sa mère l'avait laissée assise sur les marches de leur maison pour se diriger vers la voiture, sa valise à la main.

— Lydia ? insista Suzie.

Elle était en train de devenir folle. Il fallait qu'elle se reprenne. Elle aurait dû aller en promenade avec les enfants. Faire une longue balade et puis nager.

— Tu veux un verre d'eau ? demanda Amber.

Lydia fit signe que non.

— Tu as mal à la tête ?

Elle les regarda tour à tour, lut l'inquiétude sur leurs traits.

— Je suis désolée, dit-elle. Je suis un peu préoccupée.

— On a cru que tu n'étais plus là, répondit Suzie.

Lydia lui sourit. Elle rougit légèrement, honteuse d'avoir été aussi prompte à condamner ses amies.

Un silence se fit. La brise se leva et le soleil plongea derrière un nuage. Le jardin de Tevis comprenait un parterre d'herbes aromatiques sur un lit de gravier, qui embaumait le thym quand le vent soufflait. Au fond se trouvait un petit bassin rempli de roseaux et de nénuphars.

— Je vais me dégourdir les jambes, annonça Lydia.

Elle se dirigea vers le bassin.

La veille au soir, Carson était venu. Ç'avait été affreux. Elle avait fait une scène horrible. Pourquoi s'était-elle conduite ainsi ? C'était de la méchanceté gratuite. Rufus s'agitait à ses pieds. Il pouvait être vraiment pénible, parfois. Elle le prit dans ses bras. Toute la journée durant, elle avait essayé de se persuader qu'il n'y avait rien de menaçant dans la présence de Grabowski. De tourner et retourner ses doutes dans sa tête, comme une lessive interminable qui va de plus en plus vite à l'essorage, le linge pêle-mêle, tassé, indistinct. À l'arrivée de Carson, elle était tellement à cran qu'elle avait eu un mouvement de recul quand il l'avait embrassée pour lui dire bonjour.

Elle était à peine capable d'articuler un son.

— Tu sais que tu peux me parler si tu veux, avait-il déclaré. De n'importe quoi. Je suis là.

Elle avait été saisie par l'envie de hurler. De lui lancer à la tête que non, elle ne pouvait lui parler de rien. De rien du tout.

— Merci, avait-elle répondu en serrant les dents.

— C'est vrai, avait-il insisté.

La sincérité de son regard était brûlante, insupportable.

— Si tu ne veux pas me laisser te connaître, très bien. Nous continuerons comme maintenant. Mais il y a peu de choses que je ne ferais pas pour toi. J'espère que tu le sais, Lydia.

— Qu'est-ce que tu ferais pour moi ? avait-elle riposté, car c'était stupide de sa part d'affirmer une chose pareille. Qu'est-ce que tu ferais vraiment ?

Il lui avait pris la main.

— Mets-moi à l'épreuve, avait-il suggéré doucement.

— Tu abandonnerais tout ? avait-elle répliqué, criant presque. Tu abandonnerais ta maison, ton travail, tes amis ?

Il ne se rendait pas compte. Il fallait qu'elle lui fasse comprendre que s'il disait quelque chose de ce genre, il devait parler sérieusement.

— Tu sacrifierais tout, s'il le fallait, pour être avec moi ? J'en doute.

Elle avait retiré brutalement sa main. Si Grabowski la dénonçait, toute la vie de Carson en serait bouleversée. À condition qu'il reste – ce qu'il ne ferait pas – quand viendrait le moment de décider. Si elle devait s'enfuir en catastrophe, partirait-il avec elle sur-le-champ, sans exiger un mot d'explication ? Elle n'était pas assez sotte pour le croire. Et si elle s'expliquait ? Non, c'était sans espoir.

Il avait essayé de répondre, mais elle ne lui en avait pas laissé le temps.

— Tout ça, c'est des paroles en l'air. On passe de bons moments. On couche ensemble. On se tient compagnie. Mais c'est tout. Ne viens pas me dire que tu ferais n'importe quoi pour moi, parce que tu n'en sais rien. Tu n'en as aucune idée !

Elle tremblait. Elle voulait qu'il la prenne dans ses bras en affirmant que tout allait s'arranger. Elle voulait verser des larmes au creux de son cou. S'il lui disait, là maintenant : Il faut que tu me racontes tout, elle le ferait. Elle ne pouvait plus garder tout ça en elle. Il arriverait ce qu'il arriverait. Elle en avait assez, assez d'essayer de tout contrôler dans les moindres détails.

Il avait gardé le silence, en se massant la nuque et en levant les yeux vers le plafond.

Au bout d'un moment, alors qu'elle savait déjà qu'il était trop tard et que l'instant s'était enfui, il avait dit :

— Je suis quelqu'un de sérieux, Lydia. Quand vas-tu commencer à me traiter comme tel ? Je ne veux pas jouer à de petits jeux.

Elle avait pleuré alors, et il l'avait tenue contre lui, mais la distance entre eux était trop vaste, trop importante pour être comblée par ses larmes. Comment pourrait-elle jamais s'expliquer ? Si elle essayait, comment pourrait-il jamais comprendre ? Carson n'était pas en faute. Peut-être ne pouvait-on jamais comprendre autrui. Et dans son cas, c'était trop exiger d'un être humain.

Elle retourna sur la terrasse en bois. Amber parlait de Phil, et racontait où ils étaient allés pour leur rendez-vous.

— Alors, fit Suzie, ça va devenir plus sérieux ?

— Hier soir, durant le repas, dit Amber, il parlait et je l'écoutais, puis c'était moi qui intervenais. Vous savez, c'était chacun à son tour...

— Ça s'appelle une conversation, ironisa Tevis.

— Mais je n'étais pas vraiment dans la conversation, répondit Amber. J'étais comme spectatrice et je me disais : Waouh, cette discussion a l'air mortelle. J'espère que cette femme sait ce qu'elle fait. J'espère qu'elle ne va pas tout faire rater avec ce type assis là à lui parler de son SII.

— SII ? Il parlait finances ? demanda Suzie.

— Syndrome de l'intestin irritable, expliqua Tevis. Tu n'as même pas couché avec lui et il est déjà en train de te parler de ça ?

— Il faut qu'il fasse attention à ce qu'il mange, gloussa Amber.

— Tu avais l'air tout excitée à propos de lui, la dernière fois, remarqua Lydia en reprenant sa place à table.

— Je sais, dit Amber. J'ai l'air inconstante ? C'est vrai que je le trouve vraiment gentil, mais...

— Tu es la personne la plus généreuse que j'aie jamais rencontrée, répliqua Lydia en tapotant la main d'Amber. Tu trouves tout le monde vraiment gentil.

— Oh ! Eh bien, dans l'ensemble, c'est vrai.

— C'est quelque chose que tu m'as appris, insista Lydia. Ou que je suis encore en train d'apprendre.

— Alors, c'est fini, pour toi ? demanda Suzie à Amber.

— Je crois que je vais laisser les choses se tasser, répondit-elle.

— On dirait qu'elles ont atteint leur apogée, quand même, commenta Suzie, s'il parlait de son SII... Ma vieille, tu aurais dû le filmer.

— Flûte, lâcha Tevis. J'ai oublié le dessert. J'ai deux énormes tiramisus dans le frigo. Quelqu'un en veut ?

Lydia mit de l'ordre dans la cuisine pendant que Tevis lavait et coupait des fraises avant de servir des parts de tiramisu dans des coupes. Elle rangea les assiettes dans le lave-vaisselle, récura une casserole tout en songeant à Grabowski. Il était impossible qu'il l'ait suivie. Chaque jour, elle avait regardé par-dessus son épaule, vérifié ses rétroviseurs, le cherchant des yeux. La seule à avoir suivi quiconque, c'était elle.

Un seul être menaçait de détruire son univers : elle-même. Elle était sa pire ennemie. Un an après sa fuite à la nage vers sa nouvelle vie, elle s'était imaginé qu'une voisine avait deviné sa véritable identité. Et quelle crise de folie paranoïaque cela avait provoqué !

Elle sentait la tension s'accumuler en elle, un de ces nuages noirs qui précèdent l'orage. Mais pendant combien de temps allait-elle vivre ainsi, de toute façon ?

Elle ramassa une planche à découper et un couteau sales. Quand elle eut lavé le couteau, elle continua à le tourner et le retourner entre ses mains. Elle revit le sang qui coulait sur son orteil, sur son pied et jusque sur sa cheville, pareil à une fleur écarlate qui éclôt et s'épanouit. Elle fixa le couteau. Tout faire sortir, se dit-elle. Si seulement elle pouvait tout faire sortir. Par la plus minuscule des piqûres, une valve infime ; percer, aspirer, saigner.

— Laisse la vaisselle, suggéra Tevis. Emportons ces desserts dehors.

Lydia s'essuya les mains. Il fallait qu'elle se calme.

— Tu es prête ? demanda Tevis.

Elle ne voulait pas se calmer. Pourquoi l'aurait-elle dû ? Était-elle condamnée à vivre ainsi indéfiniment ? À toujours retenir son souffle, toujours marcher sur la pointe des pieds. La rébellion bouillonnait en elle, une bouffée d'adrénaline qui la soulevait presque. Depuis combien de temps ne s'était-elle pas envolée comme cela ? Autrefois, quand elle était à terre, ne se relevait-elle pas chaque fois ?

— Tevis, dit-elle en jetant la serviette de côté, je veux que tu me lises les tarots. On peut faire ça d'abord ?

Le salon ressemblait à une caverne de trésors orientaux, un gros bouddha en onyx trônant sur un coffre à thé japonais entre tentures indiennes et meubles indonésiens. Tevis alla chercher son jeu de tarots et s'assit en tailleur par terre, à côté de la petite table recouverte d'une mosaïque représentant une sirène. Lydia s'installa à l'autre bout.

— Cherches-tu à découvrir quelque chose en particulier par cette lecture ? questionna Tevis.

Elle portait un haut en coton froissé, noué au cou par un cordon à petites clochettes dorées.

— Ne me dis pas ce que c'est. Garde-le à l'esprit, c'est tout… Je vais tirer une croix celtique, poursuivit-elle. Tu as déjà fait ça ?

— Oui, mais c'était il y a très longtemps, répondit Lydia.

Elle avait tout fait, sans parvenir à être bien dans sa peau – contrairement à Tevis. Jamais celle-ci ne se souciait de l'opinion des autres. À cet instant, elle semblait la sérénité incarnée.

Tevis disposa sept cartes en croix.

— Cette partie s'appelle le bâton, expliqua-t-elle en ajoutant quatre autres cartes.

Les tarots ne pouvaient lui dire ce qu'elle voulait savoir, pensa Lydia. Tevis non plus. Personne ne pouvait le lui dire. Il fallait qu'elle s'enfuie. Qu'elle aille ailleurs. N'importe où. Tout de suite.

Rufus déboula en courant pour voir ce qui se passait et balaya de la queue quelques cartes qui tombèrent sur le sol.

— Laissons ça, dit Lydia.

Elle ramassa les cartes au sol et les rebattit.

— Ça n'a pas d'importance, affirma Tevis. Je peux recommencer.

— Je sais, mais j'ai changé d'avis. Rufus a décidé pour moi. Il est plein de sagesse, tu sais.

Lydia se força à rire, songeant qu'elle ferait mieux d'aller nager. Tâcher de s'éclaircir les idées.

Tevis rassembla les cartes et les remit dans le paquet en constatant :

— Tu ne crois pas à ces trucs hippies débiles.

— Tu y crois, toi ? répliqua Lydia. Aux tarots, aux runes, à l'horoscope, au chakra, au channelling ?

— Cette semaine, à l'agence…, commença Tevis.

Tout en réfléchissant, elle se fit un chignon rapide et y enfonça un crayon à papier.

— … Cette semaine, à l'agence, j'ai fait visiter cinq maisons, passé une cinquantaine de coups de téléphone, lu ou envoyé une centaine de mails. J'ai bu quinze cafés, eu six réunions avec mes collègues : je suis allée aux toilettes douze fois. J'ai lu la nouvelle réglementation concernant les comptes bloqués, fait trois estimations et préparé une demi-douzaine de contrats. J'ai filé deux collants. Le point culminant de la semaine, pour tout le monde, a été l'arrivée de la nouvelle fontaine à eau.

Elle se tut, puis fit la moue et haussa les épaules.

— Je ne sais pas ce qui est le plus dingue : les trucs que je fais au boulot ou ceux que je fais en dehors.

Lydia se gara et remonta Albert Street jusqu'au drug-store pour s'acheter de l'aspirine. Son mal à la tête était devenu insupportable. Elle prendrait des comprimés et irait nager, et après elle pourrait y voir plus clair, décider exactement quoi faire et quand.

Albert Street était morte, rien ne bougeait. Combien d'années allait-elle s'enterrer ici ? Il était largement temps qu'elle se souvienne qu'elle-même n'était pas réellement morte.

Elle devrait déménager. Aller s'installer à New York ou Washington et recommencer à vivre. C'était le moment. Lawrence lui avait fourni un plan de secours – un autre passeport et une autre identité, au cas où elle en aurait besoin un jour. Il était fort probable que ce ne serait pas le cas, et elle n'avait pas envie de devoir réapprendre à répondre à un autre nom. Mais de toute manière, elle devrait se réinventer ailleurs.

Elle était employée dans un chenil à Kensington alors qu'elle aurait pu jouer les mondaines à Washington – elle était encore assez séduisante pour ça. Elle croiserait peut-être de vieux amis, là-bas. Si elle parvenait à s'infiltrer dans certains de ses anciens cercles… Elle sourit.

Au drugstore, Mme Deaver s'apprêtait à fermer.

— Je vais faire vite, assura Lydia. Il me faut seulement de l'aspirine et du mascara.

— Prenez tout le temps que vous voulez, répondit Mme Deaver. Et si vous avez besoin d'aide, dites-le-moi.

Lydia choisit un flacon d'aspirine. Le rayon des cosmétiques était à l'arrière. Elle examina deux mascaras, en glissa un dans sa poche et remit l'autre sur l'étagère.

Mme Deaver encaissa les comprimés.

— Vous n'avez pas trouvé ce que vous cherchiez au fond ?

— Non, madame Deaver. En fait, j'ai décidé que je n'en avais pas besoin après tout.

Elle lui dit au revoir, sortit dans la rue et scruta celle-ci dans les deux sens. Dans son ancienne vie, elle ne pouvait mettre un pied dehors sans vérifier d'abord où étaient les objectifs. Elle remonta Albert Street, imaginant les photographes en train de marcher à reculons devant elle, tandis que d'autres l'appelaient de chaque côté. Allait-elle retourner à cela ? Était-ce ce qu'elle désirait ? Elle avait la chair de poule. Accroche-toi, se dit-elle. Accroche-toi. Ça va barder.

24

IL AVAIT DEUX JOURS À TUER avant mercredi et ce seraient les deux plus longs de sa vie. Que faire pour accélérer le mouvement ? Il avait vérifié son travail mille fois. Désormais, il n'y avait plus qu'à prendre son mal en patience. Il voulait « interviewer » la femme qui tenait le chenil – et s'il attendait l'après-midi de congé de Lydia, il ne courrait aucun risque de tomber sur elle. Il veillerait à bien formuler ses questions. Avec un peu de chance, la petite vieille n'y verrait que du feu ; elle ne répéterait rien à Lydia, et Lydia ne prendrait pas la fuite avant que l'affaire n'éclate.

La nuit précédente, il était resté éveillé à se demander s'il devait envoyer quelques photos à Gareth par précaution : et la chambre d'hôtes ne risquait-elle pas d'être ravagée par un incendie ? C'était une crainte idiote, il le savait. Il emportait ses affaires partout. S'il venait à les égarer, ce qui n'arriverait pas, il possédait un double des clichés sur une clé USB dans le tiroir du bureau. L'envoi d'un mail serait dangereux : si quelqu'un le lisait à l'agence de Gareth, tout circulerait sur Internet en un clin d'œil, et impossible de contrôler ça. Alors il prendrait plutôt l'avion avec le tout à l'abri, en sécurité sur son ordinateur portable et nulle part ailleurs. Gareth arrangerait un rendez-vous avec le *Sunday Times* et il le leur montrerait. Il la leur donnerait rien avant qu'ils se soient mis d'accord pour le paiement.

Patience. Dix ans sans un seul reportage vraiment marquant. Deux jours de plus, ce n'était rien.

Le bar de Gains ouvrait à midi et Grabber arriva au moment où le barman remontait le rideau. Il joua au billard avec un mécanicien qui avait une jambe plus courte que l'autre et une démarche chaloupée de pirate. Il but des sodas light, un œil sur ses affaires et l'autre sur la porte. Si la femme se pointait, il ficherait le camp. Non qu'il ait eu la moindre raison de se sentir coupable. Mais il pouvait se passer d'une scène.

Combien toucherait-il pour un reportage en exclusivité ? Un million ne serait pas excessif. En fait, un million serait trop peu.

Il prit un tabouret au bar et commanda une bière. Il chercha quelque chose à dire au barman, mais le type avait une tête de piqûre de guêpe, et de toute façon il avait sûrement besoin de ses deux cellules grises pour essuyer les verres.

À son retour, les gars du pub lui en feraient baver. C'était comme ça quand quelqu'un avait du succès : il fallait le ridiculiser pour l'empêcher de se prendre la grosse tête. Ils en crèveraient de jalousie, tous. Mais ils seraient contents pour lui. La plupart. Il en serait quitte pour payer des tournées toute la soirée.

La vieille femme du chenil. Il devait réfléchir à la façon de s'y prendre avec elle. Inventer un prétexte pour l'aborder, une raison qui l'inciterait à s'ouvrir. Quand elle serait en confiance, ce serait un jeu d'enfant de la guider dans la bonne direction, d'aiguiller la conversation sur Lydia. Il ne lui fallait qu'une poignée de détails, qu'il enregistrerait avec l'appareil dissimulé dans sa poche. Il en achèterait un demain. La moindre information donnerait du poids à l'histoire.

« D'après Mme Jackson, Lydia a grandi à Southampton. — Oh non, mon cher, Lydia a grandi à… » Peu importait ce qu'elle raconterait. Ce serait utile dans un sens comme dans l'autre. Si Lydia avait dit à la vieille dame un brin de vérité sur son enfance, le journal le publierait, bien sûr, afin d'étayer sa théorie. Si elle avait inventé des salades, le journal le publierait aussi, afin de démontrer qu'un tissu de mensonges entourait sa fausse identité.

Il n'était jamais difficile de faire parler les gens. Un peu de flatterie suffisait, et pour ça il avait l'entraînement. Un après-midi, il avait su par un tuyau qu'elle avait emmené les garçons au cinéma sur Leicester Square, mais en arrivant il n'avait pas vu sa voiture garée dans les environs et s'était demandé s'il ne perdait pas son temps. Il n'y avait pas d'autres photographes en vue. Si elle était vraiment à l'intérieur, elle avait réussi à semer tout le monde.

Il avait traîné dans le hall du cinéma, après avoir laissé son appareil photo dans la voiture, bien sûr. Il avait fait semblant de lire les critiques affichées sur plusieurs piliers, puis il avait acheté un ticket pour une séance qui commençait plus tard et engagé une conversation anodine avec la caissière. Il n'était pas venu dans ce cinéma depuis son ouverture, avait-il dit. Est-ce qu'il n'avait pas été inauguré par le duc d'Édimbourg en 1985 ? Si, en effet, avait déclaré la caissière, il y a une plaque là-bas, justement. Grabowski s'était retourné pour jeter un coup d'œil dessus, bien qu'il l'eût déjà repérée. Et le duc venait-il parfois voir des films ici ? Pas que je sache, avait répondu la caissière. De toute façon, vous seriez trop discrète pour en parler, avait-il observé. La caissière s'était rengorgée tout en lui confiant : Eh bien, je ne suis pas censée le dire, mais la princesse de Galles est ici en ce moment même, avec ses deux fils

Vraiment, s'était-il écrié, et est-elle aussi belle dans la vraie vie qu'en photo ? Elle est superbe, avait déclaré la caissière. Vous savez à quel point elle est superbe en photo, hein, mais elle est encore mieux que ça.

Il savait quoi dire à la dame aux chiens. Et peu importait ce qu'elle lui dirait, elle. Quoi que ce soit, cela lui fournirait un cadre génial. Lydia est merveilleuse avec les gens comme avec les animaux. Lydia n'a pas raconté grand-chose sur son passé. Lydia prend du sucre dans son café. Le moindre détail étofferait son récit, pour répondre à un appétit insatiable. Car le public se délecterait de chaque « révélation » de son employeuse : il n'y en aurait jamais assez, et chacun en ferait ce que bon lui semblerait.

— Je vais prendre une autre bière, dit Grabowski. Eh, qu'est-ce que les gens font pour se distraire, par ici ?

Le barman le regarda d'un air soupçonneux, comme s'il lui avait posé une question piège.

— Pour se distraire ? répéta-t-il, aboyant presque. Ben, le week-end, il y en a qui vont à la chasse. C'est assez populaire. Vous êtes chasseur ?

— Non, répondit Grabowski.

Il s'était mis à plat ventre dans les genêts à Balmoral, mais ce n'était pas un chevreuil qu'il avait eu dans sa ligne de mire.

— Je n'aime pas les sports sanguinaires.

Le barman hocha la tête.

— C'est excitant. On ne peut pas l'expliquer à quelqu'un qui ne l'a jamais fait. Mais il faut avoir un permis, les lois sont strictes là-dessus.

Il passa la journée au bar, sirotant lentement une bière après l'autre. Quand arriva le soir, il espérait à moitié que la femme allait venir parce qu'il commençait à devenir dingue, à force de s'ennuyer. Elle ne se montra pas.

Vers dix heures, il retourna à Kensington, se gara, rangea ses affaires, puis décida d'aller à pied jusqu'au débit de boissons, sans savoir d'ailleurs s'il serait encore ouvert, vu que cette ville était un vrai cimetière après neuf heures.

Un tel silence régnait dans Fairfax que le bruit de ses pas résonnait comme une impolitesse. Dans Albert, un vieil homme sortit d'un pas hésitant de son pavillon, toussa et rentra. Les rues étaient désertées, c'était à peine si une voiture passait de temps en temps.

Au moment où il traversait, un véhicule approcha, sur sa gauche. L'automobiliste ne roulait pas vite, Grabowski avait tout son temps. Descendant du trottoir, il se tourna instinctivement pour vérifier que rien ne venait de la droite. Alors, un moteur rugit dans son dos. Il fit volte-face et vit la voiture arriver en trombe, les phares braqués sur lui. Un instant, il resta paralysé sur place, ne sachant s'il devait battre en retraite ou traverser à toutes jambes. Une voix criait : NON ! C'était la sienne. Ensuite, il courut vers l'autre côté de la rue, la voiture presque sur lui. Il courut pour sa vie, le bruit du moteur lui arrachant les oreilles.

Elle n'allait pas le renverser, même si elle avait accéléré ; elle venait d'assez loin pour que ce ne soit pas... Avant qu'il ait achevé de formuler cette pensée, le véhicule fit une brusque embardée vers lui. Il hurla. Cette fois, c'était la fin.

Il se raidit face à l'impact, comme si bander son torse et les muscles de ses bras pouvait le préparer à affronter une tonne de métal lancée à quatre-vingts miles à l'heure.

La voiture produisait un tel déplacement d'air qu'il pivota presque sur lui-même quand elle se déporta soudain à droite et le dépassa.

— Enfoiré ! vociféra-t-il. Espèce d'…

Il s'interrompit. C'était la Sport Trac de Lydia.

Elle avait essayé de le tuer.

Elle savait.

Il ferma les yeux et fit le signe de croix.

Qu'est-ce que cela signifiait ? Il tenta de réfléchir, le cœur cognant encore à jaillir de sa chemise. Qu'est-ce que cela signifiait ? Cela signifiait au moins une chose, clairement : il allait devoir accélérer le mouvement.

25

CE LUNDI SOIR, LYDIA ÉTAIT ALLÉE DÎNER chez Esther. À présent, elle rentrait en traversant la ville et tentait de se focaliser sur le plaisir que le lendemain allait lui apporter. Elle avait demandé une nouvelle journée de congé, mais elle irait travailler dans l'après-midi et présenterait à Esther l'argent obtenu par la vente du bracelet. Si l'expert était bien de retour, elle obtiendrait sans doute un chèque sur-le-champ.

Au cours du repas, Esther lui avait appris qu'elle avait réussi à se procurer des fonds supplémentaires de la Société protectrice des animaux. Seulement, comme l'argent ne serait pas disponible avant plusieurs semaines, elles devraient tenir bon jusque-là.

— Je sais que nous prenons le thé chez Amber demain, avait ajouté Esther, mais je voulais aussi marquer ton anniversaire. Je ne suis pas sûre que tu saches à quel point j'apprécie tout ce que tu fais.

Esther n'était pas du genre à aimer les embrassades, par conséquent Lydia ne lui avait pas infligé ça.

La veille au soir, alors qu'elle se sentait crevée, toutes sortes d'idées lui étaient passées par la tête. Pourquoi quitterait-elle cet endroit ? Pourquoi s'exposerait-elle de nouveau à la torture ? Ce qu'elle avait trouvé ici, c'était une sorte de paix. Et des amis.

Ce qu'elle n'arrivait toujours pas à expliquer avec certitude, c'était la présence de Grabowski ici. S'agissait-il d'une pure coïncidence ? Devait-elle vraiment croire cela ?

Elle s'arrêta à un feu rouge, pianotant sur le volant.

Elle devait essayer. Il le fallait, sinon elle allait devenir folle. Réveiller tous les démons dont elle croyait avoir triomphé.

Une fois de plus, elle passa la situation en revue. Grabowski n'avait manifesté aucun signe indiquant qu'il l'avait reconnue. Il ne l'avait pas suivie : elle s'en était assurée puisque c'était elle qui l'avait suivi.

Le feu passa au vert mais elle resta immobile. Quelque chose ne collait pas, quelque chose devait lui avoir échappé, pensa-t-elle tout en enclenchant enfin une vitesse pour repartir. Ils s'étaient rencontrés le mercredi, et à aucun moment il n'avait essayé de l'approcher depuis.

Depuis, non. Mais avant ? Mercredi, elle l'avait vu pour la première fois, mais était-ce la première fois qu'il la voyait, lui ?

Depuis combien de temps était-il en ville ? Quand Mme Jackson était venue au magasin d'Amber pour l'inviter à faire sa connaissance, c'était une bonne semaine auparavant. S'il l'avait déjà vue, il possédait toutes les photos dont il avait besoin.

Mais qu'attendait-il, dans ce cas ? Pourquoi jouait-il au chat et à la souris avec elle ?

Elle agrippa le volant, envahie par la nausée. Cela ne pouvait pas arriver. Elle ne le laisserait pas faire, il n'avait pas le droit ! *Pas-le-droit, pas-le-droit, pas-le-droit.* Les mots s'embouteillèrent dans sa tête.

Ce n'était pas un raton laveur qui rôdait dans le laurier-rose de Carson... Maudit soit-il ! Maudit soit John Grabowski ! De quel droit faisait-il cela ?

La ville défilait de chaque côté des vitres. Sans rien ni personne sur la route qui se déroulait devant elle, Lydia ne songeait qu'à John Grabowski et à la haine qu'elle lui vouait.

Surgi de nulle part, il s'avança sur la chaussée.

Elle n'hésita pas : elle appuya sur la pédale d'accélérateur. Il lui prendrait sa vie, s'il le pouvait. Il la lui prendrait sans le moindre regret. Elle écrasa la pédale. Il courait, mais elle allait l'avoir, il ne s'échapperait pas…

Au dernier moment, elle fit un écart pour l'éviter et, le temps qu'elle arrive chez elle, la sueur qui l'avait submergée courait glacée le long de son dos.

Sous la douche elle se savonna méticuleusement tout le corps. La raison lui avait glissé entre les doigts plus facilement qu'une savonnette. Ce n'était pas Grabowski qui la torturait. Elle se torturait toute seule. Ce manège étourdissant de doutes et d'émotions, elle avait choisi d'y monter, et si cela ne lui plaisait pas, elle pouvait choisir d'en descendre. N'avait-elle pas appris cela, à l'heure qu'il était ? C'était la plus dure des leçons. Il ne servait à rien de blâmer les autres. Il ne servait à rien de se déchaîner contre eux. Elle avait dû renoncer à tout et à tout le monde rien que pour découvrir qu'on était seul responsable de sa propre tranquillité d'esprit.

Comme elle sortait de la douche, on sonna à la porte. Il était dix heures et demie passées, personne ne venait à une heure pareille.

Elle pouvait inventer une dizaine de fables pour rendre Grabowski responsable de ce…   quoi donc ? – … cette rechute ? Ce n'étaient pourtant que des inventions. Peut-être lui procuraient-elles une sorte d'excitation, mais, au bout du compte, tout ce qu'elle avait vu, de ses propres yeux, c'était un type en train de vaquer à ses affaires. Et elle avait été à deux doigts de l'écraser.

La sonnette retentit de nouveau. Il était venu se confronter à elle. Elle ne savait pas quoi lui dire, mais en tout cas elle méritait d'avoir à assumer ça immédiatement.

Toujours en robe de chambre, elle ouvrit la porte.

— Je sais qu'il est tard, déclara Carson. Mais puis-je entrer ? Il faut qu'on parle.

Elle ouvrit une bouteille de vin rouge, alla chercher des verres et s'assit sur le canapé, s'attendant qu'il se mette à côté d'elle. Il s'installa en face.

— J'ai réfléchi à ce qui s'est passé l'autre jour. J'ai l'impression qu'on tourne en rond, tous les deux.

Il lui sourit. C'était un sourire plein de regret, qui suggérait que tout était fini, et qu'il était venu dire au revoir.

— On ne peut pas oublier ça ? demanda Lydia. Juste continuer comme avant ?

Il se pencha vers elle, et l'espace d'un moment troublant, douloureux, elle crut qu'il allait se lever et venir jusqu'à elle. Il se contenta de baisser la tête, et, quand il la redressa, il lança :

— J'ai dit que je ne te demanderais rien, je le sais mais il le faut. Je veux que tu me parles.

Elle étudia son visage, le gravant dans sa mémoire. Les rides sur son front, le grain de beauté sur le côté droit de son menton, ses lèvres gercées. Les yeux de Carson cherchèrent les siens.

— Nous parlons tout le temps, avança-t-elle.

— Tu sais ce que je veux dire.

Il soutint son regard, avec dans ses yeux sombres une lueur triste dont elle devinait précisément le sens.

Pourtant, elle essaierait de s'accrocher.

— Ne fais pas ça, dit-elle. On était bien avant.

307

— Cesse de me repousser, Lydia. J'ignore tout de toi, et chaque fois que j'essaie d'en discuter, tu te conduis comme si tout était terminé entre nous.

— Ça ne l'est pas ?

Il secoua la tête.

— Voilà que tu recommences. Qu'est-ce que tu caches donc ? Quel noir secret as-tu que tu ne peux pas partager avec moi ?

— Je suis désolée, lâcha-t-elle.

Elle se mordit la lèvre. Elle songea au sang qui coulait sur son pied. Elle l'imagina qui courait le long de son bras, de son corps ; imagina qu'elle le laissait couler.

— C'est tout ? rétorqua-t-il. « Je suis désolée » ? Quel genre de réponse est-ce là ? Tu es bigame ? Tu travailles pour le FBI ? Tu as tué quelqu'un ? Quoi ? Est-ce que tu n'es pas en train de compliquer les choses plus que nécessaire ? Que peux-tu avoir fait pour que je n'aie pas le droit de connaître le moindre détail à ton sujet ?

— Tu connais des tas de choses, protesta-t-elle. Par exemple, que je…

Il lui coupa la parole.

— Lydia, arrête. Arrête, bon sang, tu me rends fou !

Il se leva et elle sut que c'était fini, qu'il allait partir. Il vint s'asseoir à côté d'elle.

— Je dis que je ferais n'importe quoi pour toi, et tu te déchaînes contre moi. Comment suis-je censé prendre ça ? Tu es plus ou moins en train de me traiter de sale menteur. Est-ce vraiment ce que tu penses ?

— Non.

Le mot était sorti enveloppé de désespoir.

Il mit le bras autour de son épaule, l'attira contre lui et l'embrassa doucement sur la joue.

— Je ne m'attends pas à ce que tu vides ton sac tout de suite. Je te connais mieux que ça. Ce que je veux savoir, c'est si tu penses que notre relation a un avenir ; et dans ce cas, si tu acceptes de croire que je pourrais peut-être comprendre ces choses que tu trouves si difficile à raconter.

Elle n'avait qu'à répondre oui. Elle n'avait qu'à dire : J'essaierai. Mais elle l'aimait trop pour lui faire une promesse qu'elle ne pourrait jamais tenir.

— Je t'en prie, ne fais pas ça, supplia-t-elle.

Il se détacha d'elle. Se laissa aller en arrière sur le canapé, comme si elle l'avait finalement vaincu. Resta immobile une longue minute tandis qu'elle l'observait, le sang tambourinant à ses tempes.

— Bon, fit-il enfin. Bon. Il y a deux choses que je veux que tu saches. La première, c'est que je t'aime. Mais tu n'as peut-être pas envie de l'entendre. La seconde, c'est que je serai là si un jour tu changes d'avis.

Dès son réveil le lendemain matin, Lydia se dirigea vers la fenêtre de la chambre pour aller voir la lueur du jour. Il était tôt. Le soleil était voilé par une légère brume, la rosée paraissait laiteuse sur l'herbe, la surface de la piscine frisait puis s'aplanissait, les feuilles des érables dansaient dans la brise. Sur la pelouse, un lapin assis sur ses pattes arrière, les oreilles dressées, tournait la tête de droite et de gauche, guettant le moindre danger. Lydia appuya le front contre la vitre et son haleine embua le verre.

Aujourd'hui, c'était son anniversaire. Dans la vraie vie, ce ne serait pas son anniversaire avant deux mois. Dans la vraie vie, elle aurait quarante-six ans, et non quarante-cinq.

Quelle vraie vie ? Cette vie-là était sa vraie vie.

Elle enfila son maillot une pièce, attrapa une serviette dans la salle de bains et descendit à la piscine.

Elle nagea pendant presque une heure. Quand elle était immergée, elle ne ressentait pas sa douleur, comme si celle-ci s'était dissoute dans l'eau, avait été emportée.

Après, elle donna à manger à Rufus et prépara son propre petit déjeuner : des œufs brouillés et des tartines grillées. Elle se versa du jus de fruits, du café, et s'attabla au comptoir. Puis elle regarda son assiette. La repoussa et se couvrit le visage de ses mains. Il n'y avait pourtant personne pour la voir pleurer.

C'était inévitable, ce qui s'était passé avec Carson. Il était illusoire d'imaginer qu'elle pourrait jamais partager sa vie avec lui, avec qui que ce soit. Ce qu'elle aurait voulu, c'était trouver un moyen de remonter le temps et de recommencer sans le faire souffrir. Mais cela aussi était impossible.

Elle devait recoller les morceaux et aller de l'avant. La vie qu'elle s'était construite valait la peine d'être vécue, et il ne tenait qu'à elle de la garder. Elle avait un toit, son travail, ses amies, qui l'acceptaient telle qu'elle était. Telle qu'elle n'était pas. Telle qu'elle était à présent.

Ces derniers jours, elle avait eu un comportement en dents de scie. De vieilles, de très vieilles habitudes refaisaient surface. Mais tout dépendait d'elle. Personne ne l'y poussait. Elle était seule responsable. Elle frissonna en songeant au rêve qu'elle avait brièvement caressé, celui d'aller vivre à Washington et de s'insinuer dans son ancien cercle social, orchestrant son retour, se révélant petit à petit comme dans un sordide numéro de strip-tease.

Une image s'inséra dans son esprit. Le visage de Grabowski dans les phares, le bras levé en un geste de terreur, la bouche ouverte en un cri muet. Elle avait perdu la tête : ce n'était pas elle qui conduisait, la paranoïa à l'état pur avait pris le volant. Il ne l'avait pas suivie à la trace, c'était impossible. Et s'il se trouvait là par simple coïncidence, il ne pouvait l'avoir reconnue. Mais s'il n'était pas surprenant que sa présence ici la mette mal à l'aise, elle aurait pu réagir avec maturité, admettre qu'il lui fallait quitter la ville pendant quelque temps, pour cesser de s'inquiéter, même si elle n'en avait pas envie. Au lieu de quoi, elle avait fait de cet incident un drame.

Elle aurait dû s'en aller dès à présent, et revenir quand Grabowski serait parti. Mais elle avait des projets, et ce serait méchant de manquer la fête qu'Amber avait organisée à son intention. Peut-être pourrait-elle partir demain ?

Qu'est-ce que Lawrence lui aurait conseillé ? Lui qui était toujours plein de sagesse – de sagesse et de gentillesse. Qu'aurait-il dit ?

Il lui avait raconté une anecdote qui remontait à l'époque où il l'attendait, au Brésil. Il marchait sur la jetée et avait croisé un paparazzo qu'il avait reconnu. Quand un enfant tient un coussin devant son visage, avait-il expliqué, il se croit devenu invisible. Il n'a pas encore acquis ce qu'on appelle une « théorie de l'esprit ». Il ne peut se projeter dans l'esprit de l'autre et regarder, pour ainsi dire, de son point de vue. Nous autres adultes, avait-il ajouté, faisons parfois le contraire. Quelques instants néanmoins, j'ai cru que, puisque j'avais reconnu cet homme, il avait dû me reconnaître aussi. Autrement dit, ce que je faisais, c'était que je me projetais beaucoup trop…

Lydia retira ses mains. Dans sa vie précédente, elle s'était sentie entourée de complots. Espionnée de toutes parts, trahie de toutes parts. Elle avait même été persuadée qu'on allait la tuer.

Le danger venait d'elle-même. Voilà qui s'approchait davantage de la vérité.

Si elle avait jamais été la victime, la cible d'un complot, elle ne l'était plus. Le monde ne tournait pas autour d'elle. Elle n'était pas le centre de l'univers.

Elle se leva et débarrassa l'assiette intacte.

Pas question de passer la matinée à s'apitoyer sur son sort. Elle irait en ville vendre son bracelet et porterait le chèque à Esther. Le plus beau cadeau d'anniversaire qu'elle pouvait s'offrir était de cesser de ne penser qu'à elle-même. Elle appellerait Amber en route pour lui dire de ne pas s'inquiéter au sujet des préparatifs de ce soir. Elle se demanda ce que faisait Carson. Cet après-midi, elle emmènerait Zeus et Topper faire une longue promenade dans les bois, décida-t-elle. Après quoi, elle racla l'assiette pour en vider le contenu dans la poubelle et la passa sous l'eau tout en regardant par la fenêtre le lapin qui grignotait l'herbe.

Elle prit ses clés sur le plan de travail. Vérifia sur son portable si Carson n'avait pas envoyé un texto. Ouvrit le tiroir à couteaux. Dix couteaux en rang. Elle promena le doigt d'une lame à l'autre. Elle les compta un à un, puis les recompta en sens inverse. En se retournant, elle ferma le tiroir d'un coup de hanche.

Les murs de la joaillerie, en lambris cirés et soie bouffante, rappelaient l'intérieur d'un cercueil. L'air était rigidifié par le tic-tac des horloges. En attendant l'expert, Lydia contempla les rangées de colliers en argent et en or qui reposaient sur des mètres de soie mauve pâle.

— Une journée splendide, une femme splendide. Que peut-on demander de plus ?

— Bonjour, dit Lydia. J'ai un splendide bracelet pour vous.

— Je m'appelle Gunther. Je ne veux pas de votre bracelet. Je veux vous inviter à dîner.

Lydia éclata de rire et retira le bracelet qu'elle portait au poignet. Apparemment, Gunther était toujours en pyjama. Il prit le bijou d'une main qui tremblait, comme s'il était atteint de paralysie agitante. Des taches brunes s'étalaient sur son visage et jusque sur son crâne chauve. Une lueur espiègle dansait dans son regard.

— Quoi ? s'écria-t-il d'une voix sonore. Vous n'aimez pas ma tenue ? Hannah, se plaignit-il à la femme derrière le comptoir des montres, elle n'aime pas ma tenue. Dites-lui qu'elle devrait me voir quand je suis sur mon trente et un.

— Ne l'écoutez pas, conseilla Hannah. Il fait l'idiot. Gunther, arrête de faire l'idiot.

Gunther sortit une loupe de sa poche. Il décocha un clin d'œil à Lydia.

— Une féministe, dit-il. Impossible d'en tirer le moindre grain de bon sens.

Il déposa le bracelet sur un morceau de feutre vert, dirigea une lampe dessus et se pencha, la loupe à la main.

— Vous êtes sûre de vouloir le vendre ?

Lydia acquiesça.

— Oui, s'il vous plaît. J'aimerais que vous l'achetiez, si c'est possible.

— Vous êtes sûre que vous ne préférez pas vous enfuir avec moi ? répliqua-t-il tout en tirant sur sa veste de pyjama. Ne vous fiez pas aux apparences. Les riches sont excentriques. Vous avez devant vous un vrai Howard Hughes, conclut-il avant de lâcher un rire essoufflé de vieil homme.

— Gunther, intervint Hannah. Arrête.

— Bon, bon, grommela-t-il, retournant le bracelet afin d'examiner l'incrustation des grenats. Vous savez ce qui ne va plus dans le monde ? On ne peut plus rigoler, bon sang.

C'était, comme Gunther l'avait dit, une journée splendide. Lydia abaissa les vitres de la voiture et Rufus se mit debout sur le siège passager, les pattes avant sur la boîte à gants, le poil lissé en arrière par le vent. Elle avait le chèque dans son sac, le soleil sur son visage. Si elle se concentrait sur les bons côtés de sa vie, si elle mettait un pied devant l'autre au lieu de s'agiter tellement qu'elle ne savait plus dans quelle direction elle allait, elle trouverait la paix au bout de la route solitaire et tortueuse qu'elle avait empruntée. Elle devait essayer de ne plus penser à Carson.

À cet instant, la voiture fit un bruit menaçant, quelque chose cogna dans le moteur. Elle écouta avec attention, mais il avait cessé aussi brusquement qu'il était venu, peut-être était-il lui aussi un effet de son imagination.

— Salut, Hank, lança Lydia. Esther est dans le coin ?
— Salut, Lydia. Ça va ?
— Très bien. Et vous ?

Elle aurait dû savoir qu'elle ne pouvait pas bousculer Hank. Il y avait certains rituels, une certaine dignité qu'il fallait observer scrupuleusement.

— Je vais très bien aussi. Merci.

Il portait un short qui lui arrivait aux genoux, des chaussettes dans ses sandales, et, même au plus fort de la chaleur, Lydia ne l'avait jamais vu sortir sa chemise de la ceinture de son pantalon.

— Je n'arrive pas à trouver Esther.

Elle ne voulait pas le brusquer, mais elle était tout excitée à la perspective de donner le chèque, presque 9 000 dollars, rédigé directement à l'ordre du Refuge canin de Kensington.

— Oh, Esther est sortie déjeuner, répondit Hank. Dites, il paraît que c'est votre anniversaire, Lydia. Je n'ai pas de cadeau pour vous, je ne l'ai su qu'aujourd'hui. Mais bon anniversaire quand même. Et que cette journée vous apporte tout ce que désire votre cœur.

Sur quoi il s'inclina jusqu'à la taille.

— Merci, Hank. C'est adorable... Vous savez où elle est allée ?

Esther ne sortait jamais déjeuner. Elle apportait chaque jour de la salade de riz au poulet dans une boîte en plastique.

— J'ai peur que non, avoua-t-il. Mais je croyais que vous aviez pris un jour de congé.

— J'ai un... une surprise pour Esther. Quelque chose que j'aimerais lui donner. À quelle heure est-elle partie ?

Hank consulta sa montre.

— Il y a environ une heure, elle ne devrait pas tarder à revenir. Elle est avec l'Anglais à qui elle a fait visiter le refuge ce matin.

— À quoi ressemble-t-il ?

— Oh, fit Hank, levant la main avec lenteur. Il doit faire à peu près cette taille-là, les cheveux gris... Hé, Lydia, vous partez ? lança-t-il dans son dos. Bonne nouvelle : il envisage de faire un gros don.

C'était vrai. C'était en train d'arriver. Il avait fouiné à la boutique d'Amber, et maintenant il venait sur son lieu de travail. Grabowski allait annoncer au monde entier qu'il l'avait trouvée. Il fallait qu'elle soit partie pour toujours de cette ville dans l'heure !

Sa main tremblait tant qu'elle eut un mal fou à introduire la clé de contact. Quand elle y parvint enfin, le moteur tourna puis se tut. Bon sang. Et merde ! Elle abattit la main sur l'avertisseur. Elle essaya encore, et encore.

— Bordel de merde ! cria-t-elle. Ce n'est pas vrai !

Hank surgit à la vitre.

— Des soucis de voiture, Lydia ?

Elle s'efforça de se calmer.

— Hank, il faut que vous me rameniez chez moi. S'il vous plaît.

— C'est la première fois que je vous entends jurer, Lydia, observa-t-il en se balançant d'avant en arrière sur ses sandales.

— Excusez-moi, marmonna-t-elle en se hâtant de descendre. C'est juste que j'ai vraiment besoin de rentrer tout de suite.

Hank conduisait sa Volvo à une allure de corbillard. Elle avait toutes les peines du monde à ne pas hurler.

— Pourrait-on aller un peu plus vite, Hank, s'il vous plaît ?

Il augmenta la vitesse de trois miles à l'heure.

— On est pressée, hein, commenta-t-il.

Son premier instinct avait été le bon. Pourquoi n'y avait-elle pas prêté attention ? Bien sûr, il aurait été trop tard pour empêcher quoi que ce soit : il utiliserait ce qu'il avait déjà trouvé, de toute façon. Mais, dans ce laps de temps, elle aurait pu prendre la fuite, alors qu'elle était restée là, à se dire qu'elle était folle. Qu'il n'y avait rien à craindre.

— Cet Anglais, raconta Hank, a eu un border colley quand il était petit. Il s'est fait renverser par un camion. Il s'appelait Zorba, comme le premier chien que j'ai eu. C'est dingue, non, ce genre de coïncidence ?

— En effet, répondit Lydia.

Il la déposa dans l'allée. Elle le remercia et se rua vers la porte, puis revint aussi vite vers la voiture en faisant de grands signes.

— Hank ! Hank ! Arrêtez-vous !

— Vous avez besoin d'un coup de main ? demanda-t-il en passant la tête par la portière.

— Pouvez-vous donner ceci à Esther de ma part ?

Elle sortit le chèque de son sac.

Il le prit et lâcha un sifflement.

— Si c'est pas gentil à vous ! Faire des cadeaux le jour de votre anniversaire...

Elle repartit au pas de course et l'entendit crier derrière elle :

— À la prochaine, Lydia.

26

TOUTE LA NUIT DURANT, alors qu'il surveillait la maison, Grabowski tenta de s'imaginer à quoi elle pouvait penser. Après avoir vu ses feux arrière disparaître dans Albert Street, il était rentré en courant à la chambre d'hôtes, sachant qu'il devait agir vite. Il avait d'abord envisagé de prendre le premier vol disponible pour Londres. Mais, à peine engagé dans l'escalier, il s'était rendu compte que ce serait une erreur. Il y avait bien mieux à faire, avait-il pensé en attrapant son ordinateur et son fourre-tout.

Maintenant, l'inaction de Lydia le laissait perplexe. Il frissonnait derrière l'épais rideau de laurier-tin qui bordait le jardin, regrettant de ne pas avoir songé à emporter sa veste, et s'interrogeait. Soit quelque chose lui échappait, soit elle était folle à lier. Elle avait tenté de le tuer, ou du moins tenté de lui faire suffisamment peur pour qu'il s'en aille. Par conséquent, elle savait qu'il l'avait reconnue ; et puisqu'elle n'avait pas eu le cran de le renverser, elle allait attraper son passeport et filer. S'il la suivait jusqu'à l'aéroport et au-delà des contrôles de sécurité, il pourrait la photographier à la porte d'embarquement. Et si elle le repérait, le reportage n'en serait que plus sensationnel. Peu importait qu'elle monte dans un autre avion dès qu'elle serait descendue de celui-là : la collection de documents laissés derrière elle permettrait aux autorités de retrouver sa trace.

Le petit ami était venu, puis reparti. Elle l'avait appelé pour lui dire adieu, avait pensé Grabowski. Peu après, la lumière s'était allumée dans sa chambre : elle était sûrement en train de faire sa valise. Il avait une peur paranoïaque qu'elle se soit faufilée au-dehors sans qu'il ait rien vu ou entendu. Alors, il allait et venait sans bruit, surveillant tantôt la façade, tantôt l'arrière de la maison avant de reprendre position sur le côté. Mais la voiture était restée à sa place dans l'allée. L'aube pointait à présent, et elle n'était toujours partie nulle part. Peut-être voulait-elle être découverte, après tout. Dans ce cas, pourquoi avait-elle essayé de l'écraser ?

Il arracha une brindille de laurier et la réduisit en morceaux. Au fond, peu importaient ses motivations. Il était photographe, pas psychiatre. Seulement, pour exceller vraiment dans son métier, il fallait connaître bien son sujet, et par moments, il avait eu l'impression de la connaître mieux que sa propre femme. Il pouvait prédire ses sautes d'humeur avec plus de précision ; en savait davantage sur l'organisation de ses journées, ses habitudes en matière de shopping. Mais, bon, à la vérité, il lui avait consacré plus de temps et de réflexion qu'il n'en avait jamais accordé à Cathy.

Que diable se passait-il donc ? Pourquoi Lydia ne partait-elle pas ? Un insecte rampa sur le dos de sa main. Il le chassa d'un geste. Un autre rampa sous sa manche, il secoua le poignet et déboutonna sa manchette pour le faire tomber. En vain. Il retroussa sa manche et se donna des tapes sur le bras, mais il le sentait qui continuait à avancer lentement, à le chatouiller, enfoui dans ses poils. Il se frotta et se gratta un moment.

Puis il consulta sa montre. Même si elle comptait prendre un vol dans la matinée, logiquement elle aurait dû partir de nuit et se rendre à un aéroport plus éloigné. Il en avait assez de poireauter ; il voulait l'ultime traque, les ultimes photos, la bouffée d'adrénaline. Il voulait être dans l'avion qui le ramenait chez lui. Dans les quarante-huit heures, il aurait rendez-vous au *Sunday Times*. Rendez-vous avec Rupert Murdoch.

Juste avant sept heures, elle apparut à la fenêtre de sa chambre, et peu après la porte de derrière s'ouvrit. Il se redressa brusquement. Ça y était. Ça bougeait !

Elle sortit vêtue d'un maillot de bain. Bon Dieu, elle était superbe, mais qu'est-ce qu'elle fabriquait encore ? Il prit une série de clichés.

Elle passa près d'une heure à effectuer des longueurs pendant qu'il se demandait quoi faire. Il avait, sans trop savoir pourquoi, l'impression qu'elle se moquait de lui, comme si elle avait échafaudé un plan compliqué et qu'il ait été un simple pion dans son jeu. L'enjeu était si gros qu'il en devenait parano.

Après sa baignade, elle retourna à l'intérieur et disparut, sans doute à l'étage. Quand elle redescendit enfin dans la cuisine, qu'il surveillait à travers son téléobjectif, elle s'était habillée et s'affairait, apparemment à préparer un petit déjeuner. À coup sûr, elle filerait tout de suite après...

Elle ne mangea pas une seule bouchée ; resta assise devant le plan de travail, la tête entre les mains. Il était presque dix heures. Bon sang, mais qu'est-ce qu'elle fichait ? Si elle avait décidé de continuer à vivre comme si de rien n'était, elle aurait dû partir au travail une heure plus tôt. Il sortit son téléphone portable, appela le refuge et demanda à lui parler. Lydia, lui apprit-on, ne viendrait pas travailler aujourd'hui.

Enfin, elle releva la tête. Là, maintenant, elle allait s'en aller... Mais elle n'en fit rien. Elle demeura immobile, le regard vague, les lèvres entrouvertes, les yeux rougis, dans une attitude totalement catatonique. Il attendit encore un peu, puis se dit que, vu l'étrange manière dont elle se conduisait, mieux valait réviser ses plans. Si elle comptait essuyer la tempête, très bien, mais lui, il devait se bouger. Il allait obtenir son « interview » avec la vieille femme au refuge, puis il reviendrait voir ce qui se passait. Si elle n'était plus là, tant mieux pour elle, il avait déjà plein de photos. Il rampa le long des buissons en direction de la route, un peu étourdi par le manque de sommeil et la pensée qu'enfin le compte à rebours avait commencé.

Dès que Hank l'eut déposée, Lydia fonça au premier étage. Ses pensées se bousculaient tellement dans son esprit qu'elle ne parvenait pas à les distinguer les unes des autres. Mais ses bras et jambes semblaient savoir quoi faire, comme s'ils recevaient des instructions d'ailleurs. Elle sortait des vêtements du placard. Elle ouvrait une valise. Dans la salle de bains, elle prenait sa brosse à dents et des affaires au hasard sur l'étagère, retournait dans la chambre en courant, jetait le tout dans la valise.

À présent, agenouillée devant la fenêtre, elle soulevait le couvercle de la banquette et farfouillait à la recherche d'elle ne savait quoi. Les documents dont elle avait besoin se trouvaient dans la boîte qu'elle gardait à l'intérieur de son placard. Ensuite, assise par terre, elle les inspecta. Son passeport et celui de Rufus ; le second passeport, qu'elle n'avait jamais utilisé ; les papiers pour le compte épargne à ce nom-là, resté intact jusque-là – merci, Lawrence, d'avoir pensé à tout. Les photographies de ses fils qu'elle avait découpées et collectionnées au fil des années – elle les emporterait, bien sûr. Et ses lettres.

En revanche, elle laisserait le revolver ici, elle ne pouvait pas l'emporter à bord d'un avion et, de toute façon, il ne lui permettait pas de se protéger. Où irait-elle ? C'était sans importance. Elle prendrait le premier vol disponible, après quoi elle aurait tout le temps de réfléchir. Son permis de conduire était déjà dans son sac.

Oh, mon Dieu, qu'elle avait été stupide ! Accroupie sur ses talons, elle ferma les yeux. Elle était de retour à la chambre d'hôtes ; elle entrait dans le salon et le voyait pour la première fois. Et puis elle était assise en face de lui, dans le fauteuil Queen Anne, à faire poliment la conversation. Et après, ils étaient debout tous les deux sur le perron, et il lui parlait du terrier des Highlands qu'il avait adoré, et elle lui effleurait le bras. N'avait-il pas raconté à Hank qu'il avait eu un border colley ? Oh, mon Dieu, en plus d'être stupide, elle perdait du temps ! Elle n'avait pas sa voiture. Elle aurait dû appeler un taxi d'abord, et les minutes s'enfuyaient.

Comme elle composait le numéro, elle entendit un bruit, un fracas de verre brisé venant du rez-de-chaussée.

Esther, la vieille femme, n'avait pas été aussi bavarde qu'il l'avait espéré. Lydia était une employée consciencieuse, c'était à peu près tout ce qu'il avait obtenu, plus quelques commentaires sur ses talents en matière de dressage. Et l'information que, la plupart du temps, elle partageait de la salade de riz au poulet avec Esther à l'heure du déjeuner. Tout en retournant à la maison de Lydia, il y réfléchit. Chaque mot de son employeuse la concernant serait publié quand même, chacun pesait son poids en or. Esther n'avait pas été à proprement parler cachottière, mais elle avait constamment ramené la conversation sur le fonctionnement et les finances du refuge, et le bon usage qui serait fait du don considérable qu'il proposait. Elle s'était laissé prendre en photo.

L'idée l'avait effleuré qu'Esther avait sciemment fait en sorte de protéger la vie privée de son employée. Mais que s'imaginait-elle qu'il puisse y avoir à cacher ? Il était impossible que quiconque connaisse la véritable identité de Lydia. Au fil des années, elle avait dû élaborer un extraordinaire tissu de mensonges.

Il se gara dans la rue, un peu à l'écart de la maison, et s'en approcha à pied. La voiture n'était plus dans l'allée. Elle avait enfin retrouvé son bon sens et était partie. Acceptant la chance honnête qu'il lui avait donnée.

Environ trois heures avaient passé. Elle n'allait peut-être pas tarder à embarquer à bord d'un avion, et son nom apparaîtrait sur une liste de passagers. À moins qu'elle n'ait choisi de partir en voiture et de se terrer quelque part. Peut-être avait-elle d'autres identités, mais tout finirait par sortir.

Il gagna la porte d'entrée. Elle était fermée à clé. Il se rabattit sur celle de derrière. Fermée à clé elle aussi. Alors il passa en revue toutes les fenêtres du rez-de-chaussée, au cas où elle en aurait laissé une ouverte. Quelques photos d'intérieur apporteraient une brillante touche finale à son reportage, et cela valait aussi la peine de fouiller les lieux, histoire de voir quels indices elle avait oubliés dans sa précipitation. Ce n'était pas comme si elle avait passé la matinée à se préparer.

Il y avait une pile de bois de chauffage à côté de l'abri de jardin. Il trottina jusque-là et choisit la bûche la plus grosse et la plus lourde. Debout à la porte de la cuisine, il n'hésita qu'une fraction de seconde. Dans l'ouragan qui était sur le point de se déchaîner, une petite entrée par effraction n'arriverait sûrement pas en tête des préoccupations. Il fracassa la vitre et se hissa par-dessus le rebord de la fenêtre, atterrissant pile sur le plan de travail.

Le rez-de-chaussée se composait d'une seule grande pièce, qu'il avait déjà photographiée à travers la fenêtre.

Il n'y perdit pas beaucoup de temps, capturant à la hâte quelques nouveaux clichés. Le meilleur endroit où commencer ses recherches serait la chambre ; la meilleure photo, celle du lit où elle avait dormi. En montant l'escalier, il réfléchit à la direction à prendre lorsqu'il serait sur le palier. Il l'avait vue plusieurs fois à la fenêtre de sa chambre, si bien qu'il avait déjà à l'esprit une carte de l'intérieur des lieux. « *Cette modeste demeure…* », songea-t-il, écrivant la légende qui accompagnerait la photo des placards de cuisine en hêtre tout simples, « *Cette modeste demeure…* » Il atteignit la porte de la chambre, mit la main sur la poignée. « *Cette modeste demeure a été le témoin de…* » Non, ça n'allait pas. Il entra dans la pièce. Un instant, il se crut victime d'une hallucination. Il lâcha l'appareil photo, qui se balança sur le cordon passé autour de son cou et vint heurter sa poitrine avec un bruit sourd.

— Bonjour, dit-elle en levant le revolver à hauteur de sa tête. Vous me cherchiez ?

Au moins, ce n'était plus la peine de se presser, à présent. C'était un soulagement. Elle attendit patiemment une réponse, et ce faisant elle le détailla avec attention de la tête aux pieds. Son pantalon était déchiré en travers de la cuisse droite, sa chemise froissée, une de ses manches pendait et l'autre était boutonnée. Il n'était pas rasé, et si ses cheveux étaient gris, la barbe naissante qui s'étalait sur ses joues était noire comme un vieil hématome. Une feuille dépassait sous la semelle de son mocassin. Grabowski n'avait jamais été ce qu'elle appelait un homme élégant, mais là on aurait dit qu'il avait passé la nuit sous les buissons. Ce qui n'était pas improbable.

— Vous me cherchiez ? répéta-t-elle.

Il leva lentement les bras, réagissant au revolver, sans doute. Elle n'avait pas songé à lui dire de lever les mains en l'air.

Il semblait vouloir parler, aussi elle l'encouragea d'un hochement de tête.

— Non, parvint-il seulement à articuler.

— Je vois. Vous ne me cherchiez pas.

Elle mit le revolver sur ses genoux. Il baissa les bras au ralenti. Elle releva le revolver, le doigt sur la détente.

— Non ! cria-t-il, alarmé cette fois.

— Pourquoi êtes-vous là ?

— Je... je..., bégaya-t-il tandis que des perles de sueur se formaient sur son front.

— Asseyez-vous par terre, en tailleur, ordonna-t-elle. Et mettez les mains derrière la tête.

Comme elle s'était installée sur le lit, mieux valait qu'il soit plus bas, et mal placé pour se jeter sur elle.

Lorsqu'il eut obéi, elle reprit :

— Vous disiez ?

— Je ne vous cherchais pas.

Il ne quittait pas des yeux le revolver.

— Dans ce cas, que faites-vous chez moi ? demanda-t-elle. Si cela ne vous ennuie pas que je vous pose la question.

— Je veux dire... je ne vous cherchais pas... avant de vous avoir trouvée. Vous étiez morte. C'était un accident.

Il était assez bel homme, elle l'avait toujours pensé, mais il commençait à avoir un peu de ventre. Elle remarqua qu'une goutte de sueur avait coulé dans son sourcil. Il fallait qu'elle reste concentrée.

— Vous ne vous expliquez pas très bien.

— Je suis venu ici par hasard. Je voyageais, j'ai vu Kensington sur la carte et puis... et puis je vous ai vue.

Son œil droit le picotait à cause de la sueur, mais il n'osait pas bouger la main pour le frotter. En grimpant les marches qui menaient à sa chambre, il avait cru sentir l'adrénaline courir dans ses veines. Ce n'était rien à côté de maintenant : il était gonflé à bloc ; son pouls palpitait dans chacun de ses membres, de ses doigts, de ses orteils.

— Mais je suis morte, répliqua-t-elle. Vous ne pouvez pas m'avoir vue.

Elle était assise au bord du lit, en jean délavé et chemisier rose pâle. Ses cheveux retenus par une pince lui dégageaient le visage et elle était éclairée de côté par la fenêtre, calme et magnifique

— Je suis morte, répéta-t-elle.

Elle était folle. Elle braquait toujours le revolver sur lui.

— D'accord, répondit-il, c'est vrai.

Elle se mit à rire, un petit gloussement, puis un autre et un autre encore, et elle finit par se tenir les côtes de sa main libre, secouée de rires et agitant le revolver de haut en bas. Si le coup partait tout seul, elle le tuerait peut-être. Elle ne pouvait pas avoir l'intention de le tuer. Il se tourna à demi, gardant la tête baissée pendant que la main de Lydia continuait à gigoter.

— Je suis désolée, dit-elle enfin en remontant les pieds sur le lit avant de poser le revolver sur ses genoux. Ce n'est pas drôle. Je ne sais pas pourquoi je riais, en fait, ajouta-t-elle en essuyant une larme. La tension. Toute cette tension. Moi qui dis que je suis morte ; vous qui pensez que je suis folle, mais que vous ne devez pas me contrarier sinon je vais vous tirer dessus.

Elle se tut.

— Je ne le suis pas, vous savez.

Il ne savait pas si elle voulait dire pas folle ou pas morte.

— Je sais, assura-t-il. Je sais.

Elle le fixa avec intensité. Dans l'iris bleu foncé scintillèrent ces points minuscules. À cet instant ils ne semblaient pas verts mais dorés.

— Et voilà notre problème, n'est-ce pas ? constata-t-elle. Jusqu'à il y a quelques minutes, c'était seulement mon problème – le fait que vous sachiez. Mais maintenant, c'est le vôtre aussi.

Comment avait-il pu se fourrer dans un pétrin pareil, bordel ? C'était donc ça qu'elle mijotait ? Comment s'était-elle débrouillée pour l'attirer ici ? Toujours manipulatrice, toujours en train de tirer les ficelles. Il avait la bouche sèche et le cœur qui battait encore à toute allure. Difficile de réfléchir avec ce revolver pointé sur lui. Pourquoi diable n'était-il pas retourné à Londres aussi sec ?

— Vous savez ce qu'on dit, répondit-il. Ça fait du bien de partager ses problèmes.

— C'est votre impression ?

— Mon impression, c'est qu'il y a beaucoup de choses dont nous devrions parler.

Du coin de l'œil, il vit bouger un petit tas blanc et or sur le lit. Son chien s'était levé et s'ébrouait consciencieusement. Il avait été si concentré sur elle et le revolver qu'il n'avait même pas remarqué l'animal.

— Comme de vieux amis ? rétorqua-t-elle. Comme de vieux amis qui se retrouvent ?

Dès qu'il l'eut dit, elle comprit que c'était évidemment ce qu'il voulait. Elle était d'une stupidité sans nom. En le regardant entrer dans sa chambre, en voyant son visage déformé par l'incrédulité, elle avait pensé qu'au moins elle pouvait ralentir et réfléchir, que ce n'était plus lui qui la contrôlait.

Bien sûr qu'il voulait la faire parler. Il avait envoyé toutes ses photos aux médias, et les journalistes étaient déjà en route.

— Quand les avez-vous envoyées ? demanda-t-elle.

— Quoi ? Non, je ne l'ai pas fait. Je vous le jure. Je n'ai rien envoyé à personne.

— Levez-vous. Je veux que vous vous leviez.

— Il va falloir que j'appuie les mains par terre pour y arriver. D'accord ?

Il n'avait pas l'air au mieux de sa forme. Il se ferait sans doute mal aux genoux s'il essayait de passer de la position assise à la verticale sans s'aider.

— Oui, mais allez-y lentement. Ne faites pas trembler mon doigt.

Lorsqu'il fut debout, elle ajouta :

— Bon, remettez les mains derrière la tête. Maintenant, avancez de deux pas vers moi, lentement. Ça m'ennuierait que votre corps bloque la porte en tombant.

— Je vous jure devant Dieu que, si vous me laissez partir, je vous donnerai mon appareil photo, déclara-t-il. Vous pourrez effacer la mémoire. Personne d'autre n'a rien.

Quel effet cela lui ferait-il de le tuer ? Si elle pressait la détente maintenant, ce serait chose faite.

— Le problème, répliqua-t-elle, c'est que vous n'avez aucun moyen de le prouver. C'est difficile de prouver une négation.

Il semblait vaciller un peu, et une veine rampait le long de sa tempe comme une chenille verte et grasse.

— Mon appareil photo et mon ordinateur portable, expliqua-t-il d'une voix éraillée. Tout est là-dessus. Je n'ai pas envoyé de mail. J'allais prendre l'avion aujourd'hui pour rentrer. Je n'ai pas envoyé de mail parce que...

— Pourquoi pas ? Pourquoi ne l'avez-vous pas fait ?

S'il croyait qu'elle allait le tuer, cela l'inciterait-il à dire la vérité ? Ou à mentir de toutes ses forces ?

— Parce que je n'ai confiance en personne, avoua-t-il. Ce serait partout sur Internet avant même que j'aie atterri à Heathrow.

Elle se souvint d'un détail appris lors de l'une de leurs petites conversations des débuts.

— Vous êtes catholique, John, n'est-ce pas ? Aimeriez-vous faire vos prières ?

— J'ai un chapelet dans ma poche. Ça va si je le sors ? demanda Grabowski.

Égrener les perles lui donnerait le temps de réfléchir.

— Dans quelle poche ? Bon, très lentement, et gardez l'autre main derrière la tête.

Il aurait dû rentrer hier soir. Mais il en faisait toujours un peu plus que nécessaire, c'était ça qui faisait de lui un bon photoreporter, et qui lui avait valu sa réputation. Dans le cas présent, ça allait peut-être lui valoir une balle dans la peau. Il détacha son regard du revolver et le promena avec attention sur la chambre tout en articulant une prière silencieuse. Le chien était debout contre la hanche de Lydia. Le lit était fait avec soin, un traversin et des coussins brodés contre la tête de lit. Des flacons de parfum sur la coiffeuse, quelques colliers enroulés autour de la glace. Le couvercle de la banquette sous la fenêtre était relevé, cachant en partie la vitre. De toute façon, il ne pouvait pas se jeter par la fenêtre, il se tue-rait. En revanche, s'il parvenait à ramasser quelque chose et à le lui balancer à la tête, il réussirait peut-être à la neutraliser.

Il dit un Je vous salue, Marie à voix haute, et la regarda droit dans les yeux en le récitant. Les battements de son cœur s'étaient ralentis, rien que parce qu'il avait les perles entre les mains. Elle n'allait pas le tuer : si elle le tuait, elle aurait la police à ses trousses, et en quoi est-ce que ça serait préférable aux photographes ?

— Si vous posiez ce revolver ? suggéra-t-il. Posez-le et nous pourrons discuter comme il faut. Il n'y a rien à craindre. Je vous remettrai mon appareil photo.

— Vous pensez que je ne vais pas vous tuer ? demanda-t-elle d'un ton déçu.

— Je pense… Je pense que vous n'êtes pas assez stupide pour le faire.

— Vous vous êtes introduit chez moi, déclara-t-elle. Une femme qui vit seule. Vous êtes entré par… Quelle fenêtre ? Celle de la cuisine, disons, et vous êtes monté sans bruit jusqu'à ma chambre. Vous m'aviez vue pour la première fois il y a deux semaines et vous avez fait une fixation sur moi. Tout se tient – les preuves sont dans l'appareil photo : des clichés de moi dans la rue, à mon travail, et même à travers la fenêtre de ma chambre. J'ai raison ? J'ai tapé dans le mille ? Je crois que votre expression le confirme.

— Mère de Dieu, gémit-il.

Elle avait tout prévu. Elle lui avait tendu un piège.

— Qui d'autre verra ce que vous avez vu ? Ce sont les yeux ? C'est ça qui vous a frappé ? Vous avez passé des heures à les comparer ? Oui, eh bien, je doute que quelqu'un d'autre fasse la même chose – pas vous ? Et pour finir l'histoire : vous venez ici et vous m'agressez, vous tentez de me violer. Je parviens à sortir le revolver de mon tiroir et je vous mets en garde, mais vous continuez à m'attaquer, vous ne me laissez pas le choix.

Sa langue semblait gonflée, peut-être qu'il se l'était mordue ; en tout cas, cela le gênait pour parler, si bien que chaque mot lui était pénible.

— Il n'est pas trop tard, protesta-t-il. Vous n'êtes pas obligée de faire ça. Laissez-moi partir et je vous donnerai tout. Je vais quitter le pays – partir et ne jamais revenir.

Elle soupira et caressa distraitement les oreilles du chien.

— Pour que ça marche, il faudrait que je vous fasse confiance.

— Prenez tout mon équipement, insista-t-il. Allez où vous voulez. Je n'aurai plus rien, et aucun moyen de vous suivre.

— Cela soulève un autre problème, John. Je me plais ici, figurez-vous. Alors, je ne vois pas pourquoi je devrais m'en aller, j'aimerais rester

27

IL SEMBLAIT SUR LE POINT DE S'ÉVANOUIR, si bien que Lydia lui ordonna de s'asseoir de nouveau, tout en se demandant s'il s'était entaillé la jambe lorsqu'il était entré par la fenêtre.

L'abattre avait pourtant semblé une solution remarquablement pratique.

— Nous pouvons tous les deux sortir de cette situation, affirma-t-il en levant les yeux vers elle. Tout peut s'arrêter là. Je vous assure que je n'ai rien envoyé à personne : il n'y a personne en qui j'aie confiance, même pas mon agent.

— Triste état de choses, commenta-t-elle.

— Gareth est correct, affirma-t-il, mais on ne sait jamais : si quelqu'un, dans son bureau…

Il n'acheva pas. Sa respiration était bruyante, irrégulière.

— Vous m'avez poussée à la légitime défense, répondit-elle.

En un sens, c'était la vérité.

— J'ai fait équipe avec un type, une fois.. , commença-t-il.

Ses épaules s'étaient tassées, son dos courbé ; on aurait dit qu'il se recroquevillait peu à peu dans la position fœtale.

— ... Tony Metcalf, c'était plus ou moins un copain. Un voyage à l'île Maurice. On a pris des photos de vous à la piscine, vous étiez superbe. C'était avant le numérique, et on les a développées dans la salle de bains.

— Vous ne pouvez vous en prendre qu'à vous-même, lâcha-t-elle tout en pensant que ce serait un meurtre, néanmoins.

Il parlait plus vite et levait les yeux vers elle, cherchant constamment son regard, traquant le moindre signe de faiblesse, de compassion.

— Des photos splendides, poursuivit-il, dignes de faire la une, vraiment classe. On a persuadé un touriste de les rapporter à Londres parce qu'on restait sur place – on faisait souvent comme ça, dans le temps. J'ai laissé Tony se charger des négociations, le crédit des photos devait être à nos deux noms.

— Combien d'appareils avez-vous ici ?

Elle avait du mal à réfléchir, avec tout ce bavardage.

— Et le lendemain, continua-t-il, elles étaient là, à la une. Cathy, ma femme, m'a téléphoné : Tony avait enlevé mon nom, le salopard. Je n'ai jamais retravaillé en équipe.

— Combien d'appareils ? répéta-t-elle. Et où sont-ils ? Votre ordinateur est chez Mme Jackson ?

Le revolver commençait à être lourd entre ses mains.

— Deux, répondit-il, se redressant un peu. Celui que j'ai autour du cou et un autre dans la voiture. Je suis garé dans la rue. Mon ordinateur est dans la voiture aussi.

Il avait mal au dos, et l'impression que ses genoux étaient pris dans un étau dont les écrous se resserraient à chaque seconde. Il avait passé toute la nuit debout, et maintenant il devait rester assis par terre comme ça, les mains derrière la tête. Et elle ne voulait pas le laisser placer un mot.

Il fit une nouvelle tentative.

— Vous pouvez venir avec moi. Nous irons tout jeter dans une broyeuse à végétaux.

— Ne soyez pas ridicule, rétorqua-t-elle. Et taisez-vous, s'il vous plaît.

La porte à droite du dressing donnait sur sa salle de bains. Si elle lui permettait d'aller se soulager, il trouverait peut-être quelque chose là-bas dont il pourrait se servir. Il s'était fait passer à tabac une fois, en Espagne, par les gorilles d'un hôtel, mais jamais il n'avait été face à un revolver. Il la regarda de nouveau. Au début elle avait semblé à l'aise, comme s'il était parfaitement naturel de le recevoir dans sa chambre, une arme braquée sur lui. À présent, elle se frottait les poignets, elle avait les joues rouges et il ne voulait pas prendre le risque de la perturber davantage. De toute façon, elle ne le laisserait pas aller à la salle de bains.

— Je ne peux pas vous faire descendre la rue en pointant une arme sur votre dos, constata-t-elle. Si vous tentiez quoi que ce soit, je ne pourrais pas tirer sur vous. Il faut que je vous tue dans ma chambre.

Elle ne ferait jamais ça, c'est du moins ce dont il essaya de se persuader. S'il se levait tout de suite et se dirigeait vers elle, elle se mettrait à crier, à hurler, mais elle n'appuierait pas sur la détente. Il se balança d'une fesse sur l'autre, et elle leva l'arme, inclina la tête et le regarda droit dans les yeux. Si, elle était assez folle pour le faire. Elle avait toujours été instable, une vraie bombe à retardement, une grenade humaine lancée pile au cœur de la famille royale.

— Vous m'aurez sur la conscience jusqu'à la fin de vos jours, lança-t-il.

— Qui vous le dit ? riposta-t-elle en lui adressant un sourire suave.

Ç'avait été une erreur d'admettre que personne d'autre n'était au courant. Quand elle lui avait posé la question, alors qu'il suait encore de terreur, ç'avait été son premier instinct, comme si ça devait le mettre à l'abri. Il aurait dû mentir, au contraire. S'il lui avait affirmé que c'était trop tard, que la cavalerie arrivait déjà en ville, elle ne pourrait pas songer à l'assassiner et à jouer les innocentes pour se justifier.

D'un autre côté, elle aurait aussi bien pu l'abattre sur-le-champ, dans un accès de rage pure.

Il fallait qu'il continue à la faire parler.

— Puis-je vous poser une question ? demanda-t-il.

Il ne semblait plus aussi terrifié à cet instant, mais la peur s'entendait dans sa voix. Les femmes qui résistent, qui refusent de se soumettre en silence, sont toujours considérées comme des détraquées, avait remarqué Esther. Autrefois, dès le début en fait, quand elle s'était rebiffée, on avait voulu lui faire prendre des médicaments. Elle avait refusé, et ç'avait été la preuve qu'elle était folle. Eh bien, c'était utile à présent, qu'il la croie assez folle pour faire n'importe quoi.

— Pourquoi l'avez-vous fait ? reprit-il. Pourquoi avez-vous fait... ce que vous avez fait ?

— J'avais mes raisons.

— Mais enfin..., dit-il.

Elle attendit, mais il se tut.

— Enfin quoi ?

— Je ne sais pas... Est-ce que je peux baisser les bras un instant ? Mes épaules me tuent.

Elle ne vit pas de raison de refuser. Il ne pouvait rien tenter, assis là en tailleur sur le sol.

— Merci, déclara-t-il. Vous deviez être très malheureuse.

— Merci pour votre sollicitude, répondit-elle. Je suis touchée.

Il éleva et abaissa les genoux, et elle entendit craquer ses articulations.

— Il y a eu de bons moments aussi, non ?

Ses yeux la picotèrent.

— Je me souviens de bons moments, insista-t-il.

Elle sentit les larmes se former et lutta pour les retenir.

— Pourquoi a-t-il fallu que vous veniez ici ?

Si elle avait réellement voulu le tuer, elle aurait pu le renverser dimanche soir. Elle n'avait pas eu le courage de le faire alors, et elle ne l'aurait pas davantage maintenant. Tandis qu'elle refoulait les larmes, il jeta un nouveau coup d'œil autour de lui, toujours à la recherche d'un objet qu'il pourrait attraper et lui lancer à la tête, juste pour la déséquilibrer quelques secondes. Le temps de se relever et de lui faire lâcher le revolver. Un livre gisait sur le sol, hors d'atteinte.

— Je suis désolé, affirma-t-il. Je vous l'ai dit. Ç'a été un pur hasard.

Elle avait les joues en feu. Plus elle était émue, plus elle serait handicapée, il s'en rendait compte.

— Vous n'étiez pas obligé de faire quoi que ce soit, répliqua-t-elle. Vous auriez pu partir. Me laisser tranquille.

— Je suis désolé, répéta-t-il.

Et il l'était, en un sens.

— Mais, vous savez, il n'y a pas une seule personne qui aurait agi différemment à ma place. Pouvez-vous le comprendre ? Je suis vraiment désolé, mais c'est la vérité.

Elle renifla sans rien dire, craignant peut-être de trahir son émotion si elle parlait, puis elle hocha imperceptiblement la tête.

— Vous vous souvenez de cette remise de prix pour le meilleur styliste à New York ? reprit-il. C'était en 94, je crois. Vous étiez descendue au Carlyle, et quand vous êtes arrivée à la cérémonie, il devait y avoir deux cents policiers pour contenir la foule. Tout le monde était venu pour vous.

Il marqua une pause pour jauger sa réaction. Elle ne fit pas mine de l'interrompre.

— Les photographes se sont déchaînés. Ça poussait, ça se bousculait dans tous les sens pour obtenir le meilleur angle possible. Je me rappelle que deux top models ont essayé de se faire remarquer. On leur a hurlé dessus, on leur a dit de dégager de là avec leurs culs maigrichons.

Il parlait, parlait, et elle s'efforçait de se concentrer sur ce qui devait se passer maintenant. Ils étaient là depuis trop longtemps. De sa main libre, elle caressa la tête de Rufus, qui nicha le museau dans sa paume.

Il faudrait qu'elle quitte cette ville, elle savait au moins cela. Quant au reste, elle était incapable d'y songer. Sur sa coiffeuse se trouvait un poudrier compact en argent qu'Amber lui avait offert. Elle devrait l'emporter. Et le collier de coquillages, cadeau de Maya à Noël.

— Quand vous étiez à l'ambassade du Brésil à Washington…

Peu importait ce qu'il racontait, tant qu'il ne faisait pas un geste. Lorsque retentit un signal de son téléphone portable, elle tendit la main derrière elle pour attraper son sac sans le quitter du regard.

— Je vous surveille, avertit-elle en jetant un coup d'œil au message. « *Joyeux anniversaire. Tu me manques. Carson.* »

— Et puis, il y a eu cette soirée à la Maison-Blanche…

Les larmes roulèrent sur ses joues. Elle était si lasse de se battre contre tout et tout le monde. Autant renoncer tout de suite. Elle éteignit son téléphone.

— Et quand vous étiez sur la piste de danse…

Elle aurait voulu qu'il se taise et qu'il disparaisse, pour pouvoir dormir. Elle avait l'impression qu'il parlait depuis des heures, et les larmes ne voulaient pas cesser de venir.

— Vous voyez, dit-il, il y a eu beaucoup de bons moments.

Sa voix était douce, comme s'il s'adressait à un enfant dans son berceau.

— Beaucoup. Et il peut y en avoir d'autres. Nous pouvons trouver un arrangement, vous et moi. Décider de la meilleure manière d'aborder les choses. Imaginez à quel point ça va être stupéfiant, totalement époustouflant.

— Quoi ? lança-t-elle en essuyant ses larmes. Qu'est-ce que vous voulez dire ? Quel genre d'arrangement ?

Grabowski marchait sur des œufs, là – non, pire, il marchait sur la pointe des pieds autour d'un être brutalisé, sans savoir au juste où étaient les fractures. Le chien sauta à bas du lit et se coucha sur le sol, dans une flaque de soleil de fin d'après-midi. C'était une jolie chambre, songea-t-il, simple et sobre : un dessus-de-lit blanc, des murs gris colombe, quelques taches de couleur dans les coussins. « *Cette modeste demeure…* » Les mots défilèrent de nouveau dans sa tête. Garde ton sang-froid, se dit-il, garde ton sang-froid.

— Je peux changer de place ? M'adosser à la coiffeuse ? Là, ça va, n'est-ce pas ? Je bouge vraiment lentement, comme ça…

Il n'allait pas insister trop lourdement. Il fallait que ça ait l'air d'être son idée autant que la sienne. Qu'il la laisse faire son chemin un peu. Elle n'était pas condamnée à passer toute sa vie de cette façon. Il y avait un moyen de faire marche arrière, et il pouvait l'aider pour que cela devienne réalité. Jusque-là, tout allait bien, toutes ces vieilles anecdotes sur ses jours de gloire l'avaient fait fondre en larmes.

— Quoi ? répéta-t-elle.

— Si vous vouliez...

Il s'interrompit avant de lâcher :

— Si vous vouliez, vous pourriez y retourner.

Elle lui sourit, mais c'était un sourire qu'il ne pouvait déchiffrer.

— Ah bon ?

L'épagneul se leva et flâna dans la pièce, puis s'approcha de lui. Il flatta lentement la tête de l'animal.

— Là, tu aimes ça, hein ? Depuis combien de temps l'avez-vous ?

— Presque trois ans.

Il caressa l'échine du chien, remit ensuite la main sur son genou. L'animal s'avança, quêtant d'autres câlins.

— Ce ne serait pas seulement pour vous, insista Grabowski tandis que le chien s'installait sur ses genoux. Songez à vos fils. À ce que cela signifierait pour eux, de retrouver leur mère.

Le revolver gisait mollement sur sa jambe, ses épaules étaient affaissées ; elle avait perdu son assurance, perdu ses repères. Il redoubla d'attentions pour le chien, glissa une main sous son ventre. Encore une minute et elle serait en train de pleurer comme une madeleine.

Le son de sa voix le fit tressaillir, et il se cogna la tête contre le pied de la table.

— Je pense à eux. Je pense à eux chaque jour

— Exactement, dit-il d'une voix réconfortante. Vous devez leur manquer autant qu'ils vous manquent.

— Et, après mûre réflexion, vous pensez que ce serait la meilleure solution pour eux ? Y avez-vous beaucoup réfléchi ? Y avez-vous réfléchi chaque jour depuis dix ans ? Chaque jour ? Alors, est-ce le cas ?

Elle se tenait droite comme un I au bord du lit. Elle serrait le poing de sa main libre et agitait l'autre. Impossible de savoir ce qu'elle allait faire. Il devait passer à l'action. S'il soulevait le chien contre sa poitrine, en feignant de le câliner, il pourrait se pencher en arrière et prendre un peu d'élan, assez pour le jeter droit sur elle.

— Rufus, appela-t-elle.

Rufus bondit hors des genoux de Grabowski et remonta sur le lit.

— Bon chien, dit-elle. Eh bien ?

Grabowski ferma les yeux et soupira.

— Non, avoua-t-il. Non.

Ils restèrent silencieux un instant. Elle savait quoi faire, il ne lui restait plus qu'à rassembler l'énergie suffisante.

— Qui vous a aidée ? demanda-t-il.

Il avait étendu les jambes. Sa tête était de biais, appuyée contre la table.

— Comment avez-vous fait ? reprit-il.

— L'appareil que vous avez autour du cou, celui qui est dans la voiture, l'ordinateur. Quoi d'autre ?

— C'est tout.

Il s'affaissait de plus en plus sur le sol.

— Vous n'avez pas pu y arriver toute seule.

— Je ne vous crois pas, dit-elle. Quoi d'autre ?

Il passa une main sur son visage, sur les poils sombres de ses bajoues.

— Quelqu'un ici est au courant ? Et votre petit ami, vous lui avez tout caché aussi ?

— Personne n'est au courant, affirma-t-elle. À part vous.

Elle se leva et il redressa la tête. Elle braquait le revolver droit sur son front.

— Je vous laisse une dernière chance. Quoi d'autre ?

— Très bien, déclara-t-il. À la chambre d'hôtes, dans le tiroir gauche du bureau, une clé USB. Un petit truc en métal gros comme ça, ajouta-t-il en montrant la taille avec ses doigts. J'ai tout sauvegardé la-dessus.

— Donnez-moi vos clés de voiture, intima-t-elle. Faites-les glisser sur le sol. Avec votre téléphone portable. Et maintenant, l'appareil photo. Merci.

Lorsqu'il eut obéi, elle lui ordonna de se lever et d'ouvrir le placard.

— Entrez et refermez la porte.

— Soyez raisonnable. Vous n'allez pas me laisser là-dedans !

Elle ne répondit pas et il se faufila parmi ses vêtements.

— Vous n'en avez pas marre ? demanda-t-il. Quoi que vous ayez voulu fuir, vous n'avez sûrement pas rêvé de vivre comme ça.

— Fermez la porte.

Elle s'approcha et tourna la clé. Cela ne le retiendrait pas longtemps, mais peut-être suffisamment pour qu'elle puisse s'enfuir. Elle ramassa son sac et les affaires qu'il avait laissées par terre, prit le poudrier et le collier en coquillage, puis toqua contre le battant.

— Dites-moi un truc : quel genre de chien aviez-vous étant enfant – celui qui s'est fait renverser ?

Un ricanement étouffé lui parvint.

— Je n'ai jamais eu de chien.

— Non. C'est bien ce que je me disais, conclut-elle.

Elle descendit la rue en courant, trouva la Pontiac et prit la direction du centre-ville et des chambres d'hôtes. Un moment, elle crut que sa vue baissait et qu'elle allait peut-être s'évanouir ; mais c'était le ciel qui changeait de couleur, passant en un instant, tout au moins c'est ce qu'il lui sembla, du rose crépusculaire au violet puis au noir. Elle tâtonna pour trouver les phares. Combien de temps avant qu'il ose enfoncer la porte du placard ?

La grêle tambourina sur le capot, anéantissant toute possibilité de réflexion. Les yeux rivés au pare-brise, elle parvenait tout juste à maintenir la voiture sur la chaussée.

Elle sonna à la porte. Comme Mme Jackson ne répondait pas, elle sonna de nouveau et tenta de scruter l'intérieur à travers la vitre de la bay-window. La lumière était allumée et, entre les rideaux mal tirés, elle vit M. Jackson installé comme toujours dans son fauteuil. Pour une fois, il était réveillé ; il semblait en train de lire.

— Monsieur Jackson ! cria-t-elle en cognant à la vitre. Monsieur Jackson, c'est Lydia !

Elle appuya de nouveau sur la sonnette. M. Jackson n'entendait en général pas grand-chose, et, avec le tonnerre et le crépitement de la grêle, il n'allait rien entendre du tout.

— Monsieur Jackson !

Mais sa voix, fluette contre l'orage, fut emportée par le vent.

Elle roula vers l'est, jusqu'à la rivière, laissa Rufus dans la voiture et descendit la berge, portant l'ordinateur, l'enregistreur qu'elle avait trouvé avec, les deux appareils photo et le téléphone de Grabowski. Elle dérapait sur le tapis de grêlons. La grêle tombait si fort qu'elle lui brûlait la nuque. Alors qu'elle était presque en bas, elle tomba sur le côté. Elle prit le téléphone et l'enregistreur et, encore assise sur la pente, les lança de toutes ses forces dans l'eau. Ensuite, elle se releva et ramassa les appareils photo et l'ordinateur. Puis, dévalant les deux derniers mètres, elle atteignit le bord de l'eau où elle les aligna par terre.

Elle attrapa le premier appareil par le cordon et se mit à le faire tournoyer, de plus en plus haut, au point qu'elle le voyait même en regardant droit devant elle – une forme sombre qui filait, voletait comme une chauve-souris autour de sa tête. Elle le lâcha. Il plongea au beau milieu de la rivière. Elle souleva le second appareil. Quant à l'ordinateur, elle l'envoya dans l'eau à bout de bras. Il tournoya sur lui-même, pierre plate et blanche rasant la surface ; lorsqu'il la toucha, il flotta pendant quelques secondes encore avant de succomber, aspiré par le courant.

Le temps de revenir à la voiture, elle était trempée et frissonnait, mais de fièvre et non de froid. Si elle appelait Mme Jackson et lui laissait un message… Pour lui dire quoi ? Empêchez votre client de rentrer ce soir ? Faites changer les serrures, s'il vous plaît ? Elle alluma son téléphone portable. Trois messages d'Amber. Oh, mon Dieu, elle était censée se rendre à sa fête d'anniversaire !

Presque neuf heures moins le quart, trente-cinq minutes écoulées depuis qu'elle l'avait laissé. Elle avait emporté toutes ses affaires au rez-de-chaussée avant de remonter et de l'avertir qu'elle comptait passer une demi-heure à mettre de l'ordre dans ses idées, et que si elle l'entendait bouger d'un centimètre, elle tirerait à travers la porte. Puis elle avait ôté ses chaussures et descendu les marches sur la pointe des pieds. Sans voiture, il mettrait une bonne demi-heure à regagner la chambre d'hôtes.

Maintenant, qu'allait-elle faire ? Il fallait qu'elle réfléchisse logiquement. Bien sûr qu'elle devait quitter cette ville ; cependant, en était-elle à une heure près ? Grabowski irait proposer aux journaux les copies sauvegardées

343

des photos ; mais encore fallait-il que son histoire soit convaincante, or ce n'était pas le cas. Elle avait suffisamment changé, était morte depuis suffisamment longtemps pour que les tabloïds eux-mêmes hésitent à l'accepter sans lui poser un minimum de questions.

Elle voulait seulement aller à l'aéroport. Pourquoi prendre plus de risques qu'elle ne l'avait déjà fait ? Si elle était dans cette situation, n'était-ce pas justement parce qu'elle avait trop tardé ?

Elle n'avait qu'à appeler Amber et s'excuser. Et après elle pourrait partir. Elle appuya sur la touche de réponse au dernier appel reçu, mais raccrocha avant la connexion.

28

IL FAISAIT TROP SOMBRE DANS LE PLACARD pour qu'il puisse voir sa montre. Écartant les chemisiers d'un coup d'épaule, il s'accroupit. Comment, mais comment avait-il pu en arriver là, bordel ? Était-elle réellement assise dans la chambre ou était-elle partie ? Il la croyait capable de tout. Elle était complètement fêlée.

— Il y a quelqu'un ? demanda-t-il prudemment.

Elle ne répondit pas. Ça ne voulait rien dire.

Il étouffa un grognement. Elle avait pris sa voiture pour filer droit chez Mme Jackson. Là, sous prétexte de vouloir se rafraîchir, elle allait monter dans sa chambre. Tout était fini. À moins que, par miracle, il ne parvienne à la pension avant elle.

Son dos le faisait atrocement souffrir, il avait mal aux cuisses et sa mâchoire s'était coincée à force d'être crispée. Il pouvait à peine déglutir. Il en chialait presque de colère et de frustration. Bordel de merde ! Depuis combien de temps était-il accroupi dans le noir ? Il se pencha sur la gauche et pressa l'oreille contre le battant, à l'affût du moindre son.

— Il y a quelqu'un ? répéta-t-il.

Comme venue de très loin, une détonation lui parvint, les chemisiers lui retombèrent en pleine figure et, submergé par la panique, il distribua des coups à l'aveuglette, se donnant une tape sur le nez dans ses gesticulations. Quelque chose claqua et il recula en hâte, repliant les bras sur sa tête.

Son cœur cognait si fort que le bruit semblait résonner entre les cloisons du placard. Il devenait claustrophobe. Il prit de longues, de profondes inspirations. Rien ne s'était passé. Aucun coup de feu n'avait été tiré, elle ne l'avait pas appelé. Un cintre était tombé et il avait failli se pisser dessus.

Il se releva, se fraya un chemin parmi les vêtements et poussa la porte des deux mains. Puis il se mit de côté et donna un coup d'épaule. Il recula et décocha deux coups de pied.

Mme Jackson sortait, ce soir ; elle en parlait depuis une éternité, un dîner avec ses vieux collègues de la troupe de théâtre. M. Jackson serait endormi dans son fauteuil. Tout n'était pas perdu. Ses forces revenaient, il n'était pas encore au bout du rouleau. Il serra les poings et banda les muscles de ses bras, pour faire circuler le sang, rassembler sa rage. Avec un cri sauvage, il pivota et se cogna la tête sur le rail en se penchant en arrière ; mais quand il décocha un coup de pied de karatéka, il fendit le bois et fracassa la serrure.

Parti en courant, il fut très vite hors d'haleine, assailli par un point de côté. À moins d'avoir dormi debout à un moment donné, il avait passé une nuit blanche. Il y avait un vacarme abrutissant dans son crâne, mais il l'ignora, il n'allait pas s'évanouir à présent. Il trottina jusqu'au bout de la rue et s'arrêta sous un lampadaire, cherchant un raccourci. Le trottoir était blanc et luisant. Il s'accroupit brièvement, ramassa quelques grêlons et les regarda se dissoudre dans sa main.

Une voiture approchait. Il fit signe au conducteur de s'arrêter, mais elle continua sa route. Il étouffa un juron et se remit à trottiner.

Dieu merci, il n'avait pas mis la clé de la chambre d'hôtes avec ses clés de voiture et elle n'avait pas pensé à la lui réclamer. Pas aussi futée qu'elle le pensait.

À son passage, un chien aboya derrière la clôture d'une propriété où une télévision allumée éclairait une fenêtre. Une femme le croisa en prenant soin de garder ses distances. Il était sans doute dans un drôle d'état. Le point de côté était une torture et il se tint le flanc, se forçant à accélérer l'allure.

Il vit le reflet bleu du gyrophare sur la grêle avant d'entendre la sirène. La voiture de police le dépassa puis s'arrêta. Deux agents en descendirent et se plantèrent devant lui, les mains sur les hanches.

— Puis-je voir vos papiers d'identité, monsieur, s'il vous plaît ?

Il devait la jouer cool. Il passa une main dans ses cheveux, comme si ce geste allait suffire à rendre son aspect moins négligé, comme s'il allait arranger les choses.

— Bien sûr, dit-il en sortant son portefeuille. Y a-t-il un problème ?

Le policier, le plus petit des deux, jeta à peine un coup d'œil au permis.

— Vous permettez que je vous pose quelques questions, monsieur ?

Grabowski sentait le vent souffler sur sa cuisse, à l'endroit où son pantalon était déchiré. Il le sentait sur son visage aussi, et il espéra que cela suffirait pour calmer la colère qui montait en lui.

— Je suis un peu pressé, monsieur l'agent. Y aurait-il moyen de remettre ça à plus tard ?

Le silence qui accueillit cette question l'exaspéra. Son regard alla de l'un des policiers à l'autre. Le petit tapait le permis de conduire de Grabowski contre sa jambe. Son collègue, un rouquin squelettique, avait encore les mains sur les hanches.

— Je crains que non, monsieur, répondit le petit. Vous pouvez nous dire où vous êtes allé ce soir, monsieur ?

Il lui était impossible de répondre à ça. Et il devait regagner la chambre d'hôtes avant que Mme Jackson rentre à la maison et livre les joyaux de la Couronne.

— J'ai fait une promenade, répondit-il. J'ai fait une promenade et maintenant je retourne dans Fairfax, à la chambre d'hôtes où je séjourne.

— Nous aimerions que vous nous accompagniez au bureau du shérif, monsieur.

— Pourquoi ? On n'a plus le droit de se promener, maintenant ?

Pendant un bref moment de folie, il envisagea de prendre ses jambes à son cou. Il se vit piquer un sprint, distancer la voiture de patrouille, esquiver des balles, sauter par-dessus des clôtures, crapahuter, en sang mais triomphant, vers la victoire.

Le grand flic parla pour la première fois.

— On nous a signalé une entrée par effraction. Vous répondez à la description du suspect.

Il gratta entre ses dents de devant avec l'ongle de son pouce.

— Ne faites pas d'histoires, allons-y.

— Je peux tout expliquer, bafouilla Grabowski affolé, mais plus tard. Ou alors vous pourriez venir avec moi, et je vous montrerais quelque chose qui explique tout.

— C'est rigolo, ça ! s'écria le grand en donnant une tape dans le dos de son collègue. On veut qu'il vienne avec nous, et lui, il veut qu'on aille avec lui. Comment est-ce qu'on va faire ?

— Montez dans la voiture, à présent, monsieur.

Ce nabot faisait exprès de l'agacer, avec sa manière de lui donner du « monsieur ». Mais il n'allait pas perdre son calme.

— Mon temps est très, très précieux.

Il grogna intérieurement. Pourquoi diable avait-il dit ça ?

— Je vous arrêterai s'il le faut, monsieur.

C'en était vraiment trop, bordel. Il avait sa dose. Ces deux putains de rigolos !

— Si vous n'arrêtez pas de répéter « monsieur » à la fin de chaque phrase…

— Oui ? Qu'est-ce qui se passera si je n'arrête pas, monsieur ?

— Écoutez, s'exclama Grabowski en suffoquant de colère, écoutez, je suis désolé, c'est très très compliqué. Si je pouvais juste passer prendre quelque chose à la chambre d'hôtes en allant au bureau du shérif…

— Mets-lui les menottes, conseilla le grand. Il refuse de coopérer.

— Je n'ai rien fait ! cria Grabowski. Vous ne pouvez pas m'arrêter pour avoir marché dans la rue !

Le salopard dégingandé fondit sur lui plus vite qu'un furet.

— Et si je vous arrêtais pour avoir résisté à l'arrestation… *monsieur* ?

— Allez vous faire foutre ! gueula Grabowski.

Le flic était pratiquement sur la pointe des pieds. Il le cherchait. Grabowski eut beau essayer de se retenir, il sentit qu'il serrait le poing ; et, au contact de ce nez retroussé et content de lui, il connut, une fraction de seconde, l'extase à l'état pur.

La salle des interrogatoires dans les locaux du shérif du comté, à Abrams, était si surchauffée que Grabowski, en regardant son avocat, imagina la chaise en plastique fondant sous lui, ne faisant plus qu'un avec son postérieur.

— Je ne suis pas sûr d'avoir bien compris, dit l'homme de loi.

— Mais enfin, ça fait trois fois que je vous explique…

La veille au soir, sur la grille métallique censée servir de lit, il avait à peine fermé l'œil. Ses vêtements, qu'il portait maintenant depuis trois jours, empestaient.

— … Et c'est tout juste si vous avez pris des notes !

L'avocat avait des boutons sur le cou ; il sortait droit de l'école, et sa bouche, depuis une heure, était agitée de tics incessants.

— Voyons, déclara-t-il, feignant de consulter son bloc. Vous êtes un reporter-photo britannique en vacances à Kensington, et hier après-midi vous êtes entré par effraction dans une résidence privée au 45 Cedar Road, où vous avez été pris en otage par… une femme qui, selon vous… qui, selon vous, vit sous une fausse identité. Vous n'êtes pas, pour l'instant, prêt à divulguer sa véritable identité. Cependant, toujours selon vous, lorsque vous serez en mesure de prouver cette identité, à une date qui reste à préciser, les charges retenues contre vous seront retirées.

Il retourna son stylo entre ses doigts.

— Monsieur Grabowski, vous êtes inculpé de résistance à des représentants de la loi et de coups et blessures à l'encontre d'un policier. Et je ne vois *pas très bien* quelles circonstances atténuantes vous vous proposez d'invoquer.

Il ponctua ses paroles d'un sourire ironique.

Grabowski avait envie de tendre les mains et de serrer ce cou boutonneux jusqu'à ce que la tête se mette à suinter et éclate.

— Écoutez, s'écria-t-il, écoutez, je vous l'ai déjà dit… Je ne suis pas ici en vacances, bordel !

— Pardonnez-moi, oui, vous l'avez dit. Vous êtes aux États-Unis depuis… deux mois, pour travailler. Vous avez un visa de travail ?

Grabowski entrelaça ses doigts et serra tant que ses jointures blanchirent. Il faisait si chaud dans la pièce qu'il pouvait à peine respirer.

— Non.

— Enfin, cela dit, commenta l'avocat, c'est bien le cadet de vos soucis, là tout de suite.

Ce petit enfoiré arrogant portait un costard cravate et n'avait même pas retiré sa veste, mais il ne semblait pas transpirer du tout.

— Pourquoi est-ce qu'on rôtit, là-dedans ? demanda Grabowski. Le chauffage ne marche pas comme il faut ? Quelqu'un devrait se plaindre

— Il fait un peu chaud. Monsieur Grabowski, je ne suis pas sûr que vous ayez pleinement conscience de la gravité de votre situation.

Il ne savait pas pourquoi il s'était donné la peine d'essayer d'expliquer à cet abruti ce qui s'était passé, mais il décida de faire une dernière tentative. S'il n'arrivait pas à persuader son propre avocat, il ne convaincrait jamais personne qu'il disait la vérité.

— Je sais que c'est difficile à suivre, plaida-t-il d'un ton qu'il espérait conciliant. La raison pour laquelle on a essayé de m'arrêter, c'est que je m'étais introduit chez elle. Tout a commencé comme ça, et il y a eu une altercation parce que j'essayais de retourner à ma chambre pour récupérer une preuve cruciale.

L'avocat gratta son cou malingre avec le bout de son stylo.

— C'est là que je ne vous suis plus très bien. Le procès-verbal ne fait aucune allusion à une effraction. Personne n'a mentionné cela. D'après l'agent… voyons… Johnson et l'agent Nugent, ils effectuaient une patrouille de routine dans Montrachet Street aux alentours de vingt et une heures quinze hier soir quand ils ont remarqué un

351

homme, peut-être un vagabond, qui titubait, peut-être en état d'ivresse.

— C'est un mensonge ! protesta Grabowski.

— Le trottoir était dangereux en raison de l'orage de grêle qui venait de s'achever, et ils ont décidé de lui demander s'ils pouvaient l'aider. C'est alors que vous avez attaqué... l'agent Johnson. Étiez-vous, à ce moment-là, sous l'influence de l'alcool ou d'une drogue ?

— Tout ça, c'est des mensonges ! cria Grabowski. Est-ce que vous allez m'écouter, à la fin ?

L'avocat – Grabowski n'arrivait pas à se rappeler son nom, mais sans doute répondait-il à celui de Trou-du-Cul – marqua une petite pause guindée avant de reprendre la parole.

— Je comprends que vous soyez contrarié, déclara-t-il, mais il faut aussi que vous compreniez que je fais mon travail, et que je le fais de mon mieux. J'essaie de vous aider. Maintenant, avez-vous l'intention de déposer plainte contre cette... la dame en question ? Ou l'avez-vous déjà fait ? Je n'ai rien vu dans le dossier.

Grabber fit signe que non.

— Elle est déjà partie.

— Partie où ?

— Je ne sais pas.

Le type hocha la tête, comme si c'était la première chose raisonnable que Grabowski avait dite.

— Et pour ce qui est de cette... euh... preuve cruciale ? Est-elle... en lieu sûr ?

— Elle l'a emportée, affirma Grabber. Elle a filé avec.

La veille au soir, le temps que les flics l'embarquent, enclenchent la procédure, prennent ses empreintes et remplissent les formulaires, le tout en mâchonnant leurs bouts de paille, il était minuit passé et son dernier espoir s'était envolé. S'ils l'avaient autorisé à téléphoner

352

d'abord, il aurait peut-être pu cajoler Mme Jackson et lui faire promettre de fermer sa porte à clé.

— Et pourriez-vous me révéler, monsieur Grabowski, la véritable identité de cette femme ? Puisque vous croyez qu'elle a une grande importance pour votre affaire.

Grabber pressa les doigts sur ses tempes et leur donna un petit massage. S'il disait tout... pourrait-il persuader ce type de le prendre au sérieux ? Il connaissait la réponse à cette question. La seule chose qu'il gagnerait, en essayant de s'expliquer, ce serait la possibilité d'un rapport psychiatrique.

— Laissons tomber. Elle n'a pas d'importance. Il ne s'est rien passé, oubliez ce que j'ai dit tout à l'heure.

Le costard cravate hocha de nouveau la tête, l'air de dire qu'enfin ils avançaient, comme si toute l'affaire avait été éclaircie.

— Certainement, si ce sont là vos instructions, monsieur Grabowski. Et qu'avez-vous l'intention de plaider ?

— Non coupable. À présent, dans combien de temps pouvez-vous me faire sortir d'ici ?

— Vous pourrez sortir sous caution après lecture du chef d'accusation.

— C'est-à-dire ?

— Le tribunal est un peu surchargé, je dirai lundi ou mardi prochain, peut-être mercredi.

— Je ne vais pas rester toute une semaine ici ! s'insurgea Grabowski.

L'avocat se gratta le menton avec son stylo.

— Vous pouvez régler la caution par carte de crédit ou je peux arranger un cautionnement. Dites-moi ce que vous préférez et je ferai le nécessaire... Espérons que ce ne sera pas une semaine entière, soyons positifs : ça pourrait être un ou deux jours en moins.

Il passa l'heure suivante à tourner comme un lion en cage dans sa cellule, bouillant d'indignation. Qu'était-il advenu de l'accusation d'effraction ? Maintenant, voilà qu'il passait pour un fou, quelqu'un qui avait attaqué sans motif un policier dans la rue. Elle devait avoir déposé plainte par téléphone dans l'espoir qu'il serait arrêté, et puis rappelé pour dire que c'était une erreur. Évidemment, elle ne tenait pas à l'affronter devant un tribunal.

Ce n'était pas de la justice, mais un simulacre de justice. Une honte. Ses droits étaient foulés aux pieds ; il n'y avait rien à faire pour empêcher ça et personne qui veuille l'écouter. Et elle s'était moquée de lui, l'avait piégé, coincé comme un animal. Tout le monde avait le droit de vaquer à ses affaires sans que personne s'en mêle, le droit de marcher dans la rue sans…

La porte s'ouvrit. La silhouette du sergent qui avait pris ses empreintes digitales emplit l'encadrement.

— Il y a quelqu'un là-haut qui vous aime bien, lança-t-il.

— Quoi ? s'étonna Grabowski. Vous me transférez déjà ?

Il savait qu'il allait être incarcéré dans la prison du comté jusqu'au premier jour d'audience.

— Quelqu'un là-haut vous aime bien, répéta le sergent. Ou alors vous avez une sacrée chance, espèce d'enfoiré.

La Pontiac était garée devant la chambre d'hôtes et le taxi s'arrêta derrière. Grabowski régla la course et gagna le trottoir. Il utilisa sa clé pour entrer. M. Jackson était dans son fauteuil, mais il ne bougea pas pendant que Grabowski montait les marches à pas de loup. Il voulait ressortir d'ici avant de devoir raconter à sa logeuse où il avait passé les deux dernières nuits.

Il alla droit au bureau et ouvrit le tiroir de gauche. Évidemment, la clé USB avait disparu. Il savait que ce serait le cas. Quand même, la déception n'en était pas moins écrasante. Elle l'avait battu à plate couture. Il se changea et boucla ses valises. Sa clé de voiture était sur le bureau. Peut-être devait-il s'estimer heureux, comme l'avait dit le sergent. Les agents Johnson et Nugent avaient levé l'inculpation, et il était libre de s'en aller. Ils avaient rempli les papiers incorrectement, ces deux abrutis, si bien qu'au moment du procès l'affaire aurait été rejetée pour vice de procédure. « À votre place, avait conseillé le sergent, j'essaierais de les éviter. S'ils vous revoient, ils ne vont pas être contents.

— Ah non ? avait rétorqué Grabowski. Et ils vont être contents quand je vais leur intenter un procès ? »

Il n'en ferait rien, il avait mieux à faire dans la vie que de la passer en compagnie d'avocats. De toute façon, il avait indéniablement frappé le flic, et quand on frappe un flic, on se fait arrêter, c'est inévitable.

Après avoir mis du liquide dans une enveloppe pour régler les nuits qu'il devait, il laissa celle-ci sur la première marche de l'escalier et se faufila au-dehors.

Deux voitures se trouvaient dans l'allée, mais pas trace de la Sport Trac. Il ne pouvait pas quitter les lieux sans vérifier qu'elle était bel et bien partie. Il s'avança vers la maison. Une femme sortait justement par la porte de devant, grande ouverte. Elle écrivait quelque chose sur un bloc-notes tout en marchant, et il lui fallut un instant pour lever les yeux et remarquer sa présence.

— Bonjour, puis-je vous aider ? demanda-t-elle.

— Je cherche Lydia.

— Je suis son agent immobilier, Tevis Trower. J'ai peur qu'elle ne soit pas là

— Ah bon, répondit Grabowski d'un ton dégagé. Elle vend sa maison, alors ?

— Oui. Je viens de prendre les dimensions des pièces pour l'annonce.

— Elle… Elle va rentrer dans un moment, vous croyez ?

— Elle a dû se rendre à l'étranger à l'improviste, elle a déposé les clés ce matin.

— Ah ! Où est-elle allée ?

L'agent immobilier haussa les épaules.

— Tu crois que la vaisselle et les verres devraient être emballés avant ou après la journée portes ouvertes ? cria alors une voix à l'intérieur.

— J'arrive, Amber, répondit l'agent.

Cependant, Amber, la petite blonde bavarde de la boutique, apparut sur le seuil.

— Oh, bonjour ! s'écria-t-elle en replaçant une mèche de cheveux derrière son oreille. Comment allez-vous ?

— Très bien. Je comptais faire un saut à votre magasin tout à l'heure.

— Oh, allez-y, l'encouragea-t-elle. Mon assistante sera là, elle a l'œil, elle pourra vous conseiller. Je viendrais bien moi-même, mais il faut que je m'occupe de la maison de Lydia. Je ne la vide pas aujourd'hui, je suis seulement en train de dresser des listes de ce qu'il faut faire, et si j'ai du temps libre dimanche, je viendrai pour commencer. On va donner les vêtements à des associations caritatives – enfin, ceux qu'elle a laissés ; les lampes, etc., au magasin d'antiquités dans Fairfax ; la vaisselle, nous n'avons pas encore décidé…

Elle continua de jacasser et il l'écouta, à l'affût d'une occasion pour aiguiller la conversation.

L'agent immobilier consulta sa montre. Elle avait hâte de partir mais Amber, en plein bavardage, ne s'aperçut de rien.

— ... en revanche, nous avons pensé que les meubles pourraient être proposés avec la maison. Sinon, je connais un hôtel des ventes où les déposer. Évidemment, il serait hors de prix de les expédier en Afrique du Sud. Ce qui est sûr, c'est qu'elle va nous manquer à tous.

Elle tripota le nœud de sa robe portefeuille.

— Vous ne saviez pas qu'elle était partie ? Vous espériez la voir ?

— Il y avait quelque chose dont je voulais lui parler, répondit Grabowski. Elle n'a pas laissé une adresse où faire suivre son courrier, par hasard ?

Amber secoua la tête.

— Non, elle va me contacter dès qu'elle sera installée.

Il regarda l'agent immobilier qui tenait le bloc à bout de bras, le balançant légèrement avec une impatience croissante.

— J'imagine qu'elle restera en contact avec vous à cause de la vente de la maison, insista-t-il.

— Désolée, dit-elle. Je dois retourner au bureau.

— Je ne voulais pas vous retarder. Vous n'auriez pas un numéro de téléphone, ou une adresse e-mail, n'importe quoi ?

La femme avait sorti ses clés de voiture et descendait l'allée à grands pas. Grabowski la poursuivit.

— Excusez-moi, mais elle ne peut pas vendre la maison sans rester en contact avec vous...

Elle avait ouvert la portière de sa voiture.

— Ça ne vous regarde pas, répliqua-t-elle en montant. Ça ne vous regarde pas, mais elle m'a donné les pleins pouvoirs pour la vente. Je crois qu'il y a eu une sorte d'urgence familiale, je ne sais pas au juste, je n'ai pas posé de questions indiscrètes.

Elle referma la portière.

Il toqua à la vitre et elle l'abaissa.

— Dans ce cas, que va-t-il advenir de l'argent ? Comment va-t-elle le récupérer ?

— Qu'est-ce que cela peut vous faire ? retorqua-t-elle en démarrant.

— Tout ce que je dis, c'est que vous devez avoir un moyen de la joindre si nécessaire, et vous pourriez...

— L'argent sera déposé sur un compte en banque et elle le réclamera quand elle y sera prête. De toute façon, vu l'état du marché, ce ne sera pas avant plusieurs mois. Peut-être un an.

Elle remonta sa vitre et fit marche arrière dans l'allée.

Amber avait rejoint Grabowski.

— Si vous voulez, lui proposa-t-elle, je dirai à Lydia que vous désirez lui parler. Quand j'aurai de ses nouvelles, évidemment.

Il se sentit désolé pour Amber, pour la manière dont elle avait été dupée par cette femme qu'elle croyait son amie.

— Ça n'arrivera pas, affirma-t-il.

— Qu'est-ce qui n'arrivera pas ?

— Peu importe. Écoutez, il faut que j'y aille. Je pense que je n'ai pas le temps de passer à votre boutique, en fin de compte. Il faudra que j'achète un cadeau à ma femme à l'aéroport.

— Oh, vous nous quittez ? se récria Amber. J'espère que vous avez aimé votre séjour dans notre bonne vieille ville de Kensington. Je sais qu'il ne se passe pas grand-chose ici, mais les gens sont très chaleureux, ajouta-t-elle en lui souriant. J'espère que vous en avez fait l'expérience.

Il parvint à obtenir une place près du hublot, en classe économique, sur un vol direct. Il y eut des turbulences au décollage et il regarda filer les nuages tout noirs. L'avion tressaillait et tremblait comme s'il frottait contre une surface dure. Et puis ce fut terminé, et les nuages furent au-dessous d'eux, recouvrant la terre d'un voile loqueteux.

Elle avait un frère au Cap. Il savait que ses chances étaient minces mais il devait essayer. Si elle était là-bas et s'il surveillait la maison nuit et jour, il était possible que la chance lui sourie. Rien ne garantissait qu'elle soit en Afrique du Sud juste parce qu'elle l'avait annoncé à son amie. La vérité, c'était qu'elle n'avait pas d'amis ; ils ne la connaissaient pas, alors que lui la connaissait, et que s'il s'y consacrait assez longtemps, s'il réfléchissait assez longtemps, s'il ne renonçait jamais, il finirait par la retrouver. Elle l'avait battu une fois, mais ce n'était pas encore terminé, il y aurait bien un moyen de suivre ses traces.

Il fallait absolument qu'il dorme, à présent.

Grabowski ferma les yeux et tenta de se laisser bercer par le bourdonnement des réacteurs, de laisser les sourdes vibrations envahir sa conscience et l'entraîner vers le sommeil. Il la vit. Elle venait vers lui, assise sur son lit. Le soleil entrait à l'oblique par la fenêtre, l'éclairant magnifiquement. Elle était lumineuse et calme, et lui immobile, fasciné, la buvait des yeux. *Vous me cherchiez ?* Son regard exprimait la confiance, l'espérance. *C'était un pur hasard*, dit-il. Elle hocha la tête pour l'encourager et il avança d'un pas, leva son appareil, et elle leva le revolver et le pointa vers sa propre tempe.

29

LE CHALET SE TROUVAIT TOUT PRÈS DU LAC, niché parmi les pins. Il était environ deux heures et demie du matin quand elle était arrivée et elle n'était même pas montée jusqu'aux chambres. Elle s'était contentée de s'allonger sur le canapé poussiéreux dans le clair de lune, les mains entre les genoux. Elle s'éveilla avec un torticolis, et le soleil qui lapait ses chevilles. Elle avait faim. Elle n'avait rien mangé la veille. Amber avait préparé des provisions, et elle alla les récupérer dans la voiture.

À sa septième tentative, elle réussit à allumer le poêle et mit la bouilloire à chauffer. En attendant que l'eau soit chaude, elle grignota un petit pain en laissant tomber des miettes partout. Assis à ses pieds, Rufus attendait, affectant la patience. Elle n'avait pas d'aliments pour chien, en revanche elle avait la moitié d'un pâté à la viande sorti du réfrigérateur d'Amber. Elle trouva une soucoupe dans le placard et en coupa une tranche en morceaux pour lui.

Après le petit déjeuner, elle enfila ses bottes et ils marchèrent à travers les pins sur un lit d'aiguilles humide et moelleux où pointaient quelques champignons ici et là. Les rares fougères brillaient d'un vert émeraude contre le marron terreux. De temps à autre, ils arrivaient à une clairière peinte de fleurs sauvages ; des touches de rose, de blanc et de jaune parsemaient la toile herbue. Elle gardait le lac juste en vue, au loin sur sa droite, de façon à en faire le tour complet pour revenir à leur point de départ.

Après avoir coupé la communication, la veille au soir, au lieu de rappeler Amber, elle s'était rendue chez son amie pour faire ses adieux. Elles étaient toutes là, à l'attendre. Elle avait eu l'intention de ne rester qu'un instant, mais elle n'était partie qu'après minuit, une fois tout le plan mis au point.

Elle sortit de la pinède et s'approcha du lac, Rufus courant devant. Ils étaient partis depuis trois heures et ils avaient fait les deux tiers du chemin. Il faudrait encore une heure et demie pour regagner le chalet de Tevis ; elle en voyait le long toit pentu, comme une lettre A se dressant au milieu des arbres. Ils étaient passés devant quelques maisons, et avaient traversé deux pistes creusées par des traces de roues qui suggéraient la présence d'autres chalets plus loin dans les bois, mais ils n'avaient vu personne. Elle contempla l'eau chatoyante, le vert dense de la forêt, les taches bleutées des collines à l'horizon. Une ombre passa au-dessus d'elle et piqua vers le lac avant de s'envoler de nouveau, dans un fracas muet et au ralenti, un gros poisson argenté frétillant dans les serres de l'aigle.

Elle leur avait dit qu'il était arrivé quelque chose qui l'obligeait à partir et qu'elle ne reviendrait pas

— Et si tu nous laissais t'aider ? avait suggéré Esther. Peut-être que nous pouvons arranger ça.

— Il y a des choses que je ne peux pas vous révéler, avait répondu Lydia. Et je ne veux pas vous mentir.

— Ce que tu ne peux pas nous dire, nous n'avons pas besoin de le savoir, avait insisté Esther. Dis-nous ce que tu as besoin qu'on fasse, là tout de suite.

Au bord de l'eau, elle s'assit sur un rocher et retira ses chaussures, ses chaussettes, son jean et son tee-shirt. L'ardoise, pointue sous la plante de ses pieds, céda la place à des galets qui la massèrent quand elle entra dans l'eau. Des insectes de couleurs vives rasaient la surface, dessinant des chemins au bout de ses doigts. Elle essaya de garder les pieds au fond tout en avançant, de l'eau jusqu'à la taille, jusqu'au sternum, aux épaules ; elle voulait marcher jusqu'à être entièrement recouverte, mais ses pieds se soulevaient, ses hanches en apesanteur montaient d'elles-mêmes, et elle commença à nager.

Lorsqu'elle fut fatiguée, elle fit la planche, remuant les poignets et les chevilles pour continuer à flotter, fixant le bleu plat et vide au-dessus d'elle. Puis elle se retourna, regagna la rive et s'installa sur le rocher afin de sécher.

La veille au soir, Suzie avait téléphoné à son mari, et ce dernier avait rappelé sitôt après avoir interpellé et mis en cellule Grabowski.

— Tu as des remords ? s'était-elle étonnée à la mine de Lydia. Ce type s'introduit chez toi, entre dans ta chambre. Il a mérité une bonne leçon.

— Prends ma voiture, avait dit ensuite Tevis à Lydia. Je peux en emprunter une à l'agence. Va au chalet, je ne l'ai pas encore vidé ni arrangé, mais personne ne saura que tu es là-bas sauf nous.

— Que devons-nous faire d'autre, avait demandé à son tour Esther, pour que tu puisses revenir ?

Elle se rhabilla et appela Rufus, qui vagabondait dans les bois. Ils repartirent, serrant le rivage, cette fois, et elle marcha d'un bon pas, le soleil sur son dos, des taches d'or scintillant dans l'ardoise rouge, brun et noir.

Quand ils atteignirent le chalet, elle avait les jambes fatiguées. Elle envoya valser ses chaussures et s'assit sur le canapé. Il y avait des toiles d'araignées dans les coins du plafond et des fils de poussière partout. Les rideaux, à demi tirés, étaient d'un jaune pâle, presque transparent en haut et moutarde foncé sous le rebord de la fenêtre, comme si au fil des années la couleur n'avait cessé de dégouliner vers le bas pour former une croûte épaisse au niveau de l'ourlet. L'air sentait les vieux tapis et le carton humide, et très légèrement les bouquets de lavande séchée qu'on avait entassés sur la table.

Son téléphone portable sonna et elle le tira de sa poche.

— Il est parti, annonça Tevis. Je l'ai suivi jusqu'à l'aéroport.

— C'est magnifique ici, commenta Lydia. J'aimerais rester quelques jours.

— Prends tout le temps que tu voudras. Amber est allée chez Mme Jackson ce matin, et elle a récupéré ce truc que tu voulais dans son bureau. La clé USB avec toutes les photos. Elle l'a jetée.

— Je ne sais toujours pas si je pourrai revenir, répondit Lydia. Tu m'appelleras si… s'il se passe autre chose ?

— Bien sûr, mais, Lydia… c'est le dernier endroit où il te chercherait à présent.

— Si je pouvais vous dire…, commença Lydia. Vous savez, si je pouvais vous le dire, je le ferais.

— Esther a raison : tu n'es pas obligée de nous dire quoi que ce soit.

Elle s'étendit sur le canapé, les mains derrière la tête. Si Grabowski lui avait menti, s'il avait déjà envoyé les photos, alors d'ici à ce week-end au plus tard, Kensington serait pris d'assaut. C'était pourquoi elle était venue ici, au cas où tout s'embraserait.

Les toiles d'araignées étaient à l'abandon, déguenillées et désertées. Des cartons à moitié pleins de livres et de magazines étaient posés sur le sol, sous les étagères vides. Peut-être l'ancien propriétaire n'avait-il plus de place dans sa voiture et avait-il jugé inutile de faire un autre voyage.

Grabowski avait-il menti ? S'il lui avait menti, il n'aurait pas tenu aussi désespérément à atteindre la chambre d'hôtes pour récupérer sa clé. Il avait frappé Mike sur le nez. Pauvre Mike. Elle avait causé des tas d'ennuis à ses amis. Peut-être cela vaudrait-il mieux pour tout le monde qu'elle s'en aille, qu'elle reparte de zéro.

Et Carson. Elle songea à lui téléphoner. Elle n'avait pas répondu à son texto. Mais que lui dire ? Elle s'était autorisée à rêver qu'elle lui révélait tout. Et que, dans son rêve, il comprenait. Que, dans cette vie, une personne au moins comprenait. Ce qu'elle devait comprendre, elle, c'était qu'elle serait toujours toute seule.

L'était-elle vraiment, cependant ? Ses amies en avaient fait plus pour elle qu'elle n'était en droit de l'espérer, mais quel fardeau, quelle tension pèseraient désormais sur ces amitiés ?

Toujours en train de s'abandonner à des rêves. Ils étaient aussi vides que ces toiles d'araignées au plafond. Elle avait pensé qu'elle pourrait revoir ses fils, qu'elle en trouverait le moyen. Si, dix ans plus tôt, elle avait été la personne qu'elle était à présent, elle aurait encore été avec eux, ils n'auraient pas été des enfants sans mère. Ce n'étaient plus des enfants. Il était difficile d'imaginer à présent la personne qu'elle avait été. Si elle rencontrait son moi plus jeune, qu'auraient-elles en commun, et qu'auraient-elles à se dire ?

Le lendemain matin, elle marcha de nouveau, se baigna puis commença à mettre de l'ordre dans la maison. Il n'y avait pas d'aspirateur, mais il y avait un balai et elle roula les tapis, attaqua les plafonds. Elle trouva sous l'évier un chiffon à poussière et une boîte de cire, astiqua les étagères et la table, déplia les chaises et les essuya. Ensuite, elle balaya les planchers, et Rufus, constamment dans ses jambes, éternua à n'en plus finir. Dans la cuisine, elle nettoya le lino puis les carreaux avec une brosse à ongles ; gratta le moisi des joints. Elle frotta les robinets jusqu'à ce qu'ils brillent.

Chaque fois qu'elle s'arrêtait pour reprendre haleine, John Grabowski flottait dans son esprit. Il y avait eu un moment où elle avait envisagé d'appuyer sur la détente. Et si elle l'avait fait ? Aurait-elle pu le faire ? Était-elle capable de tuer un autre être humain ? Non. Elle n'aurait pas pu. Il y avait eu un moment où elle avait failli. Mais pour quoi ? Pour le punir d'avoir fait, comme il l'avait dit, ce que n'importe qui aurait fait à sa place.

Elle décrocha les rideaux du salon et des chambres, les lava dans l'évier et les étendit sur la balustrade qui courait autour de la terrasse en bois. Elle vida les placards de la cuisine, fit la vaisselle, essuya les étagères avec un chiffon humide et rangea les plats. Ensuite, elle s'attaqua à la salle de bains ; fit disparaître les taches de la cuvette des toilettes, récura l'intérieur de la baignoire ; lava, sécha et fit briller les glaces à l'aide de vieux journaux roulés en boule.

Elle retira du lit les draps qu'Amber lui avait donnés, pour traîner le matelas au-dehors afin de l'aérer. Fit de même avec le second. Elle épousseta et balaya les chambres, en nettoya toutes les vitres. Le jour baissait, à présent. Elle mangea un peu de pain et du fromage, et donna à Rufus un sandwich au pâté.

Cherchant quelque chose à lire, elle fouilla dans les cartons. Il y avait des revues de pêche et de jardinage, encore de vieux journaux, un ouvrage sur l'observation des oiseaux, un manuel d'entretien automobile, une encyclopédie, des livres de cuisine, des guides de voyage, une série d'atlas cartonnés et quelques romans de poche en piteux état. Tous sauf deux étaient en français, et son français n'était pas assez bon. Elle les mit de côté. Sur les deux qui restaient, l'un avait perdu sa couverture et ses premières pages ; l'autre était *Crime et châtiment*, un des romans que Lawrence lui avait offerts.

Elle alluma une lampe et s'assit sur le canapé, le livre entre les mains. Elle lut la quatrième de couverture, retourna l'ouvrage et le posa sur ses genoux. Elle espérait que Lawrence n'était pas mort tout seul, elle aurait été à son côté si elle l'avait pu. « Si je ne suis pas là ce jour-là, avait-il dit, cela ne peut signifier qu'une seule chose. » Elle ne s'était pas couchée de la nuit, attendant, sachant dans son cœur qu'il ne viendrait pas, sachant ce que cela signifiait. À l'aube, elle était sortie dans le jardin avec une bougie allumée, avait cueilli quelques fleurs pour les mettre au pied d'un chêne et avait récité une prière – un enterrement sans corps.

Lawrence avait pensé qu'elle pourrait lire cet ouvrage. Elle l'ouvrit à la première page, mais fut incapable de distinguer les mots à cause des larmes qui l'aveuglaient. Il avait toujours été si gentil avec elle, il avait une si bonne opinion d'elle, que c'était sans doute juste une manière de plus de lui témoigner son amour. Cela ne signifiait pas qu'elle en était réellement capable. Elle referma le livre et le reposa.

Elle sortit et contempla le ciel constellé d'étoiles, et la lune argentée qui était tombée sur le lac de velours.

Le vendredi, elle nagea d'abord, puis passa la fin de la matinée à marcher. L'après-midi, elle astiqua les armoires et s'évertua à faire briller les poignées en cuivre. Le four semblait avoir connu quelques crémations, et il n'y avait pas de produits appropriés, mais elle fit de son mieux pour gratter le gros des restes calcinés à l'aide d'un couteau. Alors qu'elle avait presque terminé, sa

366

main glissa et elle se coupa le pouce. Elle le passa sous l'eau froide jusqu'à ce que la peau devienne blanche et plissée, et que le sang cesse de couler. Puis elle nettoya le dessus de la cuisinière et la bouilloire, ébouillanta les casseroles et les récura à la brosse métallique.

Elle balaya la terrasse et arracha les mauvaises herbes qui poussaient dans les espaces entre les marches en bois. Que restait-il à faire ? Elle s'essuya les mains sur l'arrière de son jean et s'épongea le front d'un revers du bras.

Les tapis étaient encore roulés au fond du salon, aussi elle les emporta au-dehors pour les battre avec une vieille batte de base-ball, jusqu'à ce qu'il cesse d'y avoir une explosion de poussière à chacun de ses coups. Elle les rentra et les étendit.

Après dîner, elle demeura assise dehors, Rufus sur les genoux. De nouveau, elle pensa téléphoner à Carson. Avait-il envie qu'elle l'appelle ? Si elle lui révélait qui elle avait été, continuerait-il à la voir telle qu'elle était à présent ? Il était impossible de lui dire quoi que ce soit sans lui avouer son crime épouvantable. Il avait renoncé à sa fille, mais celle-ci lui avait déjà été enlevée. Et une mère qui abandonne ses enfants ne peut jamais être pardonnée par quiconque.

Chaque jour, jusqu'à la fin de sa vie, elle se poserait la même question : aurait-elle pu rester ?

Pour avoir un début de réponse, il fallait qu'elle se revoie telle qu'elle était alors, dans la situation où elle se trouvait. C'était comme rencontrer une inconnue. Pouvait-elle présenter à Carson cette inconnue perturbée ? S'attendre qu'il comprenne ?

Elle caressa les oreilles de Rufus et il gémit dans son sommeil.

Le samedi, son téléphone émit le signal l'avertissant qu'elle avait reçu un message et elle eut une bouffée d'optimisme. S'il lui avait envoyé un autre texto, elle l'appellerait et ils trouveraient une solution. C'était Amber : « *Je voulais juste savoir si ça va.* » Elle lui répondit pour dire qu'elle allait bien, de ne pas s'inquiéter, et merci pour tout.

Elle marcha et nagea, répara avec du fil de fer les moustiquaires déchirées et passa les meubles de la terrasse à l'huile de lin.

Elle revit Carson qui tronçonnait l'arbre dans son jardin, les petits amas de sciure le long de sa clavicule. Elle goûtait sa sueur. Entendait sa voix. La sentait dans sa poitrine. « Se mettre à la place de quelqu'un, ça fait partie de mon boulot. Je n'ai jamais pensé qu'il était fou... »

Le lendemain, elle observa sa routine matinale de marche et de baignade. Chaque pas et chaque brassée l'éloignaient davantage de John Grabowski ; la persuadaient qu'il était vraiment parti, qu'il n'était plus sur ses talons. Elle s'était débarrassée de lui. Avait retrouvé son équilibre. Il continuerait à la chercher, sans jamais comprendre que la personne qu'il poursuivait n'existait plus.

Elle était venue à bout de toutes les corvées à faire dans la maison. Elle lava de nouveau le sol de la cuisine. Puis elle se dirigea vers les cartons et feuilleta les magazines de jardinage. Elle regarda un atlas. Elle prit le roman sans couverture et, toujours assise par terre, se mit à lire.

Elle se hissa sur le canapé et poursuivit sa lecture. Il s'agissait d'un personnage appelé Ivan Denissovitch Choukhov, détenu dans un camp de prisonniers quelconque. Elle retourna le livre et le feuilleta, cherchant le nom de l'auteur. Tous les noms de personnages étaient russes, donc l'auteur aussi sans doute. C'était un livre facile à lire, avec des phrases courtes, où personne ne parlait comme Lawrence une langue sortie tout droit du dictionnaire. Les prisonniers devaient travailler sur un chantier, et ils avaient si froid et si faim qu'ils ne pensaient qu'à survivre un jour de plus. Il faisait moins quarante degrés dehors et ils étaient peu vêtus. S'ils ajoutaient d'autres épaisseurs sous leur uniforme, ils étaient punis. Choukhov songeait au morceau de pain qu'il avait mis de côté au petit déjeuner, et cousu dans son matelas.

Elle pensait qu'il allait mourir à la fin, que c'était ça l'histoire. Les conditions étaient si extrêmes, c'était ce qui allait arriver. Elle continua de lire. « *Un homme qui a chaud peut-il comprendre celui qui gèle ?* »

Pendant les quatre heures suivantes, elle lut sans lever la tête ; quand Rufus lui sauta dessus pour jouer, elle le caressa mais ne cessa pas de lire. Elle se déplaça sur le canapé, changea de position, étira ses jambes, passa le livre d'une main à l'autre, le tout sans interrompre sa lecture. Il commençait à faire nuit et elle tâtonna pour allumer la lampe ; les gardes fouillaient Choukhov, qui avait un bout de métal caché dans son gant. Ils ne le trouvèrent pas et elle respira mieux. Elle n'était plus si sûre qu'il allait mourir, c'était un survivant.

À la fin du livre, Choukhov était reconnaissant d'avoir vécu un jour de plus. Il avait décidé que ç'avait été une bonne journée, il était parvenu à obtenir des rations supplémentaires. Elle referma le livre et resta immobile, envahie par une confiance, une espérance si violentes qu'elle en tremblait.

Elle sortit contempler les étoiles. Quand elle rentra, il y avait un nouveau texto sur son téléphone et cette fois il venait de Carson. « *Où es-tu ? Tu me manques. Pouvons-nous réessayer ?* »

Un instant, elle demeura assise, fixant l'écran. Elle n'avait pas décidé ce qui était possible. Allait-elle de nouveau se jeter dans l'inconnu ?

Elle se déshabilla, alla dans la salle de bains et prit une serviette. Puis elle courut hors du chalet, traversa la terrasse, dévala les marches et, sans s'arrêter, entra dans l'eau jusqu'à mi-cuisse. Elle plongea et nagea dans le noir, s'éloignant, s'approchant, et elle vit Lawrence dans la barque, son crâne chauve et luisant qui montait et qui descendait, et elle leva un bras et lui fit signe, et quand il disparut elle continua à nager.

Remerciements

Les recherches que j'ai effectuées pour la rédaction de ce roman m'ont conduite à consulter de nombreux livres, articles et sites Internet traitant de l'institution de la monarchie, de son évolution au cours de ces dernières années et du rôle joué par les paparazzi dans cette évolution. Je me suis notamment inspirée de l'analyse très fine de Tina Brown dans *Diana, Chronique intime*. J'aimerais aussi citer quatre autres ouvrages, à savoir *Diana : À la poursuite de l'amour*, par Andrew Morton, *Diana : À la recherche d'elle-même*, de Sally Bedell Smith, *Diana and the Paparazzi*, de Glenn Harvey et Mark Saunders, et *Paparazzi*, de Peter Howe, et exprimer ma reconnaissance à leurs auteurs.

Collection « Littérature étrangère »

CUNNINGHAM Michael
*La Maison du bout
du monde
Les Heures
De chair et de sang
Le Livre des jours
Crépuscule*

DORRESTEIN Renate
*Vices cachés
Un cœur de pierre
Sans merci
Le Champ de fraises
Tant qu'il y a de la vie*

DOUGHTY Louise
Je trouverai ce que tu aimes

DUNANT Sarah
*La Courtisane de Venise
Un cœur insoumis*

DUNMORE Helen
*Un été vénéneux
Ils iraient jusqu'à la mer
Malgré la douleur
La Faim
Les Petits Avions
de Mandelstam
La Maison des orphelins*

EDELMAN Gwen
*Dernier refuge avant
la nuit*

ELTON Ben
*Nuit grave
Ze Star*

FERRARIS Zoë
*La Disparue du désert
Les Mystères de Djeddah*

FEUCHTWANGER Lion
Le Juif Süss

FLANAGAN Richard
*La Fureur et l'Ennui
Désirer*

FREY James
*Mille morceaux
Mon ami Leonard*

FROMBERG SCHAEFFER Susan
Folie d'une femme séduite

FRY Stephen
*L'Hippopotame
Mensonges, mensonges
L'Île du Dr Mallo*

GALE Patrick
*Chronique d'un été
Une douce obscurité
Tableaux d'une exposition
Jusqu'au dernier jour*

GARLAND Alex
Le Coma

GEE Maggie
Ma bonne

GEMMEL Nikki
*Les Noces sauvages
Love Song*

GILBERT David
*Les Normaux
Les Marchands de vanité*

GUSTAFSSON Lars
La Mort d'un apiculteur

HAGEN George
*La Famille Lament
Les Grandes Espérances
du jeune Bedlam*

HODGKINSON Amanda
22 Britannia Road

La Distance entre nous
L'Étrange Disparition
d'Esme Lennox
Cette main qui a pris
la mienne

OWENS Damien
Les Trottoirs de Dublin

PARLAND Henry
Déconstructions

PAYNE David
Le Dragon et le Tigre :
confessions d'un taoïste
à Wall Street
Le Monde perdu
de Joey Madden
Le Phare d'un monde
flottant
Wando Passo

PEARS Iain
Le Cercle de la Croix
Le Songe de Scipion
Le Portrait
La Chute de John Stone

PENNEY Stef
La Tendresse des loups

PICKARD Nancy
Mémoire d'une nuit d'orage

PIZZOLATTO Nic
Galveston

POLLEN Bella
L'Été de l'ours

RADULESCU Domnica
Un train pour Trieste

RAVEL Edeet
Dix mille amants
Un mur de lumière

RAYMO Chet
Le Nain astronome
Valentin, une histoire d'amour

ROBERTIS Carolina De
La Montagne invisible

ROSEN Jonathan
La Pomme d'Ève

ROLÓN Gabriel
La Maison des belles personnes

SANSOM C. J.
Dissolution
Les Larmes du diable
Sang royal
Un hiver à Madrid
Prophétie
Corruption

SAVAGE Thomas
Le Pouvoir du chien
La Reine de l'Idaho
Rue du Pacifique

SCHWARTZ Leslie
Perdu dans les bois

SEWELL Kitty
Fleur de glace

SHARPE Tom
Fumiers et Cie
Panique à Porterhouse
Wilt 4
Le Gang des mégères
inapprivoisées
ou Comment kidnapper
un mari quand on n'a rien
pour plaire
Wilt 5 – Comment enseigner
l'histoire à un ado dégénéré
en repoussant les assauts
d'une nymphomane
alcoolique

Composé par Nord Compo Multimédia
7, rue de Fives, 59650 Villeneuve-d'Ascq

Cet ouvrage a été imprimé en France par

a Mesnil-sur-l'Estrée (Eure)
en janvier 2013

N° d'impression : 115426
Dépot légal : janvier 2013